L'ASSASSIN ROYAL 11

Le dragon des glaces

Du même auteur
aux Éditions J'ai lu

ROBIN HOBB

L'ASSASSIN ROYAL 11
Le dragon des glaces

Traduit de l'américain
par Arnaud Mousnier-Lompré

Titre original :
FOOL'S FATE
(Première partie)
The Tawny Man - Livre III

© Robin Hobb, 2003

Pour la traduction française :
© Éditions Flammarion, département Pygmalion, 2005

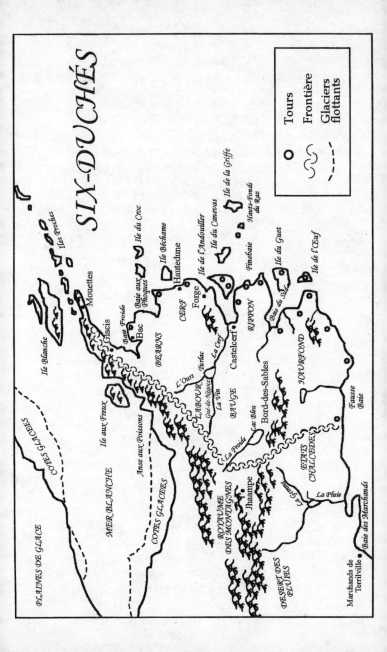

PROLOGUE

PLAN DE BATAILLE

L'intention du Prophète blanc paraît simple : il souhaitait engager le monde sur une voie différente de celle qu'il suivait depuis d'innombrables cycles. Selon lui, le temps se répète et, à chaque révolution, les gens réitèrent à peu près les mêmes erreurs qu'ils commettent toujours ; ils vivent au jour le jour et se laissent aller à leurs appétits et leurs désirs, convaincus que leurs actes n'ont aucune influence sur l'ordre du monde.

D'après le Prophète blanc, rien ne saurait s'éloigner davantage de la réalité. Le plus petit geste d'altruisme oriente légèrement le monde vers un meilleur chemin, et l'accumulation de tels choix apparemment infimes peut le changer. La mort d'un seul homme peut modifier son avenir, sa survie l'entraîner sur une route imprévue. Or qui étais-je, moi, pour le Prophète blanc ? Son Catalyseur, le changeur, le caillou qu'il devait placer avec précision afin de faire sauter la roue du temps de son ornière. Une petite pierre suffit à dévier une charrette, m'avait-il dit en me prévenant toutefois que l'expérience était rarement agréable pour la pierre.

Le Prophète blanc affirmait avoir vu non seulement l'avenir, mais de nombreux avenirs possibles, la plupart d'une similarité fastidieuse ; cependant, en certains cas très rares, il observait une différence, et cette singularité débouchait sur un royaume scintillant de possibilités nouvelles.

La première divergence consistait en l'existence d'un héritier Loinvoyant, d'un héritier vivant. Il s'agissait de moi. M'obliger à survivre, m'arracher aux griffes d'une mort qui s'acharnait à m'éliminer afin de permettre aux roues du temps de retomber dans leurs ornières confortables, telle était donc la tâche à laquelle le Prophète blanc avait décidé de consacrer sa vie. Je sombrais constamment dans le trépas ou ses abords, et chaque fois il me rattrapait au bord du précipice, meurtri et malmené, pour que je le suive à nouveau. Il se servait de moi sans pitié mais non sans remords.

Et il réussissait à détourner le destin de sa voie préétablie pour le diriger sur une autre, meilleure pour le monde ; du moins l'assurait-il. Pourtant, certains ne partageaient pas son avis et voyaient, eux, un lendemain sans héritier Loinvoyant ni dragons ; l'un d'eux décida d'assurer l'avènement de cet avenir en se débarrassant du fou qui se dressait sur son chemin.

1
LÉZARDS

Nous éprouvons parfois un sentiment d'injustice quand des événements anciens resurgissent pour planter leurs griffes dans notre flanc et dévoyer la suite de notre existence. Pourtant, il faut peut-être y voir au contraire une suprême justice : nous sommes la résultante de tous nos actes ajoutés à ceux dont nous avons été victimes ou bénéficiaires. Nul ne peut y échapper.

C'est ainsi que tout ce que le fou m'avait dit et tout ce qu'il avait tu s'additionna, et le total fut que je le trahis. Je croyais néanmoins agir dans son intérêt et dans le mien : il avait prédit que, si nous nous rendions sur l'île d'Aslevjal, il mourrait et que la Mort tenterait à nouveau de me happer moi aussi. Il m'avait promis de mettre tout en œuvre pour assurer ma survie, nécessaire à son grand dessein : changer l'avenir ; toutefois, je n'avais pas oublié que, tout récemment, il s'en était fallu d'un cheveu que je ne passe de vie à trépas, et son serment m'avait inquiété plus qu'il ne m'avait rassuré. Il m'avait également appris d'un ton allègre qu'une fois sur l'île il me faudrait choisir entre notre amitié et ma fidélité au prince Devoir.

Si je n'avais dû affronter qu'une seule de ces prophéties, j'aurais peut-être été capable de conserver mon sang-froid, encore que j'en doute : chacune à elle

9

seule aurait suffi à m'ôter tout courage ; les deux ensemble m'avaient terrassé.

J'étais donc allé voir Umbre pour lui rapporter les propos du fou, et mon vieux mentor avait pris ses dispositions pour que, lorsque nous prendrions la mer à destination des îles d'Outre-mer, il ne nous accompagne pas.

*

Le printemps était parvenu jusqu'au château de Castelcerf. L'austère forteresse de pierre noire demeurait ramassée, méfiante, au sommet des falaises escarpées qui dominaient Bourg-de-Castelcerf, mais, sur les collines qui s'étendaient derrière elle, une herbe vert tendre poussait avec optimisme entre les chaumes raides et brunis de l'année précédente. Les bois dénudés se nimbaient de la brume verte des petites feuilles qui se déployaient sur chaque branche ; les hautes marées avaient emporté les tas de kelp mort amoncelés sur les grèves noires au pied des falaises pendant l'hiver ; les oiseaux migrateurs étaient revenus et leurs chants de défi résonnaient dans les arbres des collines et sur les plages où l'on se disputait les meilleures anfractuosités des à-pics pour nidifier. Le printemps avait même investi les hautes salles ombreuses de la citadelle, dont des rameaux fleuris et des bouquets précoces décoraient les alcôves et les portes des pièces communes.

J'avais l'impression que la brise attiédie chassait mes idées noires. Mes problèmes et mes inquiétudes demeuraient, mais la saison du renouveau a le pouvoir d'écarter nombre de soucis. Mon état physique s'améliorait, et je me sentais plus jeune qu'à vingt ans ; non seulement je me remplumais et regagnais du muscle, mais je disposais enfin de l'organisme en excellente forme dont jouit normalement un homme de mon âge. Conséquence inattendue de la brutale

guérison que, par inexpérience, le clan m'avait imposée, d'anciens dégâts avaient été réparés au cours du
processus : les lésions que Galen m'avait infligées
alors qu'il m'enseignait l'Art, les blessures que j'avais
reçues au combat et les profonds dommages que
j'avais gardés de mes séances de torture dans les
cachots de Royal avaient disparu aussi. Mes migraines
avaient quasiment cessé, ma vue ne se brouillait plus
sous l'effet de la fatigue et le froid du petit matin ne
déclenchait plus de douleurs en moi. J'occupais
désormais le corps d'un animal sain et vigoureux. Se
découvrir en bonne santé par une claire matinée de
printemps est un des sommets du bonheur.

Au sommet d'une tour, je contemplais les rides de
la mer. Derrière moi, dans des comportes pleines de
terre fraîchement fumée, poussaient de petits arbres
fruitiers qui déployaient leur floraison blanche et rose
pâle ; dans des récipients plus réduits croissaient des
plantes grimpantes aux bourgeons prêts à éclore. Les
longues feuilles des oignons à fleurs pointaient tels
des éclaireurs sortis vérifier la tiédeur de l'air. Dans
certains pots n'apparaissaient que des tiges brunâtres
et nues, mais la promesse était là, prête à se réaliser
dès la venue de jours plus chauds. Disposés avec goût
parmi les bacs, des statues se dressaient gracieusement et des bancs invitaient au délassement ; dans
des lanternes, des bougies attendaient la douceur des
soirées estivales pour éclairer l'obscurité de leur lueur
délicate. Kettricken avait rendu toute sa beauté au
jardin de la Reine, et cette retraite haut perchée
constituait son domaine réservé ; sa simplicité reflétait ses racines montagnardes, mais son existence
provenait d'une tradition bien plus ancienne, propre
à Castelcerf.

Je parcourus d'un pas agacé le chemin qui ceignait
le jardin puis fis un effort sur moi-même et m'arrêtai :
le garçon n'était pas en retard ; c'est moi qui étais en
avance. Je ne pouvais lui reprocher que les minutes

me parussent interminables. En proie à un mélange d'exaltation et de réticence, j'attendais ma première rencontre avec Leste, le fils de Burrich. Ma souveraine m'avait confié son éducation dans le domaine des lettres et des armes, et cette tâche m'effrayait : non seulement l'enfant possédait le Vif mais il manifestait aussi un caractère indéniablement entêté ; associés à une intelligence évidente, ces deux traits pouvaient lui attirer de nombreux ennuis. Certes, la reine avait décrété qu'il fallait traiter les vifiers avec respect, mais beaucoup soutenaient que le meilleur remède contre la magie des bêtes restait la corde, le poignard et le feu.

Je comprenais le motif de ma souveraine de me charger de la responsabilité de Leste. Le jeune garçon refusait de renoncer au Vif, et son père, Burrich, l'avait jeté à la rue ; pourtant, le même Burrich avait consacré de longues années à m'élever après que mon propre père, roi-servant à l'époque, m'avait abandonné, bâtard qu'il n'avait pas le courage de reconnaître. Il était donc juste et approprié que j'adopte la même attitude avec son fils, même s'il me restait définitivement interdit de lui apprendre que j'avais été autrefois Fitz Chevalerie et le pupille de son père. Voilà pourquoi ce matin-là j'attendais Leste, gamin maigrichon d'une dizaine d'étés, avec autant d'anxiété que si je devais affronter son père. Je pris une grande inspiration ; l'air frais embaumait les fleurs des arbres fruitiers. Je tâchai de me consoler en songeant que mon rôle de précepteur ne durerait pas : très bientôt, j'accompagnerai le prince lors de la quête qui le conduirait sur Aslevjal, dans les îles d'Outre-mer. Assurément, je pouvais supporter jusque-là de jouer les mentors.

La magie du Vif permet de sentir le vivant autour de soi ; aussi me retournai-je vers la lourde porte avant même que Leste ne l'ouvre. Il la referma sans bruit derrière lui. Malgré sa longue ascension du raide escalier de pierre, il n'était pas essoufflé. À demi dissimulé par un paravent de fleurs, je l'observai. Comme il convenait à un page, il portait une tenue simple, bleu de Cerf. Umbre avait raison : la hache lui siérait bien ; malgré sa minceur, propre aux garçons actifs de son âge, la saillie de ses épaules sous son pourpoint annonçait une carrure semblable à celle de son père. Il n'atteindrait sans doute jamais une grande taille mais il compenserait cette petite déficience par sa musculature. Leste tenait de son père ses yeux noirs et ses boucles sombres, mais il y avait de Molly dans la ligne de sa mâchoire et la forme de ses yeux. Molly, mon amour perdu, désormais épouse de Burrich... Je respirai longuement et profondément. Ce premier face-à-face risquait de se révéler plus difficile que je ne l'imaginais.

Son Vif l'avertit soudain de ma présence. Sans bouger, j'attendis qu'il me trouve du regard, puis nous restâmes un moment immobiles, sans rien dire. Enfin, il suivit les chemins sinueux du jardin pour s'arrêter devant moi. Il s'inclina d'un mouvement trop étudié pour être gracieux.

« Monseigneur, je suis Leste Vifier. On m'a demandé de me présenter à vous ; me voici donc. »

Je constatai qu'il avait fait un effort pour apprendre les manières de la cour ; toutefois, l'incorporation de sa magie des bêtes dans l'énoncé de son nom donnait l'impression d'une provocation impertinente, comme s'il voulait savoir si, seul avec moi, il bénéficierait encore de la protection royale des vifiers. Il leva les yeux vers moi et soutint mon regard avec une inflexibilité que la majorité des nobles auraient qualifiée d'insolente ; cependant, je n'étais pas noble, et je le lui dis. « On ne me donne pas du "monseigneur", mon garçon. Je suis Tom Blaireau, homme d'armes de la garde royale ; appelle-moi maître Blaireau et, moi, je t'appellerai Leste. D'accord ? »

Il cilla un instant puis acquiesça de la tête avant de se rappeler tout à coup qu'on ne répondait pas ainsi. « Oui, messire – maître Blaireau.

— Très bien. Leste, sais-tu pourquoi on t'a envoyé à moi ? »

Il se mordilla la lèvre à deux reprises, rapidement, puis il prit une grande inspiration et déclara, les yeux baissés : « J'ai sans doute déplu à quelqu'un. » Son regard se planta soudain à nouveau dans le mien. « Mais j'ignore en quoi et à qui. » D'un air de défi, il ajouta : « Je suis ce que je suis et je n'y peux rien. Si on me punit parce que j'ai le Vif, c'est injuste ; notre reine affirme qu'on ne doit pas me traiter différemment des autres à cause de ma magie. »

Je restai un instant le souffle coupé : dans ses yeux noirs, je voyais le regard de son père, je reconnaissais la franchise sans concession et la volonté de dire la vérité typiques de Burrich ; et en même temps, dans cette réaction excessive, je sentais le caractère bouillant de Molly. J'en demeurai un moment sans voix.

Il prit mon silence pour du mécontentement et baissa le nez ; néanmoins, il garda les épaules droites : à sa connaissance, il n'avait commis aucune faute, et il ne manifesterait nul repentir tant qu'il ne saurait pas ce qu'on lui reprochait.

« Tu n'as déplu à personne, Leste, et tu constateras que ton Vif, pour certains à Castelcerf, n'a pas d'importance. Ce n'est pas à cause de lui qu'on te sépare des autres enfants ; ce petit changement vise à t'aider au contraire. Tu maîtrises les lettres bien mieux que ceux de ton âge, mais nous ne souhaitions pas t'inclure à un groupe d'élèves trop vieux. On a aussi estimé qu'une formation au maniement de la hache de guerre te serait utile. C'est pourquoi, je pense, on m'a choisi comme précepteur. »

Il leva brusquement les yeux vers moi, l'air effaré. « La hache de guerre ? »

Je hochai la tête autant pour moi que pour lui. Umbre m'avait encore joué un de ses tours : à l'évidence, personne n'avait demandé au garçon s'il avait envie d'apprendre à se servir de cette arme. Je plaquai un sourire sur mes lèvres. « Naturellement. Les hommes d'armes de Castelcerf n'ont pas oublié que ton père se battait remarquablement à la hache ; comme tu as hérité de sa carrure autant que de ses traits, il paraît logique que son arme de prédilection soit la tienne aussi.

— Je n'ai rien de mon père, messire. »

Je faillis éclater de rire, non à cause d'un soudain accès de bonne humeur, mais parce que jamais plus qu'en cet instant l'enfant n'avait autant ressemblé à Burrich. J'éprouvais une étrange impression à devoir baisser les yeux pour me trouver face à son regard noir et menaçant ; toutefois, l'attitude de Leste ne convenait pas à un garçon de son âge, aussi répondis-je d'un ton froid : « Tu tiens assez de lui, de l'avis de la reine et du conseiller Umbre. Contestes-tu leurs choix te concernant ? »

Tout son avenir se trouvait dans la balance. Je vis précisément l'instant où il prit sa décision et pus quasiment suivre le cheminement de sa pensée. Il pouvait refuser, mais alors il risquait de passer pour un ingrat et de se voir renvoyer chez son père ; mieux valait courber la tête et accepter la corvée s'il voulait rester. Il déclara, un ton plus bas : « Non, messire. Je me soumets à ce qu'ils ont convenu.

— Très bien », fis-je d'un ton faussement enjoué.

Avant que je puisse poursuivre, il reprit : « J'ai déjà appris à manier une autre arme : l'arc, messire. Je n'en ai pas parlé jusqu'ici parce que je pensais que personne ne s'en soucierait ; mais, si je dois me former au métier de combattant en plus de celui de page, j'ai déjà choisi une arme. »

Intéressant. Je le regardai un moment sans rien dire. Je retrouvais assez le caractère de Burrich chez lui pour supposer qu'il ne se vanterait pas d'un savoir qu'il ne posséderait pas. « Parfait. Tu pourras me

montrer comment tu te débrouilles, mais pas maintenant ; cette heure est réservée à d'autres domaines.
À cette fin, nous avons l'autorisation d'emprunter des
manuscrits dans la bibliothèque du château ; c'est un
grand honneur qu'on nous fait à tous les deux. »
J'attendis sa réaction.

Il hocha la tête puis se rappela ses manières. « Oui,
messire.

— Bien. Retrouvons-nous demain ici même ; nous
passerons une heure à étudier les parchemins et
l'écriture puis nous descendrons au terrain d'entraînement. » Encore une fois, j'attendis sa réaction.

« Oui, messire. Messire ?

— Qu'y a-t-il ?

— Je monte bien à cheval, messire. Je suis un peu
rouillé parce que mon père m'a interdit depuis
l'année dernière de m'approcher de son écurie, mais
je suis bon cavalier aussi.

— C'est noté, Leste. » Je savais ce qu'il avait
espéré ; j'observai son expression et vis une lueur s'y
éteindre à la neutralité de ma réponse. Elle m'était
venue par réflexe : un enfant de son âge ne devait pas
songer à se lier à un animal ; pourtant, comme il baissait la tête, je perçus l'écho de ma solitude d'antan.
Burrich aussi avait pris toutes les peines du monde
pour me garder d'un lien avec une bête, et reconnaître
la sagesse de son attitude n'empêchait pas le souvenir de cette époque de m'élancer sourdement. Je
m'éclaircis la gorge et m'efforçai de poursuivre d'une
voix assurée : « Très bien, Leste. Présente-toi ici
demain. Ah, n'oublie pas de mettre tes vieux vêtements ; nous allons transpirer et nous salir. »

Il resta pétrifié.

« Eh bien ? Qu'y a-t-il, mon garçon ?

— Je... messire, je ne peux pas. Je... enfin, je n'ai
que les deux tenues que la reine m'a données. Mes
vieux vêtements n'existent plus.

— Que leur est-il arrivé ?

— Je... je les ai brûlés, messire. » Il avait pris tout à coup un ton de défi et il soutint mon regard, le menton dressé.

Je songeai à lui demander la raison de son geste, mais ce n'était pas nécessaire : son attitude l'expliquait amplement. Lors d'une cérémonie à son seul usage, il avait détruit tout ce qui le rattachait à son passé. Parviendrais-je à le lui faire avouer ? Mais à quoi bon ? Qu'y gagnerions-nous l'un et l'autre ? Pourtant, gâcher ainsi des habits encore en bon état devait le couvrir de honte ; le conflit qui l'opposait à son père avait dû devenir vraiment aigu. Brusquement, le bleu du ciel me parut perdre un peu de son éclat. J'écartai la question d'un haussement d'épaules. « Porte les habits dont tu disposes, alors », dis-je en espérant n'avoir pas pris un ton trop sec.

Il continua de me regarder sans bouger, et je m'aperçus que je ne lui avais pas donné congé. « Tu peux t'en aller, Leste. À demain.

— Oui, messire. Merci, maître Blaireau. » Il s'inclina avec une raideur saccadée puis parut hésiter. « Messire, puis-je vous poser une question ?

— Certainement. »

Il jeta un coup d'œil soupçonneux sur le jardin. « Pourquoi nous voyons-nous en haut de cette tour ?

— Le décor est agréable et nous y sommes tranquilles. Quand j'avais ton âge, j'avais horreur de devoir rester enfermé par une belle journée de printemps. »

À ces mots, un sourire illumina timidement son visage. « Moi aussi, messire. Je n'aime pas non plus qu'on me tienne à l'écart des animaux ; c'est l'appel de ma magie, je suppose. »

J'aurais préféré qu'il ne remette pas le sujet sur le tapis. « C'est possible ; peut-être aussi dois-tu bien réfléchir avant d'y répondre. » Cette fois, j'escomptais qu'il entendrait la réprimande dans ma réplique.

Ses traits se crispèrent, puis il prit une expression outragée. « La reine a dit que ma magie ne devait rien changer à mon statut, qu'on n'a pas le droit de me brimer à cause d'elle.

— En effet. Mais on ne te portera pas aux nues non plus à cause d'elle. Je te conseille de ne pas en faire étalage, Leste ; ne l'agite pas sous le nez des gens avant de les connaître. Si tu souhaites apprendre comment vivre au mieux avec ton Vif, je te recommande de te rendre auprès de Trame le vifier lorsqu'il raconte ses histoires, le soir devant l'âtre. »

Il avait la mine maussade avant que j'eusse achevé ma diatribe ; je le renvoyai sans douceur et il s'en alla. Je pensais avoir mis le doigt sur l'illusion dont il se berçait : son Vif avait tracé la ligne de front sur laquelle son père et lui s'opposaient ; or il avait bravé la volonté de Burrich et fui à Castelcerf, décidé à résider à la cour tolérante de la reine Kettricken sans cacher son état de vifier. Mais, s'il croyait qu'il lui suffisait de posséder le Vif pour mériter sa place, je chasserais vite cette fiction de son esprit. Je ne chercherais pas à le priver de sa magie ; mais sa façon de la brandir devant tout le monde comme on secoue un chiffon devant un chien de chasse pour voir sa réaction m'affolait. Tôt ou tard, il tomberait sur un jeune noble qui se ferait un plaisir de le provoquer en duel à cause de sa méprisable magie des bêtes. Le respect qu'on manifestait aux vifiers ne tenait qu'à un décret royal, et beaucoup ne s'y pliaient qu'à contrecœur en conservant en leur for intérieur leur vieille aversion. L'attitude de Leste me confortait encore dans ma résolution de lui laisser ignorer que je possédais moi aussi le Vif : il était déjà bien assez dangereux qu'il affiche crânement sa propre magie ; je refusais de prendre le risque qu'il trahît la mienne.

Je contemplai à nouveau l'immensité du ciel et de la mer, spectacle enivrant, à la fois magnifique et rassurant par son côté familier. Puis, par un effort de volonté, je baissai le regard sur le pied de la tour, par-dessus le petit muret qui me séparait d'une chute mortelle. Autrefois, le corps et l'esprit meurtris par Galen, le maître d'Art, j'avais voulu me jeter du haut de ce même parapet, et c'était la main de Burrich qui m'en avait empêché. Il m'avait porté jusque dans ses quartiers, pansé puis vengé de mon professeur. Je lui en restais redevable ; peut-être ne pouvais-je m'acquitter de ma dette qu'en instruisant son fils et assurant sa sécurité à la cour. Je gravai cette pensée dans mon cœur pour étayer l'enthousiasme de plus en plus fléchissant que m'inspirait ma mission et je quittai la tour. J'avais un autre rendez-vous, et le soleil m'indiquait que j'étais déjà en retard.

Umbre avait déclaré publiquement qu'il formait dorénavant le jeune prince à la magie de l'Art dont il était l'héritier, et j'en éprouvais un sentiment de soulagement et de dépit à la fois. Cette annonce signifiait que Devoir et Umbre n'étaient plus obligés de se voir en secret pour leurs leçons ; on considérait comme une simple excentricité de la part du prince qu'il y invitât son serviteur simple d'esprit : nul à la cour n'aurait pu deviner que Lourd étudiait à l'égal de son maître et qu'il manifestait dans la magie ancestrale des Loinvoyant une puissance bien supérieure à celle d'aucun membre vivant de la famille royale. Mon chagrin provenait de ce que, malgré mon statut de véritable enseignant d'Art, je demeurais le seul qui dût encore se dissimuler pour se rendre à ces réunions. Tom Blaireau, humble garde, n'avait pas à connaître quoi que ce fût de la magie des Loinvoyant.

Je descendis donc l'escalier du jardin de la Reine puis traversai rapidement le château. Il existait dans les communs six points d'entrée dans le labyrinthe secret qui parcourait les entrailles de Castelcerf ; je prenais soin chaque jour d'en emprunter un différent, et, ce matin-là, je choisis celui qui se trouvait près du garde-manger des cuisines. J'attendis qu'il n'y eût plus âme qui vive dans le couloir avant de pénétrer dans la dépense, puis je me frayai un chemin entre trois rangées de saucisses suspendues à sécher, ouvris un panneau mural et m'enfonçai dans les ténèbres familières.

Je ne perdis pas de temps à patienter jusqu'à ce que mes yeux s'habituent à l'obscurité : nulle lueur n'éclairait cette partie du dédale. Les premières fois où je l'avais explorée, j'avais une bougie à la main ; aujourd'hui, j'estimais l'avoir assez fixée dans ma mémoire pour la parcourir dans le noir. Je comptai mes pas puis, à tâtons, gravis des degrés étroits ; en haut, j'effectuai un quart de tour à droite et distinguai de fins rais de soleil en travers d'un passage poussiéreux. Je m'y engageai, courbé en deux, et j'atteignis bientôt une section de galeries que je connaissais mieux ; peu après, j'en sortis par le côté de la cheminée de la tour du guet de la mer. Je refermai le panneau derrière moi puis me figeai en entendant le loquet de la porte se soulever. J'eus à peine le temps de me glisser derrière les grands rideaux d'une fenêtre – piètre cachette – avant que le battant ne s'ouvre.

Je retins mon souffle, mais il s'agissait seulement d'Umbre, Devoir et Lourd qui arrivaient pour leur leçon. J'attendis la fermeture de la porte pour faire mon apparition dans la pièce. Lourd sursauta mais Umbre déclara simplement : « Tu sais que tu as des toiles d'araignée sur la joue gauche ? »

De la main, je me débarrassai de la masse de fils collants. « Je m'étonne de n'en avoir que sur la joue gauche ; on dirait que le printemps a réveillé toute une armée d'araignées. »

Umbre hocha gravement la tête. « Autrefois, j'emportais un plumeau et j'avançai en l'agitant devant moi ; c'était relativement efficace. Naturellement, à cette époque, l'aspect que je présentais une fois à destination n'avait guère d'importance, mais je n'aimais pas sentir de petites pattes courir sur ma nuque. »

Le prince Devoir eut un sourire amusé à l'idée du noble vieillard, avec son costume et sa calotte immaculés, en train de trotter dans les passages empoussiérés. Naguère, le seigneur Umbre vivait dissimulé au sein du château de Castelcerf avec pour seule fonction celle d'assassin royal ; il cachait son visage grêlé et, dans l'ombre, exécutait la justice du roi. Ce n'était plus le cas désormais ; il parcourait le château d'un pas majestueux, acclamé comme diplomate et premier conseiller de la reine. Son élégante vêture en camaïeu de bleus et de verts soulignait ce statut, comme les bijoux à son cou et ses oreilles. Sa chevelure de neige et ses yeux émeraude vif semblaient des parures choisies avec soin pour s'harmoniser avec ses effets, et les cicatrices qui l'affligeaient tant s'étaient atténuées avec l'âge. Je ne le jalousais ni ne lui en voulais de ce luxe : le vieillard se rattrapait de l'austérité de sa jeunesse ; cela ne faisait de mal à personne, et ceux qui se laissaient éblouir par son apparence ne percevaient souvent pas l'arme qu'était le tranchant de son esprit.

À l'inverse, le prince portait une tenue presque aussi simple que la mienne ; j'attribuais ce choix aux goûts ascétiques de la reine Kettricken, de tradition montagnarde, et à son sens inné de l'économie : âgé de quinze ans, Devoir était en pleine croissance ; à quoi bon lui fabriquer d'élégants vêtements pour son usage quotidien s'ils devenaient rapidement trop petits pour lui ou s'il en crevait les épaules lors de ses exercices sur le terrain d'entraînement ? J'observai l'adolescent au visage fendu d'un grand sourire ; il tenait ses yeux sombres et sa tignasse noire et bouclée de son père, mais sa taille et la ligne de sa mâchoire m'évoquaient davantage le portrait de Chevalerie, mon propre père.

Le personnage courtaud qui l'accompagnait offrait un contraste saisissant avec lui. J'estimais que Lourd devait approcher de la trentaine ; ses oreilles réduites et sa langue qui pointait constamment entre ses lèvres le désignaient comme simple d'esprit. Le prince l'avait habillé d'une tunique et de chausses bleues semblables aux siennes, jusqu'à l'emblème du cerf brodé sur sa poitrine, mais, sur le ventre proéminent du petit homme, le tissu se tendait à craquer, et il formait des poches comiques à ses genoux et ses chevilles. Il présentait un aspect à la fois amusant et vaguement repoussant aux yeux de ceux qui ne sentaient pas comme moi la magie de l'Art dont le feu brûlait en lui comme la fournaise d'un forgeron. Il apprenait à maîtriser la musique qui remplaçait chez lui les pensées ordinaires ; déjà, elle tendait moins à se répandre partout et à gêner mes autres élèves, mais, par sa puissance, elle continuait néanmoins à s'imposer à tous. J'étais capable de lui faire barrage mais je me fermais du même coup à la quasi-totalité de l'Art, y compris aux émissions moins pénétrantes d'Umbre et de Devoir. Comme je ne pouvais simultanément me couper de la musique et enseigner l'Art, je supportais la mélodie incessante de Lourd.

Ce jour-là, elle se composait de cliquetis de ciseaux et des claquements d'un métier à tisser auxquels se mêlait le rire aigu d'une femme. « Ainsi vous avez subi une nouvelle séance d'essayage ce matin ? » demandai-je au prince.

Il ne se montra aucunement impressionné par ma déduction : il savait d'où je la tirais. Il hocha la tête avec lassitude. « Lourd et moi ; ça a été long. »

Le petit homme acquiesça vigoureusement de la tête. « Monte sur le tabouret ; ne bouge pas ; arrête de te gratter ; et elle a piqué Lourd avec des aiguilles. » Il prononça cette dernière phrase d'un ton aigre en lançant un regard de reproche au prince.

Devoir poussa un soupir. « C'était un accident, Lourd ; elle t'avait dit de cesser de t'agiter.

— Elle est méchante », marmonna l'autre, et je songeai qu'il n'était sans doute pas loin de la vérité ; nombre de nobles acceptaient avec difficulté l'amitié du prince pour le simple d'esprit, et, pour des raisons que je ne comprenais pas, certains serviteurs s'en offusquaient encore davantage. J'en soupçonnais quelques-uns de manifester leur contrariété par des moyens mesquins.

« C'est fini à présent, Lourd », répondit Devoir pour le consoler.

Nous nous installâmes à nos places habituelles autour de la vaste table. Depuis qu'Umbre avait annoncé le début de ses leçons d'Art avec le prince, la salle de la tour du guet de la mer avait été remeublée et redécorée : de grands rideaux encadraient les hautes fenêtres dont les volets désormais ouverts laissaient entrer une agréable brise ; on avait récuré à fond les murs et le sol de pierre, huilé et encaustiqué la table et les fauteuils. La petite bibliothèque d'Umbre était rangée dans de nouveaux casiers à manuscrits, sauf certains parchemins qu'il considérait comme extrêmement précieux ou très dangereux et qu'il enfermait dans une armoire dotée d'une solide serrure. Sur un grand bureau d'écriture étaient disposés des encriers, des plumes taillées de frais et une copieuse réserve de papier et de vélin ; il y avait aussi un buffet garni de bouteilles de vin, de verres et d'autres articles nécessaires au confort du prince. La pièce avait pris un aspect accueillant, voire luxueux, qui reflétait plus les goûts d'Umbre que ceux de Devoir.

Pour ma part, je me réjouissais de ces changements.

J'observai les visages qui m'entouraient. Le prince me regardait, l'œil vif ; l'index de Lourd s'était mis en chasse dans sa narine gauche ; Umbre se tenait droit comme un i dans son fauteuil, vibrant d'énergie. J'ignorais ce qu'il avait pris pour retrouver sa vivacité d'esprit, mais cela n'avait pas effacé les veinules rouges qui striaient le blanc de ses yeux et s'opposaient en un contraste effrayant au vert de ses iris.

« Aujourd'hui, j'aimerais que nous... Lourd, arrête, s'il te plaît. »

Il me dévisagea d'un air inexpressif, le doigt enfoncé dans le nez. « Peux pas ; ça me gratte. »

Umbre se frotta le front en détournant le visage. « Donnez-lui un mouchoir », dit-il sans s'adresser à personne en particulier.

Le prince Devoir se trouvait le plus près de Lourd. « Tiens, mouche-toi ; ça fera peut-être sortir ce qui te gêne. »

Il lui tendit un carré de tissu brodé. Le petit homme le contempla d'un air méfiant pendant plusieurs secondes puis l'accepta. Au milieu du bruit assourdissant de ses efforts pour se dégager le nez, je repris : « La nuit dernière, chacun de nous devait essayer de se déplacer grâce à l'Art dans ses rêves. » Ce n'était pas sans angoisse que j'avais donné cet exercice à mes élèves, mais je sentais Umbre et Devoir prêts à s'y atteler ; quant à Lourd, comme il oubliait en général ce qu'il devait faire le soir, je n'avais guère d'inquiétude à son sujet. Lorsqu'on se déplaçait par l'Art, on quittait son corps et, pendant un bref laps de temps, on percevait le monde par les sens de quelqu'un d'autre. J'y étais parvenu plusieurs fois, d'ordinaire par accident. Selon les manuscrits, cette technique permettait non seulement de recueillir efficacement des renseignements mais aussi de repérer ceux dont l'ouverture à la magie les désignait comme servants du roi, c'est-à-dire comme source d'énergie pour un artiseur ; les plus ouverts se révélaient parfois posséder eux-mêmes l'Art. La veille, Umbre s'était montré enthousiaste à cette idée, mais à présent il n'affichait pas la mine triomphante qu'on aurait attendue s'il avait réussi. À son instar, Devoir paraissait lugubre. « Eh bien ? Chou blanc ?

— J'ai réussi ! fit Lourd d'un ton exultant.

— Tu t'es déplacé grâce à l'Art ? » J'étais abasourdi.

« Mais non ! Je l'ai sorti ! Regarde. » Et il présenta son trophée verdâtre au milieu du mouchoir du prince. Umbre détourna le regard avec une exclamation de dégoût.

Devoir, lui, avait quinze ans : il éclata de rire. « Impressionnant, Lourd ! C'en est un gros. On dirait une vieille salamandre verte.

— Ouais, répondit Lourd d'un air satisfait, ses lèvres molles étirées en un grand sourire réjoui. J'ai rêvé d'un gros lézard bleu cette nuit. Plus gros que ça ! » Et son rire, semblable au halètement rauque d'un chien, se joignit à celui de l'adolescent.

« Mon prince et futur monarque, dis-je d'un ton sévère à Devoir, nous avons du travail. » En réalité, je m'évertuais à garder un visage sérieux. Quel plaisir de voir le garçon s'amuser sans contrainte, fût-ce d'un sujet puéril ! Quand j'avais fait sa connaissance, il paraissait toujours courbé sous le fardeau de son rang et de ses obligations. C'était la première fois que je le surprenais à se conduire comme un enfant de son âge au printemps, et je regrettai ma rebuffade lorsque son sourire disparut brusquement. Avec une gravité bien supérieure à la mienne, il se tourna vers Lourd, s'empara du mouchoir et le roula en boule.

« Non, Lourd, arrête. Écoute-moi. Tu as rêvé d'un gros lézard bleu ? De quelle taille ? »

La tension qui perçait dans sa question attira l'attention d'Umbre ; mais la rapidité avec laquelle Devoir avait changé de ton et d'attitude avait laissé Lourd égaré et vexé. Son front se plissa et il prit une expression boudeuse, la lèvre et le bout de la langue pendants. « Ce n'est pas poli. »

Je reconnus l'expression. Nous étions en train de travailler sur les manières de Lourd à table : s'il devait nous accompagner sur Aslevjal, il fallait lui apprendre au moins quelques rudiments de courtoisie. Apparemment, hélas, il ne se rappelait les règles que si elles lui permettaient de reprendre quelqu'un d'autre.

« Excuse-moi, Lourd ; tu as raison. Ce n'est pas poli de prendre quelque chose des mains de son voisin. Maintenant, parle-moi de ce gros lézard dont tu as rêvé. »

Le prince regardait Lourd avec un sourire empreint du plus grand intérêt, mais le passage d'un sujet à l'autre avait été trop brusque pour le petit homme. Il secoua sa grosse tête puis se détourna et croisa ses bras courtauds sur sa poitrine. « Non, fit-il d'un ton bourru.

— S'il te plaît, Lourd... dit l'adolescent, mais Umbre l'interrompit.

— Cela ne peut-il attendre, Devoir ? Il reste peu de jours avant notre départ et nous avons encore beaucoup à apprendre si nous voulons fonctionner comme un clan d'Art. » Je comprenais l'impatience du vieillard, car je la partageais. L'Art risquait de se révéler indispensable à la réussite du prince. Nous ne croyions guère qu'il dût réellement tuer un dragon enseveli dans les glaces ; le véritable intérêt de l'Art résiderait en ce qu'il nous permettrait, à Umbre et moi, de récolter des renseignements et de les transmettre à Devoir pour aplanir le chemin des négociations concernant son mariage.

« Non, répondit le prince ; c'est important, je pense – enfin, c'est possible. Voyez-vous, j'ai rêvé moi aussi d'un grand lézard bleu la nuit dernière ; à proprement parler, il s'agissait d'un dragon. »

Un moment de silence s'ensuivit pendant lequel nous nous pénétrâmes de cette nouvelle, puis Umbre déclara sans conviction : « Ma foi, il n'y a rien que de très normal à ce que Lourd et vous partagiez le même songe. Vous êtes très souvent liés par l'Art pendant le jour ; quoi d'étonnant à ce que cela déteigne sur la nuit ?

— Je crois que je ne dormais pas lorsque ça s'est produit : je m'efforçais de me déplacer par l'Art. Fi... Tom dit parvenir le plus facilement à cet état à partir d'un sommeil léger. Je me trouvais donc dans mon lit et j'essayais de m'assoupir sans m'endormir trop profondément tout en déployant mon Art. C'est alors qu'une sensation m'a frappé.

— Laquelle ? demanda Umbre.

— J'avais l'impression qu'il me cherchait avec ses grands yeux d'argent qui tournaient comme des toupies. » C'était Lourd qui avait répondu.

« Exactement », confirma le prince d'une voix lente.

L'accablement me saisit.

« Je n'y comprends rien, fit Umbre d'un ton agacé. Commencez par le commencement et racontez-moi tout cela dans l'ordre. » Il s'adressait à Devoir. Un double aiguillon excitait la colère du vieillard, je le savais : une fois de plus, devant le même exercice, Lourd et Devoir avaient connu un certain succès tandis que lui-même avait échoué, et voici qu'on reparlait de dragons. Le sujet revenait trop souvent à son goût ces derniers temps : un dragon pris dans un glacier que le prince devait exhumer puis décapiter, les dragons dont s'étaient vantés les représentants de Terrilville (et qui obéissaient prétendument aux Marchands de la cité), et à présent un dragon qui s'immisçait dans nos leçons d'Art. Nous en savions beaucoup trop peu sur eux, et nous n'osions pas les ranger trop hâtivement dans la catégorie des légendes et des mensonges, car nous n'avions pas oublié ceux de pierre qui avaient participé à la défense des Six-Duchés seize ans plus tôt et dont nous ignorions presque tout aussi.

« Il n'y a pas grand-chose à raconter », répondit Devoir. Il prit son inspiration puis, malgré ce qu'il venait d'affirmer, se lança dans un compte rendu détaillé, selon la manière qu'Umbre nous avait enseignée à tous les deux. « Je m'étais retiré dans mes appartements comme si je m'apprêtais à m'endormir pour la nuit. J'étais allongé dans mon lit ; le feu brûlait doucement dans la cheminée, et je le contemplais en laissant mon esprit vagabonder d'une façon qui, du moins l'espérais-je, me permettrait d'approcher du sommeil tout en restant assez éveillé pour déployer mon Art. À deux reprises je me suis assoupi ; chaque fois, je me suis repris et j'ai retenté l'exercice ; la troisième, j'ai voulu inverser le processus. J'ai tendu mon Art et, prêt à saisir ma chance, je me suis laissé aller au sommeil. » Il s'éclaircit la gorge et nous regarda tour à tour. « Alors j'ai senti une grande présence – vraiment très grande. » Il se tourna vers moi. « Comme lorsque nous nous trouvions sur la plage. »

Lourd suivait ses propos la bouche entrouverte, ses petits yeux plissés par l'effort qu'il faisait pour réfléchir. « Un gros lézard tout bleu, fit-il.

— Non, Lourd, dit Devoir d'un ton patient, pas tout de suite. D'abord, il n'y a eu que cette immense... présence ; je mourais d'envie de me diriger vers elle, mais en même temps je redoutais de l'approcher. Je ne ressentais pourtant aucune impression de menace ; au contraire, elle me paraissait... infiniment bienveillante, pacifique et inoffensive. Non, je craignais de la toucher par peur de... de perdre tout désir de revenir. J'avais l'impression de me trouver devant une conclusion, une limite, un lieu où commence quelque chose de différent. Non : devant un être qui réside en un lieu où commence quelque chose de différent. » La voix du prince mourut.

« Je n'y comprends rien. Exprimez-vous clairement, dit Umbre sèchement.

— On ne peut guère décrire cette expérience de façon beaucoup plus claire, intervins-je d'une voix posée. Je connais l'être, ou la sensation, ou le lieu dont parle le prince ; j'y ai déjà été confronté une fois ou deux, et en une occasion l'une de ces entités nous a aidés, mais j'avais eu le sentiment alors qu'il s'agissait d'une exception. Une autre aurait pu nous aborder ou ne pas nous remarquer. Elle possède une force d'attraction extraordinairement puissante, Umbre, chaleureuse, indulgente, aussi douce que l'affection d'une mère. »

Le prince fronça légèrement les sourcils et secoua la tête. « Celle dont je parle était forte, protectrice et sage, à l'image d'un père. »

Je me tus : j'avais conclu depuis longtemps que ces êtres se présentaient à nous sous l'aspect de ce qui nous manquait le plus. Ma mère m'avait abandonné tout enfant et Devoir n'avait jamais connu son père ; ces événements laissent des abîmes béants dans la vie d'un homme.

« Pourquoi ne m'en avoir jamais parlé ? » demanda Umbre avec irritation.

Pourquoi, en effet ? Parce que je ressentais cette rencontre comme trop intime pour la partager avec autrui ; mais je trouvai une autre excuse. « Parce que vous auriez eu la même réaction qu'aujourd'hui : vous m'auriez dit de m'exprimer clairement. Or je ne puis expliquer ce phénomène ; et même ce que je viens de vous narrer n'est peut-être qu'une rationalisation de ce que j'ai vécu. Cela s'apparente à vouloir relater un rêve, à essayer de suivre un fil conducteur dans une succession d'événements qui défient la logique. »

Umbre n'insista pas mais il garda une mine renfrognée. Je me résignai à un long interrogatoire, plus tard, où il s'efforcerait de m'arracher le plus de faits, de pensées et d'impressions possible.

« Je veux raconter le gros lézard », déclara Lourd d'un ton maussade sans s'adresser à personne en particulier. Depuis quelque temps, il aimait parfois devenir le centre d'attention de notre groupe, et il considérait à l'évidence que le compte rendu du prince lui avait volé la vedette.

« Vas-y, Lourd ; dis ce que tu as rêvé puis j'en ferai autant. » Devoir lui céda toute la place.

Umbre se laissa aller contre le dossier de son fauteuil avec un soupir bruyant. Je regardai Lourd et vis son visage s'illuminer ; il eut un frétillement de tout le corps comme un chiot après une caresse, il réfléchit, les yeux plissés, puis il se lança dans une laborieuse imitation des comptes rendus qu'il nous avait souvent entendu, Devoir et moi, faire à Umbre. « Je me suis couché hier soir ; j'avais ma couverture rouge. Lourd allait dans la musique et il était presque endormi. Et puis j'ai senti que Devoir était là. Quelquefois Lourd le suit dans des rêves. Il fait beaucoup de jolis rêves, avec des filles... »

Il s'interrompit un moment, la bouche entrouverte, pour ordonner ses pensées. Le prince avait l'air nettement mal à l'aise mais Umbre et moi conservâmes une expression où seul se lisait le plus grand intérêt pour le rapport de Lourd.

Le petit homme reprit brusquement son récit. « Alors, j'ai pensé : "Où il est ?" C'était peut-être un jeu ; il jouait peut-être à cache-cache avec Lourd. J'ai dit : "Prince", et il a répondu : "Tais-toi." J'ai arrêté de parler et je suis devenu tout petit et la musique tournait autour de moi. C'était comme se cacher derrière les rideaux ; j'ai jeté un tout petit coup d'œil et j'ai vu un gros gros lézard, une dame lézard, toute bleue, bleue comme ma chemise, mais toute brillante quand elle remuait, comme les couteaux de la cuisine. Alors elle a dit : "Viens, viens, on va jouer." Mais le prince il a dit : "Chut, bouge pas", alors je n'ai pas bougé, et alors elle s'est mise en colère et elle est devenue encore plus grande ; elle a les yeux qui se sont mis à briller et à tourner, tout ronds comme l'assiette que j'ai fait tomber. Et puis Lourd il s'est dit : "Mais elle est du côté du rêve ; je vais aller de l'autre côté." J'ai fait grandir la musique et je me suis réveillé et il n'y avait plus de dame lézard, mais ma couverture rouge était par terre. »

Il reprit brusquement son souffle car il avait raconté son expérience d'une seule traite, sans respirer, puis il nous regarda tout à tour. Par réflexe, j'envoyai un infime coup d'art à Umbre ; il se tourna vers moi mais réussit à donner l'impression qu'il s'agissait d'un hasard, et, en mon for intérieur, je lui rendis hommage lorsqu'il déclara : « Excellent rapport, Lourd ; tu m'as fourni matière à réflexion. Écoutons le prince à présent, puis je verrai si j'ai des questions à vous poser. »

Le simple d'esprit se redressa dans son fauteuil et bomba tant le torse que son ventre rond tendit les coutures de sa tunique. Sa langue pointait toujours au milieu de son large sourire de grenouille, mais une étincelle de fierté dansait dans ses yeux tandis qu'ils allaient et venaient entre Devoir et moi pour s'assurer que nous avions observé son triomphe. Je me demandai pourquoi il lui apparaissait si important de faire impression sur Umbre, avant de comprendre qu'encore une fois il imitait son prince.

Avisé, Devoir laissa quelques instants au petit homme pour jouir de notre attention. « Lourd vous a narré la plus grande partie de l'histoire mais j'aimerais apporter quelques précisions. J'ai parlé d'une présence ; alors que je... non, je ne la regardais pas : je la percevais – alors que je la percevais, elle m'attirait de plus en plus vers elle. Je n'éprouvais aucune peur. Elle représentait un danger, je le savais, mais le risque de finir absorbé, perdu à jamais, me laissait indifférent ; ça m'était égal. Soudain elle s'est mise à s'éloigner ; j'ai voulu la suivre mais, à ce moment, j'ai pris conscience qu'une autre créature m'observait et qu'elle ne paraissait pas aussi bienveillante. J'avais l'impression qu'elle s'était approchée de moi discrètement alors que je contemplais l'entité.

» J'ai parcouru les environs du regard et je me suis rendu compte que je me trouvais au bord d'un fleuve aux flots laiteux, sur une grève d'argile extrêmement étroite ; une grande forêt se dressait derrière moi, aux arbres immenses, plus hauts que des tours, si hauts qu'ils assombrissaient le jour comme au crépuscule.

Puis j'ai remarqué un tout petit animal ; on aurait dit un lézard, en plus grassouillet. Posé sur une large feuille, il ne me quittait pas des yeux. Dès que je l'ai aperçu, il s'est mis à grandir, et, finalement, quand il s'est avancé sur la plage, c'était devenu un dragon, un dragon femelle bleu et argent, vaste et puissant. Il s'est adressé à moi : "Tu m'as donc vue. Pour moi, c'est sans importance, mais pas pour toi ; tu es l'un des siens. Dis-moi, que sais-tu d'un dragon noir ?" À cet instant, et c'est l'aspect le plus bizarre de cette histoire, je n'ai pas pu me retrouver, comme si, trop occupé à regarder, j'avais oublié que j'existais ; alors j'ai décidé que je me cachais derrière un arbre, et c'est là que je suis réapparu.

— Ça ne ressemble pas à une expérience d'Art, coupa Umbre d'un ton irrité, mais à un rêve.

— En effet ; c'est pourquoi je n'y ai pas prêté attention en me réveillant. Je savais que j'avais artisé brièvement, mais j'ai pensé que le sommeil m'avait rattrapé et que la suite n'avait été qu'un songe. Donc, comme cela se produit souvent dans les rêves, j'ai vu Lourd brusquement en ma compagnie. Comme j'ignorais s'il avait aperçu le dragon, je l'ai contacté par l'Art pour lui conseiller de garder le silence et de se cacher. Nous nous sommes cachés et la créature est entrée dans une grande colère, sans doute, j'imagine, parce qu'elle nous savait toujours présents mais dissimulés. Tout à coup, Lourd a disparu, et cela m'a tellement surpris que j'en ai ouvert les yeux. » Le prince haussa les épaules. « Je n'ai vu que ma chambre autour de moi et j'ai jugé que j'avais dû être victime d'un rêve d'un réalisme saisissant.

— Et il pourrait ne s'agir que de cela : d'un songe que Lourd et vous auriez partagé, repartit Umbre. Nous pouvons, je pense, clore cette affaire et nous occuper de ce qui nous réunit dans cette pièce.

— Ce n'est pas mon avis », répliquai-je. La désinvolture excessive avec laquelle Umbre écartait la question me donnait à soupçonner qu'il ne désirait pas prolonger la discussion ; cependant, j'étais prêt à sacrifier une partie de mon secret pour découvrir le sien. " À mon sens, ce dragon existe réellement ; mieux, je crois que nous avons déjà entendu parler de lui : Tintaglia, le dragon de Terrilville, celui dont nous a entretenus le jeune homme voilé.

— Selden Vestrit, fit Devoir à mi-voix. Les dragons pourraient donc artiser ? Dans ce cas, pourquoi celui-ci voudrait-il apprendre ce que nous savons d'un dragon noir ? S'agit-il de Glasfeu ?

— Oui, quasiment à coup sûr. Mais c'est la seule de vos questions à laquelle je puisse répondre. » À contrecœur, je me tournai vers Umbre pour affronter son expression mécontente. « Cette créature s'est déjà immiscée dans mes rêves pour formuler la même exigence : que je lui apprenne ce que je connaissais d'un dragon noir et d'une île. Elle est au courant de notre quête, sans doute par le biais des ambassadeurs de Terrilville qui sont venus nous inviter avec tant de cordialité à partager leur conflit avec Chalcède, mais j'ai l'impression qu'elle n'en sait pas davantage qu'eux, c'est-à-dire qu'un dragon se trouve prétendument pris dans les glaces et que Devoir doit le tuer. »

Umbre émit un bruit de gorge qui ressemblait à un grondement. « Alors elle connaît sans doute aussi le nom de l'île, Aslevjal, et elle ne tardera guère à découvrir où elle se situe. Les Marchands de Terrilville ne volent pas leur nom ni leur réputation ; s'ils veulent une carte qui indique comment se rendre sur Aslevjal, ils l'obtiendront. »

J'écartai les mains avec un calme de pure façade. « Nous n'y pouvons rien, Umbre ; il nous faudra traiter les problèmes à mesure qu'ils se présenteront. »

Il repoussa son fauteuil en arrière. « Je les traiterais mieux si j'en savais assez sur eux », dit-il en haussant le ton. D'un pas agacé, il s'approcha de la fenêtre et contempla la mer, puis il me regarda par-dessus son épaule. « Que me dissimules-tu d'autre ? »

Si nous nous étions trouvés seuls, je lui aurais peut-être raconté que le dragon avait menacé Ortie et qu'elle avait réussi à le chasser ; mais je ne tenais pas à parler de ma fille en présence de Devoir, aussi me bornai-je à secouer la tête. Il tourna de nouveau son visage vers la fenêtre.

« Nous risquons donc d'affronter un troisième adversaire en plus du froid et de la glace d'Aslevjal. Enfin... Au moins, dis-moi quelles dimensions a cette créature ; est-elle puissante ?

— Je l'ignore. Je ne l'ai vue qu'en rêve et elle ne cessait de changer de taille. À mon avis, nous ne devons prendre pour argent comptant rien de ce qu'elle nous a montré d'elle dans nos songes.

— Nous voilà bien avancés », fit Umbre avec découragement. Il retourna près de la table et se laissa tomber dans son fauteuil. « As-tu vu ce dragon cette nuit ? me demanda-t-il à brûle-pourpoint.

— Non.

— Mais tu t'es déplacé par l'Art, n'est-ce pas ?

— Brièvement. » J'étais allé voir Ortie mais je ne tenais pas à en parler devant les autres ; il ne parut pas remarquer ma réticence.

« Pour ma part, je ne suis arrivé à rien, et pourtant je me suis donné du mal. » Il s'exprimait du ton angoissé d'un enfant qui souffre. Dans ses yeux, je vis non seulement de la frustration mais de la peine ; il me regardait comme si je lui refusais l'accès à un secret inestimable ou à une aventure merveilleuse.

« Ça viendra avec le temps, Umbre ; parfois je me demande si vous n'exagérez pas vos efforts. » J'essayai de masquer mon manque de conviction ; je n'avais pas le courage de lui avouer brutalement l'idée qui me tenaillait : qu'il avait entrepris trop tard sa formation et qu'il ne maîtriserait jamais la magie qu'on lui avait interdite toute sa vie.

« Tu me le répètes sans cesse », fit-il d'une voix sourde.

Je ne vis pas quoi répondre. Nous consacrâmes le reste de la leçon à pratiquer un exercice tiré d'un manuscrit, mais sans grand succès. Le découragement d'Umbre paraissait étouffer ses capacités : les mains jointes avec les miennes, il recevait les images et les messages que je lui envoyais, mais, quand nous nous séparions, je ne parvenais plus à le toucher, et il était incapable d'entrer en contact avec Devoir ou avec Lourd. Finalement, son exaspération croissante nous affecta tous, et, quand le prince et le simple d'esprit s'en allèrent vaquer à leurs occupations journalières, non seulement nous n'avions accompli aucun progrès mais nous n'avions même pas atteint le niveau de la veille.

« Encore une leçon de passée, et nous restons encore très loin de former un clan d'Art en état d'opérer », fit Umbre d'un ton aigre quand nous demeurâmes seuls dans la pièce. Il s'approcha du buffet et se servit un verre d'eau-de-vie ; il me regarda d'un air interrogateur et je secouai la tête.

« Non merci. Je n'ai même pas encore pris mon petit déjeuner.

— Moi non plus.

— Umbre, vous avez l'air épuisé. Une sieste d'une heure ou deux et un solide repas vous feraient plus de bien que cet alcool.

— Trouve-moi deux heures de libres dans mon emploi du temps et c'est avec plaisir que je dormirai », repartit-il sans acrimonie. Il se dirigea vers la fenêtre, son verre à la main, et contempla la mer. « Je ne sais plus où donner de la tête, Fitz. Nous avons besoin de cette alliance avec les îles d'Outre-mer : à cause du conflit entre Chalcède et Terrilville, notre commerce au sud est devenu quasiment inexistant ; en outre, si le premier vainc le second, ce qui n'a rien d'impossible, il se retournera contre nous. Nous

35

devons nous associer avec les îles d'Outre-mer avant que Chalcède nous coupe l'herbe sous le pied.

» Cependant, ce ne sont pas seulement les préparatifs du voyage qui m'occupent : je dois mettre en place toute sorte de sécurités et de garde-fous pour m'assurer que tout se passera sans heurts à Castelcerf en mon absence. » Il but une gorgée d'alcool et ajouta : « Nous partons pour Aslevjal dans douze jours. Douze jours ! Alors que deux semaines me suffiraient à peine ! »

Je le savais, il ne parlait pas des réserves de nourriture du château, des impôts ni de l'entraînement des gardes : d'autres que lui avaient la responsabilité de ces domaines et ils en rendaient compte directement à la reine. Umbre s'inquiétait pour son réseau d'espions et d'informateurs. Nul ne pouvait prévoir combien de temps durerait notre mission diplomatique, encore moins l'expédition du prince sur Aslevjal. Je nourrissais l'espoir de plus en plus défaillant que l'acte de tuer le dragon se révélerait en réalité un simple rite inconnu, propre aux Outrîliens, mais Umbre, lui, était convaincu que le cadavre d'un véritable dragon gisait dans le glacier et que le prince devrait le dégager assez pour en trancher la tête et la déposer publiquement aux pieds de la narcheska.

« Voyons, votre apprenti doit être capable de se charger de vos affaires pendant que vous serez parti. » Je m'étais exprimé d'un ton parfaitement neutre. Jamais je n'avais discuté avec lui du choix de son disciple. Je ne faisais pas confiance à dame Romarin en tant que membre de la cour et encore moins comme apprenti assassin. Enfant, elle avait été l'instrument de Royal, et l'Usurpateur avait usé d'elle implacablement contre nous. Mais l'heure était mal choisie pour apprendre à Umbre que j'avais découvert l'identité de son élève ; inutile d'ajouter à son découragement.

Il secoua la tête d'un air irrité. « Certains de mes contacts ne se fient qu'à moi et refuseront de parler à un autre que moi ; et, à la vérité, la moitié de mon talent tient à ce que je sais quand il faut demander davantage de renseignements et quelles rumeurs il faut suivre. Non, Fitz, même si mon apprenti fait de son mieux pour s'occuper de mon travail, je dois me résigner à l'idée qu'à mon retour il y aura des lacunes dans la masse d'informations glanées.

— Pourtant, vous avez quitté Castelcerf autrefois pendant la guerre des Pirates rouges ; comment vous êtes-vous débrouillé alors ?

— Ah ! La situation était différente. Je suivais le fil de la menace, je remontais les intrigues jusqu'à leur source. Certes, cette fois, je prendrai part en personne à des négociations essentielles ; mais il reste beaucoup à surveiller ici même, à Castelcerf.

— Les Pie, fis-je.

— Oui, entre autres ; mais ce sont eux que je redoute le plus, en effet, bien qu'ils se tiennent tranquilles pour le moment. »

Je compris ce qu'il voulait dire : l'absence d'activité de la part des Pie n'avait rien de rassurant. J'avais tué Laudevin, leur chef, mais je craignais qu'un autre ne prenne sa place. Nous avions œuvré d'arrache-pied pour gagner le respect et la coopération de la communauté vifière, et nous formions le vœu que cette détente des relations atténuerait la colère et la haine dont profitaient les extrémistes. Notre stratégie avait consisté à proposer l'amnistie aux vifiers afin de couper le ressentiment qui alimentait le mouvement des Pie ; si la reine accueillait les vifiers dans la société comme des membres égaux à tous les autres, si on acceptait qu'ils déclarent publiquement leur magie, si on les encourageait même, ils n'auraient plus aucun intérêt à vouloir renverser le trône des Loinvoyant. Tel était notre espoir, et il paraissait se réaliser ; mais, si notre tactique échouait, les Pie risquaient de s'en prendre à nouveau au prince et de chercher à le discréditer aux yeux de sa noblesse en dévoilant qu'il possédait le Vif. Proclamer par édit royal qu'on ne devait plus considérer le Vif comme une tare ni une souillure ne pouvait rien contre des générations de défiance et de préjugé, et nous comptions faire tomber ces œillères grâce aux vifiers présents à la cour royale et à leur attitude amicale – de jeunes garçons comme Leste mais aussi des hommes faits comme Trame le vifier.

Umbre continuait à contempler les flots, le regard troublé.

Je fis la grimace mais ne pus retenir ma question : « Puis-je vous être d'une aide quelconque ? »

Il se tourna brusquement vers moi. « S'agit-il d'une proposition sincère ? »

Son ton me rendit méfiant. « Je crois. Pourquoi ? Qu'attendez-vous de moi ?

— Que tu me permettes d'envoyer chercher Ortie. Il n'est pas nécessaire que tu la reconnaisses comme ta fille ; laisse-moi encore tenter de convaincre Burrich de l'amener à la cour pour la former à l'Art. Je pense que son ancien serment de fidélité aux Loinvoyant garde assez de place dans son cœur pour qu'il la laisse partir si je lui dis que son prince a besoin d'elle. En outre, la proximité de sa sœur serait sûrement d'un grand réconfort pour Leste.

— Umbre, Umbre ! » Je secouai la tête. « Demandez-moi n'importe quoi d'autre mais laissez mon enfant tranquille. »

Il se détourna de moi et se tut. Je demeurai près de lui un moment puis finis par accepter que, par son silence, il me congédie. Quand je sortis, il resta devant la fenêtre, le regard fixé vers le nord-est, vers les îles d'Outre-mer.

2

FILS

Preneur se donna le premier le titre de roi du château de Castelcerf. Pirate, pillard, il avait quitté les îles d'Outre-mer pour venir sur nos côtes comme bien d'autres avant lui. Il vit dans le fort de bois perché sur les falaises qui surplombaient le fleuve un site idéal pour établir une tête de pont permanente sur le continent ; du moins s'agit-il là d'une version de l'histoire. D'autres racontent que glacé, trempé, l'estomac au bord des lèvres, il cherchait une terre pour enfin quitter le ventre agité de l'océan. Quels que fussent ses motifs, il réussit à prendre d'assaut la place forte aux antiques fondations de pierre et devint le premier souverain Loinvoyant de Castelcerf. Il avait employé le feu pour y pénétrer ; en conséquence, il se servit pour bâtir de nouvelles fortifications de la pierre noire qui abonde dans la région. On constate donc que, depuis ses origines, la famille régnante des Six-Duchés se rattache par ses racines aux îles d'Outre-mer. Elle n'est pas seule dans ce cas, naturellement, car les peuples des deux pays ont mêlé leur sang aussi souvent qu'ils l'ont versé.

Histoires, de VENTOURNE

*

À cinq jours de la date prévue de notre départ, le voyage commença de m'apparaître comme une réalité ; jusque-là, j'étais parvenu à en chasser la perspective de mes pensées et à ne le considérer que comme une abstraction. Je m'y étais préparé, certes, mais seulement à titre d'éventualité. J'avais étudié l'écriture outrîlienne et passé nombre de mes soirées dans une taverne fréquentée par les marchands et les marins d'Outre-mer, où je m'étais attaché à apprendre leur langue du mieux possible ; j'avais découvert qu'en ce qui me concernait la meilleure technique consistait simplement à écouter leurs conversations. Le parler outrîlien a beaucoup de racines communes avec le nôtre, et, au bout de quelques séances, il avait pris une sonorité familière à mes oreilles. Je ne le maniais pas bien mais j'étais capable de me faire comprendre et, ce qui est plus important, de comprendre à peu près ce que j'entendais. J'espérais que cela suffirait.

Mes leçons avec Leste avaient bien avancé aussi. Par certains côtés, le garçon me manquerait lorsque nous partirions, mais par d'autres je me réjouirais d'être débarrassé de lui. Il n'avait pas menti : pour un enfant de dix ans, il se servait d'un arc avec une virtuosité exceptionnelle ; je l'avais signalé à Fontcresson et le maître d'armes s'était fait une joie de se charger de lui. « Il marche à l'instinct ; il n'est pas du genre à se camper solidement sur ses jambes et à prendre son temps pour viser. Avec ce garçon, la flèche part autant de l'œil que de l'arc. Il gaspillerait son talent à la hache ; développons plutôt sa musculature de façon qu'il puisse employer des arcs de plus en plus longs et puissants à mesure qu'il grandira. » Je transmis l'avis de Fontcresson à Umbre, qui y acquiesça en partie.

« Toutefois, nous le formerons aussi à la hache, me dit-il ; ça ne pourra pas lui faire de mal. »

J'ai honte de l'avouer, mais j'éprouvai un grand soulagement à devoir passer moins de temps en compagnie de l'enfant. Il était très intelligent et d'un commerce agréable, sauf sous deux aspects qui me gênaient chez lui : il ressemblait beaucoup trop à la fois à Molly et à Burrich, et il ne pouvait s'empêcher de toujours ramener sur le tapis la question de sa magie. Quel que fût le sujet de la leçon, il trouvait le moyen de le dévier sur une discussion à propos du Vif. L'étendue de son ignorance sur la question m'épouvantait, mais l'idée de corriger ses conceptions erronées me mettait mal à l'aise et je décidai de consulter Trame.

Je dus d'abord le voir à un moment où il était seul. Depuis son arrivée à la cour de Castelcerf en tant que représentant et avocat de ses semblables et de leur magie calomniée, il avait gagné le respect de nombreuses personnes qui jusque-là méprisaient le Vif et ceux qui le pratiquaient. Souvent on l'appelait le « maître de Vif » ; ce titre, qui se voulait à l'origine une raillerie de la volonté de la reine de faire accepter la magie proscrite, était en train de prendre une valeur honorifique reconnue. Beaucoup lui demandaient conseil, et pas seulement à propos du Vif ou de la communauté du Lignage. Homme affable, Trame s'intéressait à tous ceux qui l'entouraient et avait le talent de discuter avec entrain de quasiment n'importe quel sujet ; néanmoins, on le qualifierait plus justement d'auditeur actif que de bavard, et celui qui sait écouter se fait apprécier, en général. Même s'il n'avait pas eu le statut officieux d'ambassadeur des vifiers du royaume, je crois qu'il serait rapidement devenu une des coqueluches de la cour ; toutefois, sa position attirait d'autant plus l'attention car, pour celui qui désirait montrer à la reine qu'il adhérait à sa politique sur les vifiers, quel meilleur moyen que d'inviter Trame à dîner ou à participer à un divertissement ? Nombre de nobles cherchaient ainsi à s'insinuer dans les bonnes grâces de la souveraine. Rien dans son expérience, j'en suis sûr, n'avait préparé Trame à se retrouver le point de mire de la haute société ; pourtant il avait endossé ce rôle sans difficulté, comme il prenait apparemment tous les événements de l'existence, et ne s'en laissait pas tourner la tête, autant que je pusse en juger : il manifestait toujours le même intérêt passionné pour les bavardages d'une fille de service que pour les échanges complexes d'idées des nobles des plus hauts rangs. Je le voyais rarement seul.

Il existe néanmoins encore certains lieux où la bonne société ne suit pas ceux qui s'y rendent. J'attendis Trame près des latrines ; je le saluai quand il en sortit et dis : « J'aurais besoin de vos conseils. Pourrions-nous faire une promenade un peu à l'écart, dans le jardin des Femmes, le temps d'échanger quelques mots ? »

Il haussa ses sourcils grisonnants puis hocha la tête. Sans rien dire, il m'emboîta le pas de sa démarche chaloupée de loup de mer et n'eut aucune difficulté à suivre mes longues enjambées. Depuis ma plus tendre enfance, j'avais toujours aimé le jardin des Femmes ; il fournit la plus grande partie des herbes et des légumes frais utilisés en été aux cuisines, mais il est conçu autant pour le plaisir de la déambulation que pour l'entretien et la récolte de ses produits. On l'appelle le jardin des Femmes tout simplement parce que ce sont principalement des femmes qui s'en occupent, et notre présence n'éveillerait aucune curiosité déplacée. Je cueillis en passant plusieurs frondes de fenouil de l'année et en offris une à Trame ; au-dessus de nos têtes, un bouleau déroulait ses feuilles. Des carrés de rhubarbe entouraient le banc que nous choisîmes, et de grosses pousses rouges pointaient déjà de la terre ; sur certains pieds, les feuilles chiffonnées commençaient à se défriper à la chaleur du soleil, et il faudrait les encaisser bientôt pour obtenir des pétioles assez longs. J'en fis la remarque à Trame.

Il gratta sa barbe grise et rase d'un air pensif, puis il me demanda, une étincelle amusée au fond de ses yeux pâles : « C'est à propos de rhubarbe que vous désiriez mon conseil ? » Et il se mit à grignoter l'extrémité de sa tige de fenouil en attendant ma réponse.

« Non, naturellement ; en outre, je vous sais très occupé, aussi ne vous retiendrai-je pas plus que nécessaire. Je m'inquiète pour un jeune garçon dont on m'a confié l'instruction et la formation aux armes ; il s'appelle Leste et c'est le fils d'un ancien maître des écuries de Castelcerf, Burrich. Ils se sont brouillés lors d'une dispute à propos de l'usage du Vif, dont l'enfant est doué, et depuis il a pris le nom de Leste Vifier.

— Ah ! » Trame hocha vigoureusement la tête. « Oui, je vois de qui il s'agit ; il vient souvent m'écouter quand je raconte des histoires le soir, mais il reste toujours à l'extérieur du cercle d'auditeurs et je ne me rappelle pas qu'il m'ait jamais adressé la parole.

— Ça ne m'étonne pas. Eh bien, je l'ai fortement encouragé non seulement à vous écouter mais aussi à s'entretenir avec vous. Sa façon de considérer sa magie et d'en parler me préoccupe ; il n'y est pas formé, car son père rejetait totalement le Vif. Hélas, son ignorance ne le pousse pas à la prudence mais à la témérité. Il exhibe sa magie à tous ceux qui croisent son chemin et l'agite sous leur nez jusqu'à ce qu'il soit sûr qu'ils l'ont bien vue. Je l'ai averti que, décret royal ou non, le Vif inspire toujours de l'aversion à nombre d'habitants de Castelcerf. Il n'a pas l'air de comprendre qu'on ne change pas le cœur des gens en modifiant la loi. Il se met en danger en affichant ainsi sa magie ; or je devrai bientôt le laisser seul pour accompagner mon prince ; il ne me reste que cinq jours pour lui instiller une certaine mesure de discernement. »

Je repris mon souffle et Trame dit d'un ton compatissant : « Je conçois que cette situation vous mette très mal à l'aise. »

Ce n'était pas la réaction que j'attendais, et je demeurai interloqué un instant. « Je ne m'inquiète pas seulement de sa manière de révéler sa magie à tous, répondis-je ; il ne se cache pas de sa volonté de choisir un animal de lien, et le plus tôt possible. Il m'a demandé mon aide en me priant de l'emmener aux écuries ; j'ai rétorqué qu'à mon avis on ne s'y prend pas ainsi, qu'une telle union comporte certainement bien d'autres facettes, mais il ne m'écoute pas. Il repousse mes conseils sous prétexte que, si j'avais le Vif, je comprendrais mieux son besoin de faire cesser sa solitude. » Je m'étais efforcé de prononcer cette dernière phrase sans laisser transparaître mon irritation.

Trame toussota avec un sourire mi-figue mi-raisin. « Et je conçois à quel point cela doit être exaspérant pour vous. »

Un frisson d'angoisse me parcourut : je sentais dans cette remarque le poids d'un savoir dissimulé. Je tâchai de ne pas en tenir compte. « Voilà pourquoi je voulais vous consulter, Trame. Accepteriez-vous de lui parler ? Vous seriez le mieux placé, je crois, pour lui apprendre à vivre avec sa magie sans qu'elle le déborde. Vous pourriez lui expliquer pourquoi il ne doit pas se précipiter pour se lier et pourquoi il ne doit pas se jeter à la tête des gens pour leur annoncer qu'il possède le Vif. Bref, vous pourriez lui enseigner à assumer sa magie comme un adulte, avec dignité et discrétion. »

Trame se laissa aller contre le dossier du banc. Les feuilles de sa tige de fenouil dansèrent tandis qu'il en mâchait pensivement l'extrémité. Enfin il répondit d'un ton posé : « Tout cela, vous pouvez le lui inculquer vous-même, Fitz Chevalerie ; il suffit que vous le décidiez. » Il me regarda dans les yeux, et, dans les siens, sous le ciel limpide du printemps, le bleu parut prédominer sur le gris. Il n'y avait aucune froideur dans son regard et pourtant j'avais l'impression qu'un trait de glace me transperçait. Parfaitement immobile, j'inspirai profondément et avec lenteur pour calmer les battements de mon cœur, en espérant que mon expression ne me trahirait pas tandis que je me demandais comment il pouvait être au courant de mon identité. Qui la lui avait apprise ? Umbre ? Kettricken ? Devoir ?

Avec une logique implacable, il reprit : « Naturellement, vos propos n'auraient de poids que si vous lui révéliez posséder le Vif vous aussi ; et ils prendraient tout leur effet si vous lui disiez aussi votre véritable nom et la relation qui vous unit à son père. Mais peut-être est-il encore un peu jeune pour lui confier l'intégralité de ce secret. »

Le temps de deux respirations, il soutint encore mon regard, puis il se détourna. J'en ressentis un immense soulagement jusqu'au moment où il ajouta : « Votre loup transparaît toujours dans vos yeux. Vous croyez que, si vous ne bougez pas du tout, personne ne le remarquera ; cela ne marche pas avec moi, jeune homme. »

Je me levai. J'aurais voulu nier le nom qu'il m'avait donné mais il faisait montre d'une telle assurance que je ne serais parvenu qu'à me ridiculiser, je le savais ; or je ne souhaitais pas avoir l'air ridicule devant maître Trame. « Je ne me considère pas comme un jeune homme, répliquai-je. Mais peut-être avez-vous raison ; je parlerai moi-même à Leste.

— Vous êtes plus jeune que moi, dit-il alors que je m'éloignais, et pas seulement par le nombre des années, maître Blaireau. » Je m'arrêtai et lui jetai un coup d'œil par-dessus mon épaule. « Leste n'est pas le seul qui a besoin qu'on le forme à sa magie, fit-il d'une voix juste assez forte pour n'être audible que de moi seul ; mais je refuse d'enseigner à qui ne vient pas me le demander. Avertissez-en le petit aussi : il doit me le demander. Je ne lui imposerai pas d'apprendre. »

Je compris que Trame me congédiait et je me remis en route. Soudain je l'entendis déclarer, comme s'il faisait une remarque en l'air : « Une journée pareille remplirait Fragon de bonheur : un ciel sans nuage et un vent léger. Comme son faucon monterait haut ! »

C'était la réponse à la question que je n'avais pas posée, en même temps qu'une manifestation de compassion à mon égard ; il ne voulait pas que je me demande en vain qui à Castelcerf avait trahi mon secret, et il m'annonçait qu'il tenait mon vrai nom d'une autre source : Fragon, la veuve de Rolf le Noir, l'homme qui s'était efforcé de m'enseigner le Vif bien des années plus tôt. Je poursuivis mon chemin sans m'arrêter, comme si ses paroles n'avaient aucune importance, mais j'avais désormais un nouveau sujet d'inquiétude : Fragon avait-elle transmis ce qu'elle savait directement à Trame ou bien ce renseignement avait-il voyagé de bouche à oreille avant de lui parvenir ? Combien de vifiers connaissaient ma vraie identité ? Quel danger représentait cette information ? Comment pouvait-on l'employer contre le trône Loinvoyant ?

Ce jour-là, c'est la tête ailleurs que j'accomplis mes tâches quotidiennes. J'avais un exercice de maniement d'armes avec ma compagnie de gardes, et j'en sortis plus couvert de bleus que d'habitude. Il était prévu aussi un dernier essayage de nos nouveaux uniformes. J'avais intégré depuis peu la garde princière récemment créée ; Umbre s'était arrangé non seulement pour qu'on m'engage dans cette troupe d'élite mais aussi pour que le tirage au sort me désigne pour escorter le prince lors de sa quête. Le ton de la tenue de la garde princière était bleu sur bleu, avec l'emblème du cerf Loinvoyant sur la poitrine. J'espérais recevoir la mienne assez tôt pour avoir le

46

temps d'y ajouter discrètement les petites poches qui me seraient nécessaires. J'avais déclaré renoncer à mon rôle d'assassin au service des Loinvoyant, certes, mais je n'en avais pas pour autant jeté les instruments aux orties.

Par bonheur, je n'avais pas rendez-vous avec Umbre ni avec Devoir cette après-midi-là, car l'un comme l'autre aurait perçu aussitôt mon trouble. Je finirais par mettre le vieillard au courant, bien évidemment : il ne devait pas rester dans l'ignorance d'un tel renseignement ; mais je ne souhaitais pas lui en faire part tout de suite. Je voulais d'abord l'analyser seul et voir comment il se ramifiait.

Et le meilleur moyen pour cela, je le savais, consistait à en détourner mes pensées. Quand je descendis à Bourg-de-Castelcerf ce soir-là, je décidai de m'accorder un répit et, au lieu de me rendre à la taverne où se réunissaient les Outrîliens, de passer quelques heures en compagnie de Heur. Il me fallait annoncer à mon fils adoptif que j'avais été « choisi » pour suivre le prince et lui faire des adieux précoces au cas où je n'aurais pas l'occasion de le revoir avant le départ. Je ne l'avais pas rencontré depuis quelque temps, et le peu de jours qui nous séparaient de l'embarquement justifiait que je demande à maître Gindast une soirée complète avec Heur. Je me réjouissais fort des progrès qu'il accomplissait depuis qu'il avait pris pension avec les autres apprentis et se consacrait sérieusement à son travail. Maître Gindast comptait parmi les meilleurs ébénistes de la ville et je me félicitais qu'il eût accepté, moyennant un petit coup de pouce d'Umbre, de prendre Heur sous son aile. Si le garçon y mettait du sien, un bel avenir l'attendait dans quelque région des Six-Duchés où il décidât de s'installer.

J'arrivai alors que les apprentis se préparaient à dîner. Maître Gindast était absent mais un de ses compagnons les plus anciens me permit d'emmener

Heur. Je m'étonnai de ses manières bougonnes, mais les attribuai à un souci personnel ; cependant, Heur lui-même ne parut pas aussi ravi de me voir que je m'y attendais. Il prit son temps pour aller chercher son manteau puis il m'accompagna dans la rue sans desserrer les dents.

« Heur, tout va bien ? demandai-je enfin.

— De mon point de vue, oui, répondit-il à mi-voix, mais tu ne le partages sûrement pas. J'ai donné à maître Gindast ma parole de me tenir la bride, et je trouve vexant qu'il ait jugé utile de te faire venir pour me sermonner toi aussi.

— J'ignore complètement de quoi tu parles », dis-je en m'efforçant de m'exprimer d'un ton posé alors que l'accablement s'emparait de moi. Je devais partir à peine quelques jours plus tard ; aurais-je le temps, dans un si bref délai, de tirer mon garçon d'un éventuel mauvais pas ? Les idées confuses, je déclarai tout à trac : « Mon nom est sorti lors du tirage au sort des gardes ; je m'embarquerai bientôt avec le prince pour l'escorter pendant sa mission dans les îles d'Outre-mer. Je venais te le dire et passer une soirée en ta compagnie avant l'appareillage. »

Il poussa un grognement de contrariété, mais j'ai l'impression qu'il s'adressait à lui-même : il m'avait appris qu'il avait un problème alors que, avec un peu plus de circonspection, il aurait pu le garder secret. Son dépit, je crois, l'emporta sur toute autre réaction qu'aurait pu susciter chez lui l'annonce de mon départ. Nous continuâmes de marcher côte à côte et j'attendis qu'il prenne la parole. Un grand silence régnait dans les rues de Bourg-de-Castelcerf ; avec le printemps, la lumière commençait à perdurer à la fin du jour, mais les gens se levaient aussi plus tôt et travaillaient plus longtemps, si bien qu'ils se couchaient en général avant la tombée de la nuit. Comme Heur restait muet, je déclarai enfin : « Le Chien au

Sifflet se trouve au bout de la ruelle ; on y mange bien et la bière est bonne. On y va ? »

Sans me regarder, il répondit : « J'aimerais mieux le Porc Coincé, si ça ne te dérange pas.

— Si, ça me dérange, répliquai-je d'un ton que je voulais amène. C'est près de chez Jinna, et elle s'y rend certains soirs ; or tu sais que nous nous sommes séparés, elle et moi. Je préférerais ne pas la croiser si je puis l'éviter. » J'avais aussi découvert, un peu tardivement, que le Porc Coincé était considéré comme un lieu de rendez-vous pour les vifiers, bien que nul n'eût porté cette accusation de manière officielle. La piètre réputation de la taverne provenait en partie de ces on-dit ; pour le reste, elle tenait à la crasse et à la mauvaise tenue de l'établissement.

« Ne serait-ce pas plutôt parce que Svanja habite à côté ? » me demanda Heur d'un ton mordant.

Je réprimai un soupir et dirigeai mes pas vers le Porc Coincé. « Je croyais qu'elle t'avait délaissé au profit de son matelot et de ses jolis cadeaux. »

Il se raidit mais conserva un ton posé. « C'est ce que je pensais aussi ; mais, quand Reften a repris la mer, elle a pu me revoir et me révéler la vérité : ce sont ses parents qui ont arrangé ses fiançailles, et c'est pourquoi ils me détestaient tant.

— Ils croyaient donc que tu la savais promise et que tu persistais néanmoins à la fréquenter ?

— J'imagine. » À nouveau, le même ton neutre.

« Dommage qu'elle n'ait pas songé à prévenir ses parents qu'elle te jouait la comédie, ou qu'elle ne t'ait pas parlé de ce Reften.

— Tu te trompes, Tom. » Un grondement de colère commençait de percer dans sa voix. « Elle ne voulait jouer la comédie à personne. Elle a cru tout d'abord que nous resterions de simples amis et n'a pas vu de raison de m'avertir qu'elle était fiancée ; quand nous avons commencé à éprouver des sentiments l'un pour l'autre, elle a eu peur de m'avouer sa situation de crainte que je ne la juge infidèle à son prétendant. Mais, en réalité, elle ne lui a pas donné son cœur ; il n'a jamais eu d'elle que la parole de ses parents.

— Et lorsqu'il est revenu ? »

Il prit une profonde inspiration et refusa de céder à l'exaspération. « C'est compliqué, Tom. La mère de Svanja est de santé délicate et elle tient à cette union ; Reften est le fils d'un de ses amis d'enfance. Quant à son père, il refuse de revenir sur sa promesse maintenant qu'il a donné son accord. C'est un homme fier. Aussi, quand Reften est rentré, Svanja a estimé préférable de feindre que rien n'avait changé pour la durée de son bref séjour à terre.

— Et, à présent qu'il a repris la mer, elle recommence à te fréquenter.

— Oui. » D'après la sécheresse de sa réponse, il n'avait manifestement pas envie d'en dire davantage.

Tout en marchant, je mis la main sur son épaule ; je sentis ses muscles noués, durs comme le roc. Je posai la question à laquelle je ne pouvais me dérober. « Et que se passera-t-il quand il mouillera de nouveau au port avec des cadeaux, certain d'être l'élu de son cœur ?

— Elle lui dira que c'est moi qu'elle aime, répondit-il à mi-voix ; ou bien je m'en chargerai. » Nous poursuivîmes un moment notre chemin en silence. Sous ma main, ses muscles demeuraient tendus, mais au moins il ne la repoussait pas. « Tu me juges niais, dit-il enfin alors que nous tournions dans la rue où se situait le Porc Coincé. Tu crois qu'elle s'amuse avec moi et qu'au retour de Reften elle me rejettera de nouveau. »

Je m'efforçai de prendre un ton doux pour atténuer la dureté de ma réponse. « Ça me paraît possible, en effet. »

Il soupira et je sentis son épaule s'affaisser. " À moi aussi. Mais qu'y puis-je, Tom ? Je l'aime ! J'aime Svanja et nulle autre. Elle est la moitié de moi-même, et, quand nous nous retrouvons, nous formons un tout dont l'évidence m'éblouit. À en parler ainsi, seul avec toi, je me fais l'impression d'un naïf, et alors j'élève des doutes, tout comme toi ; mais, quand je suis avec elle et qu'elle me regarde dans les yeux, je sais qu'elle dit la vérité. »

Nous continuâmes à marcher en silence. La ville changeait de rythme et se détendait du rude travail de la journée pour aborder l'heure du repas commun et de l'intimité familiale. Les commerçants fermaient leurs volets pour la nuit, des odeurs de cuisine s'échappaient des logis et les tavernes faisaient de l'œil aux gens comme Heur et moi. Bien inutilement, je regrettai que nous ne puissions nous asseoir simplement l'un en face de l'autre pour savourer un copieux dîner. Je le croyais sorti d'affaire et me rassurais de cette idée chaque fois que je songeais à mon départ. Je lui posai une question à la fois inévitable et stupide. « Est-il envisageable que tu cesses de la voir pendant quelque temps ?

— Non. » Il n'avait pas repris son souffle pour répondre. Le regard fixé droit devant lui, il poursuivit : « Je ne peux pas, Tom. Je ne puis l'écarter de ma vie davantage que renoncer à respirer, à boire ou à me nourrir. »

Alors j'exprimai franchement mes craintes. « J'ai peur que cette affaire ne t'attire des ennuis en mon absence, Heur, et je ne parle pas seulement d'une rixe avec Reften, ce qui serait déjà grave en soi. Maître Cordaguet ne nous porte ni l'un ni l'autre dans son cœur ; s'il croit que tu as compromis l'honneur de sa fille, il risque de vouloir te le faire payer.

— Je suis capable de lui tenir tête, fit-il avec brusquerie, et je sentis la tension regagner ses épaules.

— Et alors ? Tu recevras une raclée ? Ou bien tu l'assommeras à coups de poing ? Je me suis battu avec lui, Heur, ne l'oublie pas : il ne demandera pas grâce et il ne t'accordera aucune pitié. Si la garde municipale ne s'était pas interposée, nous aurions continué à nous bagarrer jusqu'à ce que l'un de nous deux perde connaissance ou meure. Mais, sans aller jusque-là, il dispose d'autres moyens de se venger ; il peut se plaindre auprès de Gindast de l'immoralité de son apprenti. Ton maître ne prendrait pas cela à la légère, ne crois-tu pas ? D'après ce que tu me dis, il ne me paraît déjà pas très satisfait de toi, et il pourrait fort bien te mettre à la porte. Ou bien Cordaguet pourrait jeter sa fille à la rue. Que ferais-tu alors ?

— Je la recueillerais et je pourvoirais à ses besoins, répondit Heur d'un ton farouche.

— Et comment ?

— N'importe comment ! Je n'en sais rien, mais je la protégerais ! » La colère qui sous-tendait ses paroles était dirigée, non contre moi, mais contre lui-même, contre son incapacité à réfuter ma question. Je jugeai diplomatique de me taire : rien ne dissuaderait mon garçon de continuer sur le chemin qu'il avait choisi, et, si je m'obstinais, il se détournerait de moi pour suivre sa belle.

Nous continuâmes notre marche et, alors que nous approchions de la taverne, je ne pus m'empêcher de demander : « Vous vous voyez en secret, n'est-ce pas ?

— Oui, répondit-il à contrecœur. Je passe devant chez elle ; elle me guette sans faire mine de rien et, lorsqu'elle me voit, elle trouve un prétexte pour sortir un peu plus tard dans la soirée afin de me rejoindre.

— Au Porc Coincé ?

— Non, bien sûr que non. Nous avons trouvé un coin tranquille rien que pour nous deux. »

C'est ainsi que je longeai la maison de Svanja avec l'impression de prêter la main à leur dissimulation. J'ignorais jusqu'alors où elle habitait. Comme nous suivions la façade, nous vîmes Svanja assise sur les marches de l'entrée en compagnie d'un petit garçon. Je n'avais pas songé qu'elle avait des frères et sœurs.

À notre apparition, elle se leva subitement et rentra dans la maison avec l'enfant comme si elle nous battait froid, Heur et moi. Nous continuâmes notre route jusqu'au Porc Coincé.

Je n'avais guère envie de franchir le seuil mais Heur pénétra le premier et je dus le suivre. Le propriétaire nous salua d'un hochement sec de la tête ; je m'étonnai qu'il ne me chasse pas : lors de ma dernière visite, je m'étais battu avec Cordaguet et on avait appelé la garde municipale. Une rixe n'avait peut-être rien d'exceptionnel dans l'établissement. D'après la façon dont le serveur l'accueillit, Heur était devenu un client régulier ; il s'installa à une table dans un coin comme s'il s'agissait de sa place habituelle. Je déposai une pièce sur le plateau et on nous apporta deux chopes de bière et deux assiettes d'une médiocre matelote, accompagnées de pain rassis. Nous entamâmes le repas sans guère parler et je sentis que Heur surveillait l'heure et calculait combien de temps il faudrait à Svanja pour trouver un prétexte qui lui permettrait de gagner leur lieu de rendez-vous.

« J'avais l'intention de confier une somme à la garde de Gindast afin que tu disposes de quelque argent pendant mon absence ; tu n'aurais qu'à lui demander à mesure de tes besoins. »

Mon garçon secoua la tête, la bouche pleine. Il avala et répondit à mi-voix : « Ça n'irait pas : s'il se montrait mécontent de moi pour un motif ou un autre, il refuserait de me verser la plus petite piécette.

— Et tu penses que ton maître risque d'avoir des raisons de ne pas être satisfait de toi ? »

Il se tut un instant puis déclara : « Il se croit obligé de régenter ma vie comme si j'avais dix ans. Mes soirées m'appartiennent et je les occupe comme je l'entends ; tu payes mon apprentissage, j'accomplis mon travail pendant la journée, le reste ne le regarde pas. Mais non, il veut que je demeure avec les autres apprentis à ravauder mes chaussettes jusqu'à ce que sa femme nous crie de cesser de gaspiller les bougies et d'aller nous coucher. Je n'ai pas besoin qu'on me surveille ainsi et je ne le supporterai pas.

— Je vois. » Nous continuâmes de manger notre repas insipide en silence. Je devais prendre une décision et je n'y arrivais pas. Heur était trop orgueilleux pour me demander de lui remettre directement l'argent ; quant à moi, je pouvais refuser de le lui donner pour manifester ma désapprobation, car, de fait, son attitude ne me plaisait pas. Elle le conduirait droit dans le pétrin... et, si cela se produisait après mon départ, il aurait peut-être besoin d'argent pour s'en tirer. Je connaissais assez bien la prison de Bourg-de-Castelcerf pour ne pas souhaiter à mon garçon d'y croupir, incapable de payer une amende. D'un autre côté, en lui laissant des fonds propres, ne lui fourni-rais-je pas la corde pour se pendre ? Ne les dépense-rait-il pas en présents destinés à impressionner sa belle, en repas et en beuveries ? C'était possible.

En fin de compte, tout se réduisait à cette question : avais-je confiance en ce garçon que j'élevais depuis sept ans ? Il avait déjà renié une grande partie de mon éducation. Toutefois, Burrich en aurait dit autant de moi au même âge s'il avait su que je me servais du Vif ; Umbre également s'il avait été au fait de mes excursions secrètes en ville ; et pourtant, tel que j'étais aujourd'hui, je ne différais guère de celui qu'ils avaient voulu façonner, à tel point que je préférais ne pas sortir une bourse pleine dans une taverne d'aussi piètre réputation que le Porc Coincé. « Dans ce cas, je te donnerai simplement l'argent en comptant sur toi pour l'employer avec discernement », dis-je à mi-voix.

Le visage de Heur s'illumina, non sous l'effet de la cupidité mais à cause de la confiance que je lui mani-festais. « Merci, Tom. J'y ferai attention. »

Après cela, notre dîner se déroula dans une atmo-sphère plus agréable, et nous parlâmes de mon voyage. Il voulut savoir combien de temps je resterais absent et je lui répondis que je l'ignorais ; il me demanda si je courrais du danger, car le bruit s'était répandu que le prince devait tuer un dragon en l'honneur de la narcheska. D'un ton léger, je tournai en dérision l'idée même que nous puissions trouver une telle créature dans les glaces des îles d'Outre-mer, et j'ajoutai sans mentir que je m'attendais beaucoup plus à souffrir d'ennui et d'inconfort qu'à risquer ma vie ; je n'étais après tout qu'un petit garde de rien du tout qui avait le privilège d'escorter le prince, et je passerais sans doute le plus clair de mon temps à attendre les ordres de mes officiers. Nous éclatâmes de rire à cette perspective, et j'espérai qu'il avait compris mon sous-entendu : obéir à un supérieur ne représentait pas une infantilisation mais un devoir auquel tout homme devait se plier un jour ou l'autre. Cependant, s'il perçut l'image, il n'en dit rien.

Nous ne nous attardâmes pas à la taverne : le repas ne le méritait pas et je sentais l'impatience de Heur de retrouver Svanja. Mon cœur se serrait chaque fois que j'y songeais, mais je savais que je ne détournerais pas mon garçon de son but ; aussi, après avoir rapidement achevé de manger, nous repoussâmes nos assiettes et quittâmes le Porc Coincé, puis nous marchâmes côte à côte un moment en regardant le soir envahir Bourg-de-Castelcerf. À l'époque de mon enfance, les rues auraient été quasiment désertes à cette heure, mais la ville avait grandi et les commerces nocturnes s'étaient développés ; à un carrefour fréquenté, des femmes déambulaient lentement et lançaient des œillades aux hommes en échangeant des propos décousus en attendant qu'on les aborde. Soudain Heur s'arrêta. « Je dois y aller », dit-il à mi-voix.

Je m'abstins de tout commentaire, hochai la tête puis tirai de mon pourpoint la bourse que j'avais préparée et la lui remis discrètement. « Quand tu sors, n'emporte pas toute la somme mais seulement ce dont tu estimes avoir besoin. Connais-tu un endroit sûr où la cacher ?

— Merci, Tom. » Il prit la bourse d'un air grave et la fourra dans sa chemise. « Oui, je sais où la ranger – du moins, pas moi mais Svanja. Je lui demanderai de me la garder. »

Je dus faire appel à toute ma maîtrise de moi-même et à tous mes talents de comédien pour empê-cher mon inquiétude de transparaître sur mes traits ou dans mon regard. J'acquiesçai de la tête comme si je ne doutais pas un instant que tout irait bien, puis je l'étreignis brièvement tandis qu'il me recomman-dait la prudence pendant mon voyage et nous nous séparâmes.

Je n'avais pas envie de rentrer tout de suite au château : entre les déclarations de Trame et les révé-lations de Heur, la journée avait été mouvementée ; en outre, la cuisine du Porc Coincé avait contrarié mon estomac plus qu'elle ne l'avait rassasié ; j'aurais été étonné de la garder longtemps. J'empruntai donc un chemin différent de celui de Heur, de peur de lui donner l'impression que je le suivais, et me promenai quelque temps sans but dans les rues de Castelcerf. En moi, l'angoisse le disputait à l'esseulement. Je m'aperçus tout à coup que je passais devant un ate-lier de tailleur qui avait remplacé la chandellerie où Molly travaillait autrefois. Je secouai la tête et pris la direction des quais, que j'arpentai un long moment en comptant les navires venus d'Outre-mer, de Terril-ville, de Jamaillia et de plus loin encore pour les comparer aux nôtres. Les quais étaient plus longs et plus encombrés que dans mes souvenirs d'enfance, et les vaisseaux étrangers aussi nombreux que ceux des Six-Duchés. Comme je longeais l'un d'eux, j'entendis la grasse plaisanterie que lança un Outrîlien et les reparties bruyantes de ses compagnons. Je constatai non sans fierté que je parvenais à les comprendre.

Les bâtiments qui devaient nous conduire aux îles d'Outre-mer étaient amarrés aux quais principaux. Je ralentis le pas pour observer leurs gréements nus ; les manœuvres de chargement avaient cessé pour la nuit et des hommes montaient la garde au bas des passerelles qu'illuminaient des lanternes. Les navires paraissaient de grandes dimensions, mais je savais à quel point ils sembleraient étriqués au bout de quelques jours en mer. En dehors de celui qui transporterait le prince et sa suite soigneusement choisie, trois autres avaient été prévus pour les aristocrates de moindre rang, leurs bagages et toute une cargaison de présents et d'articles commerciaux. Celui du prince s'appelait la *Fortune de Vierge* et il avait fait ses preuves en matière de maniabilité et de capacité à tenir la mer ; nettoyé, curé, repeint et doté d'une voilure neuve, il paraissait sortir d'un chantier naval. Navire marchand conçu pour le transport du fret, il perdait en vitesse ce qu'il gagnait en contenance et en stabilité grâce à sa coque arrondie comme le ventre d'une truie gravide. On avait agrandi le poste de l'équipage pour lui permettre d'accueillir convenablement ses nobles hôtes. Le vaisseau me parut trop chargé dans les hauts et je me demandai si son capitaine approuvait les modifications apportées à son bâtiment pour le confort de Devoir. Je devais voyager à son bord avec le reste de la garde princière. Umbre m'obtiendrait-il des quartiers personnels ou bien devrais-je me contenter de l'espace dont je parviendrais à m'emparer, selon l'habitude des gardes ? Vaine interrogation, je le savais : adviendrait ce qui adviendrait, et je devrais m'en accommoder. Morose, je regrettai de ne pouvoir couper à ce voyage.

Je me rappelais une époque où j'attendais avec une impatience fébrile le moindre déplacement ; le jour du départ, je me réveillais à l'aube, vibrant d'enthousiasme à l'idée de l'aventure à venir, et j'étais prêt à me mettre en route alors que d'autres s'extirpaient encore laborieusement de leurs draps.

J'ignorais quand j'avais perdu cette ardeur, mais elle avait définitivement disparu, et je ressentais désormais non plus de l'exaltation mais une angoisse croissante. À la seule perspective du voyage en mer, des longues journées à passer entassés comme harengs en caque pendant que nous ferions voile vers le nord-est, je souhaitais avoir la possibilité de me retirer de l'expédition ; je préférais ne même pas songer à la suite, l'accueil incertain des Outrîliens et notre long séjour dans leur pays de roc et de glace. Quant à découvrir un dragon emprisonné dans un glacier et lui couper la tête, c'était au-delà de mon imagination. À la nuit presque tombée, je me surpris à ronchonner contre la narcheska et l'étrange façon qu'elle avait imposée au prince de se montrer digne de sa main ; je ne cessais de chercher un motif compréhensible au choix de cette épreuve et n'en trouvais aucun.

Et, ce soir-là, alors que j'arpentais les rues venteuses de Bourg-de-Castelcerf, je me heurtai à ma plus grande inquiétude. Plus que tout, je craignais le moment où le fou découvrirait que j'avais révélé ses plans à Umbre. Je m'étais employé au mieux à nous réconcilier après notre dispute mais, depuis, je n'avais guère passé de temps avec lui ; j'en étais en partie responsable, car je l'évitais de peur de me trahir par un regard ou un geste, mais la faute lui en incombait surtout.

Sire Doré, puisqu'il se faisait appeler ainsi à présent, avait considérablement changé de conduite ces derniers temps. Jusque-là, sa fortune lui permettait de s'offrir une garde-robe extravagante et les objets les plus exquis, mais il l'étalait désormais de façon beaucoup plus vulgaire. Il dépensait son argent comme un serviteur débarrasse un plumeau de sa poussière ; outre ses appartements du château, il louait le premier étage de la Clé d'Argent, auberge de Bourg-de-Castelcerf qu'aimaient fréquenter les riches. Cet établissement à la mode s'accrochait comme une bernacle à un terrain escarpé où l'on eût dédaigné de construire à l'époque de mon enfance ; cependant, de ce perchoir, on jouissait d'une vue imprenable sur la ville et la mer.

Sire Doré y entretenait son cuisinier et son personnel particulier. Les vins rares et les mets exotiques que, selon la rumeur, il servait à ses invités plaçaient sa table bien au-dessus de celle de la reine elle-même. Tandis qu'il se restaurait avec ses amis les plus proches, les meilleurs artistes se disputaient son attention, et il n'était pas inhabituel, disait-on, qu'il invite un ménestrel, un acrobate et un jongleur à se donner simultanément en spectacle, disséminés dans la salle à manger. Ces banquets étaient invariablement précédés et suivis de jeux de hasard aux mises si élevées que seuls les plus fortunés et les plus dépensiers des jeunes nobles pouvaient se mesurer à leur hôte. Il se levait tard et ses soirées s'achevaient à l'aube.

On prétendait aussi qu'il ne se contentait pas de flatter son seul palais. Quand un navire qui avait relâché à Terrilville, à Jamaillia ou aux îles Pirates mouillait au port, on pouvait avoir la certitude qu'il lui amenait un visiteur. Courtisanes tatouées, anciens esclaves jamailliens, garçons jeunes et minces aux yeux maquillés, femmes en tenue guerrière et marins aux yeux sombres se présentaient à sa porte, restaient enfermés dans ses appartements une, deux ou trois nuits puis reprenaient la mer. D'aucuns disaient qu'ils lui apportaient de l'herbe à Fumée de la meilleure qualité ainsi que de la cindine, vice jamaillien récemment apparu à Castelcerf, d'autres qu'ils venaient satisfaire ses autres « appétits de Jamaillien ». Ceux qui osaient lui poser des questions sur ses invités particuliers n'avaient droit qu'à un regard narquois ou un mutisme catégorique.

Curieusement, ses frasques paraissaient n'accroître sa popularité qu'auprès d'une certaine tranche de l'aristocratie des Six-Duchés : plus d'un jeune noble dut quitter Castelcerf en hâte, sévèrement rappelé chez lui, ou reçut la visite d'un parent inquiet du coût de l'entretien d'un jeune homme à la cour. Chez les plus conservateurs, on affirmait en grommelant que l'étranger dévoyait la jeunesse de Castelcerf. Pourtant, plus que de la réprobation, je percevais une fascination quasi lubrique devant les excès et l'immoralité de sire Doré ; on pouvait suivre la progression des enjolivures que subissaient en passant de bouche à oreille les ragots qui le concernaient. Néanmoins, à la base de chaque rumeur aux multiples arborescences se trouvait une racine à la réalité indéniable. Sire Doré s'était aventuré dans un royaume de démesure que nul n'avait abordé depuis la mort du prince Royal.

Je ne comprenais pas son attitude et cela me troublait fort. Mon humble rôle de Tom Blaireau ne me permettait pas de rendre visite au grand jour à un personnage aussi altier que le seigneur Doré, et lui ne cherchait pas à me rencontrer. Même quand il passait la nuit à Castelcerf, ses appartements ne désemplissaient pas d'hôtes ni d'artistes avant l'heure où le ciel grisaillait. Certains prétendaient qu'il s'était installé à Bourg-de-Castelcerf afin de se rapprocher des établissements de jeu et de dépravation, mais je le soupçonnais d'avoir changé de tanière pour échapper à la surveillance d'Umbre ; quant à ses invités nocturnes venus de l'étranger, ils ne servaient pas à distraire ses sens : c'étaient sans doute des espions et des messagers de ses amis du Sud. Quelles nouvelles lui fournissaient-ils ? Quels renseignements leur donnait-il à rapporter à Terrilville et Jamaillia ? Pourquoi s'acharnait-il ainsi à ternir sa réputation et à dépenser sa fortune ?

Mais ces questions, comme mes interrogations sur les motifs de la narcheska pour obliger le prince Devoir à tuer le dragon Glasfeu, restaient sans réponse claire et n'avaient d'autre résultat que de tourner inlassablement dans ma tête pendant des heures que j'eusse mieux employées à dormir. Je levai les yeux vers les fenêtres treillagées de la Clé d'Argent. Mes pas m'avaient conduit devant l'auberge sans l'intervention de ma conscience. La lumière s'échappait à flots des salles opulentes de l'étage et je distinguai de temps en temps les silhouettes des invités. Sur l'unique balcon, une femme et un jeune homme tenaient une conversation animée ; j'entendais l'alcool dans leur élocution. Soudain, alors qu'ils parlaient à mi-voix jusque-là, ils haussèrent le ton et l'entretien prit la tournure d'une altercation. Je m'agenouillai comme pour relacer ma chaussure et tendis l'oreille.

« J'ai une excellente occasion de vider la bourse de sire Verdoyant, à condition d'avoir de quoi miser. Rendez-moi ce que vous me devez ! dit le jeune homme sans aménité.

— Impossible. » La femme prononça le mot avec application, comme quelqu'un qui refuse l'ivresse. « Je ne dispose pas de cette somme, mon petit ; mais je la récupérerai bientôt, quand sire Doré me paiera ce qu'il me doit de la partie d'hier. Je vous rembourserai alors. Si j'avais su que vous vous montreriez aussi rapace, jamais je ne vous aurais emprunté d'argent. »

Son interlocuteur poussa un cri étouffé, à la fois de consternation et d'indignation. « Quand sire Doré vous paiera vos gains ? Autant dire jamais ! Chacun sait qu'il est incapable de rattraper ses dettes. Vous auriez dû me prévenir que vous jouiez contre lui ; je me serais bien gardé de vous prêter cette somme !

— Vous n'étalez que votre ignorance, répliqua la femme après un moment de silence interloqué. Il jouit d'une fortune incommensurable, c'est de notoriété publique. À l'arrivée du prochain navire en provenance de Jamaillia, il aura de quoi nous rembourser tous. »

Caché dans l'ombre à l'angle de l'auberge, je ne perdais pas une miette de l'échange.

« Si un navire arrive de Jamaillia – ce dont je doute, étant donné que la guerre tourne au désavantage de la ville –, il faudra qu'il ait les dimensions d'une montagne pour apporter à sire Doré de quoi payer ce qu'il doit aujourd'hui ! N'avez-vous donc pas appris qu'il est en retard même pour son loyer, et que le propriétaire lui permet de rester uniquement parce que sa présence attire les clients ? »

À ces mots, la femme se détourna rageusement, mais il lui saisit le poignet. « Écoutez-moi bien, pauvre cervelle d'oiseau ! Je vous préviens, je n'ai pas l'intention de faire preuve de patience. Vous avez intérêt à trouver le moyen de me rembourser, et dès ce soir ! » Il la parcourut du regard et ajouta d'une voix altérée : « Je suis prêt à accepter d'autres monnaies que les espèces.

— Ah, dame Héliotrope, vous voici ! Je vous cherchais, petite friponne ! M'éviteriez-vous ? »

La voix tranquille de sire Doré me parvint alors qu'il apparaissait sur le balcon. L'éclairage de la salle derrière lui se reflétait sur ses cheveux et détourait sa mince silhouette d'un trait lumineux. Il s'avança jusqu'à la rambarde, s'y accouda légèrement et promena son regard sur la ville en contrebas. Le jeune homme lâcha aussitôt le poignet de la femme ; elle s'écarta de lui avec un mouvement dédaigneux de la tête et rejoignit son hôte à son belvédère. Elle se tourna vers lui et dit du ton plaintif d'une petite fille : « Cher sire Doré, le seigneur Capable ici présent vient de m'affirmer qu'il y avait peu de chances que vous me versiez le montant de notre pari ; je vous en prie, détrompez-le ! »

Sire Doré eut un élégant haussement d'épaules. « Ah, que les rumeurs prennent vite leur envol quand on tarde ne serait-ce que d'un jour à honorer une dette amicale ! On ne devrait jamais parier plus qu'on ne peut perdre... ou plus que ce dont on peut se passer avant de recevoir son dû. N'êtes-vous pas d'accord, sire Capable ?

— Ou bien peut-être ne devrait-on parier plus qu'on ne peut payer sur-le-champ, répondit l'intéressé d'un ton insidieux.

— Grands dieux ! Cela ne réduirait-il pas le jeu à ce qu'on peut porter dans ses poches ? Les mises seraient bien minces alors. Quoi qu'il en soit, belle dame, pourquoi croyez-vous que je vous cherchais si ce n'est pour régler notre pari ? Je gage que ceci représente une bonne partie de ce que je vous dois ; j'espère que vous ne m'en voudrez pas si je m'acquitte de ma dette sous forme de perles plutôt que de pièces sonnantes et trébuchantes. »

Elle jeta un regard de défi au seigneur Capable et à sa mine sombre. « Pas du tout ; et, si certains s'en offusquent, ma foi, qu'ils aient la patience d'attendre leurs grossières espèces. On ne doit pas jouer pour l'argent, cher sire Doré.

— Naturellement. Le risque donne sa saveur au plaisir du gain, ainsi que je le répète souvent. N'en convenez-vous pas, Capable ?

— Si je n'en convenais pas, m'en porterais-je mieux ? » repartit l'autre d'un ton aigre. Il avait remarqué comme moi que la femme ne faisait pas un geste pour lui rembourser ce qu'elle lui devait.

Le rire cristallin de sire Doré perça l'air frais de la soirée de printemps. « Non, évidemment, mon ami ! Allons, j'aimerais que vous rentriez tous deux avec moi pour goûter un nouveau vin. À rester dehors immobile dans le vent froid, on risque d'attraper la mort ; il doit sûrement se trouver une pièce accueillante où des amis comme vous peuvent s'entretenir en privé. »

L'homme et la femme quittèrent le balcon pour retourner dans la salle illuminée ; sire Doré, lui, resta encore un moment appuyé à la rambarde, le regard songeur, les yeux fixés sur moi, alors que je me croyais parfaitement dissimulé. Il inclina légèrement la tête à mon intention puis disparut à son tour.

Je demeurai sans bouger quelques instants puis quittai les ombres, en proie à un certain agacement, d'abord parce que le fou m'avait repéré sans difficulté, ensuite parce que je n'avais pas pu déchiffrer sa proposition trop vague de me retrouver ailleurs. De toute façon, même si je mourais d'envie de parler avec lui, je redoutais encore plus qu'il ne s'aperçoive de ma trahison. Mieux valait éviter mon ami que devoir lire cette peine dans son regard. Tout seul, je m'enfonçai dans les rues enténébrées, la nuque glacée par le vent nocturne qui me poussait vers le château de Castelcerf.

3

ÉMOI

Alors Hoquin, exaspéré qu'on attaque sa manière de traiter son Catalyseur, décida de manifester avec éclat son autorité sur elle. « C'est peut-être une enfant, déclara-t-il, mais son fardeau est le sien et elle a l'obligation de le supporter ; rien ne doit l'inciter à contester son rôle ni la détourner de sa voie pour se sauver elle-même et, par là, condamner le monde. »

Il exigea qu'elle retourne chez ses parents et les renie en ces termes : « Je n'ai pas de mère, je n'ai pas de père. Je suis seulement le Catalyseur de Hoquin, le Prophète blanc. » Et elle devait ajouter : « Je vous rends le nom que vous m'avez donné. Je ne suis plus Redda mais Fol-Œil, ainsi que m'a baptisée Hoquin. » Car il l'appelait ainsi à cause de son œil qui regardait toujours de côté.

Elle répugnait à cette démarche. Elle pleura sur la route, elle pleura en prononçant son discours et elle pleura en revenant. Deux jours et deux nuits, les larmes ne cessèrent de couler sur ses joues, et Hoquin lui autorisa ce deuil. Puis il lui dit : « Fol-Œil, cesse tes pleurs. »

Et elle obéit parce qu'elle le devait.

Hoquin le Prophète blanc, du SCRIBE CATEREN

*

Quand il reste douze jours avant un voyage, on a le sentiment d'avoir tout le temps pour se préparer ; même à sept jours de l'échéance, il paraît possible d'avoir fini de s'apprêter au moment prévu. Mais, quand le délai se réduit à cinq jours, puis quatre, puis trois, les heures qui passent éclatent comme des bulles de savon et les tâches qui semblaient jusque-là simples deviennent complexes. Je devais me fournir de tout le nécessaire pour remplir mes rôles d'assassin, d'espion et de maître d'Art tout en donnant l'impression de n'emporter que le paquetage normal d'un garde ; j'avais aussi des adieux à faire, certains faciles, d'autres moins.

La seule partie de l'expédition que j'arrivais à envisager avec plaisir était notre retour à Castelcerf. L'inquiétude peut fatiguer beaucoup plus que le travail physique, et la mienne grandissait de jour en jour. Trois nuits avant le départ, je me sentais épuisé et le cœur au bord des lèvres. La tension me réveilla bien avant l'aube et m'interdit de refermer l'œil. Je m'assis dans mon lit ; les braises de l'âtre de la tour n'éclairaient guère que la pelle et le tisonnier appuyés contre les montants, mais, peu à peu, mes yeux s'habituèrent à l'obscurité de la salle dépourvue de fenêtres. Je la connaissais depuis l'époque où j'apprenais le métier d'assassin ; jamais je n'aurais imaginé alors que j'y prendrais un jour mes quartiers ! Je quittai le vieux lit d'Umbre, la tiédeur du sommeil et les couvertures froissées par mes cauchemars.

Pieds nus, je me dirigeai vers la cheminée pour déposer une bûchette sur le feu mourant, puis j'accrochai au crochet un broc d'eau et fis pivoter la tige métallique pour la placer au-dessus des flammes basses. Je songeai à mettre aussi à chauffer une bouilloire pour me préparer de la tisane mais je n'en eus pas le courage ; j'étais trop angoissé pour dormir et trop fatigué pour m'avouer que je ne trouverais plus le sommeil avant le soir suivant. Cet état de mal-être commençait à me devenir péniblement familier à mesure que le délai fatidique se réduisait. J'approchai une bougie des flammèches dansantes, puis m'en servis pour allumer celles du candélabre qui trônait sur la vieille table de travail éraflée. Avec un gémissement, je m'assis dans le fauteuil glacé.

En chemise de nuit, je me penchai sur les cartes que j'avais réunies la veille. Toutes d'origine outrîlienne, elles présentaient des échelles et des dispositions si variées que j'avais du mal à percevoir leur ajustement mutuel. L'étrange coutume de ce peuple veut que les contours des îles soient exclusivement tracés sur la peau de poissons ou de mammifères marins, et on avait dû en nettoyer certaines à l'urine si j'en jugeais par la curieuse et persistante odeur qu'elles dégageaient. La même tradition de ces gens exige que chaque bout de terre de l'archipel soit figuré sous l'aspect d'une rune de leur dieu, sur un parchemin à part, si bien que les représentations s'ornaient d'enjolivures et de fioritures bizarres sans aucun rapport avec les caractéristiques physiques de la réalité. Aux yeux d'un Outrîlien, ces ajouts revêtaient une grande importance, car ils l'avertissaient des mouillages et des courants propres à l'île en question, et de sa « chance » particulière, bonne, mauvaise ou neutre ; pour moi, ces embellissements n'avaient aucun intérêt et m'embrouillaient l'esprit. Les quatre parchemins que j'avais réussi à me procurer étaient d'auteurs et d'échelles différents ; je les avais placés sur la table selon leur situation approximative les uns par rapport aux autres mais je n'en retirais toujours qu'une idée très vague des distances que nous aurions à franchir. Du doigt, je suivis notre trajet d'une carte à l'autre en me servant des traces de brûlure et de fonds de verre qui maculaient la vieille table pour représenter les dangers et les mers inconnus entre les îles.

De Bourg-de-Castelcerf, nous nous rendrions d'abord sur Nuerine. Ce n'était pas la plus grande des îles d'Outre-mer mais elle possédait le meilleur mouillage, les terres les plus riches de l'archipel et, par conséquent, le peuplement le plus considérable. Peottre, l'oncle maternel de la narcheska, avait parlé de Zylig avec dédain, en expliquant à Umbre et Kettricken que ce port, le plus actif des îles d'Outre-mer, servait d'asile à toute sorte de gens. Des étrangers venaient visiter la région et commercer, et, de l'avis de Peottre, beaucoup trop d'entre eux s'installaient en important leurs coutumes barbares. Le port ravitaillait aussi les navires qui montaient au nord chasser les mammifères marins pour leur peau et leur huile, et dont les équipages aux manières grossières dévoyaient de nombreux jeunes Outrîliens, hommes et femmes. À l'entendre, Zylig était une ville sale et dangereuse et une bonne partie de sa population constituée de rebuts de l'humanité.

Nous y ferions notre première escale. La maison maternelle d'Arkon Sangrépée se trouvait de l'autre côté de Nuerine mais elle possédait une place forte à Zylig pour y loger ses membres de passage au port. Nous y rencontrerions le Hetgurd, alliance souple de chefs outrîliens, pour discuter de notre quête. Cette réunion nous inquiétait, Umbre et moi ; le vieil assassin prévoyait une résistance à l'accord de mariage, voire à la mission du prince, car certains Outrîliens voyaient en Glasfeu un esprit tutélaire de leurs îles, et notre volonté de le décapiter risquait de recevoir un accueil défavorable.

Une fois les entrevues terminées, nous délaisserions notre navire des Six-Duchés au profit d'un bâtiment outrîlien mieux adapté aux eaux peu profondes que nous aborderions ensuite, manœuvré par un capitaine et un équipage familiers des chenaux de la région. Il nous conduirait à Wuisling, sur Mayle, l'île natale du clan du Narval auquel appartenaient Elliania et Peottre. Là, Devoir serait présenté à la famille de la narcheska et accueilli dans sa maison maternelle ; on fêterait les fiançailles et on conseillerait le prince sur la tâche qui l'attendait, puis, après une visite au village d'origine du clan, nous retournerions à Zylig pour nous embarquer à destination d'Aslevjal où le dragon gisait prisonnier d'un glacier.

D'un geste brusque, j'écartai les cartes qui encombraient la table, puis je croisai les bras sur le plateau, posai mon front sur mes poignets et restai les yeux ouverts dans cette petite obscurité. Des crampes de peur me tordaient les entrailles. Je ne redoutais pas seulement le voyage à venir mais aussi les dangers qu'il faudrait affronter avant même de monter à bord du bateau. Les membres du clan d'Art ne maîtrisaient toujours pas leur magie ; je soupçonnais Devoir et son ami le seigneur Civil d'employer le Vif malgré mes mises en garde, et je craignais qu'on ne prît le prince sur le fait. On le voyait trop souvent en compagnie de ceux qui refusaient de cacher leur magie des bêtes, or, même si la reine avait décrété que sa pratique n'était plus sujet d'opprobre, les gens du peuple et les nobles n'en méprisaient pas moins ceux qui s'y adonnaient. Il s'exposait au danger, et peut-être même mettait-il en péril les négociations de fiançailles : j'ignorais quels sentiments les Outrîliens entretenaient quant à la magie du Vif.

Sans cesse, mes pensées se pourchassaient ainsi et m'enfermaient dans un cercle d'angoisse. Heur s'accrochait toujours à Svanja et je m'effrayais de le livrer à lui-même ; dans les rares occasions où mes rêves avaient effleuré ceux d'Ortie, je l'avais sentie sur la réserve et anxieuse à la fois, et, quant à Leste, j'avais l'impression qu'il devenait plus rétif de jour en jour ; j'éprouverais du soulagement à ne plus avoir sa responsabilité, mais qu'adviendrait-il de lui en mon absence ? Je n'avais toujours pas révélé à Umbre que Trame connaissait ma véritable identité, ni discuté avec le maître de Vif de ce point. Ma soif irrépressible de me confier à quelqu'un me faisait toucher du doigt à quel point je m'étais coupé de tous. Œil-de-Nuit, mon loup, me manquait comme m'auraient manqué les battements de mon cœur.

Je me réveillai en sursaut quand mon front heurta brutalement le bois. Le sommeil qui me fuyait au lit m'avait surpris assis à la table de travail. Avec un soupir, je me redressai, fis jouer mes épaules et me résignai à faire face à la journée ; j'avais des tâches à remplir et le temps m'était compté. Une fois sur le bateau, j'aurais tout loisir de dormir et encore bien plus de me ronger les sangs inutilement. Je ne connais rien de plus ennuyeux qu'un long voyage en mer.

Je me levai puis m'étirai. L'aube ne tarderait pas ; il était temps de me vêtir et de monter au jardin de la Reine pour ma leçon du matin avec Leste. L'eau du broc avait failli s'évaporer complètement pendant que je sommeillais ; je la mélangeai avec celle, froide, de la cuvette, fis mes ablutions et m'habillai d'une chemise et de chausses bleu de Cerf par-dessus lesquelles je passai une simple tunique de cuir. J'enfilai des bottes souples et, non sans mal, serrai mes cheveux courts en queue de guerrier.

Après le cours de Leste, je devais retrouver le clan d'Art pour une nouvelle séance d'exercices, et cette perspective ne me souriait guère. Nous progressions chaque jour, mais pas assez au goût d'Umbre ; il assimilait la lenteur de son cheminement à un échec, et son exaspération avait acquis la présence d'une force palpable et discordante au cours de nos réunions. La veille, j'avais remarqué que Lourd évitait avec crainte de croiser les yeux du vieillard et que l'expression amène de Devoir n'était qu'un masque figé par la peur. J'avais parlé à Umbre en privé pour lui demander de se montrer plus indulgent envers lui-même et les faiblesses du reste du clan ; il avait pris mes paroles pour une remontrance et s'était refermé encore davantage sur sa colère, ce qui n'avait en rien détendu l'atmosphère.

« Fitz », fit une voix tout bas, et je me retournai d'un bloc, saisi. Le fou s'encadrait dans l'ouverture habituellement dissimulée par le casier à vin. Il était capable de se déplacer plus silencieusement que quiconque, et, en outre, il restait indétectable à mon Vif ; malgré ma sensibilité à toutes les créatures vivantes, lui, et lui seul, arrivait à me surprendre. Il le savait et je crois qu'il s'en amusait. Il entra dans la pièce avec un sourire d'excuse. Il avait noué sur sa nuque ses cheveux fauves et luisants et on ne voyait sur son visage nulle trace du maquillage de sire Doré ; sans fard, son teint m'apparaissait plus cuivré que jamais. Il portait son extravagante robe de chambre de seigneur jamaillien qui semblait un accoutrement bizarre à présent qu'il n'affectait plus les manières précieuses d'un grand aristocrate.

Jamais je ne l'avais vu se présenter à la tour du guet de la mer sans y avoir été invité. « Que fais-tu ici ? dis-je sans réfléchir, avant d'ajouter plus courtoisement : Même si ta présence me réjouit.

— Ah ! Je me le demandais justement. Quand je t'ai aperçu qui rôdais sous ma fenêtre, j'ai pensé que tu voulais me parler. Le lendemain, j'ai envoyé à Umbre un message à double sens à ton intention, et, en l'absence de réponse, j'ai décidé de te simplifier la tâche.

— D'accord. Eh bien, euh... entre, je t'en prie. » Son apparition inattendue plus le fait d'apprendre qu'Umbre ne m'avait pas transmis son courrier me laissaient ébranlé. « Le moment n'est pas idéal ; je vais bientôt devoir retrouver Leste au jardin de la Reine. Mais j'ai encore quelques minutes devant moi. Euh... veux-tu que je prépare de la tisane ?

— Oui, s'il te plaît, du moins si tu en as le temps. Je ne voudrais pas te déranger ; nous avons tous fort à faire ces jours-ci. » Il se tut brusquement et il me regarda fixement tandis que son sourire s'effaçait. « Écoute comme nous sommes gênés l'un avec l'autre ! Toutes ces formules polies par peur de nous égratigner mutuellement ! » Il prit une longue inspiration puis, avec une rudesse qui ne lui ressemblait pas, il déclara : « Quand j'ai constaté que tu ne répondais pas à mon message, je me suis inquiété de ce silence. Nous avions eu un différend, je le savais, et je pensais que nous l'avions réglé, mais le doute a commencé à me ronger. Aussi, ce matin, ai-je décidé d'affronter mon désarroi, et me voici donc. Désirais-tu me voir, Fitz ? Pourquoi n'avoir pas donné suite à mon billet ? »

Ce changement de ton subit acheva de me désarçonner. « Je ne l'ai pas reçu. Peut-être Umbre a-t-il mal compris ou bien oublié ce que tu lui avais demandé ; il est très préoccupé ces derniers temps.

— Et l'autre soir, quand tu es venu sous ma fenêtre ? » Il s'approcha de la cheminée, prit une louche pour puiser de l'eau dans le seau, emplit la bouilloire et la repoussa au-dessus des flammes. Comme il s'agenouillait dos à moi pour tisonner le feu et y ajouter un peu de bois, j'éprouvai un grand soulagement à ne pas devoir soutenir son regard.

« Je déambulais simplement dans Bourg-de-Castel-cerf, la tête pleine de mes problèmes personnels. Je n'avais pas prévu d'aller te voir. Je suis arrivé chèz toi par hasard. »

J'avais l'impression de lui présenter une mauvaise excuse, stupide et maladroite, mais il hocha la tête sans répondre. Notre malaise réciproque dressait un mur entre nous. Je m'étais efforcé de réparer le mal qu'avait causé notre dispute mais le souvenir de cette fracture demeurait frais dans notre souvenir. Croirait-il que j'évitais son regard pour lui dissimuler quelque rancœur ? Ou bien devinerait-il les remords que je tentais de cacher ?

« Tes problèmes personnels ? » fit-il à mi-voix alors qu'il se relevait en s'époussetant les mains l'une contre l'autre. Mes inquiétudes pour Heur me paraissaient un sujet de conversation infiniment moins risqué et je sautais avidement sur la perche qu'il me tendait.

Je lui confiai les préoccupations que m'inspirait mon fils, et, petit à petit, nous retrouvâmes notre intimité de naguère. Je sortis des herbes à tisane pour l'eau qui bouillait et fis griller du pain qui restait de mon repas de la veille. Il m'écouta attentivement tout en rangeant mes cartes et mes notes à une extrémité de la table, et, quand j'achevai mon exposé, il était en train de verser la tisane infusée dans deux tasses que j'avais prises dans le buffet. Nous disposâmes de quoi nous restaurer sur le grand plateau de bois, et ce rite me rappela combien nous étions efficaces et complémentaires lorsque nous collaborions ; en même temps, pourtant, cette réflexion renforçait la sensation de vide que j'éprouvais dans la poitrine en songeant à la façon dont je le trompais. Je souhaitais l'empêcher de poser le pied sur Aslevjal parce qu'il était convaincu d'y trouver la mort, et Umbre m'appuyait parce qu'il ne voulait pas que le fou contrecarre la quête du prince ; le résultat restait le même. Quand le jour viendrait de notre départ, le fou s'apercevrait qu'il ne nous accompagnait pas. Et j'en serais responsable.

Mes pensées s'enroulaient ainsi autour de moi, et le silence tomba tandis que nous nous asseyions. Il leva sa tasse, but une gorgée de tisane et dit : « Ce n'est pas ta faute, Fitz ; il a pris une décision et tu n'y changeras rien. » L'espace d'un instant, j'éprouvai tant l'impression qu'il répondait à mes pensées que j'en eus la chair de poule : il me connaissait parfaitement. Puis il poursuivit : « Parfois, le rôle d'un père se réduit à rester en retrait et à assister à la catastrophe avant de ramasser les morceaux. »

Je me ressaisis. « Ce qui m'inquiète, fou, c'est que je ne serai pas là pour voir le désastre ni pour ramasser les morceaux. Imagine qu'il se fourre dans de graves ennuis et que nul ne se trouve sur place pour prendre sa défense ? »

Il referma ses deux mains autour de sa tasse et me regarda. « Tu ne laisses personne à Castelcerf à qui tu puisses demander de le surveiller ? »

Je réprimai une brusque envie de répondre : « Tu ne pourrais pas t'en charger ? » Je secouai la tête. « Personne dont je sois assez proche. Kettricken reste, naturellement, mais il me semble difficile de prier la reine de jouer ce rôle auprès du fils d'un garde. Quant à Jinna, même si nous avions conservé de bonnes relations, je n'aurais plus confiance en son jugement. » Désemparé, j'ajoutai : « Parfois, l'accablement me saisit quand je me rends compte du nombre réduit de gens en qui j'ai vraiment confiance, ou même que je connais un peu intimement, dans mon personnage de Tom Blaireau, veux-je dire. » Je me tus un instant, plongé dans mes réflexions. Tom Blaireau était une façade, un masque que je portais quotidiennement, mais derrière lequel je n'avais jamais réussi à me sentir à l'aise ; mentir à des personnes droites et intègres comme Laurier ou Ouime me gênait beaucoup. Aucune amitié réelle ne pouvait s'établir au travers d'une telle barrière. « Comment fais-tu ? demandai-je au fou à brûle-pourpoint. Tu changes d'image d'une année sur l'autre et d'une contrée à l'autre ; ne regrettes-tu jamais que nul ne te connaisse tel que tu étais à la naissance ? »

Il secoua lentement la tête. « Je ne suis plus celui que j'étais à la naissance ; toi non plus ; personne, à ma connaissance. En vérité, Fitz, nous ne voyons jamais que des facettes des autres ; peut-être avons-nous le sentiment de bien connaître quelqu'un quand nous percevons plusieurs de ses facettes. Père, fils, frère, amant, époux... nous pouvons être tout cela sans que quiconque nous connaisse dans tous ces rôles. Je te regarde dans celui du père de Heur et pourtant je n'ai pas la même appréhension de toi que j'avais de mon père, pas plus que je ne voyais mon père comme son frère le voyait. Ainsi, quand j'apparais sous un jour différent, je ne joue pas la comédie ; j'expose plutôt un autre aspect de moi-même encore inconnu du monde, et, je te le dis, dans un coin de mon cœur, je demeure pour toujours le fou et ton ami d'enfance ; de même, il existe au fond de moi un véritable sire Doré qui aime le bon vin et la bonne chère, les costumes élégants et les conversations spirituelles. Aussi, lorsque je me présente sous son apparence, je ne mens à personne : je partage avec les autres une nouvelle partie de moi-même.

— Et Ambre ? » murmurai-je avant de me demander quelle audace me poussait à poser cette question.

Il me regarda posément. « C'est une facette de ma personnalité, ni plus, ni moins. »

Regrettant d'avoir amené ce sujet sur le tapis, je réorientai la conversation sur son point de départ. « En tout cas, ça ne résout pas mon problème : trouver quelqu'un pour surveiller Heur à ma place. »

Il hocha la tête, et un silence un peu gêné s'établit de nouveau entre nous. Nous voir devenus si mal à l'aise l'un avec l'autre me rendait profondément malheureux mais je ne savais qu'y faire. Le fou restait mon vieil ami d'enfance et pourtant ce n'était plus lui ; découvrir qu'il possédait d'autres « facettes » modifiait la conception même que j'avais de lui. Je me sentais comme pris au piège, tiraillé entre le désir de demeurer avec lui pour réinsérer notre amitié dans son ornière d'autrefois et l'envie de m'enfuir. Il perçut mon mal-être et l'excusa.

« Je regrette, je me suis présenté au mauvais moment ; tu dois bientôt retrouver Leste, je le sais. Nous aurons peut-être l'occasion de nous entretenir encore une fois avant notre départ.

« — Il peut m'attendre, répondis-je sans réfléchir ; ça ne lui fera pas de mal.

— Merci », dit-il.

Et, de nouveau, la conversation retomba. Il la rattrapa en prenant une carte sur la table. « S'agit-il d'Aslevjal ? demanda-t-il en déroulant le parchemin.

— Non, de Nuerine. Nous relâcherons au port de Zylig pour notre première escale.

— Et ceci, qu'est-ce que c'est ? » Il désignait un dessin en forme de volute sur une des côtes de l'île.

« Une enjolivure outrîlienne, je pense, à moins que ce tortillon ne signale un tourbillon, un courant qui s'inverse à la marée ou un banc d'algues ; franchement, je n'en sais rien. Ces gens ne perçoivent pas le monde comme nous, je crois.

— C'est indubitable. As-tu une carte d'Aslevjal ?

— Oui, la plus petite avec une tache brune à l'extrémité. »

Il l'étendit à côté de la première puis examina les deux tour à tour. « Je vois ce que tu veux dire, murmura-t-il en suivant de l'index une grève ourlée d'un contour extraordinairement complexe. Qu'est-ce que cela représente, à ton avis ?

— Le bord d'un glacier qui fond au contact de la mer. C'est du moins l'interprétation d'Umbre.

— Je voudrais bien savoir pourquoi il ne t'a pas transmis mon message. »

Je feignis l'ignorance. « Je te le répète, il a peut-être oublié. Je lui poserai la question quand je le verrai aujourd'hui.

— Justement, j'aimerais lui parler moi aussi, en privé. Peut-être pourrais-je t'accompagner à ta leçon d'Art ? »

Malgré ma gêne extrême, je ne vis aucun moyen de refuser. « Elle n'est prévue que pour cette après-midi, une fois que j'aurais achevé les cours de lecture et de maniement d'armes de Leste. »

Il acquiesça de la tête, indifférent. « Ce sera parfait. J'ai du rangement à terminer dans mes appartements au château. » Comme s'il désirait que je lui en demande la raison, il ajouta : « J'ai pratiquement déménagé toutes mes affaires ; il ne restera plus grand-chose à enlever pour le prochain occupant.

— Tu as donc décidé de t'installer définitivement à la Clé d'Argent ? »

L'espace d'un instant, son visage perdit toute expression : ma question l'avait désarçonné. Puis il secoua lentement la tête avec un sourire indulgent. « Tu ne crois jamais rien de ce que je te dis, n'est-ce pas, Fitz ? Enfin, peut-être ton incrédulité nous a-t-elle protégés lors de nombreuses tempêtes. Non, mon ami, je tiens à laisser mes appartements de Castelcerf vides à mon départ ; quant aux superbes objets d'art et aux magnifiques meubles qui se trouvent à la Clé d'Argent, ils appartiennent déjà à d'autres qui les ont acceptés en nantissement de mes dettes – que je n'ai nulle intention de payer, cela va de soi. Quand je quitterai Bourg-de-Castelcerf, mes créanciers fondront comme des corbeaux sur l'étage que je loue et le nettoieront jusqu'à l'os, et c'en sera terminé de sire Doré. Je ne retournerai pas à Castelcerf. Je ne retournerai nulle part. »

Sa voix n'avait pas tremblé ni même frémi, il s'était exprimé avec calme, ses yeux dans les miens, mais j'avais l'impression qu'un cheval venait de m'envoyer une ruade en pleine poitrine. Il parlait comme un homme qui sait sa mort prochaine et met de l'ordre dans ses affaires. Tout à coup, ma perception se déplaça ; mon malaise devant lui provenait de notre récente dispute et du mensonge dans lequel je le maintenais ; je ne redoutais pas sa mort car je savais l'avoir prévenue. Mais sa gêne à lui avait son origine ailleurs : il s'adressait à moi comme un homme qui sait devoir périr bientôt s'adresse à un ami de toujours et qui ne rencontre qu'indifférence. Combien je devais lui paraître insensible à l'éviter depuis des jours ! Peut-être s'imaginait-il que je coupais soigneusement tous les ponts entre nous avant que la mort ne s'en charge, brutalement et dans la douleur ? Les mots jaillirent de moi sans que je pusse les retenir, premières paroles vraies que je lui disais de la journée : « Cesse tes sottises ! Je ne te laisserai pas mourir, fou ! » Ma gorge se noua brusquement. Je pris ma tisane qui refroidissait et en bus rapidement une gorgée.

Il eut une inspiration hachée, puis il éclata d'un rire grêle comme du verre qui se brise. Des larmes brillaient dans ses yeux. « Tu y crois dur comme fer, n'est-ce pas ? Ah, Bien-Aimé ! J'ai de nombreux adieux à faire, mais c'est toi que j'ai le plus de mal à perdre. Pardonne-moi de t'avoir évité ; mieux vaut peut-être que nous établissions une distance entre nous et que nous nous y habituions avant que le destin ne nous l'impose. »

Je reposai violemment ma tasse et la tisane éclaboussa la table. « Arrête de parler ainsi ! Par El et Eda réunis, fou ! Est-ce pour ça que tu jettes ta fortune par les fenêtres et que tu te comportes comme un Jamaillien dégénéré ? Par pitié, dis-moi que tu n'as pas tout gaspillé, que tu as gardé un bas de laine pour... pour ton retour. » Je me tus, tout près de me trahir.

Il eut un sourire étrange. « Tout a disparu, Fitz, dilapidé ou destiné à être donné selon mes spécifications. Me débarrasser de tout cet argent a représenté non seulement une gageure mais un plaisir bien plus grand que le posséder. J'ai rédigé un acte par lequel je remets Malta à Burrich ; imagines-tu sa tête quand on lui en tendra les rênes ? Je sais qu'il la chérira et qu'il prendra soin d'elle. Et, pour Patience – ah, tu aurais dû voir ça avant que je ne le lui envoie : une pleine carriole de manuscrits et de livres sur tous les sujets concevables ! Jamais elle ne comprendra d'où ils viennent. J'ai aussi pensé à Garetha, ma chère maraîchère : je lui ai acheté une fermette et un lopin de terre, et laissé assez d'argent pour subvenir à ses besoins. Cela causera sans doute un petit scandale : on se demandera pourquoi sire Doré nantit si bien une simple servante. Mais laissons dire ; elle comprendra et n'aura cure des mauvaises langues. Quant à Jofron, mon amie de Jhaampe, je lui ai fait parvenir une sélection de bois rares et tous mes outils de sculpture ; elle saura les apprécier et gardera bon souvenir de moi, bien que je l'aie quittée de façon brutale. Elle a acquis une certaine réputation en tant que fabricante de jouets, le savais-tu ? »

Comme il me révélait sa généreuse espièglerie, il se mit à sourire et l'ombre de la mort s'effaça presque de son regard.

« Ne parle pas ainsi, fis-je d'un ton suppliant. Je te promets que je ne te laisserai pas mourir.

— Ne fais pas de promesses qui peuvent nous briser l'un et l'autre. D'ailleurs... (il reprit son souffle) même si, à l'encontre du trajet prédéterminé du destin, tu parviens à m'empêcher de mourir, sire Doré doit néanmoins disparaître. Il n'a plus d'utilité. Une fois parti, je n'endosserai plus jamais son rôle. »

Comme il continuait de m'expliquer comment il avait dilapidé sa fortune et l'obscurité dans laquelle son nom tomberait peu à peu, je sentais l'angoisse nouer mes entrailles. Il avait œuvré avec application et sans rien laisser au hasard ; quand nous quitterions le quai sans lui, nous l'abandonnerions dans une situation difficile. Je ne doutais pas, toutefois, que Kettricken pourvoirait à ses besoins sans se préoccuper de savoir comment il avait dissipé son argent, et je décidai de m'entretenir discrètement avec elle avant notre départ afin qu'elle se tienne prête à l'aider le cas échéant. Puis je réorientai mes pensées sur le fil de la conversation car le fou me regardait avec une expression étrange.

Je m'éclaircis la gorge en m'efforçant de trouver des mots intelligents à dire. « Tu te montres trop pessimiste, je crois. S'il te reste quelque fonds, garde-le de côté, simplement au cas où j'aurais raison et que je parvienne à t'éviter la mort. Et maintenant je dois y aller : Leste va m'attendre. »

Il acquiesça de la tête et m'imita quand je me levai. « Viendras-tu me chercher dans mes anciens appartements quand il sera l'heure de rejoindre Umbre pour la leçon d'Art ?

— Certainement », répondis-je en tâchant d'effacer de ma voix toute trace de réticence.

Il eut un léger sourire. « Bonne chance avec le petit de Burrich », dit-il, puis il sortit.

Les tasses et les cartes encombraient la table mais, saisi d'une soudaine lassitude, je n'avais pas le courage de les ranger, pas plus que de me hâter pour la leçon de Leste. Pourtant, je pressai le pas et, quand j'arrivai dans le jardin au sommet de la tour, je le trouvai dans un carré de soleil au bord crénelé, dos à un mur de pierre froid, en train de jouer du flûtiau pour passer le temps. À ses pieds, plusieurs colombes picoraient la terre, et, l'espace d'un instant, mon cœur se serra. Elles s'envolèrent à mon approche, et la poignée de grains qui les avait attirées se dispersa au vent. Leste remarqua le soulagement qui s'était peint sur mon visage ; il écarta son flûtiau de ses lèvres et leva les yeux vers moi.

« Vous avez cru que je me servais du Vif pour les charmer et vous avez eu peur », dit-il.

Je me tus un moment avant de répondre. « J'ai eu peur un instant, en effet, mais non que tu te serves de ton Vif ; j'ai craint que tu ne cherches à établir un lien avec l'une d'elles. »

Il secoua lentement la tête. « Non, pas avec un oiseau. J'ai déjà touché l'esprit de ces animaux, et mes pensées ricochent dessus comme une pierre sur l'eau d'une rivière. » Avec un sourire condescendant, il ajouta : « Mais, évidemment, vous ne pouvez pas comprendre. »

Je fis appel à toute ma patience pour garder le silence ; enfin je demandai : « As-tu terminé de lire l'histoire du roi Tueur et de l'annexion de Béarns ? »

Il hocha la tête affirmativement et nous commençâmes la leçon, mais son attitude m'avait piqué au vif, et je donnai libre cours à mon exaspération sur le terrain d'entraînement en exigeant qu'il se munisse d'une hache et s'oppose à moi avant de le laisser se rendre à ses exercices de tir à l'arc. Les armes pesaient davantage que dans mes souvenirs et, malgré les épaisseurs de cuir qui en émoussaient le tranchant, elles infligeaient des bleus impressionnants. Quand Leste n'eut plus la force de lever la sienne, je lui accordai la permission de rejoindre Fontcresson, puis je me punis d'avoir passé ma colère sur lui : je me trouvai un autre partenaire, rompu au maniement de la hache celui-là, et, une fois que j'eus mesuré précisément combien je m'étais rouillé, je quittai le terrain et fis un crochet par les étuves.

Débarrassé de ma sueur et de mon irritation, je déjeunai rapidement de soupe accompagnée de pain dans la salle des gardes. On y parlait fort ; les conversations concernaient surtout l'expédition, et particulièrement les Outrîliennes et les boissons d'Outremer, réputées les unes et les autres fortes et agréables à consommer. J'essayai de rire aux plaisanteries mais l'obsession des gardes les plus jeunes pour ces deux sujets me fit sentir mon âge et c'est avec soulagement que je pris congé d'eux pour regagner ma salle de travail.

Là, j'empruntai le passage secret jusqu'à la chambre que j'occupais lorsque je jouais le rôle du serviteur de sire Doré. Je tendis l'oreille, attentif au moindre bruit, avant de pousser la porte dissimulée : il régnait un silence absolu et je me pris à espérer que le fou était absent ; mais à peine eus-je refermé le panneau dérobé qu'il ouvrit l'autre porte. Je me retournai et le regardai en clignant les yeux. Il portait une tunique et des chausses noires, très simples, avec des chaussures basses de la même couleur ; la lumière de la fenêtre argentait ses cheveux et pénétrait dans la petite pièce où elle révélait mon vieux lit de camp encombré d'affaires que j'avais laissées en quittant le service du seigneur jamaillien. La magnifique épée qu'il m'avait offerte reposait au sommet d'un tas de vêtements extravagants aux teintes vives taillés à mes mesures. J'adressai au fou un regard perplexe. « Tout cela t'appartient, murmura-t-il. Tu devrais l'emporter.

— Je doute d'avoir jamais l'occasion de m'accoutrer à nouveau de ces fanfreluches, fis-je avant de me rendre compte de la dureté de mon refus.

— On ne sait jamais, dit-il à mi-voix en détournant les yeux. Peut-être un jour sire Fitz Chevalerie déambulera-t-il dans le château de Castelcerf au vu et au su de tous ; si cela se produit, ces couleurs et ces coupes lui siéront à merveille.

— Je ne pense pas que ce jour viendra. » Je m'efforçai de tempérer la froideur de ma réponse : « Mais je te remercie néanmoins, et je prendrai ces affaires au cas où elles pourraient me servir. » Je sentis toute la gêne qui demeurait entre nous tomber sur moi comme un rideau mouillé.

« Et l'épée, fit-il. N'oublie pas l'épée ; je sais que tu la trouves un peu voyante, mais...

— Mais elle reste une des meilleures armes que j'aie jamais maniées. Je la garderai précieusement. » Je voulais atténuer l'impression de dédain qu'avait dû lui donner mon refus ; je me rendais compte à présent que je lui avais fait de la peine en ne la prenant pas lorsque je m'étais installé dans la tour d'Umbre.

« Ah, et ceci aussi ! Mieux vaut que je te le rende tout de suite. » Il leva la main pour ôter la boucle d'oreille en bois que sire Doré portait toujours. Je savais ce qu'elle renfermait : le clou d'affranchissement que Burrich tenait de sa grand-mère et qu'il avait donné à mon père puis à moi.

« Non ! » Je saisis brusquement son poignet. « Assez de ces rites funéraires ! Je te l'ai déjà dit, je n'ai aucune intention de te laisser mourir. »

Il ne se débattit pas. « Rites funéraires... » murmurat-il, puis il éclata de rire. Son haleine sentait l'eau-de-vie d'abricot.

« Reprends-toi, fou ! Cette attitude te ressemble si peu que je ne sais même plus comment je dois m'adresser à toi ! m'exclamai-je, agacé, envahi par la colère que l'inquiétude peut déclencher. Ne pouvons-nous nous laisser aller, ôter nos masques pour le temps qui nous reste ?

— Le temps qui nous reste », répéta-t-il. D'une simple torsion du bras, il se libéra de ma poigne. Je le suivis dans son vaste salon où l'air circulait librement ; pratiquement débarrassée de tous ses meubles, la pièce paraissait encore plus grande. Il s'empara d'une carafe d'alcool, remplit son verre puis m'en servit un petit.

« Le temps qui nous reste avant notre départ », précisai-je en prenant le verre qu'il me tendait. Je parcourus la salle du regard ; il n'y demeurait que le strict nécessaire : une table, des chaises et un bureau. Tout le reste était parti ou en cours de déménagement. Les tapisseries et les tapis roulés s'alignaient côte à côte contre les murs comme de grosses saucisses. Par la porte ouverte, je vis l'étude du fou nue et vide, entièrement nettoyée de ses secrets. J'y pénétrais, mon eau-de-vie dans la main, et ma voix éveilla un écho troublant quand je constatai : « Tu as effacé toute trace de ton passage. »

Il me rejoignit et ensemble nous regardâmes par la fenêtre. « J'aime que tout soit net derrière moi. Il y a tant d'éléments dans l'existence qu'on est obligé de laisser inachevés que, lorsque je puis en terminer certains, j'y prends plaisir.

— Je ne t'ai jamais vu te vautrer ainsi dans la mièvrerie ; on dirait presque tu te complais de cette situation. » Je m'étais efforcé de ne pas laisser transparaître ma répulsion.

Un sourire bizarre flotta sur ses lèvres, puis il prit une grande inspiration comme si un poids venait de lui être enlevé. « Ah, Fitz, personne d'autre que toi ne pouvait me tenir pareil discours ! Et peut-être as-tu raison. Il y a un aspect dramatique dans le fait de se trouver face à une conclusion définitive ; je n'avais encore jamais ressenti ces sensations... et pourtant, dans ces circonstances semblables, je suis sûr qu'elles ne t'affecteraient pas. Un jour, tu as essayé de m'expliquer que le loup vivait toujours dans le présent et qu'il t'avait enseigné à savourer toutes les satisfactions possibles du temps qui t'était imparti. Tu as bien retenu la leçon, tandis que moi, qui ai passé ma vie à définir l'avenir avant qu'il n'arrive, je me retrouve face à un lieu au-delà duquel tout est noir. Face aux ténèbres. C'est ce dont je rêve la nuit. Et, quand je tâche, par un effort conscient, de me projeter plus loin pour voir où ma route pourrait éventuellement me conduire, c'est encore cela que je perçois : les ténèbres. »

Je ne savais que répondre. Je me rendais compte qu'il s'efforçait de chasser son épouvante comme un chien se débat pour se débarrasser d'un loup qui le tient à la gorge. Je bus une gorgée d'eau-de-vie. Le goût de l'abricot et la chaleur capiteuse d'une journée d'été se répandirent en moi ; je me rappelai le séjour du fou dans ma chaumine, mes souvenirs de cette époque simple et agréable réveillés par l'alcool sur ma langue. « Il est très bon », dis-je sans réfléchir.

Interloqué, il me regarda fixement, puis il battit soudain des paupières, refoula ses larmes, et m'adressa un sourire qui n'avait rien de feint. « Oui, dit-il à mi-voix, tu as raison ; c'est une excellente eau-de-vie, et rien de ce qui doit se produire ne peut changer cela.

L'avenir ne peut nous priver des jours qui nous restent... sauf si nous nous soumettons à lui. »

Il avait franchi comme une croisée de chemins intérieure et gagné une certaine sérénité. J'avalai une nouvelle gorgée d'alcool en contemplant les collines auxquelles s'adossait Castelcerf ; quand je me tournai vers lui, je trouvai ses yeux braqués sur moi, empreints d'une affection insupportable. Il n'aurait pas eu cette expression s'il avait su quelle traîtrise je lui réservais. Pourtant, devant la terreur que lui inspirait son destin, je me sentais conforté dans l'idée que j'avais pris la meilleure décision. « Je suis navré de te bousculer, mais Umbre et les autres vont nous attendre. »

Il hocha gravement la tête, leva son verre à ma santé puis le but cul sec. Je suivis son exemple et demeurai ensuite immobile le temps que la chaleur de l'alcool achève de se diffuser en moi ; enfin, je pris une grande inspiration où se mêlaient le goût et le parfum de l'abricot. « Il est très bon », répétai-je.

Il eut un petit sourire. « Je te laisserai toutes les bouteilles qui resteront », fit-il tout bas avant d'éclater de rire devant le regard noir que je lui lançai, et c'est d'un pas qui me parut plus léger qu'il me suivit dans le labyrinthe de couloirs et d'escaliers qui courait entre les murs de Castelcerf. Tout en progressant dans la pénombre, je me demandai ce que je ressentirais si je connaissais le jour et l'heure de ma mort. À la différence de sire Doré, j'aurais à me débarrasser de peu d'affaires ; je fis le compte de mes trésors, convaincu de ne rien posséder de valeur, sinon à mes propres yeux, et je me rendis compte brusquement que je me trompais. Dans un élan de remords égoïste, je résolus d'y mettre bon ordre. Nous parvînmes à l'entrée dérobée de la tour du guet de la mer et je délogeai le panneau pour sortir de la cheminée.

Les autres étaient déjà arrivés, si bien que je n'eus pas l'occasion de prendre Umbre à part pour le prévenir de la venue du fou. Toutefois, quand nous fîmes notre apparition, le prince poussa une exclamation ravie et se précipita pour accueillir sire Doré ; Lourd, plus circonspect, prit une mine méfiante. Umbre me lança un regard chargé de reproche puis recomposa son expression pour saluer le fou. Mais, après ces échanges de politesses, une certaine gêne s'installa entre nous. Le simple d'esprit, perturbé par la présence d'un étranger, se mit à déambuler sans but au lieu de s'installer à sa place habituelle à la table ; le prince éprouvait manifestement des difficultés à imaginer sire Doré, malgré la simplicité de sa tenue, dans le rôle du bouffon du roi Subtil, tel que la reine le lui avait décrit. Non sans brutalité, Umbre déclara finalement : « Eh bien, mon cher ami, qu'est-ce qui vous amène parmi nous ? Vous recevoir est naturellement un plaisir mais nous avons encore beaucoup à apprendre et peu de temps pour ce faire.

— Je comprends, répondit le fou ; mais j'ai moi aussi peu de temps pour partager avec vous ce que je sais ; j'espère donc pouvoir emprunter un peu du vôtre, en privé, après la leçon.

— Pour ma part, je suis enchanté de votre présence, intervint le prince sans ambages, et je considère que vous auriez dû faire partie du groupe dès le début. C'est grâce à vous que nous avons réussi à joindre nos forces et à travers vous que nous avons pu guérir Tom. Vous avez autant le droit que n'importe lequel d'entre nous d'appartenir à notre clan. »

Le fou parut touché de cette déclaration. Il baissa le regard vers ses mains gantées de noir, frotta le bout de ses doigts l'un contre l'autre d'un air presque absent puis répondit : « Je ne possède pas véritablement l'Art ; je me suis seulement servi du peu que j'en ai acquis en touchant Vérité, et de ma connaissance de... de Tom. »

En entendant le nom de son père, le prince redressa la tête comme un chien de chasse qui vient

86

de flairer une sente et il se pencha vers le fou comme s'il pouvait absorber par osmose ce qu'il savait du roi Vérité. « Quoi qu'il en soit, dit-il à sire Doré, je me réjouis d'avance de voyager en votre compagnie, et, peu importe votre niveau d'Art, j'estime que vous pourrez apporter une aide précieuse au clan. Voulez-vous participer à la leçon d'aujourd'hui afin que nous mesurions votre talent d'artiseur ? »

Un dilemme déchirait Umbre, je m'en rendais compte. Le fou permettrait peut-être au clan d'accroître son pouvoir, ce pouvoir dont le vieillard avait si soif ; mais il risquait aussi de s'opposer à notre mission première, qui consistait à trancher la tête du dragon. Et ne distinguais-je pas une étincelle de jalousie dans les yeux verts du vieil assassin qui nous regardaient tous les deux tour à tour ? Le fou et moi avions toujours été très proches, et Umbre savait que je lui vouais la fidélité d'un ami pour un autre ; or, plus que jamais, il désirait me tenir sous sa coupe.

Son avidité pour l'Art l'emporta et il renchérit sur l'invitation de Devoir : « Je vous en prie, sire Doré, prenez place avec nous. À défaut de mieux, vous trouverez peut-être nos efforts divertissants.

— Eh bien, j'accepte », répondit le fou d'un ton où je crus déceler comme du soulagement. Il tira un fauteuil, s'y assit et son visage afficha une expression de curiosité polie. À part moi, l'une des autres personnes présentes percevait-elle les courants obscurs qui roulaient sous la surface de son masque affable et paisible ? Umbre et moi nous installâmes de part et d'autre de lui tandis que Devoir persuadait Lourd de se joindre à nous. Une fois tous réunis autour de la table, quatre d'entre nous, à l'unisson, inspirèrent profondément et s'efforcèrent d'atteindre l'état d'ouverture mentale qui nous permettait d'accéder à l'Art ; alors que je me concentrais ainsi, j'eus une perception à la fois effrayante et incontestable : le fou était un intrus. Malgré le peu de temps depuis lequel nous nous efforcions de former un clan, nous étions parvenus à une sorte d'unité ; je ne m'en rendais compte qu'à présent, parce que le fou la perturbait. Comme je liais ma conscience à celle de Devoir et de Lourd, je sentis Umbre qui voletait éperdument comme un papillon affolé à la frontière de notre union. Le simple d'esprit lui tendit une main rassurante qui raffermit son contact avec le reste du groupe. Il avait sa place parmi nous ; pas le fou.

Quand je cherchai à le contacter, j'éprouvai moins une sensation de présence que d'absence. Bien des années plus tôt, j'avais remarqué qu'il était invisible à mon Vif ; aujourd'hui, alors que je tâchais de l'atteindre par le biais de l'Art, j'avais l'impression de tenter de saisir le reflet du soleil sur l'eau immobile d'un étang.

« Sire Doré, vous esquivez-vous ? demanda Umbre dans un murmure.

— Je suis ici », répondit le fou. Sa voix parut se répandre dans la pièce en ondes concentriques que je captai autant par mes tympans que par tout mon corps.

« Donnez-moi la main », fit Umbre, et il posa la sienne sur la table, la paume vers le haut, tendue vers mon ami. On eût dit autant un défi qu'une invitation.

Je ressentis un infime picotement de peur. Il fit vibrer le lien d'Art entre le fou et moi, et je sus ainsi que ce lien existait toujours ; puis sire Doré glissa sa main gantée dans celle d'Umbre.

Je perçus alors sa présence, mais j'aurais du mal à décrire de quelle façon. Si l'on compare l'Art combiné du clan à une étendue d'eau sans ride, le fou évoquait une feuille flottant à sa surface. « Essayons d'entrer en contact avec lui », suggéra Umbre, et nous obéîmes. Ma conscience du malaise du fou s'accentua par le biais de notre lien, mais je ne pense pas que les autres le sentirent. Ils étaient constamment sur le point de le toucher, mais il s'ouvrait devant eux et se refermait derrière eux, comme s'ils tentaient d'attraper de l'eau en plongeant leurs doigts dans un courant ; sa présence s'en voyait troublée sans pour autant devenir accessible. Sa peur s'accrut encore. Je m'approchai subrepticement de lui le long de notre lien dans l'espoir de découvrir ce qui l'effrayait.

La possession. Il refusait tout contact où il risquât de se retrouver sous l'emprise d'un autre ; c'est alors seulement que je me rappelai les sévices que lui avaient infligés Royal et son clan. Ils avaient découvert son identité grâce au lien que nous partagions et ils lui avaient volé un fragment de sa conscience afin de m'espionner et d'apprendre où vivait Molly. Il gardait un souvenir honteux et douloureux de cette trahison involontaire et, bien qu'elle remontât à de longues années, il portait toujours le poids de ses remords. Sa souffrance me fit d'autant plus mal qu'il s'apercevrait bientôt que je l'avais trompé à mon tour.

Je tentai de le réconforter par le biais de notre lien. *Ce n'était pas ta faute.* Il refusa mon aide ; lointaines et pourtant claires, ses pensées me parvinrent.

Je savais que cela se produirait. Je l'avais prédit moi-même dans mon enfance : l'être le plus proche de toi te trahirait. Mais je ne pouvais croire qu'il s'agissait de moi. C'est ainsi que j'ai accompli ma propre prophétie.

Nous nous en sommes tous tirés.

De justesse.

« *Êtes-vous en train d'artiser entre vous, tous les deux ?* » intervint Umbre d'un ton agacé. J'entendis sa question à la fois par l'ouïe et l'Art.

Je repris mon souffle et plongeai davantage dans la magie. « Oui, murmurai-je. J'arrive à le contacter, mais tout juste, et uniquement grâce au lien que nous partageons.

— Souhaiterais-tu mieux ? » demanda le fou d'une voix moins audible qu'un chuchotement. Je discernai un défi dans sa question mais ne le compris pas.

« Oui, certainement. Essaye », répondis-je.

Je sentis qu'il effectuait un petit mouvement à côté de moi mais, tout entier à ma concentration, je ne voyais ce qui m'entourait que de manière floue et je ne compris ses intentions qu'à l'instant où sa main toucha mon poignet. Sans hésiter, il posa le bout de ses doigts sur l'empreinte gris pâle qu'ils avaient laissée sur ma chair de nombreuses années auparavant. Le contact fut doux mais j'eus la sensation qu'une flèche me perçait le cœur ; je me convulsai comme un poisson au bout d'une lance puis je me pétrifiai. Le fou courait dans mes veines, brûlant comme un alcool, froid comme de la glace. Pendant un éblouissant instant, nous partageâmes la conscience de nos corps avec une intensité qui dépassait toutes les unions que j'avais connues. C'était plus intime qu'un baiser, plus profond qu'un coup de poignard, au-delà d'un lien d'Art, bien plus qu'un accouplement charnel, et davantage même que mon lien de Vif avec Œil-de-Nuit. Ce n'était pas un partage, mais une transfiguration qui dépassait la douleur ou le plaisir. Pire, je m'aperçus que je m'y ouvrais comme si les lèvres de ma maîtresse se posaient sur les miennes, sans que je sache si je m'apprêtais à dévorer ou à être dévoré. Encore un battement de cœur et chacun de nous deviendrait l'autre, connaîtrait l'autre plus parfaitement que ne le doivent deux êtres distincts.

Et il apprendrait mon secret.

« Non ! » criai-je avant qu'il n'eût le temps de découvrir la machination que j'avais ourdie contre lui. Je me libérai violemment de corps et d'esprit, et je tombai longuement avant de heurter le pavage froid. Je roulai sous la table pour échapper à ce contact, suffoquant. J'eus l'impression de passer des heures dans l'obscurité, mais en réalité il ne s'écoula qu'un instant avant qu'Umbre ne me tire de mon refuge, recroquevillé sur moi-même ; il s'agenouilla, me redressa et m'appuya contre sa poitrine. Je l'entendis vaguement demander d'une voix tendue : « Que t'arrive-t-il ? As-tu mal ? Que lui avez-vous fait, fou ? »

Je perçus le sanglot qui échappa à Lourd. Lui seul, peut-être, avait senti ce qui s'était passé. Un frisson d'angoisse me parcourut, suivi d'un picotement : je n'y voyais plus. Puis je pris conscience que j'avais les yeux fermés, les paupières serrées, le corps en boule. Pourtant, il me fallut encore un moment avant de me convaincre qu'il était en mon pouvoir de modifier ma situation. Alors que j'ouvrais les yeux, la pensée du fou se déploya dans mon esprit comme une feuille qui s'épanouit au soleil.

Et je n'impose aucune limite à cet amour.

« C'est trop, fis-je d'une voix hachée. Personne ne peut donner autant ; personne.

— Tenez, voici de l'eau-de-vie », dit Devoir tout près de moi. Umbre me mit sur mon séant et porta la tasse à mes lèvres. J'avalai le contenu d'un trait comme si c'était de l'eau, puis je restai la respiration sifflante sous le choc de l'alcool. Quand je réussis enfin à tourner la tête, je vis que seul le fou demeurait assis à table ; il avait remis ses gants et le regard qu'il posa sur moi était impénétrable. Lourd, accroupi dans un coin de la salle, avait les bras croisés sur la poitrine et tremblait incontrôlablement. Je reconnus dans sa musique d'Art la chanson de sa mère qu'il répétait sans cesse dans un effort éperdu pour se rassurer.

« Qu'est-il arrivé ? » insista Umbre d'un ton furieux. Toujours appuyé contre lui, je sentais la colère émaner de lui comme la chaleur de son corps. Je savais qu'il tournait son regard accusateur vers le fou, mais je décidai de répondre.

« C'était trop intense. Nous avons formé un lien d'Art qui nous englobait tant que je ne me retrouvais plus, comme si nous ne faisions plus qu'un. » Je parlais d'Art mais j'ignorais si ce terme convenait ; autant parler d'étincelle en désignant le soleil. Je repris mon souffle. « Ça m'a terrifié, alors j'ai rompu le contact.

Je ne m'attendais à rien de pareil. » Ces derniers mots s'adressaient autant au fou qu'aux autres ; à son expression, je vis qu'il les avait entendus, mais je crois qu'il les prit dans un sens différent du mien.

« Et cette expérience ne vous a pas affecté, vous ? » lui demanda Umbre sans aménité.

Devoir m'apporta une aide bienvenue pour me relever, et je me laissai tomber presque aussitôt dans un fauteuil. Pourtant, je ressentais, non de la fatigue, mais une énergie sans but et sans moyen de s'exprimer : j'aurais été capable d'escalader la plus haute tour de Castelcerf si j'avais pu me rappeler comment actionner mes genoux.

« Si, elle m'a affecté, dit le fou à mi-voix, mais différemment. » Il planta son regard dans le mien. « Elle ne m'a pas effrayé.

— Et si nous recommencions ? fit Devoir avec candeur.

— Non ! répondîmes-nous ensemble, Umbre, le fou et moi, avec des degrés de force variés.

— Non, répéta le fou plus bas dans le léger silence qui s'ensuivit. Pour ma part, j'en ai assez appris aujourd'hui.

— Comme nous tous, peut-être », renchérit le vieil assassin d'un ton bourru. Il s'éclaircit la gorge et poursuivit : « De toute façon, il est temps que nous vaquions chacun à nos affaires.

— Mais il reste encore du temps avant la fin de la séance ! protesta Devoir.

— Dans des circonstances ordinaires, vous auriez raison, répondit Umbre. Mais les jours s'enfuient à présent, et vous avez encore fort à faire pour vous préparer à notre voyage, Devoir. Répétez à nouveau le discours de remerciement que vous devez adresser aux Outrîliens pour leur accueil, et n'oubliez pas que le son *ch* est guttural.

— Je l'ai déjà relu cent fois, fit le prince d'un ton accablé.

« — Le moment venu, il faudra donner l'impression qu'il vient du cœur et non d'un parchemin. »

À contrecœur, l'adolescent acquiesça de la tête. Par la fenêtre, il jeta un regard empreint de regret à l'extérieur où une brise légère soufflait sous le soleil radieux.

« Allons, à vos occupations, tous les deux », dit Umbre, congédiant ainsi à la fois Lourd et Devoir.

La déception se lut sur le visage du prince. Il se tourna vers sire Doré. « En mer, quand nous aurons plus de temps et moins de travail, j'aimerais que vous me parliez de mon père à l'époque où vous l'avez connu – si cela ne vous dérange pas, naturellement. Je sais que vous vous êtes occupé de lui lorsqu'il... à la fin de sa vie.

— En effet, répondit le fou avec douceur ; et je serai heureux de partager avec vous le souvenir de ces moments.

— Merci », fit Devoir. Il se dirigea vers Lourd, toujours accroupi dans son coin, et le pressa de l'accompagner, en lui demandant d'un ton taquin ce qui avait bien pu l'effrayer alors que personne n'avait été blessé. Je me réjouis que le simple d'esprit ne fût pas en état de s'exprimer de manière intelligible.

Ils arrivaient près de la porte quand je me remémorai la résolution que j'avais prise plus tôt. « Prince Devoir, voudriez-vous venir dans ma salle de travail ce soir ? J'ai un objet à vous remettre. »

Il haussa les sourcils mais, comme je me taisais, il répondit : « Je trouverai un moment ; à tout à l'heure donc. »

Il sortit, Lourd sur ses talons. Mais, à la porte, le petit homme se retourna et posa sur le fou un regard curieusement évaluateur qu'il transféra ensuite sur moi. Mal à l'aise, je me demandai ce qu'il avait perçu de ce qui s'était passé entre nous deux. Puis il quitta la pièce à son tour et referma le battant derrière lui avec quelque sécheresse.

L'espace d'un instant, je craignis qu'Umbre n'exige des détails sur ce qui s'était produit mais, avant qu'il pût ouvrir la bouche, le fou déclara : « Le prince Devoir ne doit pas tuer Glasfeu. C'est le plus important de ce que j'ai à vous dire, Umbre. Il faut préserver la vie du dragon à tout prix. »

Le vieil assassin s'était approché du buffet ; il choisit une bouteille, s'en servit un verre sans répondre puis se retourna vers nous. « Étant donné qu'il se trouve prisonnier d'un glacier, n'estimez-vous pas un peu tardif de se préoccuper de sa santé ? » Il but une gorgée d'alcool. « Ou bien croyez-vous vraiment qu'une créature puisse survivre aussi longtemps sans chaleur, ni eau ni nourriture ? »

Le fou haussa les épaules et secoua la tête. « Que connaissons-nous des dragons ? Combien de temps ceux de pierre avaient-ils dormi quand Fitz les a réveillés ? S'ils présentent quelques traits communs avec les vrais, peut-être demeure-t-il une étincelle de vie en Glasfeu.

— Que savez-vous de lui ? » demanda le vieillard d'un ton soupçonneux. Il revint s'asseoir à la table ; pour ma part, je restai debout à les observer tous deux.

« Rien de plus que vous, Umbre.

— Dans ce cas, pourquoi vouloir nous interdire de lui trancher la tête alors que, vous ne pouvez pas l'ignorer, la narcheska l'exige comme condition de son mariage ? Pensez-vous que le monde emprunterait une voie meilleure si nos deux pays restaient à couteaux tirés encore un siècle ou deux ? »

Son ton ironique me fit frémir. Jamais je n'aurais osé me moquer ainsi du fou et de son objectif avoué de changer le monde ; le sarcasme d'Umbre me choqua et me fit prendre conscience de la force de l'antagonisme qui l'opposait au fou.

« Je n'aime pas les conflits, Umbre Tombétoile, répondit l'autre avec douceur ; toutefois, il peut arriver pire qu'une guerre entre les hommes. Mieux vaut une conflagration qu'une aggravation des dégâts que nous infligeons au monde, surtout maintenant que l'occasion s'offre de réparer un mal presque irréparable.

— À savoir ?

— Si Glasfeu est vivant – je vous concède que ce serait tout à fait extraordinaire –, mais s'il demeure une lueur de vie en lui, nous devons tout abandonner pour le libérer de la glace et le ramener à l'existence avec la totalité de ses moyens.

— Pourquoi ?

— Tu ne lui as rien expliqué ? » Le fou tourna vers moi un regard accusateur. Je refusai de le croiser et il n'attendit pas ma réponse. « Tintaglia, le dragon de Terrilville, est la seule femelle adulte de son espèce du monde entier. Chaque année, il devient plus évident que les petits sortis de leur gangue resteront chétifs et rabougris, incapables de voler et de chasser. Ces créatures s'accouplent en vol ; si les dragonneaux ne quittent jamais le sol, ils ne se reproduiront pas. Les dragons disparaîtront, et, cette fois, de manière définitive. Sauf s'il se trouve encore quelque part un mâle parfaitement formé, en mesure de prendre l'air pour s'unir avec Tintaglia et engendrer une nouvelle génération. »

J'avais déjà donné tous ces renseignements à Umbre. Ses questions visaient-elles à vérifier que le fou ne nous cachait rien ?

« Vous prétendez, dit le vieil assassin en articulant soigneusement, que nous devons mettre en péril la paix entre les îles d'Outre-mer et les Six-Duchés pour ressusciter les dragons ? Et quel bénéfice en retirerions-nous ?

— Aucun, répondit le fou. Au contraire, cela présenterait de nombreux inconvénients pour les hommes et leur demanderait une grande capacité d'adaptation. Les dragons sont des êtres arrogants et agressifs ; ils méprisent les frontières et la notion de propriété leur est inconnue. Si un dragon affamé voit une vache dans un enclos, il la dévorera. Ils ont une philosophie très simple : le monde pourvoit aux besoins et il suffit de se servir. »

Umbre sourit d'un air malicieux. « Dans ce cas, il me faut peut-être les imiter, au nom de l'humanité. Le monde nous offre un avenir sans dragons ; je crois que je vais l'accepter. »

J'observai le fou. Les paroles du conseiller royal le laissaient impavide. Il se tut l'espace de deux respirations puis déclara : « Comme il vous plaira, messire. Mais, le moment venu, la décision ne dépendra peut-être pas de vous, mais de moi – ou de Fitz. » Les yeux d'Umbre étincelèrent de fureur et il ajouta : « En outre, la pérennité des dragons est nécessaire non seulement au monde mais aussi à l'humanité.

— Et pour quoi donc ? demanda le vieil assassin d'un ton dédaigneux.

— Pour maintenir l'équilibre », répondit le fou. Il me jeta un coup d'œil, puis regarda par la fenêtre et prit une expression lointaine et songeuse. « L'homme ne craint aucun rival. Vous avez oublié ce que c'est de partager votre territoire avec des créatures d'une supériorité aussi orgueilleuse que la vôtre. Vous croyez pouvoir arranger le monde à votre convenance, alors vous dressez des cartes et vous y tracez des lignes en affirmant posséder la terre parce que vous pouvez dessiner des frontières. Les plantes qui y poussent, les bêtes qui y résident, vous les dites vôtres, vous vous appropriez non seulement ce qui vit aujourd'hui mais ce qui se développera demain et l'employez comme bon vous semble. Puis, obéissant à votre nature présomptueuse et violente, vous déclarez des guerres et vous entre-tuez pour les lignes que vous avez imaginées sur la face du monde.

— Et je suppose que les dragons valent mieux que nous parce qu'ils n'agissent pas ainsi, parce qu'ils s'emparent simplement de ce qui leur fait envie ? Parce que ce sont des êtres libres, des créatures de la nature qui possèdent toute l'élévation morale d'animaux dépourvus du don de la pensée ? »

Le fou secoua la tête en souriant. « Non. Les dragons ne valent pas mieux que les humains ; ils ne sont guère différents d'eux. Ils tendront un miroir à l'homme et à son égoïsme. Ils vous rappelleront que tous vos beaux discours sur la possession de ceci et l'appropriation de cela n'ont pas plus d'importance que les grondements hargneux d'un chien enchaîné ou le chant de défi d'un moineau. Vos prétentions n'ont de réalité que pendant le temps qu'il faut pour les énoncer. Nommez-le comme il vous plaira, revendiquez-le autant que vous voudrez, le monde n'appartient pas aux hommes. Ce sont les hommes qui appartiennent au monde. Vous ne possédez pas la terre à laquelle vos corps finissent par retourner, et elle ne garde pas le souvenir des noms que vous lui donnez. »

Umbre ne répondit pas tout de suite. Je crus qu'abasourdi par les paroles du fou il réorganisait toute sa vision de la réalité, mais, au bout d'un moment, il eut un grognement de dédain. « Peuh ! Vos propos me confortent seulement dans l'idée que ressusciter ce dragon n'apportera aucun bien à personne. » Il se frotta les yeux avec lassitude. « Ah, et puis à quoi bon cette discussion stupide ? Nous ignorons ce que nous trouverons une fois sur place, voilà la vérité ; le reste n'est pour l'instant que divagations philosophiques et contes pour enfants. Quand j'aurai ce dragon devant moi, je déciderai du meilleur choix à effectuer. Là, cela vous satisfait-il ?

— Je doute fort que ma satisfaction vous importe. » En prononçant ces étranges paroles, le fou me jeta un coup d'œil oblique ; toutefois, ce regard n'avait pas pour but d'attirer le mien mais plutôt de me désigner à Umbre.

« Vous avez raison, répondit celui-ci d'un ton dou-cereux. Ce n'est pas votre satisfaction qui compte pour moi mais l'accord de Fitz ; je sais pourtant que, s'il doit trancher seul, il donnera beaucoup de poids à votre contentement, peut-être même au péril du sort des Loinvoyant. » Mon vieux maître posa sur moi un regard calculateur, comme s'il jaugeait un cheval boiteux pour savoir s'il survivrait à une nouvelle bataille, et le sourire qu'il m'adressa évoquait celui d'un homme au désespoir. « Néanmoins, j'espère qu'il entendra aussi mes préoccupations. » Ses yeux se plantèrent dans les miens. « Quand nous aurons ce dragon devant nous, nous déciderons tous les deux. Jusque-là, le choix demeure ouvert. Cela vous agrée-t-il ?

— Presque », répondit le fou. Il poursuivit d'un ton posé : « Donnez-nous votre parole de Loinvoyant que, le moment venu, Fitz aura la liberté d'agir selon son propre jugement.

— Ma parole de Loinvoyant ! » Umbre s'étranglait de fureur.

« Oui, repartit le fou avec calme ; à moins que vos protestations ne soient que des paroles creuses des-tinées à convaincre Fitz de se plier à votre volonté ? » Il se laissa aller contre le dossier de son fauteuil, les mains retombant des accoudoirs, parfaitement à son aise. L'espace d'un instant, je reconnus le personnage mince, vêtu de noir, aux cheveux brillants noués sur la nuque : c'était, devenu grand, l'enfant qu'avait été le fou ; puis il tourna la tête pour regarder Umbre en face, et cette impression disparut. On eût dit ses traits sculptés dans la pierre, incarnation de la volonté. Jamais je n'avais vu quiconque défier Umbre avec autant d'assurance.

La réponse d'Umbre me laissa pétrifié de saisisse-ment. Un étrange sourire aux lèvres, il nous observa tour à tour, le fou et moi, et c'est les yeux sur moi qu'il dit : « Je vous en donne ma parole de Loinvoyant : je ne lui demanderai pas d'agir contre sa volonté. Voilà ; êtes-vous satisfait maintenant ? »

Le fou acquiesça lentement. « Oui, je suis satisfait, car la décision lui reviendra ; je le vois aussi clairement que tout ce que je vois encore. » Il hocha la tête. « Il nous reste beaucoup à discuter, vous et moi, mais nous en aurons le temps une fois embarqués et en route. Le jour s'enfuit sans nous attendre et mes préparatifs sont loin d'être achevés pour le départ. Bonne après-midi, Umbre Tombétoile. »

Un sourire imperceptible flottait sur ses lèvres. Son regard se porta sur moi puis sur le vieil assassin, et il eut un geste des plus curieux : ouvrant largement les bras, il s'inclina gracieusement devant Umbre comme s'ils venaient de s'accorder mutuellement un présent avec la plus grande courtoisie. Il se redressa, se tourna vers moi et dit d'un ton plus chaleureux : « Je suis content d'avoir passé quelques moments en ta compagnie aujourd'hui, Fitz. Tu me manques. » Il poussa soudain un petit soupir comme s'il se rappelait une tâche déplaisante qui l'attendait ; je songeai que sa mort annoncée avait dû resurgir sur le devant de ses pensées. Son sourire s'effaça. « Messires, vous voudrez bien m'excuser », murmura-t-il, et il sortit en empruntant l'étroit passage dissimulé dans le côté de la cheminée avec l'élégance d'un seigneur quittant un banquet.

Je restai assis, les yeux dans le vague. Notre rencontre d'Art se heurtait violemment en moi avec ses propos étranges et ses gestes plus étranges encore. Il s'était opposé à Umbre et avait eu le dessus ; mais je ne savais pas exactement quel désaccord ils avaient ainsi réglé, si tant est qu'il fût réglé.

Comme s'il avait perçu mes pensées, mon vieux mentor déclara : « Il me met au défi de conserver ta loyauté ! Quelle audace ! Moi qui t'ai pratiquement élevé ! Comment peut-il imaginer que surgisse la moindre mésentente entre nous alors que nous savons, toi et moi, tout ce qui dépend de la réussite de notre quête ? Ma parole de Loinvoyant, vraiment ! Et que croit-il que tu sois, tout compte fait ? »

Il s'était tourné vers moi et m'avait lancé cette question comme s'il s'attendait à un assentiment aveugle de ma part. « Peut-être, dis-je à mi-voix, croit-il qu'il est le Prophète blanc et moi son Catalyseur. » Je pris mon souffle et posai une question à mon tour : « Comment osez-vous vous disputer ma loyauté, tous les deux, comme si je n'avais pas mon mot à dire dans la décision que je devrai peut-être prendre ? » J'eus un grognement écœuré. « Je prêterais davantage de réflexion à un cheval ou à un chien que vous n'en attribuez au pion avec lequel vous me confondez ! »

Il regardait par la fenêtre derrière moi et je ne pense pas qu'il perçût toute la portée de mes paroles quand il répondit : « Un cheval ou un chien ? Non, Fitz ; jamais je ne te considérerais ainsi. Non, tu es une épée, une arme que j'ai façonnée moi-même. Et il s'imagine qu'elle convient mieux à sa main ! » Son ton était méprisant. « Aujourd'hui comme autrefois, c'est toujours un fou ! » Ses yeux se posèrent sur moi et il hocha la tête. « Tu as bien fait de me prévenir de ses projets ; mieux vaut qu'il ne nous accompagne pas. »

Je ne vis pas quoi répondre à cela. Je quittai la tour du guet de la mer par le même chemin qu'à l'aller, en suivant l'obscur dédale qui se dissimulait dans les murs de Castelcerf. Je venais d'avoir de mon ami et de mon mentor un aperçu dont je me serais volontiers passé. En posant les doigts sur mon poignet, le fou avait-il cherché à nous faire la démonstration, à Umbre et moi, de l'influence qu'il possédait sur moi ? Pourtant, pourtant, je n'avais pas eu cette impression ; ne m'avait-il pas demandé d'abord si je souhaitais ce contact ? Néanmoins, j'avais eu le sentiment qu'il désirait me montrer ce que j'avais vu ; les circonstances seules avaient-elles voulu qu'Umbre en fût témoin lui aussi, ou bien le fou entendait-il aussi que je visse clairement le regard qu'Umbre portait sur moi, sa présomption de pouvoir toujours compter sur moi pour obéir à sa volonté ? Je secouai la tête. Le fou s'imaginait-il que je l'ignorais ? Je crispai les mâchoires : un moment viendrait où il comprendrait qu'Umbre et moi avions conspiré contre lui, où il s'apercevrait que je lui avais caché un secret aujourd'hui.

Je retournai à ma salle de travail, l'esprit occupé par des pensées dont aucune ne me plaisait.

J'ouvris la porte et je sus aussitôt que le fou était passé dans la pièce : il avait laissé un présent sur la table près de mon fauteuil. Je m'en approchai et, du bout de l'index, suivis l'échine d'Œil-de-Nuit. La sculpture représentait mon loup jeune, un lapin mort étendu mollement sur ses pattes de devant. La tête levée, il me regardait de ses yeux sombres empreints d'intelligence et de patience.

Je le pris. J'avais vu le fou commencer la sculpture assis à la table de ma chaumine. Je n'en avais pas deviné le sujet et j'avais oublié qu'il avait promis de me la montrer une fois achevée. Je touchai la pointe des oreilles dressées d'Œil-de-Nuit, puis je m'installai dans mon fauteuil et contemplai le feu, mon loup au creux des mains.

4

ÉCHANGE D'ARMES

La maîtresse d'armes Hod accéda à ce titre après de longues années comme compagnon de maître Crende. Elle avait bien employé son temps car elle avait appris non seulement le maniement de toutes les armes mais aussi la façon de fabriquer de bonnes épées ; de fait, certains affirment encore que c'était là son talent premier et qu'il eût été de l'intérêt de Castelcerf de confier à un autre la fonction de maître d'armes et de la maintenir à la forge. Toutefois, le roi Subtil pensait différemment ; à la mort de Crende, Hod prit aussitôt sa place et eut la charge de la formation de tous les hommes d'armes du château. Elle servit bien le trône Loinvoyant et périt au combat en défendant le roi-servant Vérité.

Chroniques, de GEAIREPU

*

L'application avec laquelle le fou se débarrassait de ses possessions suscita chez moi le désir soudain de faire le tri dans mes affaires, et, ce soir-là, au lieu de préparer mes bagages, je m'assis sur le coin du vieux lit d'Umbre avec autour de moi tout ce qui m'appartenait. Si j'avais partagé la mélancolie fataliste du fou, l'indigence de cet étalage m'aurait peut-être affligé ; mais non, au contraire, je la contemplai avec un grand sourire. Même Girofle, le furet, qui y fourrait son museau, ne paraissait pas impressionné.

Le tas de vêtements que j'avais rapporté de chez le fou et la magnifique épée à la garde surchargée en formaient le plus gros ; la plupart des habits que je portais dans ma chaumine avaient fini sur le tas de chiffons près de la table de travail. Je possédais deux uniformes neufs de la garde princière ; l'un d'eux se trouvait déjà soigneusement plié dans un coffre de marin, au pied de mon lit, avec mes autres tenues de rechange ; sous ce linge, j'avais caché plusieurs petits paquets de poisons, sédatifs et reconstituants qu'Umbre et moi avions concoctés. À côté de moi sur le lit, divers outils discrets, crochets et autres instruments, s'alignaient dans un petit rouleau que je pouvais dissimuler dans ma chemise ; je le rangeai dans le coffre puis je classai mon étrange assortiment en attendant Devoir.

La sculpture d'Œil-de-Nuit trônait sur le manteau de la cheminée : je ne voulais pas la risquer lors de mon voyage. Quant au collier porte-bonheur que Jinna, la sorcière des haies, m'avait confectionné à l'époque où nous étions en meilleurs termes, je savais que je ne le porterais jamais, et pourtant j'éprouvais une curieuse répugnance à le jeter. Je le déposai sur les costumes que sire Doré m'avait infligés. La petite épingle en forme de renard que Kettricken m'avait offerte ne me quittait pas, toujours piquée à l'intérieur de ma chemise, sur mon cœur ; je n'avais pas l'intention de m'en séparer. J'avais placé à part quelques objets que je destinais à Heur, en majorité de petits jouets que j'avais fabriqués ou achetés quand il était enfant : toupie, pantin et autres ; je les enfermai soigneusement dans un coffret au couvercle décoré d'un gland gravé. Je le lui remettrais au moment de lui dire adieu.

Au milieu de mon lit, j'avais posé le paquet de plumes sculptées que j'avais découvertes sur la plage des Autres. J'avais voulu les donner naguère au fou afin qu'il les essaye sur sa couronne de bois, certain qu'elles s'ajusteraient parfaitement aux logements ; mais il ne leur avait accordé qu'un coup d'œil et s'en était désintéressé. J'ouvris l'étui de cuir souple où je les avais roulées, les examinai brièvement tour à tour puis les remballai. Après un moment de réflexion, je les fourrai dans un coin de mon coffre, auquel j'ajoutai mes aiguilles et des fils de grosseur différente, des chaussures et des sous-vêtements de rechange, un rasoir, une chope, un bol et une cuiller.

J'avais fini. Je n'avais rien de plus à emporter, et guère davantage qui m'appartînt en propre. Il restait bien ma jument, Manoire, mais son intérêt pour moi s'arrêtait à ce que je lui demandais ; elle préférait la compagnie de ses semblables et ne déplorerait nullement mon absence. Un palefrenier lui ferait prendre de l'exercice régulièrement, et, tant que Pognes demeurerait maître des écuries de Castelcerf, je n'aurais pas à craindre qu'on la néglige ni qu'on la maltraite.

Girofle émergea du tas de vêtements et s'approcha de moi dans une attitude faussement menaçante. « Si tu veux m'attaquer, tu as peu de chances de me rater », lui dis-je alors qu'il prenait une pose de défi devant ma main. Il aurait amplement de quoi se nourrir avec tous les rongeurs qui couraient dans les murs de Castelcerf, et il serait sans doute ravi de jouir du lit tout seul ; il se croyait déjà le propriétaire exclusif de l'oreiller. Je parcourus la salle du regard. Umbre avait fait main basse sur les manuscrits que j'avais rapportés de ma chaumine ; il les avait triés, ajoutant à la bibliothèque de Castelcerf ceux qui ne présentaient aucun caractère dangereux et enfermant dans ses armoires ceux qui révélaient trop clairement trop de vérités. Je ne les regrettais nullement.

Je pris le monceau d'habits à pleins bras et me dirigeai vers une des vieilles penderies d'Umbre avec l'intention de tout y déverser en vrac ; mais, saisi de remords au dernier moment, je secouai chaque pièce de costume et la pliai avec soin avant de la ranger. Je me rendis compte alors qu'individuellement beaucoup ne présentaient pas le caractère ostentatoire que je leur prêtais, et je gardai un manteau chaudement doublé pour le placer avec mes affaires de voyage. Quand toute ma garde-robe fut en place, je posai l'épée à la garde incrustée de pierres précieuses sur le coffre ; j'avais décidé de l'emporter. Malgré son aspect voyant, elle était d'excellente facture et parfaitement équilibrée. À l'instar de celui qui me l'avait donnée, son scintillement dissimulait son véritable objet.

On frappa poliment puis le casier à vin pivota. Comme Devoir entrait d'un air las, Girofle bondit du lit et lui barra la route, les dents dénudées, en portant sur ses pieds des assauts interrompus aussitôt que lancés.

« Oui, moi aussi je suis content de te voir », dit le prince en s'emparant du petit animal ; il gratta doucement le furet sous le menton puis le reposa par terre. Girofle s'en reprit aussitôt à ses bottes. En prenant garde de ne pas l'écraser, Devoir s'avança vers moi. « Vous désiriez encore alourdir mes bagages ? » Avec un grand soupir, il se laissa tomber sur le lit à côté de moi. « J'en ai par-dessus la tête d'emballer des affaires, fit-il sur le ton de la confidence. J'espère que ce n'est pas trop volumineux.

— C'est sur la table, répondis-je, et c'est assez encombrant. »

Alors qu'il se levait, j'éprouvai soudain un intense regret et je souhaitai de tout mon cœur pouvoir reprendre mon cadeau : jamais il n'aurait la même valeur aux yeux de cet enfant qu'aux miens ! Il le regarda puis se tourna vers moi, perplexe. « Je ne comprends pas. Vous me donnez une épée ? »

Je m'approchai. « Celle de votre père. Vérité m'en a fait présent lors de notre dernière séparation. Elle est à vous désormais. »

L'expression qui se peignit alors sur ses traits dissipa tous mes scrupules. Il tendit la main vers l'arme, la retira et me regarda, le visage empreint d'un émerveillement incrédule. Je souris.

« Je vous ai dit qu'elle était à vous. Prenez-la, soupesez-la ; attention, je viens de la nettoyer et de l'affûter. »

Il posa la main sur la poignée. Je m'attendais qu'il la lève et mesure son superbe équilibre, mais il s'écarta de nouveau sans la saisir.

« Non. » Je restai abasourdi. Il poursuivit : « Un instant, s'il vous plaît. Ne bougez pas ! » Et il sortit en courant. J'entendis ses pas décroître dans le passage secret.

Je ne comprenais pas sa réaction : il avait paru enchanté tout d'abord. J'étudiai l'épée : astiquée, huilée de frais, luisante, elle possédait une beauté élégante sans rien pour contrarier sa fonction première, celui d'instrument destiné à tuer des hommes. Elle avait été forgée pour Vérité par Hod, la même maîtresse d'armes qui m'avait enseigné le maniement de l'épée et de la pique ; quand le roi-servant avait pris la route pour accomplir sa quête, Hod l'avait suivi et avait péri pour le défendre. C'était une arme digne d'un roi. Pourquoi Devoir la refusait-il ?

Je m'étais installé devant l'âtre, une tasse de tisane brûlante entre les mains, quand il revint. Il entra en dénouant les liens de cuir d'un long paquet et déclara : « J'aurais dû y penser quand j'ai appris votre identité. Mais on me l'avait donnée longtemps auparavant et ma mère l'avait rangée. Tenez ! »

Le tissu d'emballage s'ouvrit et le prince brandit l'épée d'un geste triomphant. Le visage fendu d'un grand sourire, il inversa brusquement sa prise sur la poignée et me la tendit, la garde sur l'avant-bras gauche, en me regardant, les yeux brillants de joie et de plaisir anticipé. « Prenez-la, Fitz Chevalerie Loinvoyant ; prenez l'épée de votre père. »

Un frisson me parcourut et me laissa couvert de chair de poule. Je posai ma tasse et me levai lentement. « L'épée de Chevalerie ?

— Oui. » Je ne pensais pas qu'il pût sourire plus largement mais il y parvint pourtant.

J'examinai l'arme. Oui ; même si Devoir ne m'avait rien dit, je l'aurais reconnue. C'était la sœur aînée de celle de Vérité ; elle lui ressemblait, un peu plus ornée, un peu plus longue, faite pour un homme plus grand que Vérité. Un cerf stylisé décorait le quillon ; je sus alors qu'il s'agissait de l'épée d'un prince destiné à devenir roi et que jamais je ne pourrais la porter. Je mourais pourtant d'envie de la posséder. « D'où la tenez-vous ? demandai-je, le souffle court.

— De Patience, naturellement. Elle l'avait laissée à Flétribois lorsqu'elle s'était installée à Castelcerf, puis, un jour qu'elle "faisait le tri dans son bric-à-brac", selon ses propres termes, après la guerre des Pirates rouges, alors qu'elle déménageait à Gué-de-Négoce, elle l'a retrouvée par hasard, au fond d'un placard. "J'ai bien fait de ne pas l'emporter à Castelcerf, m'a-t-elle dit en me la remettant. Royal s'en serait emparé pour la revendre ou bien il l'aurait gardée pour lui." »

Je ne pus m'empêcher de sourire tant cette anecdote était typique de Patience : une épée de roi égarée dans son « bric-à-brac » !

« Prenez-la ! » m'ordonna Devoir avec feu, et je ne pus qu'obéir. Je devais sentir une fois au moins la poignée qu'enserrait autrefois la main de mon père. Je n'éprouvai quasiment aucune sensation de poids et elle se lova dans ma paume comme un oiseau dans son nid. À l'instant où j'en déchargeai Devoir, il se tourna vers la table et prit l'épée de Vérité. Je l'entendis pousser une exclamation de satisfaction et un large sourire étira mes lèvres quand il la saisit à deux mains pour effectuer un moulinet. Ces épées étaient de véritables armes faites pour trancher la chair autant que transpercer un point vulnérable. Pendant quelque temps, comme deux adolescents, nous pratiquâmes toute sorte de mouvements, depuis de petites torsions du poignet propres à parer et dévier la botte d'un adversaire jusqu'à un violent coup de taille vertical de Devoir qui s'arrêta au ras des manuscrits posés sur la table.

L'épée de Chevalerie m'allait. J'y puisais une certaine satisfaction mais constatais dans le même temps, à mon grand regret, que ma technique était absolument indigne d'une telle arme. Je ne pouvais guère prétendre qu'à une certaine compétence dans ce domaine. Comment le roi qui avait abdiqué aurait-il considéré son fils s'il l'avait su plus adroit à la hache qu'à l'épée, et encore plus enclin à employer le poison ? Avant que cette pensée démoralisante n'eût le temps de m'accabler, Devoir se porta à mes côtés pour comparer nos deux armes.

« Celle de Chevalerie est plus longue !

— Il était plus grand que Vérité, mais son épée me semble plus légère. La carrure de votre père lui permettait de porter des coups plus appuyés et Hod en a tenu compte, je pense. Il sera intéressant de voir laquelle des deux vous convient le mieux quand vous aurez votre taille adulte. »

Il saisit aussitôt le sous-entendu. « Fitz, je vous ai donné cette épée pour que vous la gardiez. »

Je hochai la tête. « Et je vous remercie de cette attention ; mais je devrai me contenter de l'intention au lieu de la réalité. Cette épée est celle d'un roi, Devoir ; elle n'a rien à faire entre les mains d'un garde et encore moins d'un assassin et d'un bâtard. Tenez, regardez, là, sur la garde : le cerf Loinvoyant, parfaitement reconnaissable. On le trouve aussi sur l'épée de Vérité en plus petit ; pourtant, tout réduit qu'il soit, j'ai dû le cacher sous un bandage de cuir après la guerre des Pirates rouges, sans quoi on aurait compris tout de suite que cette arme ne pouvait pas m'appartenir. Ce serait encore plus manifeste sur celle de Chevalerie. » À regret mais avec respect, je la posai sur la table.

Délicatement, Devoir plaça celle de Vérité à côté d'elle et il prit l'air buté. « Comment puis-je accepter l'épée de mon père si vous refusez celle du vôtre ? C'est à vous que le roi-servant mon oncle a donné son arme, pour qu'elle reste en votre possession.

— Quand il m'en a fait présent, certainement ; et elle m'a bien servi de nombreuses années. Entre vos mains elle servira encore mieux. Je suis sûr que Vérité partagerait mon avis. Pour le moment, mieux vaut ranger celle de Chevalerie. Lorsque vous accéderez au trône, vos nobles voudront voir à votre hanche une épée de roi. »

Devoir réfléchit, les sourcils froncés. « Le roi Subtil n'en avait-il pas une ? Qu'est-elle devenue ?

— Assurément, mais j'ignore son sort. Peut-être Patience en a-t-elle hérité, ou bien Royal l'a-t-il vendue ou emportée et d'autres rapaces l'ont-ils volée après sa mort. En tout cas, elle a disparu. Le jour de votre couronnement, je pense que vous devriez arborer l'épée du roi ; pour votre voyage dans les îles d'Outre-mer, prenez celle de votre père.

— Je n'y manquerai pas ; mais ne va-t-on pas s'interroger sur sa provenance ?

— Cela m'étonnerait. Nous demanderons à Umbre de répandre la rumeur qu'il la gardait à votre intention ; les gens adorent ce genre d'histoires et ils se feront une joie d'y adhérer. »

Il hocha la tête, songeur, puis déclara d'une voix lente : « Je trouve triste que vous ne puissiez pas porter l'épée de Chevalerie à la vue de tous, comme moi celle de mon père ; cela ternit mon plaisir.

— Le mien aussi, répondis-je avec une franchise douloureuse. Je le regrette fort, Devoir, mais c'est ainsi. Je possède une épée que m'a donnée sire Doré, elle aussi d'une qualité sans rapport avec mon talent ; c'est d'elle que je me servirai. Mais, si jamais je dois manier une arme pour vous défendre, mieux vaudrait qu'il s'agisse d'une hache. »

Il baissa les yeux, réfléchit puis posa la main sur la poignée de l'épée de Chevalerie. « En attendant que vous me rendiez cette épée le jour de mon couronnement, je souhaite que vous la conserviez. » Il reprit son souffle. « Et, quand je recevrai celle de votre père de vos mains, je vous rendrai celle de mon père. »

Je ne pouvais refuser un tel geste.

Il repartit bientôt comme il était venu, avec l'épée de Vérité. Je me versai une nouvelle tasse de tisane et m'assis pour contempler l'arme de mon père ; je tentai de sonder ce que j'éprouvais mais ne rencontrai qu'un vide étrange au fond de moi. J'avais appris depuis peu que, loin de se désintéresser de moi, il m'observait grâce à l'Art par les yeux de son frère, pourtant cela ne compensait pas son absence physique de ma vie. Peut-être m'avait-il aimé de loin, mais c'étaient Burrich qui avait formé mon caractère et Umbre qui m'avait instruit. Les yeux fixés sur l'épée, je cherchai un sentiment de filiation, une émotion quelconque, mais en vain. Je terminai ma tisane sans avoir obtenu de réponse et sans même savoir exactement quelle était ma question ; toutefois j'avais résolu de trouver le temps de revoir Heur une dernière fois avant mon départ.

Je me couchai et remportai de haute lutte sur Girofle la jouissance de l'oreiller. Néanmoins je dormis mal et, pour finir, mon piètre repos se vit interrompu. Ortie s'insinua dans mes rêves comme une enfant qui cherche un réconfort à contrecœur. Le contraste fut saisissant : je franchissais un pierrier escarpé, souvenir de mon séjour dans les montagnes où, le fou inconscient dans les bras, j'avais dû traverser une semblable pente susceptible de glisser et de se transformer en avalanche au moindre faux pas. Dans mon songe, j'avais les mains libres, mais le versant paraissait encore plus à pic et descendre à l'infini. Des cailloux roulaient traîtreusement sous mes bottes ; à tout instant je risquais de dégringoler dans le dévers comme les petites pierres qui claquaient près de moi en rebondissant. Les muscles tendus, douloureux, le dos ruisselant de sueur, j'aperçus un mouvement du coin de l'œil ; je tournai la tête avec prudence, sans mouvement brusque, et découvris Ortie, plus haut sur la pente, qui observait calmement ma progression angoissée.

Elle était assise dans l'herbe, au milieu des fleurs des champs ; elle portait une robe verte, et de petites pâquerettes ornaient ses cheveux. Même à mes yeux de père, elle avait plus l'air d'une femme que d'une enfant mais elle se tenait comme une fillette, les genoux sous le menton, les bras autour des jambes. Ses pieds étaient nus et son regard troublé.

Étrange opposition : tandis que je tâchais tant bien que mal de garder l'équilibre sur le versant instable, dans son rêve qui jouxtait le mien elle se trouvait sur une prairie de montagne. Sa présence me contraignait à reconnaître que je dormais, et pourtant j'étais incapable de renoncer aux efforts qu'exigeait mon cauchemar ; craignais-je de glisser dans la pente au bas de laquelle m'attendait la mort ou bien de me réveiller brutalement ? Je l'ignorais. « Qu'y a-t-il ? » criai-je en continuant de traverser lentement sur le pierrier. J'avais beau mettre un pied devant l'autre, le terrain stable que je visais restait toujours aussi loin et Ortie à ma hauteur.

« Mon secret, murmura-t-elle. Il me ronge ; alors je viens te demander conseil. »

Elle se tut mais je gardai le silence. Je ne voulais pas connaître son secret ni lui donner de conseil ; je ne voulais pas m'engager à l'aider. Même en plein rêve, je savais que je quitterais bientôt Castelcerf, et, même dans le cas contraire, il m'aurait été impossible d'intervenir dans sa vie sans risquer de la détruire. Mieux valait que je reste un personnage flou à la frange de sa réalité. Malgré mon mutisme, elle reprit :

« Si l'on donne sa parole de ne pas divulguer un renseignement, mais qu'on ne se rende pas compte de la peine qu'on causera aux autres et à soi-même, est-on tenu de tenir sa promesse ? »

Je ne pouvais pas tourner le dos à une question aussi grave. « Tu connais la réponse, dis-je, haletant. La parole donnée est la parole donnée. On la tient ou bien elle ne vaut rien.

— Mais j'ignorais le mal qu'elle engendrerait quand j'ai juré ! Agile erre comme une âme coupée en deux ; je n'imaginais pas que maman rendrait papa responsable ni qu'il se mettrait à boire parce qu'il s'en veut encore plus qu'elle ! »

Je m'arrêtai puis, malgré le danger, je me tournai vers elle. Ce qu'elle m'apprenait me jetait dans un péril bien plus grand que l'abîme qui béait derrière moi. D'un ton circonspect, je déclarai : « Et tu crois avoir trouvé une façon de contourner ta promesse, en me révélant ce que tu t'es engagée à leur taire. »

Elle posa son front sur ses genoux et elle répondit d'une voix étouffée : « Tu dis avoir connu papa il y a longtemps. Je ne sais pas qui tu es, mais peut-être le connais-tu encore ; tu pourrais lui parler. Lors de la fugue de Leste, tu m'as appelée pour me prévenir que mon frère et lui se portaient bien et qu'ils avaient repris la route de la maison. Oh, je t'en supplie, Fantôme-de-Loup ! Je ne comprends pas quel rapport tu entretiens avec notre famille, mais il existe, j'en suis sûre ! En voulant aider Leste, je n'ai apporté que la dissension et le malheur. Je n'ai plus que toi vers qui me tourner, et je n'ai pas promis à Leste de ne rien te dire. »

J'observai mes pieds : elle avait changé mon aspect pour le conformer à son image de moi. Son rêve dévorait le mien et j'étais devenu un homme-loup. Mes griffes noires s'enfoncèrent dans la pierraille ; à quatre pattes, le poids de mon corps plus près du sol, je gravis la pente pour la rejoindre. Quand j'arrivai assez près pour distinguer les sillons de sel sec que ses larmes avaient laissés sur ses joues, je demandai d'une voix grondante : « Me dire quoi ? »

Je lui avais donné la permission qu'elle désirait. « Ils sont convaincus que Leste a pris la mer ; c'est ce que nous voulions leur faire croire, lui et moi. Oh, ne me regarde pas ainsi ! Tu n'imagines pas l'atmosphère qui régnait à la maison ! Papa avait l'air d'un orage toujours sur le point d'éclater et Leste ne valait pas mieux ; le pauvre Agile rasait les murs comme un chien battu, honteux des compliments que papa lui adressait parce que son jumeau n'y avait pas droit. Quant à maman, on aurait dit une folle ; tous les soirs elle leur demandait ce qui n'allait pas, et aucun des deux ne voulait répondre. Le bonheur avait complètement déserté notre maison ; alors, quand Leste est venu me demander de l'aider à s'enfuir, j'ai pensé qu'il avait raison.

— Et quelle aide lui as-tu apportée ?

— Je lui ai procuré de l'argent, de l'argent qui m'appartenait, que j'avais gagné en donnant un coup de main aux Gossoin pour l'agnelage au printemps dernier. Maman envoyait souvent Leste à la ville livrer du miel ou des bougies. J'ai imaginé un plan ; tout d'abord, il a commencé à poser des questions aux voisins et aux gens du bourg sur la marine, la pêche et la mer ; et moi, pour finir, j'ai rédigé une lettre et je l'ai signée du nom de papa, comme je le fais souvent. Ses yeux... Papa peut encore écrire mais sa main s'égare parce qu'il ne distingue plus les lettres qu'il trace ; alors, depuis quelque temps, je me charge de ses documents, contrat de vente d'un cheval et autres. Tout le monde dit que j'écris exactement comme lui, sans doute parce que c'est lui qui m'a appris à former mes lettres. Donc...

— Donc tu as rédigé une lettre où ton père libérait Leste de sa tutelle et lui donnait toute latitude pour vivre sa vie comme il l'entendait. » Je m'exprimais d'une voix lente. Chaque mot d'Ortie m'avait accablé un peu plus : Molly et Burrich se disputaient, il s'était remis à boire, sa vue baissait et il se rendait responsable de la disparition de son fils. Ces nouvelles me déchiraient l'âme car je me savais incapable de rien y changer.

« On peut avoir du mal à trouver du travail si on est pris pour un apprenti fugueur ou un enfant encore sous l'autorité paternelle », dit Ortie d'un ton hésitant pour justifier sa contrefaçon. Je préférai ne pas croiser son regard. « Maman a confié six paquets de bougies à Leste pour qu'il les livre en ville et rapporte l'argent. Quand il m'a dit adieu, j'ai compris qu'il comptait profiter de l'occasion. Il n'est jamais revenu. » Autour d'elle, des fleurs s'épanouirent et une petite abeille se mit à butiner en zonzonnant.

Je suivis lentement le fil logique de sa narration. « Il a volé l'argent des bougies pour continuer sa route ? » L'estime que je portais à Leste chut brusquement.

« Ce n'est... ce n'est pas vraiment du vol. Il a toujours aidé maman à s'occuper des ruches. Et puis il en avait besoin ! »

Je secouai la tête : je trouvais décevant qu'elle cherche à excuser son frère. D'un autre côté, je n'avais jamais eu de petit frère ; peut-être toutes les grandes sœurs agissaient-elles ainsi.

« Acceptes-tu de m'aider ? demanda-t-elle d'un ton pitoyable comme je gardais le silence.

« Je ne peux pas t'aider, répondis-je, désemparé. Je ne peux pas.

— Pourquoi ?

— Comment m'y prendrais-je ? » Je faisais désormais partie intégrante de son rêve : le sol de la prairie était ferme sous mes pieds, le printemps s'étendait sur les collines autour de moi. L'abeille se mit à bourdonner à mon oreille et je la chassai d'une pichenette. Derrière moi, mon cauchemar m'attendait toujours, je le savais ; si je reculais de deux pas, je me retrouverais sur la pente traîtresse.

« Parle à papa ; dis-lui qu'il n'est pas responsable de la fuite de Leste.

— Ça m'est impossible ; j'habite très loin. Les rêves seuls permettent de communiquer par-delà pareille distance.

— Ne peux-tu entrer dans les siens comme tu le fais dans les miens ? Ne peux-tu t'adresser à lui ainsi ?

— Non ; j'en suis incapable. » Bien des années plus tôt, Burrich lui-même me l'avait appris, mon père l'avait rendu impénétrable aux autres artiseurs. Chevalerie puisait de l'énergie en lui, et, par ce lien entre eux, d'autres risquaient d'attaquer le futur souverain en passant par son servant. En arrière-plan, je m'interrogeai : cela signifiait-il que Burrich possédait autrefois un certain talent pour l'Art ou bien seulement qu'il était si proche de mon père que celui-ci pouvait employer sa force pour artiser ?

« Pourquoi ? Tu interviens bien dans mes songes ; et puis vous étiez amis il y a longtemps, tu me l'as dit toi-même. Je t'en prie ! Il ne peut pas continuer ainsi ; cette vie le tue, et ma mère avec lui. » Elle ajouta plus bas : « Tu le lui dois, je crois. »

Une abeille jaillit d'une des fleurs d'Ortie, se mit à bourdonner sous mon nez, et je l'écartai d'un geste de la main. Il fallait que je mette fin à cette rencontre le plus vite possible ; elle tirait beaucoup trop de conclusions sur Burrich et moi. « Je ne puis m'introduire dans les rêves de ton père, Ortie, mais il existe une autre possibilité : je connais quelqu'un qui sera peut-être en mesure de trouver Leste et de le renvoyer chez vous. » Alors que je prononçais ces mots, je sentais l'accablement me saisir ; Leste m'agaçait prodigieusement mais je savais ce que représenterait pour lui de devoir retourner auprès de Burrich. J'endurcis mon cœur : cela ne me regardait pas ; il était le fils de Burrich, à eux de se débrouiller entre eux.

« Alors tu sais où est Leste ? Tu l'as vu ? Il n'a rien, il va bien ? Je ne cesse de l'imaginer, si jeune, tout seul à l'aventure dans le vaste monde ! Jamais je n'aurais dû accepter de l'aider ! Parle-moi de lui.

— Il va bien », répondis-je laconiquement. J'entendis l'abeille bourdonner à nouveau près de mon oreille puis je la sentis se poser sur ma nuque. Je levai la main pour la chasser et, un instant plus tard, je ployai sous le poids d'un animal de taille considérable. Avec un cri aigu, je tentai d'échapper à sa masse mais, avant que j'eusse le temps de reprendre mon souffle, je me retrouvai suspendu en l'air entre les mâchoires d'un dragon. Il me secoua, non pour me tuer mais à titre d'avertissement. Je cessai de me débattre et demeurai immobile. Ses crocs qui m'enserraient la gorge me paralysaient sans toutefois entailler ma chair.

Comme Ortie se dressait d'un bond et, l'air outragé, s'efforçait de m'attraper, le dragon me souleva plus haut. L'espace d'une seconde, je surplombai ma fille, puis la créature pivota et me tint au-dessus de l'abîme de mon cauchemar.

« Attention ! fit-elle. Si vous résistez, je le lâche. Les loups ne volent pas. » Sa voix ne provenait pas de sa gueule mais surgissait directement dans mes pensées en un contact d'esprit à esprit.

Ortie se figea. « Que veux-tu ? » gronda-t-elle. Ses yeux noirs avaient pris l'éclat du silex.

« Il le sait, lui, répondit Tintaglia en m'infligeant une petite secousse qui me disloqua la colonne vertébrale. Je désire apprendre tout ce que vous savez d'un dragon noir enseveli dans la glace ; je désire apprendre tout ce que vous savez d'une île que les humains appellent Aslevjal.

— J'ignore de quoi tu parles ! s'exclama Ortie, furieuse, les poings serrés. Lâche-le !

— Très bien. » Le dragon ouvrit la gueule et, pendant un instant d'épouvante, je chus comme une pierre ; puis il projeta sa tête en avant au bout de son cou sinueux et me rattrapa au vol. Cette fois, ses mâchoires saisirent mon torse en tenaille, et il les serra légèrement pour me montrer qu'il pouvait me broyer sans mal ; enfin, il relâcha sa prise et me demanda : « Et toi, que sais-tu, petit homme-loup ?

— Rien ! » criai-je avant de sentir tout l'air de mes poumons violemment expulsé sous la brutale pression des crocs. Je songeai que ma fin serait rapide et que je n'aurais pas à mentir longtemps. Le dragon n'était pas une créature patiente ; elle me tuerait vite. Je me tordis le cou pour voir ma fille.

Ortie paraissait avoir grandi soudain. Elle ouvrit les bras, et des rafales de vent qu'elle seule percevait agitèrent ses cheveux qui finirent par former un halo autour de son visage. Elle rejeta la tête en arrière. « Nous sommes dans un rêve ! hurla-t-elle. Et c'est le mien ! Je t'interdis d'y rester ! » Elle prononça ces derniers mots en les détachant, avec toute l'autorité d'une reine, et je mesurai alors la puissance de l'Art de ma fille. Sa faculté de modeler ses rêves et d'y commander aux événements était la manifestation de son talent.

D'un brusque mouvement, Tintaglia me projeta, tournoyant, au-dessus d'un vide infini. Baissant le regard, je vis non le versant rocheux de mon cauchemar mais un immense néant sans couleur ni fond. J'entraperçus le dragon qui se tordait furieusement alors qu'Ortie le réduisait à la taille d'une abeille puis je fermai les yeux pour échapper au vertige de ma chute tourbillonnante. La gorge nouée, je prenais péniblement ma respiration pour crier quand Ortie murmura à mon oreille. « Ce n'est qu'un songe, Fantôme-de-Loup, et il m'appartient. Dans mes rêves, tu n'aurais jamais rien à craindre. Regarde autour de toi, réveille-toi dans ton monde. »

Un instant avant d'émerger du sommeil, je sentis la résistance rassurante d'un matelas sous mon corps, et, quand j'ouvris les yeux dans l'obscurité de ma salle de travail, je n'éprouvai aucun effroi : Ortie avait débarrassé le cauchemar de la terreur qui l'imprégnait. Je poussai un long soupir de soulagement et, alors que je me laissai aller de nouveau à l'assoupissement, je m'étonnai vaguement de la forme curieuse que prenait l'Art chez ma fille ; puis, comme je tirais la couverture sur moi et poussais le furet pour me réapproprier la moitié de l'oreiller, le début de mon rêve me ramena à la réalité. Leste avait menti ; Burrich ne l'avait pas jeté à la porte ; pire encore, sa disparition jetait le désarroi dans sa famille.

Je restai immobile, les yeux clos, et m'efforçai de me rendormir. Peine perdue : de sa propre volonté, mon esprit organisait déjà mes prochaines actions : il fallait que quelqu'un renvoie le garçon chez lui, mais je refusais de m'en charger car il exigerait certainement de savoir comment j'avais appris son mensonge. Non, je révélerais à Umbre que Burrich n'avait nullement désavoué Leste, ce qui sous-entendait que je reconnaisse avoir des contacts d'Art avec Ortie ; mais qu'y faire ? me dis-je, mécontent. De toute façon, le sort paraissait s'acharner à dévoiler mes secrets.

Je pris donc ma décision et tâchai de me convaincre que j'agissais pour le mieux. J'évitai d'imaginer Burrich recommençant à boire chaque soir et Molly perdant la tête à demi parce que son mari se réfugiait au fond d'une bouteille et que son fils ne revenait pas ; j'essayai aussi de ne pas songer combien la vue de Burrich avait baissé ; assez, en tout cas, pour le retenir de suivre la piste de Leste ou l'obliger à y renoncer.

Je me levai à l'aube. J'emportai du pain, du lait et du jambon fumé de la salle de garde et allai me restaurer aux jardins des Femmes ; là, je m'assis sur un banc et restai à écouter les oiseaux gazouiller et à humer les odeurs que les plantes exhalaient sous le soleil levant. J'ai toujours tiré un profond réconfort de ces plaisirs simples. Ce matin-là, ils m'affirmaient que la terre demeure éternellement féconde et me faisaient regretter de ne pouvoir être présent pour voir l'été asseoir son règne et les fruits gonfler aux branches.

Je sentis la présence d'Astérie avant de la distinguer. Elle portait une robe de chambre bleu pâle ; ses cheveux défaits tombaient sur ses épaules et ses pieds menus et gracieux étaient chaussés de simples sandales. Elle tenait une chope fumante entre ses deux mains. Je l'observai en souhaitant que nos relations fussent plus faciles. Quand elle m'aperçut sur le banc à l'ombre de l'arbre, elle feignit l'ébahissement puis sourit en venant me rejoindre. Elle s'assit, ôta ses sandales et ramena ses jambes sous elle.

« Bonjour, fit-elle, un léger étonnement dans le regard. J'ai failli ne pas te reconnaître, Fitz ; on dirait que tu as rajeuni de dix ans.

— Tom, lui rappelai-je avec douceur, sachant bien qu'elle avait employé mon ancien nom pour me taquiner. Oui, j'ai la même impression. La routine de la vie de garde, voilà peut-être ce qu'il me fallait. »

Avec un grognement sceptique, elle but à sa chope puis leva les yeux vers moi et déclara d'un ton acide : « Je remarque que tu n'en penses pas autant de moi.

— Quoi ? Que tu devrais t'engager dans la garde ? » demandai-je avec une expression faussement candide. Puis, comme elle faisait mine de me donner des coups de pied, j'ajoutai : « Astérie, tu restes la même à mes yeux, ni plus âgée, ni plus jeune, mais toujours Astérie. »

Son front se plissa un instant puis elle haussa les épaules en éclatant de rire. « Je ne sais jamais si je dois prendre tes réponses comme des compliments ou non ! » Elle se pencha et huma l'air près de moi. « Du musc ? Tu te parfumes au musc à présent, Tom ? Si tu veux attirer les femmes...

— Non, je ne me parfume pas au musc. J'ai couché avec un furet, c'est tout. »

J'avais répondu avec le plus grand sérieux et je sursautai quand elle s'esclaffa soudain. Peu après, je souriais comme elle tandis qu'elle secouait la tête. Elle se déplaça et sa cuisse chaude de soleil se colla contre la mienne. « C'est bien de toi, Fitz ! C'est vraiment tout à fait de toi. » Elle poussa un soupir de contentement puis dit d'un ton paresseux : « Puis-je en conclure que ton deuil est achevé et que tu t'es lié à nouveau ? »

La matinée perdit soudain son éclat. Je m'éclaircis la gorge et choisis mes mots. « Non. Je ne crois pas que je me lierai encore une fois. Œil-de-Nuit et moi étions faits l'un pour l'autre comme le poignard et le fourreau. » Je regardai le carré de camomille et poursuivis à mi-voix : « Aucun autre ne peut lui succéder. Je rendrais un mauvais service à l'animal à qui je m'unirais, car il resterait un substitut et ne deviendrait jamais un véritable compagnon. »

Elle perçut mieux que je ne l'avais escompté ce que je ne disais pas. Elle allongea le bras sur le dossier du banc, y appuya la tête et se mit à contempler le ciel à travers les feuilles de l'arbre qui nous abritait. Je finis ma tasse de lait et la posai. J'allais prendre congé pour ma leçon avec Leste quand elle demanda : « As-tu jamais songé à retrouver Molly, dans ce cas ?

— Pardon ? »

Elle redressa la tête. « Tu l'aimais – du moins, tu l'as toujours affirmé. Et elle a porté ton enfant, ce qui lui a coûté cher ; tu sais qu'elle aurait pu s'en débarrasser si elle l'avait voulu. Si elle l'a gardé, c'est qu'elle éprouvait des sentiments profonds pour toi. Tu devrais te remettre avec elle.

— Notre histoire remonte à bien longtemps. Elle a épousé Burrich et ils ont fondé une famille. Ils ont eu six enfants ensemble, répondis-je avec raideur.

— Et alors ? » Elle leva le visage vers moi. « Je l'ai vu quand il est venu chercher Leste au château ; c'est un homme sombre et taciturne qui prend de l'âge ; il claudique et ses yeux s'embrument. » Elle secoua la tête d'un air apitoyé. « Si tu décidais de lui reprendre Molly, il ne pourrait opposer aucune résistance.

— Jamais je ne me conduirais ainsi ! »

Elle but une gorgée de sa chope sans me quitter du regard. « Je sais, dit-elle en baissant le récipient ; et pourtant, lui te l'a prise.

— Ils me croient mort tous les deux ! m'exclamai-je d'un ton plus sec que je ne le voulais.

— Es-tu sûr de ne pas l'être ? » fit-elle avec désinvolture. Son regard s'adoucit devant mon expression. « Oh, Fitz ! Tu n'agis jamais dans ton intérêt personnel, n'est-ce pas ? Tu ne t'offres jamais ce qui te fait envie. » Elle se pencha plus près. « Penses-tu que Molly t'aurait remercié de ta décision ? Penses-tu vraiment que tu avais le droit de choisir à sa place ? » Elle recula légèrement pour mieux m'observer. « Tu les as laissées partir, elle et l'enfant, comme deux chiots auxquels tu aurais trouvé une bonne maison. Pourquoi ? »

J'avais répondu si souvent à cette question que je n'eus pas besoin de réfléchir. « Burrich valait mieux que moi comme époux et comme père. C'était vrai alors, ça le reste aujourd'hui.

— Ah oui ? Je serais curieuse de savoir si Molly partagerait cet avis.

— Et ton époux à toi, comment va-t-il aujourd'hui ? » demandai-je d'un ton brusque.

Son regard devint impénétrable. « Qui le sait ? Il est parti dans les collines pêcher la truite en compagnie du seigneur et de dame Chênerouge. Tu me connais, ces sorties ne m'ont jamais intéressée. » Elle baissa les yeux. « Mais, apparemment, leur charmante fille Lierre les adore, elle. À ce qu'on m'a dit, elle s'est jointe au groupe avec enthousiasme. »

En dire davantage eût été inutile. Je lui pris la main. « Astérie, je suis navré. »

Elle inspira brusquement. « Vraiment ? Moi non. Je profite de son nom et de ses propriétés, et il me laisse ma liberté de ménestrelle, celle d'aller et venir à ma guise. » Elle pencha la tête. « Je me demandais si je ne me joindrais pas à la suite de Devoir pour sa visite des îles d'Outre-mer ; qu'en penses-tu ? »

Mon estomac se noua. Par pitié, non ! " À mon avis, le voyage te paraîtrait bien pire qu'une partie de pêche à la truite ; il fera froid, nous jouirons d'un confort rudimentaire et la cuisine outrîlienne est épouvantable : si on te sert du saindoux, du miel et de la moelle mélangés, tu auras connu le sommet de la gastronomie locale. »

Elle se leva d'un mouvement gracieux. « Et du beurre de poisson, dit-elle ; n'oublie pas le beurre de poisson. Ils en mettent partout. » Debout, elle me regarda un moment puis tendit la main pour écarter quelques mèches de mon visage. De l'index, elle suivit ma balafre. « Un jour, fit-elle à mi-voix, un jour tu te rendras compte que nous étions faits l'un pour l'autre, que, malgré toutes tes aventures et tes escapades, je suis restée la seule à te comprendre et à t'aimer vraiment. »

J'en demeurai pantois. Jamais au cours des années où nous nous voyions régulièrement elle ne m'avait parlé d'amour.

Ses doigts glissèrent sous mon menton et elle me referma la bouche. « Nous devrions déjeuner plus souvent ensemble », murmura-t-elle, puis elle s'éloigna d'un pas flânant, sa chope aux lèvres, sachant que je la suivais des yeux.

« Eh bien ! En tout cas, tu as le talent de me faire oublier quelque temps mes soucis », déclarai-je en aparté. Je rapportai ma chope aux cuisines et me rendis au jardin de la Reine. J'ignore si Astérie m'avait contaminé mais, quand je parvins au sommet de la tour et trouvai l'enfant en train de donner à manger aux colombes, je ne m'embarrassai pas de préambule.

« Tu as menti, dis-je avant même qu'il pût me souhaiter le bonjour. Ton père ne t'a pas chassé : tu t'es enfui en volant de l'argent. »

Il me regarda, les yeux ronds, et il devint blanc comme un linge. « Qui... Comment...

— Comment je l'ai appris ? Si je te donne la réponse à cette question, je la donnerai aussi à Umbre et à la reine. Tiens-tu à ce qu'ils apprennent ce que je sais ? »

Je formai le vœu ardent de l'avoir jaugé correctement et, en mon for intérieur, je poussai un soupir de soulagement quand je le vis avaler sa salive et secouer la tête en silence : si je lui offrais l'occasion de rentrer chez lui, sans que personne au château découvre sa faute, il la saisirait.

« Ta famille se ronge les sangs à cause de toi ; tu n'as pas le droit de plonger dans l'inquiétude des gens qui t'aiment. Emballe tes affaires et repars comme tu es venu, petit. Tiens. » Sans réfléchir, je décrochai ma bourse. « Il y a là-dedans de quoi te ramener à bon port et rembourser ce que tu as pris. N'oublie pas de rendre l'argent que tu as dérobé. »

Il garda les yeux baissés. « Oui, messire. »

Comme il ne faisait pas un mouvement pour prendre la bourse, je lui saisis la main, la tournai paume en l'air et y déposai le petit sac de cuir. Quand je le lâchai, il me dévisagea sans réagir ; je pointai le doigt vers la porte de l'escalier. Il se tourna, frappé de stupeur, et se mit en route d'un pas mal assuré. La main sur le battant, il s'arrêta. « Vous ne savez pas ce que je vis chez mes parents, chuchota-t-il.

— Si, je le sais bien mieux que tu ne l'imagines. Rentre chez toi, soumets-toi à la discipline de ton père et sers ta famille jusqu'à ta majorité comme un fils de bon aloi. Tes parents ne t'ont-ils pas élevé ? Ne t'ont-ils pas donné la vie, n'ont-ils par rempli ton assiette, ne t'ont-ils pas vêtu et chaussé ? Alors il est juste que ton travail leur appartienne tant que tu n'es pas un homme aux yeux de la loi. Ensuite tu pourras choisir ta voie à ta guise, tu auras des années pour découvrir ta magie, des années à toi, honnêtement gagnées, pour vivre comme bon te semblera. Ton Vif peut attendre jusque-là. »

Il appuya le front contre la porte. « Non. Ma magie n'attendra pas.

— Il le faudra bien ! lançai-je durement. Retourne chez toi, Leste ; pars aujourd'hui même. »

Il rentra la tête dans les épaules, poussa le battant, sortit et referma derrière lui. J'écoutai ses pas s'éloigner dans les marches et sentis sa présence disparaître à mon Vif. Alors je laissai échapper un long soupir. C'était une rude tâche que j'envoyais le fils de Burrich accomplir ; j'espérais qu'il aurait la force de l'affronter. J'espérais aussi, sans trop y croire, que son retour suffirait à retisser les liens de la famille. Je m'approchai d'un pas flânant du parapet et contemplai les rochers en contrebas.

5

DÉPARTS

Il ne faut pas dédaigner ceux dont le plus grand talent se révèle dans la manipulation des songes et se rencontre le plus souvent chez les Solitaires. Ces artiseurs, s'ils n'ont pas la puissance d'un clan, peuvent pourtant servir leur monarque de façon à la fois subtile et efficace : imposer des rêves de sinistre augure à un seigneur ennemi peut l'amener à reconsidérer ses décisions, tandis que des images de victoire et de gloire peuvent fortifier le cœur d'un chef militaire. On peut ainsi récompenser ceux qui le méritent et, dans certains cas, apporter l'apaisement aux victimes du découragement ou de la lassitude.

Des usages mineurs de l'Art, de BOISCOUDÉ

*

Le soir même, j'annonçai à Umbre que Leste souffrait terriblement de la séparation d'avec sa famille et que je l'avais renvoyé chez lui dans l'espoir qu'il réussirait à se réconcilier avec Burrich. Le vieillard hocha la tête d'un air distrait : l'enfant était le cadet de ses soucis.

Je lui rapportai aussi ma conversation avec Trame et conclus ainsi : « Il sait qui je suis, et ce depuis son arrivée au château, à mon avis. »

Umbre réagit plus vivement à cette nouvelle. « Malédiction ! Pourquoi faut-il que ton masque commence à tomber maintenant, alors que j'ai tant à faire ?

— Je ne crois pas qu'il tombe, répondis-je avec raideur ; quelqu'un devait détenir ce renseignement depuis longtemps et nous faisons aujourd'hui les frais de notre négligence. Que proposez-vous ?

— Ce que je propose ? Que veux-tu que je propose ? fit-il avec irritation. Trame connaît ton identité ; reste à espérer qu'il est aussi bien disposé à notre égard qu'il le paraît – et que ton secret ne circule pas dans la communauté vifière. » Il tapa sur la table l'extrémité d'un étui en cuir pour faire coulisser jusqu'au fond les manuscrits qu'il contenait puis il entreprit d'en nouer les cordons de fermeture. « Fragon, dis-tu ? demanda-t-il au bout d'un moment. C'est elle qui aurait mis Trame au courant ?

— Il m'a semblé qu'il le sous-entendait.

— À quand remonte la dernière fois que l'as vue ?

— À de nombreuses années, à l'époque où j'ai vécu chez les vifiers. C'était l'épouse de Rolf.

— Je sais ! Je n'ai pas encore complètement perdu la tête. » Il réfléchit en continuant à rouler ses parchemins. « Nous n'avons pas le temps, déclara-t-il enfin. Je t'enverrais volontiers chez cette Fragon pour découvrir combien de personnes elle a mises dans la confidence, mais les heures nous sont comptées ; aussi, creusons-nous les méninges ensemble, Fitz. Comment se serviront-ils de ce renseignement ?

— Je ne suis pas sûr que Trame ait l'intention de s'en servir. À sa façon de me l'annoncer, j'ai plutôt eu l'impression qu'il voulait m'aider ; je n'ai senti aucune menace, pas même potentielle. On aurait dit au contraire qu'il m'incitait à la franchise avec Leste si je tenais à ouvrir une brèche dans sa carapace.

— Hum ! fit le vieil homme d'un ton songeur en fermant le dernier étui. Passe-moi la tisanière. » Il remplit sa chope. « Une véritable énigme, ce Trame, n'est-ce pas ? Il possède des connaissances étendues, et je ne parle pas seulement de ses contes du Vif. Je ne le décrirais pas comme instruit ; toutefois, comme il le dit lui-même, chaque fois qu'il pensait avoir besoin d'un certain savoir, il s'est débrouillé pour l'acquérir. » Le regard d'Umbre prit une expression lointaine. À l'évidence, il avait consacré du temps à évaluer l'importance de l'homme. « L'idée de Civil, quand il l'a évoquée, de fournir à Devoir un clan de Vif pour suppléer à l'absence d'un clan d'Art, cette idée ne m'a pas plu. On ne lui a donné aucun écho, et pourtant elle paraît s'être réalisée : nous voici avec Civil Brésinga et son marguet, Nielle le ménestrel et Trame, qui comptent tous nous accompagner en voyage. Je perçois bien, malgré la répugnance du prince à en parler, qu'ils forment une espèce de clan ; je ressens entre eux une intimité exclusive. Trame est le cœur de ce groupe, où il tient davantage le rôle de prêtre que de chef : il ne commande pas, il conseille et parle souvent de servir « l'esprit du monde » où « le divin », sans se soucier apparemment du ridicule. S'il nourrissait des ambitions, ce serait un homme dangereux : par ce qu'il sait, il pourrait provoquer notre chute à tous. Les rares occasions où il s'est adressé à moi, il s'y est pris de manière très détournée, comme s'il nous poussait à agir mais sans nous dire ce qu'il attend de nous. Hmm...

— Bien, résumons-nous. » J'énumérai les possibilités sur mes doigts. « Peut-être Trame désirait-il que je fasse preuve de franchise avec Leste ; maintenant que le garçon est parti, la question ne se pose plus. Mais peut-être veut-il que je révèle publiquement mon identité ou bien que les Loinvoyant reconnaissent le Vif du prince ; ou encore que les deux soient annoncés simultanément, ce qui reviendrait à dire que le Vif est présent dans le sang Loinvoyant. » Je m'interrompis soudain. Le Vif existait-il vraiment dans le lignage de la famille royale ? Le dernier à l'avoir manifesté de manière indubitable était le prince Pie, or il n'avait pas laissé de descendance, et la couronne avait coiffé une autre lignée. Dans ces conditions, je tenais peut-être ma magie de ma mère montagnarde, et elle s'était transmise quand Vérité avait emprunté mon corps pour concevoir le prince. Je n'avais jamais confié ce détail à Umbre et je ne comptais pas le lui donner un jour. Devoir, j'en avais la conviction, avait été engendré par l'esprit de Vérité ; néanmoins, je me demandais à présent avec une certaine gêne si, en se servant de moi, mon roi n'avait pas fait cadeau à son fils de ma magie impure.

« Fitz... » Perdu dans mes réflexions, je sursautai en entendant la voix d'Umbre. « Ne t'inquiète pas tant. Si Trame nous voulait du mal, il n'aurait eu aucun intérêt à dévoiler ainsi son jeu ; en outre, comme il nous accompagne, nous pourrons garder l'œil sur lui et parler avec lui. Toi, surtout, tu devras le fréquenter le plus possible ; tu n'auras qu'à prétendre souhaiter en apprendre davantage sur le Vif pour gagner sa confiance. »

Je soupirai discrètement. J'étais las des mensonges et de l'hypocrisie. Je fis part de mon sentiment à Umbre qui eut un grognement indifférent.

« Tu n'es qu'hypocrisie par ta naissance même, Fitz, comme moi, comme tous les bâtards. Nous sommes des créatures mensongères, fils mais non héritiers, royaux mais non princes. Je croyais que tu l'avais accepté. »

Je me bornai à répondre : « Je m'efforcerai de mieux lier connaissance avec Trame et de découvrir ses objectifs. »

Le vieil assassin hocha la tête. « Un navire est le cadre idéal : bavarder constitue la distraction principale d'un voyage en mer. Et, s'il se révèle dangereux pour nous... Bref. »

Il avait raison : bien des accidents peuvent se produire lors d'une traversée ; mais j'aurais préféré qu'il n'ait rien dit. Il reprit :

« Est-ce toi qui as mis dans la tête d'Astérie de nous suivre ? Elle l'a demandé ; elle a infligé à la reine un discours interminable sur la nécessité d'emmener un ménestrel qui rapporterait ensuite avec exactitude l'aventure du prince.

— Non. Sa Majesté lui a-t-elle donné sa permission ?

— J'ai refusé sous prétexte que toutes les places à bord du navire du prince étaient attribuées et que Nielle en avait déjà obtenu une. Pourquoi ? Pourrait-elle se révéler utile, à ton avis ?

— Non. Comme pour ma dernière mission, je le crains, plus la vérité restera cachée, mieux cela vaudra. » Je me sentais soulagé qu'Umbre eût rejeté la requête d'Astérie mais, dans le même temps, une facette sournoise de moi-même en éprouvait une légère déception ; cette émotion m'inspirait trop de honte pour que je l'étudie de trop près.

Le lendemain, je m'arrangeai pour voir Heur. Ma visite fut brève et il continua de travailler pendant que nous bavardions : un compagnon réalisait un projet de marqueterie et avait confié à mon fils le ponçage des pièces. La corvée me paraissait mortellement ennuyeuse, mais Heur avait l'air absorbé dans son œuvre quand je m'approchai de lui. Il eut un sourire fatigué quand je le saluai puis il accepta gravement les petits cadeaux et les souvenirs que je lui apportais. Je lui demandai comment il allait, et il ne feignit pas de se méprendre sur la question. « Svanja et moi nous fréquentons toujours, ses parents l'ignorent toujours et je jongle toujours entre mes sorties et mes devoirs d'apprenti ; je crois que je ne m'en sors pas mal. En m'appliquant au travail, j'espère passer vite compagnon, et, avec ce statut, je pense pouvoir me présenter au père de Svanja comme un parti envisageable. » Il poussa un soupir. « J'en ai assez de ces cachotteries, Tom. J'ai l'impression que Svanja s'en régale, que cela ajoute du piment à nos rencontres, mais, pour ma part, j'aime les situations claires et nettes. Une fois compagnon, je pourrai régler la question. »

Un apprentissage dure des années, non des mois ; cependant, je ravalai cette réplique car il le savait aussi bien moi. L'important était qu'il ne négligeait pas sa formation et, au contraire, s'y lançait à corps perdu dans l'espoir d'exaucer son rêve. Que pouvais-je lui demander de plus ? Je serrai mon fils dans mes bras en lui disant que je penserais souvent à lui ; il m'étreignit farouchement. « Je ne te ferai pas honte, Tom. Je te le promets. »

Avec les autres gardes, je chargeai mon coffre sur un chariot que je suivis jusqu'aux quais. Bourg-de-Castelcerf se parait pour la fête du Printemps ; des guirlandes de fleurs décoraient le linteau des portes et des bannières flottaient au vent ; les tavernes et autres établissements publics étaient grands ouverts et il s'en échappait de la musique et l'odeur des plats des festivités. Quelques hommes ronchonnaient, mécontents de manquer les réjouissances, mais partir le premier jour du printemps plaçait le voyage sous des augures favorables.

Le lendemain, nous escorterions en grande pompe le prince jusqu'à son navire ; pour le moment, nous nous contentâmes d'embarquer sur le *Fortune de Vierge* et de choisir nos emplacements, avec maintes bousculades amicales, sur le pont inférieur alloué à notre compagnie. Il y faisait sombre, l'air n'y circulait pas, lourd de l'odeur forte des hommes confinés et de l'eau de cale. Après m'être cogné deux fois aux solives basses, je me déplaçai courbé en deux. Nous serions serrés comme harengs en caque, sans intimité ni recoin où nous isoler. Des couples noirs de fumée émanait comme un miasme oppressant, et l'eau clapotait de façon sonore contre la coque, comme pour me rappeler que seule une planche de bois me séparait des profondeurs glacées.

Je posai mon coffre dans le premier logement libre qui se présenta, pressé de ressortir. Peu m'importait où je le fixais car j'avais déjà décidé de passer le plus de temps possible sur le pont, à l'air libre. La moitié des gardes avaient déjà participé à des voyages semblables et paraissaient se réjouir d'occuper une section du bateau différente de celle des matelots, qualifiés d'ivrognes, de voleurs et de bagarreurs. À mon avis, les intéressés devaient porter le même regard sur les gardes.

Je rangeai rapidement mes affaires et remontai sur le pont, où je ne pus m'attarder car il grouillait de marins et de passagers, tous très occupés et que je gênais manifestement. Des palans soulevaient des caisses du quai, pivotaient et les redescendaient par les écoutilles dans les cales où on les arrimait. Quand ils n'échangeaient pas des injures, les hommes d'équipage vociféraient contre les terriens constamment dans leurs jambes.

Comme je regagnais le plancher des vaches, je poussai un soupir de soulagement. Bien trop vite à mon goût, je me retrouverais prisonnier du bateau sans moyen de m'échapper. Mais, alors que je descendais la passerelle, mon sentiment de détente s'évapora : sur le quai se trouvait le fou dans son personnage de sire Doré, l'air furieux. Une nuée de serviteurs, les bras chargés de boîtes, de caisses, de sacs et de bagages de toutes sortes, se tenait derrière lui. Devant, un parchemin à la main, un scribe aux abois barrait le passage et secouait la tête, les yeux à demi fermés, sous les diatribes de sire Doré.

« Eh bien, quelqu'un a commis une erreur, c'est l'évidence même ! Ce qui paraît vous échapper, c'est que je n'en suis pas l'auteur. Il est entendu depuis des mois que je dois accompagner le prince dans sa quête ! Qui peut mieux le conseiller qu'un homme comme moi qui a voyagé loin et vécu dans d'innombrables cultures ? Je vous prie donc de vous ôter de mon chemin ! Je choisirai moi-même une cabine convenable, puisque vous prétendez qu'aucune ne m'a été attribuée, et je m'y installerai pendant que vous irez découvrir le responsable de cette bourde grossière. »

Le scribe n'avait pas cessé de secouer la tête, et, quand il répondit, ce fut du ton de celui qui répète des mots déjà cent fois prononcés. « Sire Doré, s'il s'est produit une erreur, je le regrette humblement. Je tiens ma liste des mains même du seigneur Umbre et mes instructions sont parfaitement explicites : seules les personnes dont le nom figure sur ce parchemin doivent prendre quartier à bord du navire du prince. Je n'ai pas le droit de quitter mon poste pour me renseigner sur une faute éventuelle. Mes ordres ne laissent pas place au doute là-dessus. » Il ajouta comme s'il espérait se débarrasser ainsi de son persécuteur : « Peut-être vous a-t-on inscrit sur un des bâtiments de suite. »

Sire Doré poussa un soupir d'exaspération. Comme il se tournait vers son domestique, ses yeux parurent glisser sur moi sans me voir mais, en réalité, nos regards se croisèrent un infime instant. « Posez ceci ! » dit-il d'un ton de commandement, et, avec soulagement, l'homme se déchargea de la boîte qu'il portait. Le seigneur jamaillien s'y assit aussitôt puis, en croisant ses jambes gainées de chausses vertes, il fit un signe impérieux aux autres serviteurs. « Vous tous, posez vos affaires à vos pieds !

— Mais... vous barrez le... Je vous en prie, sire Doré... »

Le fou ne manifesta aucune compassion pour la détresse du scribe. « Je ne bougerai pas tant que la question ne sera pas réglée », annonça-t-il d'un ton de dignité outragée. Croisant les bras, le menton haut, il se mit à contempler la rade comme s'il n'avait pas d'autre souci au monde.

Le scribe jeta un regard derrière l'aristocrate : ses domestiques et ses bagages obstruaient efficacement le quai. D'autres passagers commençaient à former une foule qui grandissait derrière l'obstacle, et elle s'accroissait de débardeurs poussant des brouettes ou les bras chargés de bailles de vivres. L'homme rassembla son courage et tenta de prendre une voix péremptoire. « Monseigneur, vous devez vous écarter avec vos affaires en attendant que le problème soit résolu.

— Il n'en est pas question. Je vous recommande donc d'envoyer un coursier chez sire Umbre afin qu'il vous donne l'autorisation de me laisser monter à bord, car je ne me satisferai de rien d'autre. »

L'accablement me saisit. Je savais que cette dernière phrase s'adressait à moi plus qu'au scribe. Il m'avait donc bien vu et il pensait que je remonterais d'urgence au château pour glisser à Umbre un mot qui apporterait une prompte solution à sa situation. Il ne se doutait pas encore que j'étais responsable de ses difficultés et que, même si je les regrettais, Umbre resterait inébranlable. Comme je me détournais de l'agitation que provoquait son refus de bouger, il me lança un clin d'œil imperceptible. Il s'imaginait sans doute que le départ spectaculaire de sire Doré demeurerait inscrit dans les légendes de Bourg-de-Castelcerf.

Je ne voulus pas en voir davantage. En gravissant d'un pas lourd les rues escarpées qui menaient au château, je songeai que je n'avais pas lieu de me tourmenter : sire Doré finirait par se faire expulser du quai, voilà tout ; de même, quand nous prendrions la mer sans lui le lendemain, il resterait à l'abri à Castelcerf pendant que nous affronterions l'inconfort et l'ennui du voyage ; il ne lui arriverait rien de plus grave.

Pourtant, la journée me parut interminable. Après la hâte des préparatifs de dernière minute, ces dernières heures semblaient s'étirer, creuses, sans rien pour les occuper. Il ne restait plus dans mon placard au casernement que l'uniforme et l'arme que je porterais le lendemain. La garde princière aurait fière allure : chausses, chemise et surtunique étaient bleu de Cerf, et l'animal emblématique des Loinvoyant ornait notre poitrine. Mes nouvelles bottes, fabriquées à ma pointure, ne me serraient pas, et je les avais déjà graissées généreusement pour les rendre étanches. Malgré la saison, on nous avait fourni des manteaux de laine épaisse pour nous protéger du froid qui régnait dans les îles d'Outre-mer. Posée sur cette tenue, l'épée que le fou m'avait offerte avait l'air d'un reproche muet. Je la laissai sur mes affaires, aussi à l'abri des voleurs que n'importe quoi d'autre dans une caserne où le bien le plus précieux d'un soldat est son honneur.

Dans ma salle de travail de la tour, je retrouvai à peu près la même situation. Si Umbre avait remarqué que l'épée de Chevalerie trônait à présent au-dessus de la cheminée, il n'en avait rien dit. Je déambulai sans but et rangeai au passage les objets que le vieil assassin avait délaissés en faisant ses bagages ; il avait déjà empaqueté les cartes des îles d'Outre-mer et les documents qu'il jugeait nécessaires. Désœuvré, je finis par m'asseoir sur le lit pour jouer avec le furet, mais Girofle se lassa bientôt et s'en alla chasser les rats. Je me rendis aux étuves, me frottai à m'en écorcher puis me rasai deux fois ; ensuite, je retournai au casernement et me couchai dans mon lit étroit. Le silence régnait dans le long dortoir presque désert ; seuls quelques vétérans avaient décidé comme moi de dormir tôt ; les autres étaient descendus à Bourg-de-Castelcerf pour faire leurs adieux aux tavernes et aux putains. Je remontai les couvertures sur moi et me perdis dans la contemplation du plafond obscur.

Quelle opiniâtreté le fou mettrait-il à nous suivre ? Umbre m'avait assuré qu'il ne trouverait aucun bateau en partance de Castelcerf ; il se verrait obligé de gagner un autre port par la route et de verser une somme considérable à un capitaine pour le persuader d'emprunter notre sillage. Or sire Doré ne possédait plus cet argent et, après ses dernières frasques, plus aucun de ses amis ne lui consentirait de prêt. Il serait bloqué à terre.

Et furieux contre moi, sans doute. Son esprit affûté déduirait bientôt à qui il devait cet abandon, il comprendrait que j'avais décidé de le sauver malgré lui du destin qu'il s'était prédit, et il n'en éprouverait nulle reconnaissance. Son Catalyseur avait pour rôle de l'aider à changer le cours du monde, non de contrarier ses efforts.

Je fermai les yeux avec un soupir. Après plusieurs tentatives, je parvins à me concentrer, et, quand je flottai enfin juste en dessous de la surface du sommeil, je me mis en quête d'Ortie. Cette fois, je la découvris assise dans les branches d'un chêne, vêtue d'une robe faite d'ailes de papillon. Je me trouvais au pied de l'arbre, sur une butte, et j'avais mon aspect habituel d'homme-loup. « Tous ces papillons morts... fis-je tristement en la regardant avec reproche.

— Ne dis pas de bêtises ; ce n'est qu'un rêve. » Elle se leva et sauta de sa branche. Je me dressai sur mes pattes arrière et tendis les bras pour l'attraper, mais les ailes irisées de sa robe se mirent toutes à battre simultanément et, ainsi soutenue, légère comme un duvet de chardon, elle se posa près de moi. Un grand papillon jaune ornait sa chevelure comme une barrette ; il s'ouvrit lentement. La couleur de sa robe changeait par vagues au gré des battements paresseux des ailes.

J'eus un petit frisson de répulsion. « Ça ne te chatouille pas, toutes ces petites pattes ?

— Non. C'est un rêve, je te le répète ; on peut en éliminer les désagréments.

— Tu ne fais jamais de cauchemars alors ? demandai-je, admiratif.

— Autrefois, si, je crois, quand j'étais toute petite, mais plus maintenant. Pourquoi rester là où on ne se plaît pas ?

— Tout le monde n'est pas capable de maîtriser ses rêves comme toi, mon enfant. Tu peux t'estimer privilégiée.

— Et toi, en fais-tu, des cauchemars ?

— Quelquefois. As-tu oublié la dernière fois où tu m'as rejoint ? Je franchissais un pierrier escarpé.

— Ah oui, je m'en souviens ! Mais je croyais que tu t'amusais. Il y a des hommes qui aiment le danger, tu sais.

— Peut-être ; mais certains, comme moi, en ont eu leur content et se dispenseraient volontiers de ces rêves-là. »

Elle hocha lentement la tête. « Ma mère souffre parfois de terribles cauchemars ; même lorsque je m'y introduis pour lui dire d'en sortir, elle ne réagit pas ; elle ne veut pas ou ne peut pas me voir. Quant à mon père... je sais qu'il fait de mauvais rêves parce qu'il pousse des cris dans son sommeil, mais je ne parviens pas à y accéder. » Elle réfléchit un instant. « C'est pour ça, je crois, qu'il a recommencé à boire : ivre, il s'évanouit au lieu de s'endormir. Tente-t-il de se cacher ainsi de ses cauchemars, à ton avis ?

— Je l'ignore, répondis-je en regrettant d'en apprendre autant. J'apporte des nouvelles qui les tranquilliseront peut-être tous les deux : Leste a repris le chemin de votre maison. »

Elle joignit les mains et inspira longuement. « Oh, merci, Fantôme-de-Loup ! J'étais sûre que tu pourrais m'aider. »

Je m'efforçai de prendre un ton sévère. « Je n'y aurais pas été obligé si tu avais fait preuve de jugeote. Leste est beaucoup trop jeune pour le livrer à lui-même ; tu n'aurais pas dû prêter la main à sa fuite.

— Je le sais à présent, mais je ne m'en suis pas rendu compte sur le coup. Pourquoi la vraie vie ne se déroule-t-elle pas comme dans les rêves ? Là, quand une situation tourne mal, il suffit de la modifier. » Elle leva les mains à hauteur de ses épaules,

les passa sur le devant de sa robe et se retrouva vêtue de pétales de pavot. « Tu vois ? Fini, les petites pattes qui chatouillent ! Tu n'as qu'à dire à ce que tu n'aimes pas de s'en aller.

— Comme tu as, toi, chassé la femelle dragon.

— La femelle dragon ?

— Tu sais bien : Tintaglia. Elle apparaît d'abord réduite, sous la forme d'un lézard ou d'une abeille, puis elle grandit jusqu'à ce que tu l'expulses.

— Ah, elle ! » Ortie plissa le front. « Elle n'intervient qu'en ta présence ; je croyais qu'elle faisait partie de ton rêve.

— Non, elle n'appartient pas au domaine imaginaire : elle est aussi réelle que toi et moi. » J'éprouvai une soudaine inquiétude à constater qu'Ortie ne l'avait pas perçu. Nos conversations oniriques l'avaient-elles exposée à un danger plus grand que je ne le pensais ?

« Qui est-elle alors quand elle ne rêve pas ?

— Je te le répète : un dragon.

— Mais ça n'existe pas ! » Elle partit d'un grand éclat de rire qui me laissa à court de mots.

Je retrouvai ma langue au bout d'un instant. « Tu ne crois pas aux dragons ? Qui a sauvé les Six-Duchés des Pirates rouges, dans ce cas ?

— Nos soldats et nos bateaux de guerre, je suppose. Quelle importance, de toute façon ? C'est de l'histoire ancienne.

— Cela compte beaucoup pour certains d'entre nous, marmonnai-je, surtout ceux qui l'ont vécue.

— Naturellement ; pourtant j'ai remarqué que bien peu, si même il s'en trouve, sont capables de décrire précisément comment les Six-Duchés en ont réchappé. Ils ont vu les dragons au loin puis, sans transition, les navires des Pirates rouges en train de sombrer ou gravement endommagés et les dragons qui disparaissaient à l'horizon.

— Ces créatures produisent un étrange effet sur la mémoire, répondis-je. On dirait que... qu'ils absorbent les souvenirs en passant au-dessus des gens, comme un chiffon boit la bière renversée. »

Ortie me regarda, un sourire malicieux aux lèvres. « Si c'est vrai, pourquoi Tintaglia n'exerce-t-elle pas la même influence sur nous ? Comment se fait-il que nous nous rappelions l'avoir vue dans nos rêves ? »

Je l'arrêtai d'un geste. « Ne prononçons plus son nom ; je n'ai aucune envie de l'affronter à nouveau. Quant à nos souvenirs d'elle, je pense que nous les gardons parce qu'elle se présente sous l'aspect d'une créature onirique et non de chair et de sang ; ou peut-être parce qu'elle est de chair et de sang, et non... »

Je me tus en me rappelant à qui je parlais : j'en révélais trop à Ortie ; si je ne me surveillais pas, je ne tarderais pas à évoquer devant elle les dragons sculptés à l'aide de l'Art dans la pierre de mémoire et leur identité avec les Anciens des légendes et des ballades d'antan.

« Continue, fit-elle d'un ton pressant. Si Tintaglia n'est pas de chair, de quoi est-elle faite ? Et pourquoi nous interroge-t-elle toujours sur un dragon noir ? Le prétendras-tu réel lui aussi ?

— Je l'ignore, répondis-je, prudent. Je ne sais même pas s'il existe. Évitons ce sujet pour l'instant. » J'éprouvais une angoisse diffuse depuis qu'elle avait prononcé le nom de Tintaglia ; j'avais l'impression qu'il voletait autour de nous en chatoyant, aussi repérable que la fumée d'un feu de camp.

Toutefois, si la croyance en la puissance évocatrice des noms renferme une parcelle de vérité, cet effet nous fut épargné cette nuit-là. Je pris congé d'Ortie et, en quittant son rêve, je replongeai sans le vouloir dans mon vieux cauchemar ; aussitôt, les cailloux de la pente raide roulèrent sous mes pieds et me précipitèrent vers une mort certaine. J'entendis ma fille crier : « Envole-toi, Fantôme-de-Loup ! Change ton rêve ! », mais je n'avais aucune idée de la manière de m'y prendre. Je me réveillai en sursaut, assis droit sur mon lit de camp dans mon casernement.

L'aube approchait et la plupart des lits étaient occupés ; il me restait cependant un peu de temps pour me reposer. Mais c'est en vain que je cherchai le sommeil, et je me levai plus tôt que d'habitude. Mes compagnons dormaient tous à poings fermés. J'enfilai mon uniforme neuf puis passai quelque temps à convaincre, sans résultat, mes cheveux de ne pas me tomber sur la figure. Je les avais coupés en signe de deuil à la mort d'Œil-de-Nuit, et ils n'avaient pas assez repoussé pour que je puisse les nouer en queue de guerrier ; je les liai en un toupet ridicule dont ils s'échapperaient bientôt, j'en étais sûr, pour revenir danser devant mes yeux.

À la salle de garde, je mangeai de bon appétit le généreux petit déjeuner que les cuisines nous avaient préparé. Je savais que je ne goûterais plus de sitôt les plats de la terre ferme, aussi me régalai-je copieusement de viande chaude, de pain frais et de gruau à la crème et au miel. À bord, les repas dépendraient du temps qu'il ferait, et se composeraient d'aliments salés ou séchés et cuits sans apprêt ; si la mer s'agitait et que le coq juge trop risqué d'allumer un feu, nous mangerions froid, avec du pain sec pour tout accompagnement. Cette perspective ne m'emplissait pas d'allégresse.

De retour au casernement, je trouvai les gardes en train de se réveiller. Ils endossèrent leurs tenues en se plaignant de devoir porter un épais manteau de laine par une journée de printemps ensoleillée. Umbre n'avait jamais voulu le reconnaître, mais j'étais certain qu'une demi-douzaine d'entre eux travaillaient pour lui comme espions ; l'aura de vigilance discrète que je percevais autour d'eux me donnait à penser qu'ils avaient les yeux mieux ouverts qu'on ne pouvait le croire.

Crible, jeune homme d'une vingtaine d'années, n'en faisait assurément pas partie. Aussi enthousiaste que j'étais désabusé, il se mira au moins dix fois dans sa glace en portant une attention particulière à une moustache manifestement récente ; il insista pour me prêter de la pommade pour les cheveux, sous prétexte qu'il ne me permettrait pas de me présenter en un jour si important avec l'air d'un fermier hirsute. Vêtu pour la parade, assis sur son lit, il tapait impatiemment du pied et me débitait un flot de paroles incessant, qui allait de plaisanteries sur la poignée décorée de mon épée jusqu'à des questions pressantes sur la véracité de la rumeur selon laquelle on pouvait abattre un dragon d'une simple flèche dans l'œil. Son trop-plein d'énergie m'agaçait autant que celle d'un chien qui va et vient sans arrêt, et c'est avec soulagement que j'entendis Longuemèche, notre nouveau capitaine, nous ordonner sèchement de sortir pour nous mettre en formation.

Le départ n'en était pas imminent pour autant ; l'ordre signifiait seulement que nous devions attendre dehors dans l'alignement réglementaire. Un garde passe plus de temps à rester debout sans bouger qu'à s'entraîner ou combattre, et ce matin-là ne faisait pas exception à la règle. J'eus droit au compte rendu détaillé des trois aventures amoureuses de Hest au cours de la nuit passée, auxquelles Crible apporta encore des précisions par des questions judicieuses ; quand nous nous mîmes enfin en route, ce fut pour nous rendre dans la cour devant les grandes portes, où nous nous déployâmes de part et d'autre du cheval du prince et de son harnacheur et prîmes à nouveau patience. Des domestiques et des laquais, comme nous en grande tenue et en rangs impeccables afin de manifester l'importance de leurs maîtres, nous imitèrent, certains un cheval à la bride, d'autres un chien en laisse et d'autre encore les mains vides, tirés à quatre épingles, plantés dans la cour sous le soleil.

*

Pour finir, le prince et son entourage apparurent. Lourd les suivait, Sada, la femme qui s'occupait de lui en semblables occasions, derrière lui. Devoir n'accorda pas un regard au soldat anonyme que j'étais aujourd'hui, et la procession se forma. La reine et sa garde se placèrent devant tandis que le conseiller Umbre et son escorte nous emboîtaient le pas. J'aperçus Civil, en compagnie de son marguet, qui bavardait avec Trame tout en s'intégrant à la procession. Malgré les objections d'Umbre, notre souveraine avait annoncé que plusieurs de ses « amis du Lignage » voyageraient avec le prince. Les courtisans avaient réagi de façon mélangée, les uns déclarant que l'on constaterait enfin si leur magie avait quelque utilité, les autres se réjouissant tout bas de voir Castelcerf débarrassé de ses sorciers des bêtes.

À leur suite venaient les privilégiés qui accompagneraient le prince, d'une part pour tâcher d'entrer dans ses bonnes grâces, d'autre part afin d'étudier les possibilités d'échanges commerciaux avec les îles d'Outre-mer. En queue de cortège se trouvaient ceux qui voulaient nous souhaiter bon vent avant de participer aux réjouissances de la fête du Printemps. J'eus beau me tordre le cou en tous sens, je ne vis nul signe de sire Doré. Quand Devoir monta finalement en selle et que nous franchîmes les portes de la citadelle, on eût dit que tout Bourg-de-Castelcerf nous escortait ; je me réjouis de me situer en tête d'appareil car, après notre passage, la route ressemblerait à un bourbier où se mêleraient fange et crottin.

Nous arrivâmes aux quais, mais nous n'embarquâmes pas aussitôt pour prendre le départ : c'eût été trop simple. Il fallut encore écouter des discours et assister à des remises de fleurs et de cadeaux de dernière minute. Je m'attendais à demi à découvrir sire Doré, ses bagages et ses domestiques toujours inexpugnablement installés près des navires, mais ils avaient disparu, et je me demandai non sans inquiétude quel tour le fou préparait. Son ingéniosité lui avait-elle fourni le moyen de monter à bord ?

Je transpirai sous le soleil pendant que se déroulaient les dernières cérémonies puis nous mîmes pied sur le navire pour former la haie d'honneur au prince qui se rendait à sa cabine ; là, il devait recevoir les visites d'adieu des nobles restant à terre tandis que ceux qui voyageaient avec nous prenaient possession de leurs quartiers. Certains d'entre nous furent désignés pour monter la garde devant la porte du prince, et les autres, dont moi, furent envoyés dans leur cantonnement du bord afin de dégager le pont.

Je passai la majeure partie de cette épouvantable après-midi assis sur mon coffre. Au-dessus de moi, les planches résonnaient d'incessantes allées et venues. Un chien surexcité aboyait sans s'arrêter. J'avais l'impression de me trouver enfermé dans un tonneau qu'on frappait continuellement – un tonneau où régnaient la pénombre et une odeur méphitique d'eau de cale, rempli à craquer d'hommes qui se croyaient obligés de hurler pour se faire entendre. Je m'efforçai de me distraire en me demandant où était passé le fou mais cela ne fit qu'accroître ma sensation d'étouffement. Je posai le menton sur la poitrine, fermai les yeux et tâchai de m'isoler.

En vain.

Crible s'assit à côté de moi sur mon coffre. « Par les tétons d'Eda, qu'est-ce que ça pue ici ! À ton avis, ce sera pire quand les mouvements du bateau touilleront l'eau de cale ?

— Sans doute. » Je n'avais nulle envie d'y songer à l'avance. J'avais déjà voyagé par mer mais je dormais alors sur le pont, ou au moins j'y avais accès. Aujourd'hui, dans un espace réduit et mal éclairé, le léger roulis du navire suffisait à me donner mal à la tête.

« Ah ! » Ses talons cognèrent contre mon coffre et la vibration remonta le long de ma colonne vertébrale jusque dans mon crâne. « Je n'ai jamais pris le bateau ; et toi ?

— Une fois ou deux, mais des navires plus petits où j'avais de l'air et de la lumière. Pas comme celui-ci.

— Ah ! Et tu es déjà allé aux îles d'Outre-mer ?

— Non.

— Tu n'as pas l'air dans ton assiette, Tom.

— Ouais. Trop d'alcool et pas assez de sommeil cette nuit. »

C'était un mensonge mais il se révéla efficace ; avec un sourire complice, Crible me donna une bourrade amicale, je lui montrai les dents et il me laissa seul. L'agitation et le bruit me cernaient de toutes parts ; j'étais malheureux, j'avais peur et je n'aurais pas dû manger tant de pâtisseries au petit déjeuner. Personne ne s'occupait de moi. Mon col m'étranglait mais Sada avait déjà quitté le bateau, alors elle ne pouvait pas le desserrer.

« Lourd ! » fis-je dans un souffle ; j'avais identifié la source de mon angoisse. Je me redressai, inspirai profondément l'air vicié, m'efforçai de contenir un haut-le-cœur puis tendis mon esprit. *Eh, petit homme ! Ça va ?*

Non.

Où es-tu ?

Dans une petite chambre. Il y a une fenêtre toute ronde et le plancher remue.

Tu as de la chance. Moi, je n'ai pas de fenêtre du tout.

Le plancher remue.

Je sais ; mais tout se passera bien. Bientôt les visiteurs redescendront sur le quai, les matelots largueront les amarres et nous partirons pour l'aventure. On va bien s'amuser.

Non. Je veux rentrer à la maison.

Ça ira mieux une fois en mer, tu verras.

Non. Le plancher remue, et Sada a dit que j'aurais le mal de mer.

Je regrettais que nul n'ait songé à la prévenir de présenter le voyage sous un jour favorable.

Sada nous accompagne, alors ? Se trouve-t-elle à bord ?

Non. Rien que moi tout seul, parce qu'elle attrape très mal au cœur en bateau. Elle me plaignait beaucoup de partir ; elle disait qu'un jour en bateau, c'était comme une année pour elle, qu'on n'a rien à faire pour s'occuper et qu'on passe son temps à vomir.

Lourd avait hélas raison. L'après-midi touchait à sa fin quand les hôtes venus souhaiter bonne traversée aux passagers quittèrent le bord. Je pus alors monter sur le pont mais peu de temps, car le commandant, maudissant les gardes, nous ordonna de redescendre pour permettre à l'équipage de manœuvrer sans gêne. J'avais pu jeter un coup d'œil à la foule massée sur le quai et je n'y avais pas repéré le fou ; j'avais craint de croiser son regard accusateur, mais je m'inquiétais à présent bien davantage de ne pas le voir. On nous avait ensuite refoulés, mes camarades et moi, dans notre cale dont on avait clos les panneaux, nous privant du peu de lumière et d'air frais dont nous jouissions jusque-là. Je m'assis à nouveau sur mon coffre. L'odeur résineuse des membres goudronnés du navire devint plus forte. Au-dessus de nous, le commandant donna l'ordre que les canots nous halent à l'écart du quai, et les bruits changèrent quand nous nous déplaçâmes sur l'eau. Le capitaine du navire cria des instructions inintelligibles et j'entendis le choc sourd des pieds nus des marins qui se précipitaient pour obéir.

On rappela les canots et on les hissa à bord. Le bâtiment piqua du nez puis le rythme de ses mouvements se modifia de nouveau ; je supposai que les voiles avaient pris le vent. Et voilà, nous étions enfin partis. Quelqu'un s'émut de notre sort et ouvrit le panneau de cale, mais si peu que cela évoqua davantage une moquerie qu'un geste de réconfort. Je regardai fixement l'étroite bande de jour.

« Je m'ennuie déjà », me confia Crible. Il se tenait à côté de moi et, de la pointe de son poignard, gravait je ne sais quoi dans le bois de la coque.

J'émis un grognement en guise de réponse. Il poursuivit son œuvre.

Eh bien, Tom, nous voici en route. Comme cela se passe-t-il sous le pont ?

Le prince paraissait d'excellente humeur, état d'esprit somme toute assez normal chez un garçon de quinze ans qui s'en va au loin tuer un dragon pour obtenir la main d'une narcheska. Je sentis la présence d'Umbre en arrière-plan et je l'imaginai à table, près du prince, les doigts de Devoir posés sur le dos de sa main. Je poussai un soupir. Il nous restait beaucoup de pain sur la planche avant que notre clan d'Art fonctionne correctement. *J'en ai déjà assez, et Lourd me paraît complètement perdu.*

Ah ! J'espérais bien que tu apprécierais de te dégourdir les jambes. Je vais envoyer quelqu'un parler à ton capitaine. Lourd se trouve à l'arrière et il aurait bien besoin de compagnie. Rejoins-le. Umbre s'adressait à moi par le biais du prince.

A-t-il déjà le mal de mer ?

Pas encore, mais il s'est convaincu qu'il l'aura.

Je songeai avec aigreur que cette mission aurait au moins pour avantage de m'amener à l'air libre.

Peu après, le capitaine Longuemèche m'appela ; je me présentai à lui et il m'informa que le serviteur du prince, Lourd, indisposé, m'attendait sur le gaillard d'arrière. En entendant l'ordre qui m'était donné, mes voisins raillèrent sans méchanceté ma promotion au poste de garde-simple d'esprit ; avec un sourire narquois, je rétorquai que je préférais mille fois surveiller un seul idiot sur le pont qu'en côtoyer tout une bande à fond de cale. Là-dessus, je grimpai l'échelle et accédai à l'air pur.

Je rejoignis Lourd sur la dunette ; agrippé à la lisse, le regard tourné vers Castelcerf, il avait l'air accablé. La citadelle noire au sommet de la falaise s'éloignait.

Civil se tenait près du petit homme, son marguet à ses pieds, et ni l'un ni l'autre ne paraissait ravi de se trouver là ; Lourd se pencha par-dessus le bastingage, pris de haut-le-cœur bruyants, et l'animal coucha ses oreilles.

« Voici Tom Blaireau, Lourd ; ça ira maintenant. » Civil m'adressa un bref hochement de tête d'aristocrate à simple soldat et, comme toujours, il me dévisagea d'un œil pénétrant. Il savait mon apparence trompeuse ; je l'avais sauvé des Pie qui s'apprêtaient à l'assassiner à Bourg-de-Castelcerf, et il ne pouvait manquer de s'interroger : qui étais-je pour apparaître à point nommé et l'arracher à une mort certaine ? De mon côté, je me demandais ce que Laudevin lui avait appris sur sire Doré et moi. Nous n'en avions jamais parlé et je n'avais pas l'intention de commencer ce jour-là. Je lui retournai un regard impénétrable et m'inclinai respectueusement.

« Je viens accomplir mon devoir, messire. » Je m'exprimais d'un ton à la fois neutre et déférent.

« Je me réjouis de vous voir. Eh bien, au revoir, Lourd ; tu es en de bonnes mains à présent. Je redescends dans ma cabine. Tu te sentiras mieux bientôt, j'en suis sûr.

— Je vais mourir, répondit Lourd d'une voix sépulcrale. Je vais vomir tous mes boyaux et je vais mourir. »

Civil me lança un regard compatissant. Je feignis de ne rien voir et me postai le long du bastingage près du simple d'esprit. Il se pencha de nouveau par-dessus la lisse avec force bruits de régurgitation, et je le retins par le dos de sa veste. Ah, la mer et ses merveilleuses aventures !

6

UN VOYAGE DE RÊVES

... autres usages de cette magie des bêtes méprisée. Les ignorants croient que le Vif ne sert qu'à permettre aux hommes de communiquer avec les animaux (mots rendus illisibles par des traces de brûlure) et changer de forme dans de sinistres desseins. Gunrodi Lian, le dernier à reconnaître publiquement à la cour de Castelcerf qu'il possédait (long passage détruit par le feu) de guérir aussi l'esprit. Il affirmait également qu'ils pouvaient emprunter aux bêtes leur connaissance instinctive des plantes médicinales, ainsi que leur méfiance à l'égard (le manuscrit s'arrête là. Le parchemin suivant, brûlé lui aussi, commence ainsi :)... posa les mains sur sa tête, la tint fermement et plongea son regard dans le sien. Il resta dans cette position devant elle tandis qu'on procédait à l'épouvantable opération, elle ne le quitta pas des yeux et elle ne poussa pas un cri de douleur. J'en fus témoin en personne mais... (là encore, le texte se perd dans la bordure noircie du document. Les mots suivants sont peut-être :) n'osa pas en parler.

Essai de reconstitution d'un traité sur le Vif rédigé par le maître d'Art Puitsgauche, à partir de fragments brûlés découverts dans un mur du château de Castelcerf, par TOMBÉTOILE

*

Je réussis à tenir jusqu'au lendemain matin sans vomir. Je perdis le compte du nombre de fois où je dus retenir Lourd alors qu'il se penchait dangereusement au-dessus de la mer et faisait des efforts désespérés pour se vider l'estomac. Les railleries des matelots n'arrangeaient rien et, si j'avais pu sans risque délaisser Lourd quelques instants, j'aurais volontiers passé mes nerfs sur un ou deux d'entre eux : leurs piques n'avaient rien des taquineries bon enfant à l'adresse d'un terrien qui n'a pas le pied marin ; j'y percevais le plaisir mauvais d'une bande de corbeaux qui tourmentent un aigle isolé. Lourd était différent, simple d'esprit empêtré dans un corps maladroit, et ils se réjouissaient de sa détresse qu'ils prenaient pour une preuve de son infériorité. Même lorsque quelques autres malheureux nous rejoignirent au bastingage, Lourd resta leur cible privilégiée.

Ils s'interrompirent brièvement quand le prince et Umbre firent une promenade vespérale sur le pont. L'air du large et l'éloignement de Castelcerf paraissaient ragaillardir l'adolescent. Comme il s'arrêtait près de Lourd pour lui parler à mi-voix, Umbre posa discrètement la main sur la lisse contre la mienne, tout en me tournant le dos et en feignant de suivre la conversation entre Devoir et son serviteur.

Comment va-t-il ?

Il est malade comme un chien et malheureux comme les pierres, et les moqueries des matelots n'améliorent pas la situation.

Je le craignais. Mais si le prince s'en aperçoit et les réprimande, le commandant leur infligera un blâme, et tu sais alors ce qui s'ensuivra.

Oui. Ils profiteront de toutes les occasions où l'on ne les verra pas pour rendre la vie infernale à Lourd.

Exactement. Par conséquent, efforce-toi de ne pas leur prêter attention ; ils se calmeront, je pense, une fois habitués à sa présence à bord. As-tu besoin de quelque chose ?

Une ou deux couvertures, et un seau d'eau douce pour qu'il puisse se rincer la bouche.

Je passai une nuit longue et fastidieuse aux côtés de Lourd, pour le protéger au cas où les railleries prendraient un tour plus brutal autant que pour l'empêcher de tomber par-dessus bord. À deux reprises je tentai de le ramener dans la cabine ; chaque fois, à peine nous éloignâmes-nous de trois pas du bastingage qu'il fut repris de vomissements, et, même quand il n'eut plus rien à régurgiter, il refusa de rentrer. La mer grossit avec la nuit et, lorsque l'aube se leva, un abat d'eau nous cingla, poussé par le vent, et nous détrempa autant que les embruns arrachés à la crête des vagues. Mouillé, glacé, il ne voulait pourtant pas quitter le pont. « Mais tu peux vomir dans un seau, lui disais-je, à l'intérieur, au chaud !

— Non, non, je suis trop malade pour bouger », répétait-il d'un ton gémissant. Obnubilé par son mal de mer, il était décidé à se rendre malheureux. Je ne voyais pas quelle attitude adopter sinon le laisser pousser l'expérience à l'extrême, en tirer les leçons et en finir une bonne fois pour toutes ; assurément, quand il aurait touché le fond, il accepterait de se mettre à l'abri.

Peu après l'aurore, Crible m'apporta à manger. Je commençais à me demander si le jeune homme affable et candide ne travaillait pas pour Umbre et n'avait pas pour mission de m'épauler ; si c'était le cas, je le regrettais. Toutefois, j'acceptai avec reconnaissance l'écuelle de panade qu'il me remit. Lourd avait faim, malgré sa nausée, et nous partageâmes ce petit déjeuner. Nous eûmes tort car, devant le spectacle du petit homme rendant peu après sa portion à la mer, mon propre estomac résolut de se séparer de ce que j'avais ingurgité.

Ce fut la seule occasion où le petit homme parut se dérider ce matin-là.

« Tu vois : tout le monde va être malade. Il faut rentrer à Castelcerf.

— Impossible, Lourd. Nous devons continuer jusqu'aux îles d'Outre-mer pour que le prince puisse tuer un dragon et demander la main de la narcheska. »

Il poussa un long soupir. Il tremblait de froid de plus en plus fort malgré les couvertures dont je l'avais enveloppé. « Elle ne me plaît pas et je crois qu'elle ne plaît pas au prince non plus. Elle n'a qu'à la garder, sa main. Rentrons à la maison. »

Sur le moment, j'eus envie d'acquiescer mais je m'en gardai.

Il poursuivit : « Je n'aime pas ce bateau ; je voudrais bien ne pas être monté dessus. »

Il est curieux de constater qu'on peut s'habituer à un élément de son environnement au point de ne plus le remarquer. C'est seulement en entendant ces derniers mots de Lourd que je me rendis compte de leur écho profond dans sa musique d'Art. Elle avait martelé mes murailles toute la nuit, composée des battements des voiles, du craquement des cordages et des membrures, et des chocs des vagues contre la coque ; Lourd avait transformé tous ces bruits en une chanson empreinte de colère et de peur, de détresse, de froid et d'ennui. Il avait saisi toutes les émotions négatives qu'un matelot peut ressentir pour un navire et les diffusait de toute sa puissance comme un hymne furieux. Je pouvais opposer mes remparts à ce déferlement, mais certains membres de l'équipage de la *Fortune de Vierge* ne disposaient pas de ce recours ; tous n'étaient pas sensibles à l'Art mais ceux qui y présentaient une disposition devaient ressentir un malaise aigu – qui, dans l'espace réduit du navire, ne tarderait pas à contaminer leurs compagnons.

J'observai quelque temps les hommes au travail. L'équipe de quart exécutait ses tâches avec efficacité mais à gestes nerveux. On sentait de la tension derrière la précision, et l'officier qui les commandait guettait d'un œil d'aigle le plus petit signe de négligence ou de paresse. La camaraderie que j'avais perçue alors qu'ils chargeaient le navire avait disparu et la dissension croissait.

Comme un essaim de frelons dont une hache vient d'ébranler l'arbre qui abrite leur nid, ils vibraient d'une colère qui n'avait pas encore trouvé de cible. Si cette fureur continuait de grandir, nous risquions des rixes ou, pire, une mutinerie. J'observais une marmite qui arrivait à ébullition et je savais que, sans intervention de ma part, nous finirions tous ébouillantés.

Lourd, ta musique est très forte et très effrayante. Peux-tu la changer ? La rendre calme et douce comme la chanson de ta maman ?

Je ne peux pas ! Il prononça ces mots en gémissant et les artisa en même temps. *Je suis trop malade.*

Lourd, tu fais peur aux matelots. Ils ne savent pas d'où vient cette chanson ; ils ne l'entendent pas mais certains la sentent un peu, et ça les terrifie.

Je m'en fiche ! Ils sont méchants avec moi, de toute façon. Ils n'ont qu'à faire revenir le bateau à la maison.

Ils n'ont pas le droit, Lourd. Ils doivent obéir au capitaine, et le capitaine doit obéir au prince. Or le prince doit se rendre dans les îles d'Outre-mer.

Il n'a qu'à leur dire qu'il faut rentrer à la maison. Je descendrai du bateau et je resterai à Castelcerf.

Mais nous avons besoin de toi, Lourd.

Je crois que je suis en train de mourir. Il faut rentrer à la maison. Là-dessus, sa musique d'Art atteignit un paroxysme de peur et de désespoir. Non loin de nous, un groupe de matelots halaient un bout pour augmenter la toile ; leurs larges pantalons battaient dans le vent mais ils n'y prêtaient pas attention ; bandant les muscles de leurs bras nus, ils hissaient méthodiquement les voiles. Mais, quand la musique noire de mélancolie les engloutit, leur cadence se rompit. Le premier voulut soulever plus de poids qu'il ne pouvait en porter, perdit pied et trébucha en poussant une exclamation de colère. En un instant, ils reprirent le cordage en main, mais j'en avais vu assez.

Mentalement, je cherchai le prince et le trouvai dans sa cabine en train de jouer aux Cailloux avec Civil. Je lui exposai brièvement le problème. *Pouvez-vous en informer Umbre ?*

Difficilement. Il observe le jeu non loin de moi, mais il y a aussi Trame et son garçon.

Son garçon ?

Trame l'appelle Leste.

Leste Vifier est à bord ?

Vous le connaissez ? Il a embarqué avec Trame et il se conduit avec lui comme un page avec son maître. Pourquoi ? Est-ce important ?

Seulement pour moi, me dis-je. Je fis une moue d'exaspération. *Plus tard. Rapportez mes propos à Umbre le plus vite possible. Pouvez-vous entrer en communication avec Lourd pour tenter de le calmer ?*

Je vais essayer. Zut ! Vous m'avez distrait et Civil a gagné !

L'enjeu dont je vous parle est plus grave que celui d'une partie de Cailloux, je pense ! répondis-je sèchement avant de rompre le contact. Assis près de moi sur le pont, les yeux clos, Lourd se balançait d'avant en arrière d'un air affligé au rythme de sa musique empreinte de détresse, mais mon malaise ne provenait pas que de ce spectacle ; j'avais assuré à Ortie que son frère avait pris le chemin du retour, or c'était faux. Quelle explication allais-je bien pouvoir donner à ma fille ? Incapable de résoudre cette question sur-le-champ, je l'écartai de mon esprit et m'accroupis à côté de Lourd.

« Écoute, murmurai-je : les matelots ne comprennent pas ta musique et elle les effraie. Si cela continue, ils risquent de... »

Je me tus. Je ne voulais pas l'inciter à craindre l'équipage : la peur constitue la meilleure fondation de la haine. « Je t'en prie, Lourd », repris-je, à court d'arguments, mais son regard resta obstinément braqué sur l'horizon.

La matinée passa pendant que j'attendais la venue d'Umbre. Devoir avait dû artiser des émotions rassurantes au simple d'esprit, mais celui-ci, buté, n'y avait accordé aucune attention. Je me tournai vers notre sillage et regardai les autres navires qui nous accompagnaient : trois caraques nous suivaient comme de gros canards en ligne ; il y avait aussi deux grands canots qui serviraient de moyen de communication entre les navires et permettraient aux nobles d'échanger des messages et des visites pendant le voyage. Ces petits bâtiments possédaient des rames en plus de leurs voiles et manœuvreraient leurs lourds cousins à l'entrée et à la sortie des ports encombrés. C'était une flottille substantielle que Castelcerf envoyait aux îles d'Outre-mer.

La pluie se changea en bruine puis cessa, mais le soleil demeura caché derrière les nuages. Le vent soufflait toujours. Je m'efforçai d'en présenter l'aspect positif à Lourd. « Tu vois comme il nous pousse vite ? Très bientôt, nous atteindrons les îles ; ce sera passionnant de découvrir un nouveau pays ! »

Mais le petit homme répondit seulement : « Il nous pousse de plus en plus loin de chez nous. Je veux rentrer. » Crible nous apporta le repas de midi, composé de pain dur, de poisson séché et de bière insipide. Le jeune garde devait savourer de se trouver sur le pont : nous avions ordre de rester dans nos quartiers afin de ne pas gêner l'équipage. Naturellement, moins les deux groupes se côtoieraient, plus on réduirait les risques de friction, cela allait sans dire, et nous le savions tous. Mes réponses laconiques n'empêchèrent pas Crible de jacasser ; j'appris ainsi que les gardes aussi étaient indisposés et que certains souffraient du mal de mer qui affirmaient n'en avoir jamais été victimes jusque-là. Ces nouvelles m'inquiétèrent. Je me restaurai et réussis à conserver ce que j'avais ingéré, mais je ne parvins pas à convaincre Lourd de manger ne fût-ce que quelques bouchées de pain. Crible prit nos écuelles et nous laissa. Quand Umbre et le prince arrivèrent enfin, une morne résignation avait eu raison de mon impatience et de ma colère. Pendant que Devoir s'adressait à Lourd, le vieil homme m'artisa rapidement qu'ils avaient le plus grand mal à quitter seuls la cabine : outre Trame, Civil et Leste, pas moins de trois nobles étaient venus rendre visite au prince puis s'étaient longuement attardés à bavarder. Comme il l'avait déjà dit, il n'y avait guère d'autre occupation à bord d'un navire ; les aristocrates qui accompagnaient Devoir n'avaient d'autre but que de s'insinuer dans ses bonnes grâces et ils étaient prêts à profiter de toutes les occasions.

« Et quand travaillerons-nous à nos leçons d'Art ? » lui demandai-je en chuchotant.

Il fronça les sourcils. « Je doute que nous parvenions à trouver le temps d'en organiser beaucoup, mais je verrai ce que je peux faire. »

Devoir n'avait pas plus de succès que moi avec Lourd. Le petit homme continuait d'observer d'un air maussade l'horizon au bout de notre sillage tandis que le prince lui parlait, la mine grave.

« Eh bien, nous avons au moins réussi à partir sans le seigneur Doré », dis-je à Umbre.

Il secoua la tête. « Avec beaucoup plus de difficulté que je ne l'avais prévu. On t'a raconté, je suppose, qu'il a bloqué le quai afin de pouvoir embarquer ? Il a fallu l'intervention de la garde municipale et son arrestation pour y mettre un terme.

— Vous l'avez arrêté ? m'exclamai-je, horrifié.

— Allons, du calme, mon garçon. Il est noble et son infraction mineure ; il recevra un traitement bien

154

meilleur que le tien ; en outre, on ne le retiendra que deux ou trois jours, le temps que tous les navires à destination des îles d'Outre-mer quittent le port. Cela m'a paru la façon la plus simple de résoudre le problème qu'il posait. Je n'avais nulle envie de le voir monter à Castelcerf pour exiger de moi des explications ou implorer une faveur de la reine.

— Elle sait pourquoi nous avons agi ainsi, n'est-ce pas ?

— Oui, même si cela ne lui plaît pas. Elle se sent redevable au fou. Mais n'aie pas d'inquiétude : j'ai placé tant d'obstacles sur le chemin de sire Doré qu'il lui sera très difficile, voire impossible, d'obtenir une audience avec elle. »

Je ne l'aurais pas cru pensable, mais mon accablement s'accrut encore. À l'idée du fou emprisonné puis dédaigné par le Trône de Castelcerf, tout mon être se révoltait. Je savais comment Umbre s'y était pris : un mot ici, une insinuation là, une rumeur selon laquelle sire Doré ne bénéficiait plus des bonnes grâces de la reine, et, lorsqu'il sortirait de sa cellule, ce serait en paria de la bonne société – paria sans le sou et criblé d'énormes dettes.

Je voulais seulement l'obliger à rester à terre pour le protéger, non le placer dans pareille position ; j'exprimai mon sentiment à Umbre.

« Oh, ne t'en fais pas pour lui, Fitz ! À t'écouter, parfois, on a l'impression que personne ne peut se débrouiller sans toi. Il est très capable et très astucieux ; il saura s'en tirer. Si je ne l'avais pas mis en si fâcheuse posture, nous l'aurions déjà à nos trousses. »

Bien qu'il dît la vérité, cela ne me consola guère.

« Le mal de mer de Lourd ne durera pas, poursuivit Umbre d'un ton optimiste ; quand il sera passé, je répandrai le bruit que le serviteur du prince s'est pris d'affection pour toi ; cela te donnera une excellente raison de rester à ses côtés, jusque dans sa cabine voisine de celle de Devoir. Ainsi, nous aurons peut-être plus de temps pour nous consulter.

— Peut-être », répondis-je sans entrain. Malgré le réconfort que l'adolescent s'efforçait d'apporter au petit homme, je ne percevais nul apaisement dans sa musique discordante, et mon moral s'en ressentait ; la volonté aidant, je réussissais à me convaincre que les nausées de Lourd étaient distinctes de mes propres sensations et ne m'affectaient pas, mais cela exigeait un effort constant.

« Es-tu sûr de ne pas vouloir retourner à la cabine ? demanda Devoir au simple d'esprit.

— Non. Le plancher bouge tout le temps. »

Le prince eut l'air perplexe. « Mais le pont bouge tout le temps ici aussi. »

À son tour, Lourd parut désorienté. « Non. C'est le bateau qui monte et qui descend sur l'eau. Ça me rend moins malade.

— Je vois. » Devoir abandonna tout espoir de lui démontrer son illusion. « En tout cas, tu finiras par t'y habituer et ton mal de mer s'en ira.

— Ce n'est pas vrai, répliqua Lourd d'un ton lugubre. Sada dit que tout le monde répète ça mais que ce n'est pas vrai. Elle est malade chaque fois qu'elle prend un bateau et ça ne s'en va jamais ; c'est pour ça qu'elle n'a pas voulu m'accompagner. »

Je commençais à éprouver une profonde aversion pour Sada sans même l'avoir jamais rencontrée.

« Eh bien, elle se trompe, intervint Umbre avec allant.

— Non, fit Lourd, entêté. Regardez, je suis toujours malade. » Et il se pencha par-dessus le bastingage, pris de haut-le-cœur mais l'estomac vide.

« Cela lui passera, dit le vieil assassin avec une conviction défaillante.

— Auriez-vous des plantes susceptibles de le soulager ? lui demandai-je. Du gingembre, par exemple ? »

Umbre se figea un instant. « Excellente idée, Blaireau ! En effet, je pense en avoir dans mes bagages. Je vais lui faire préparer une solide tisane au gingembre et je vous l'enverrai porter. »

Quand la chope arriva, elle fleurait autant la valériane et la dormirelle que le gingembre. J'approuvai l'initiative d'Umbre : le sommeil constituerait peut-être le meilleur remède aux nausées rebelles de Lourd. Je lui présentai le breuvage en lui assurant avec aplomb qu'il s'agissait d'un antidote au mal de mer bien connu des marins et qui opérerait certainement sur lui. Il examina toutefois la tisane d'un œil dubitatif – j'imagine que ma parole avait moins de poids que l'opinion de Sada –, en but une gorgée, apprécia sa saveur épicée et l'avala tout entière. Hélas, peu après, il la rejeta aussi vite ; une partie passa par son nez, le gingembre piqua ses muqueuses sensibles et, dès lors, il refusa avec la dernière énergie d'y goûter à nouveau, fût-ce à petites doses.

J'avais embarqué deux jours plus tôt et j'avais l'impression d'avoir déjà passé six mois en mer.

Le soleil perça enfin mais le vent et les embruns tuèrent dans l'œuf la chaleur qu'il aurait pu dispenser. Pelotonné contre la lisse, emmitouflé dans une couverture de laine humide, Lourd sombra dans un sommeil agité. Il se mit à sursauter et à pousser des gémissements, prisonnier de cauchemars que balayait la musique de son mal-être. Je m'assis à côté de lui et me lançai dans un classement parfaitement inutile de mes sujets de préoccupation. Trame apparut alors.

Je levai les yeux et il me salua gravement d'un signe de tête ; puis il se tourna vers le large et son regard se fixa au loin. Je l'imitai et repérai un oiseau de mer qui décrivait de grands cercles paresseux dans le ciel derrière nous. Je n'avais pas fait sa connaissance mais il s'agissait assurément de Risque.

Le lien de Vif entre l'homme et la mouette semblait tissé d'azur et d'eau indomptée, à la fois serein et libre. Avec bonheur, je savourai l'écho de leur plaisir commun en m'efforçant de ne pas prêter attention à la douleur qu'il réveillait en moi. Je voyais la magie du Vif à son état le plus naturel, échange de joie et de respect entre humain et animal où le cœur de Trame volait en compagnie de Risque. Je percevais leur communion et j'imaginais l'allégresse de l'oiseau à partager son vol avec son compagnon.

C'est seulement en sentant mes muscles se relâcher que je pris conscience de la tension qui m'habitait jusque-là. Lourd s'enfonça dans un sommeil plus profond, son visage se décrispa légèrement et le vent de sa chanson d'Art souffla sur un ton moins sinistre. Le calme qui émanait de Trame nous toucha tous les deux, mais il me fallut du temps pour m'en rendre compte ; sa chaleureuse sérénité s'étendit autour de moi et dilua mon angoisse et ma lassitude. S'il se servait du Vif pour obtenir cet effet, il l'employait d'une façon que je ne connaissais pas, aussi simple et naturelle que l'acte de respirer. Je m'aperçus que je lui souriais, et il me rendit mon sourire ; je vis l'éclat blanc de ses dents à travers sa barbe.

« C'est une belle journée pour prier, dit-il. Mais c'est vrai de tous les jours ou presque.

— Vous priiez donc ? » Il hocha la tête et je demandai : « Et quelle requête adressiez-vous aux dieux ? »

Il haussa les sourcils. « Requête ?

— N'est-ce pas le but de la prière ? Obtenir des dieux qu'ils nous donnent ce que nous désirons ? »

Il éclata de rire d'une voix grave comme un vent d'orage mais moins menaçante. « Certains prient ainsi, j'imagine. Moi non, plus maintenant.

— Comment ça ?

— Bah, les enfants prient sans doute de cette façon, pour retrouver une poupée égarée, pour que papa rentre avec une bonne pêche ou pour que personne ne s'aperçoive qu'ils ont négligé une corvée. Certains de savoir mieux que quiconque ce qui est bon pour eux, ils ne craignent pas de le demander au divin. Mais j'ai atteint l'âge d'homme depuis de nombreuses années et j'aurais honte de n'avoir pas acquis quelques bribes de sagesse. »

Je trouvai une position plus confortable contre le bastingage. J'imagine que, lorsqu'on y est habitué, les mouvements d'un bateau peuvent avoir un effet reposant ; dans mon cas, toutefois, mes muscles s'efforçaient de les contrebalancer sans cesse et commençaient à me faire souffrir. « Eh bien, comment un adulte prie-t-il ? »

Il me regarda d'un air amusé puis s'assit à côté de moi. « Vous l'ignorez ? Comment vous y prenez-vous alors ?

— Je ne prie pas. » J'éclatai de rire après un instant de réflexion. « Sauf sous le coup de la terreur, à la manière des enfants : "Tirez-moi de là et plus jamais je ne ferai de bêtises ; par pitié, laissez-moi vivre !" »

Il joignit son rire au mien. « Ma foi, on dirait que vos prières ont été exaucées jusqu'ici. Et tenez-vous votre promesse au divin ? »

Je secouai la tête avec un sourire repentant. « Hélas non ; je trouve simplement une nouvelle voie où faire la démonstration de ma stupidité.

— Oui, comme tout le monde. Partant de là, j'ai fini par comprendre que je n'étais pas assez sage pour demander quoi que ce soit au divin.

— Ah ! Pour quoi priez-vous, dans ce cas, si vous ne désirez rien obtenir ?

— Eh bien, à mon sens, la prière consiste à écouter plus qu'à supplier ; et, parvenu à l'âge que j'ai, je me rends compte qu'il n'en existe qu'une pour moi. Il m'a fallu toute une vie pour la découvrir, et elle apparaît à tous les hommes, je pense, pour peu qu'ils réfléchissent assez longtemps.

— Et quelle est-elle ?

— Réfléchissez », répondit-il avec un sourire. Il se leva lentement et parcourut l'horizon du regard. Le vent gonflait les voiles des navires dans notre sillage comme le jabot de pigeons qui paradent ; le spectacle était ravissant à sa façon. « J'ai toujours aimé la mer. J'ai embarqué sur des bateaux avant même de savoir parler, et je regrette que votre ami en fasse une si désagréable expérience. Je vous en prie, dites-lui que son malaise passera.

— J'essaie mais il refuse de se laisser convaincre.

— Quel dommage ! Eh bien, bonne chance. Peut-être se sentira-t-il mieux à son réveil. »

Comme il s'éloignait, je me rappelai soudain que je voulais aborder une autre question avec lui. Je me redressai et l'appelai : « Trame ! Leste vous accompagne-t-il ? Le garçon dont je vous ai entretenu ? »

Il s'arrêta et se retourna. « Oui. Pourquoi ? »

Je lui fis signe de se rapprocher. « Il s'agit de l'enfant avec lequel je vous avais demandé de parler, celui qui possède le Vif, vous vous en souvenez ?

— Naturellement ; c'est pourquoi je me suis réjoui quand il m'a proposé de devenir mon "page" si j'acceptais de le prendre comme élève. Comme si je connaissais le travail d'un page ! » Il éclata de rire puis reprit son sérieux devant mon expression grave. « Qu'y a-t-il ?

— Je l'avais renvoyé chez lui. J'ai appris que ses parents ne lui ont pas donné la permission de se rendre à Castelcerf ; ils croient qu'il a fait une fugue et ils se rongent les sangs depuis son départ. »

Trame garda le silence, impassible, tandis qu'il analysait la nouvelle ; enfin il secoua la tête d'un air de regret. « Il doit être terrible d'affronter la disparition d'un être cher et de rester dans l'incertitude de son sort. »

L'image de Patience surgit dans mon esprit ; avait-il voulu aiguillonner mes remords ? Peut-être pas, mais la critique, même inconsciente, m'irrita néanmoins. « J'avais ordonné à Leste de rentrer chez ses parents. Il leur doit son travail jusqu'à ce qu'il atteigne sa majorité ou qu'ils le dégagent de sa dette.

— Certains le disent, en effet, répondit Trame d'un ton qui laissait entendre un possible désaccord. Mais les parents peuvent trahir un enfant, et, dans ces conditions, il ne leur doit rien, à mon avis. En cas de mauvais traitements, il a raison de les quitter le plus vite possible.

— Mauvais traitements ? J'ai connu le père de Leste de longues années. Certes, il doit infliger des taloches ou de solides réprimandes si son fils les mérite ; mais, si Leste prétend qu'on le bat ou qu'on le néglige, je crains qu'il ne mente. Burrich n'agit pas ainsi. » J'étais effondré que le garçon pût porter de telles accusations contre son père.

Trame secoua lentement la tête. D'un coup d'œil, il s'assura que Lourd dormait toujours, puis il murmura : « Il existe d'autres formes de négligence et de brimade. Refuser ce qui s'épanouit chez son enfant, interdire la magie qu'il possède sans l'avoir demandée, lui imposer une ignorance qui l'expose au danger, lui dire : "Tu n'as pas le droit d'être ce que tu es", tout cela est impardonnable. » Il s'exprimait sans violence mais sans compassion non plus.

« Il élève son fils comme il a été élevé lui-même », répliquai-je avec raideur. J'éprouvais une impression singulière à défendre Burrich alors que je lui avais reproché si souvent la façon dont il m'avait traité.

« Et il n'a rien appris, ni de ses déboires avec sa propre ignorance ni des malheurs qu'elle a valus au premier enfant dont il a eu la charge. Je voudrais le prendre en pitié mais, quand je songe à ce qu'aurait pu être votre vie si vous aviez reçu une éducation convenable dès votre jeune âge... »

Je l'interrompis sèchement. « Burrich m'a parfaitement éduqué ! Il m'a pris sous son aile alors que nul ne voulait de moi, et j'interdis qu'on dise du mal de lui ! »

Trame recula d'un pas et une ombre passa sur son visage. « Vous avez le meurtre au fond des yeux », fit-il à mi-voix.

J'eus l'impression d'une douche glacée mais, avant que j'eusse le temps de lui demander ce qu'il voulait dire, Trame me salua gravement de la tête. « Nous reviendrons peut-être sur ce sujet plus tard. » Et il s'éloigna. Je reconnus sa façon de marcher : il ne fuyait pas ; il s'écartait de moi comme Burrich d'un animal devenu méchant à force de mauvais traitements et dont il faut reprendre tout le dressage pas à pas. Je m'en sentis mortifié.

Lentement, je me rassis près de Lourd puis je me laissai aller contre le bastingage et fermai les yeux. Peut-être parviendrais-je à somnoler un peu pendant qu'il dormait. Mais aussitôt, ou du moins en eus-je le sentiment, son cauchemar se mit à rôder autour de moi. Les paupières closes, j'eus la sensation de descendre dans la salle commune bruyante et enfumée d'une auberge de bas étage. La musique empreinte de nausée de Lourd s'engouffra dans mon esprit tandis que son angoisse amplifiait le tangage du navire, transformé en plongeons et en jaillissements terrifiants et désordonnés. J'ouvris les yeux. Mieux valait manquer de repos que me laisser engloutir dans un rêve aussi insupportable.

Crible m'apporta une gamelle de ragoût saumâtre et une chope de bière plate ; Lourd resta plongé dans le sommeil. Le jeune garde avait pris aussi sa ration, préférant sans doute manger sur le pont, à l'air libre, qu'à l'étroit dans la cale. Il m'arrêta de la main alors que je m'apprêtais à réveiller Lourd pour partager le repas. « Laisse-le roupiller ; s'il y arrive, il a plus de chance que les gardes en dessous.

— Pourquoi donc ? »

Il haussa les épaules d'un air lugubre. « Je ne sais pas exactement. Ça ne tient peut-être qu'à la promiscuité, mais tout le monde est sur les nerfs et personne ne dort bien. La moitié des gars évitent de manger par peur de tout vomir, et pourtant certains ont l'habitude des voyages en mer ; si, par bonheur, on réussit à s'assoupir, on se fait réveiller par quelqu'un qui braille dans son sommeil. Ça se tassera peut-être d'ici quelques jours mais, pour le moment, j'aimerais mieux descendre dans une fosse pleine de molosses enragés que dans notre cale. Deux bagarres ont éclaté il y a quelques minutes entre des gars qui voulaient leur rata les premiers. »

Je hochai la tête d'un air philosophe en tâchant de dissimuler mon inquiétude. « La tension diminuera d'ici peu, j'en suis sûr. Les premiers jours d'une traversée sont toujours difficiles. » Je mentais éhontément : en règle générale, tout se passe pour le mieux au début, tant que l'attrait de la nouveauté n'est pas retombé et que l'ennui n'a pas gagné les hommes. Les cauchemars de Lourd empoisonnaient le sommeil des gardes. Je m'efforçai de me montrer de bonne compagnie en attendant que Crible s'en aille puis, dès qu'il fut parti avec nos gamelles vides, je me penchai vers Lourd et lui secouai l'épaule. Il se réveilla en sursaut, avec un petit cri plaintif semblable à celui d'un enfant effrayé.

« Chut ! Tout va bien. Écoute-moi, Lourd. Non, tais-toi et écoute ; c'est important. Il faut que tu arrêtes ta musique, ou au moins que tu l'artises plus bas. »

Je l'avais tiré du sommeil sans douceur, et son visage se plissa comme un pruneau séché sous l'effet de la colère et de l'indignation. Des larmes brillèrent dans ses petits yeux ronds. « Je ne peux pas ! s'exclama-t-il d'un ton geignard. Je vais mourir ! »

Les matelots qui travaillaient sur le pont se tournèrent vers nous, la mine sombre ; l'un d'eux marmonna des mots incompréhensibles d'un air furieux et fit dans notre direction un signe de la main destiné à le protéger de la malchance. À un niveau instinctif, ils avaient identifié la source de leur malaise. Reniflant, la moue boudeuse, Lourd rejeta obstinément l'idée d'atténuer sa chanson ou de surmonter son mal de mer et sa peur, et je ne pris la mesure de la puissance incontrôlée de son Art qu'au moment où je cherchai à contacter le prince au milieu de la cacophonie de ses émotions. Umbre et Devoir avaient sans doute renforcé leurs murailles sans même s'en rendre compte, et les artiser revenait à hurler pour se faire entendre dans une tempête.

Quand Devoir constata la difficulté qu'il avait à me comprendre, il connut un instant d'affolement. La courtoisie lui interdisait d'abandonner ses convives au milieu du repas ; toutefois, il parvint à prévenir Umbre de la situation, ils précipitèrent la fin du déjeuner et sortirent en hâte pour me rejoindre sur le pont.

Lourd s'était de nouveau assoupi. Le vieil assassin chuchota : « Je puis confectionner un puissant soporifique que nous lui ferons avaler de force. »

Le prince fit la grimace. « Je préférerais éviter le recours à la violence. Il n'oublie pas facilement les mauvais traitements. En outre, qu'y gagnerions-nous ? Il dort en ce moment même, or il émet toujours une musique à tourmenter les morts.

— Mais en le plongeant dans un sommeil assez profond... fit Umbre sans conviction.

— Nous mettrions sa vie en danger, intervins-je, sans garantie que sa chanson cesserait.

— Il n'y a qu'une solution, dit le prince à mi-voix : faire demi-tour et le ramener à Castelcerf. Le débarquer.

— Impossible ! » Le vieillard était épouvanté. « Nous perdrons trop de temps, et nous aurons peut-être besoin de ses capacités face au dragon.

— Seigneur Umbre, nous sommes témoins des effets de ses capacités, et nous constatons qu'elles n'obéissent à aucune discipline et que nous ne les maîtrisons pas. » Un ton nouveau perçait dans la voix de Devoir, un ton royal, qui me fit penser à Vérité et à sa façon de peser soigneusement ses mots. À ce souvenir, je souris et m'attirai un froncement de sourcils perplexe de la part de l'adolescent. Je me hâtai d'abonder dans son sens.

« Actuellement, nul ne commande la force de Lourd, pas même lui. Il ne nous veut pas de mal mais sa musique représente un péril pour nous tous. Songez aux dégâts qu'il pourrait provoquer en cas de vraie colère ou de blessure grave. Même si nous parvenons à calmer son mal de mer et son chant, Lourd demeurera une arme à double tranchant. Si nous ne trouvons pas un moyen de juguler sa puissance, ses émotions resteront une menace pour nous. La prudence voudrait peut-être que nous le ramenions à terre.

— Il n'est pas question de faire demi-tour ! » Puis, comme Devoir et moi le dévisagions, interloqués par sa violence, Umbre poursuivit d'un ton implorant : « Laissez-moi encore une nuit pour réfléchir ; je trouverai une solution, j'en suis sûr. Et cela lui donnera une nuit de plus pour s'habituer au navire. À l'aube, ses nausées auront peut-être disparu.

— Très bien », répondit le prince au bout d'un moment. À nouveau, je perçus une inflexion souveraine dans sa voix ; s'y entraînait-il ou bien entrait-il peu à peu dans son rôle de monarque ? Dans un cas comme dans l'autre, je me réjouissais de ce changement. J'ignorais s'il avait eu raison ou non d'accorder du temps à Umbre, mais il avait pris cette décision seul et avec assurance. Cette confiance en soi était précieuse.

Lourd se réveilla quelque temps plus tard, toujours malade ; à part moi, je songeai qu'il devait sans doute son état de faiblesse autant à la faim qu'à son mal de mer. Ses efforts pour vomir lui avaient courbaturé les muscles du ventre et mis la gorge à vif. Il n'accepta d'avaler que de l'eau, et encore, de mauvaise volonté. Le temps n'était ni chaud ni froid, mais le petit homme grelottait dans ses vêtements humides qui, en outre, irritaient sa peau ; néanmoins, quand je proposai que nous nous rendions dans sa cabine pour qu'il se change ou se réchauffe, je me heurtai à une résistance hargneuse. L'envie me démangeait de le prendre sous le bras et de l'emporter au sec, mais je savais qu'il crierait, se débattrait et que sa musique se déchaînerait encore davantage ; toutefois, je craignais qu'il ne tombe bientôt vraiment malade.

Les heures s'écoulèrent lentement dans une atmosphère pénible dont nous ne fîmes pas seuls les frais : à deux reprises, le lieutenant laissa exploser sa colère contre un équipage à l'humeur massacrante ; la seconde, il menaça un matelot du fouet s'il ne montrait pas plus de respect. Je sentais la tension monter.

En fin de soirée, la pluie revint sous la forme d'une brume qui détrempait tout ; j'avais l'impression que je portais mes vêtements mouillés depuis une semaine. Je plaçai ma couverture sur les épaules de Lourd en espérant que, malgré son humidité, la laine épaisse le réchaufferait un peu. Dans son sommeil haché, il ne cessait de s'agiter comme un chien hanté par des cauchemars. J'avais souvent entendu la fameuse plaisanterie : « On ne meurt pas du mal de mer mais on le regrette » ; je me demandais à présent si elle ne renfermait pas un fond de vérité. Combien de temps son organisme supporterait-il pareil traitement ?

Mon Vif me prévint de la présence de Trame avant que sa large silhouette n'apparaisse dans la lueur de la lanterne ; il s'arrêta près de moi. « Vous êtes fidèle, Tom Blaireau, dit-il en s'accroupissant. On vous a confié une tâche certainement désagréable, mais vous ne l'avez pas délaissée un seul instant. »

Le compliment me toucha et me gêna en même temps ; je le laissai passer. « C'est ma responsabilité, répondis-je.

— Et vous la prenez au sérieux.

— Burrich m'a éduqué ainsi », fis-je avec une pointe d'humeur.

Il éclata d'un rire désinvolte. « Et il vous a appris aussi à vous accrocher à un grief comme un chien de combat au mufle d'un taureau. Lâchez prise, Fitz Chevalerie Loinvoyant. Je ne parlerai plus de lui.

— J'aimerais que vous cessiez de prononcer ce nom à tort et à travers, dis-je après un lourd silence.

— Il vous appartient. C'est une partie de vous qui manque ; vous devriez la récupérer.

— L'homme qui le portait a péri, et cela vaut mieux pour tous ceux que j'aime.

— Pour eux, vraiment, ou pour vous ? » demanda-t-il d'un ton neutre.

Je ne le regardais pas ; par-delà la poupe, j'observais les navires qui nous suivaient dans la nuit brumeuse. Ils m'apparaissaient comme des masses obscures, et leurs voiles cachaient des pans de ciel ; leurs lanternes montaient et descendaient comme de lointaines étoiles en mouvement. « Qu'attendez-vous de moi, Trame ? fis-je enfin.

— Que vous réfléchissiez, c'est tout, répondit-il d'un ton apaisant. Je ne cherche pas à exciter votre colère, même si j'y ai du talent, semble-t-il – à moins que cette colère ne suppure déjà en vous et que je ne sois le couteau qui perce l'abcès pour lui permettre de se vider. »

Je me tus et secouai la tête sans m'inquiéter qu'il me vît ou non. D'autres soucis retenaient mon attention et je souhaitais qu'il me laissât seul.

Comme s'il avait lu mes pensées, il reprit : « Mais, ce soir, je n'avais pas l'intention de vous inciter à l'introspection ; je venais vous proposer un peu de répit. Je veillerai sur Lourd si vous désirez prendre quelques heures de repos. J'ai le sentiment que vous n'avez guère dormi depuis le début de votre garde. »

J'avais envie de pouvoir me déplacer librement sur le bateau afin de me rendre compte par moi-même de l'humeur qui y régnait, et, plus encore, j'aspirais à dormir un peu sur mes deux oreilles. L'offre de Trame était terriblement alléchante ; elle éveilla aussitôt mes soupçons.

« Pourquoi ? »

Il sourit. « Avez-vous donc si peu l'habitude qu'on se montre aimable avec vous ? »

La question me prit au dépourvu et m'ébranla. Après un instant de silence, je répondis : « C'est parfois l'impression que cela peut donner, j'imagine. »

Je me redressai à mouvements lents car le froid nocturne m'avait ankylosé. Lourd marmonna des mots incompréhensibles dans son sommeil agité. Je levai les bras au-dessus de ma tête et fis jouer les muscles de mes épaules tout en envoyant une pensée à Devoir. *Trame propose de me remplacer quelque temps au chevet de Lourd. Puis-je le lui autoriser ?*

Naturellement ! Il paraissait surpris de ma demande. Mon prince accordait parfois sa confiance un peu trop facilement. *Veuillez en informer Umbre, je vous prie.*

Je sentis son acquiescement. J'achevai de m'étirer puis dis à Trame : « J'accepte de grand cœur et je vous remercie. »

Il s'installa avec précaution à côté de Lourd et sortit de sa chemise le plus petit biniou de mer que j'eusse jamais vu. Cet instrument est sans doute le plus répandu dans toutes les marines car il résiste aussi bien aux intempéries qu'aux mauvais traitements ; il ne faut guère d'entraînement pour apprendre à en tirer une mélodie simple mais un musicien doué peut divertir une assistance aussi bien qu'un ménestrel de Castelcerf. Je ne m'étonnais pas d'en voir un entre les mains de Trame : il avait sans doute conservé bien des habitudes de son métier de pêcheur.

Il me fit signe que je pouvais le laisser. Comme je m'éloignais, j'entendis s'élever une note murmurante comme une brise légère et il se mit à jouer tout bas une mélodie enfantine. Son instinct lui avait-il soufflé cet air pour apaiser Lourd ? Pourquoi n'avais-je pas songé moi-même à la musique pour le réconforter ? Je soupirai : je commençais à trop m'installer dans mes habitudes de pensée ; je devais réapprendre la souplesse.

Je me rendis à la cambuse dans l'espoir d'obtenir quelque chose de chaud à manger, mais je n'eus droit qu'à du pain dur et deux doigts de fromage. Le coq, une femme, m'apprit que je devais m'estimer heureux : elle n'avait pas de vivres à gaspiller à bord de ce sabot surchargé des hauts et surpeuplé. J'aurais souhaité un peu d'eau douce pour nettoyer le sel de mon visage et de mes mains mais elle me répondit que je pouvais toujours me l'imaginer. J'avais eu ma ration pour la journée, non ? Eh bien, je devais me contenter de ce qu'on me donnait. Ces gardes ! Ils n'avaient aucune idée de la discipline qu'exigeait la vie à bord d'un navire !

Je battis en retraite devant sa langue acérée. J'aurais voulu rester sur le pont pour me restaurer mais je ne me trouvais pas sur mon territoire et les matelots étaient d'humeur à me le faire sentir. Je descendis donc dans la cale où mes semblables ronflaient, ronchonnaient et jouaient aux cartes à la lumière dansante d'une lanterne. L'odeur de nos quartiers ne s'était pas améliorée depuis notre départ, et je constatai que Crible n'avait pas exagéré la mauvaise disposition des hommes. La remarque que fit l'un d'eux sur « le retour de la garde-malade » aurait justifié à elle seule une bagarre si j'avais été d'humeur à la déclencher ; je n'en avais nul désir et je réussis à rester sourd à ses insultes. Je mangeai rapidement et sortis ma couverture de mon coffre, mais je ne trouvai nulle part où m'étendre complètement au milieu des gardes endormis par terre, et je me couchai parmi eux en chien de fusil. J'aurais préféré m'adosser à une cloison mais je dus me faire une raison. J'ôtai mes bottes et desserrai ma ceinture. Un de mes voisins se retourna en grommelant tandis que je m'efforçais de m'installer le plus confortablement possible et de tirer ma couverture sur moi. Je fermai les yeux et respirai profondément, appelant le sommeil de mes vœux, heureux de pouvoir enfin me reposer. Au moins, dans mes rêves, j'échapperais au cauchemar de la réalité.

Alors que je franchissais la pénombre du territoire qui sépare l'état de veille du pays des songes, il me vint à l'esprit que je tenais peut-être la solution à mes problèmes. Au lieu de sombrer complètement, je me laissai glisser à l'oblique en quête d'Ortie.

La tâche se révéla plus ardue que je ne l'avais prévu. La mélodie de Lourd était omniprésente et m'y orienter s'apparentait à traverser un roncier dans le brouillard. À peine cette image me vint-elle que des tiges épineuses se mirent à pousser sur les bruits qui composaient la lugubre harmonie. La musique adoucit les mœurs, en général, mais celle-ci blessait. J'avançais d'un pas chancelant dans un miasme de nausée, de faim et de soif, le dos raidit par le froid, les tempes martelées par la cacophonie qui me tiraillait. Pour finir, je m'arrêtai. « C'est un rêve », fis-je, et les ronces narquoises se tordirent avec dérision à ces mots. Comme je réfléchissais à ma situation, elles se mirent à s'entortiller autour de mes jambes. « C'est un rêve, répétai-je. Rien ne peut m'y affecter. » Mais je n'eus pas gain de cause : je sentis les épines me piquer à travers mes chausses, et je tentai de reprendre ma marche. Elles resserrèrent leur prise sur moi et m'empêchèrent de bouger.

Je m'immobilisai de nouveau en m'efforçant de conserver mon sang-froid. Du rêve suggéré par l'Art de Lourd, j'avais fait mon propre cauchemar. Je me redressai, luttant contre les tiges barbelées qui s'acharnaient à me terrasser, portai la main à ma hanche et dégainai l'épée de Vérité. J'en frappai les ronces qui lâchèrent prise en se tordant comme des serpents coupés. Reprenant courage, je donnai à l'arme une lame de feu qui brûla les plantes agitées de contorsions et apporta quelque lumière dans le brouillard épais. « Il faut monter, me dis-je. La brume stagne au fond des vallées ; les sommets seront dégagés. » Et il en fut ainsi.

Quand j'émergeai enfin des exhalaisons d'Art de Lourd, je me retrouvai à la frontière du rêve d'Ortie. Une tour de verre se dressait en haut de la colline que je gravissais ; je me rappelai le conte dont elle était issue. Sur le versant s'entrecroisaient d'innombrables fils et, comme je m'avançais, ils collaient à mes bottes comme des toiles d'araignée. Ortie avait connaissance de ma présence, j'en étais sûr, mais elle n'intervint pas pour m'aider et je pataugeai, enfoncé jusqu'aux chevilles, dans l'enchevêtrement qui représentait toutes les promesses que les soupirants mensongers avaient faites à la princesse et qu'ils n'avaient pas tenues. Dans l'histoire, seul un homme au cœur sincère pouvait suivre le chemin sans trébucher.

J'avais repris ma forme de loup ; les filaments gluants empêtrèrent bientôt mes quatre pattes et je dus m'arrêter pour les arracher avec les dents. Curieusement, ils avaient un goût anisé, plutôt agréable en petite quantité mais écœurant à pleines bouchées. Quand j'atteignis enfin la tour de verre, la salive dégouttait de ma gueule et détrempait la fourrure de mon poitrail. Je m'ébrouai en projetant des gouttelettes de bave puis demandai à Ortie : « Tu ne m'invites pas à monter ? »

Elle ne répondit pas. Accoudée à la rambarde de son balcon, elle contemplait le paysage. Je me retournai pour observer les ronces qui s'agitaient dans les bancs de brume au fond des vallées ; le brouillard ne se rapprochait-il pas subrepticement ? Comme Ortie persistait à feindre de ne pas me voir, je fis le tour de l'édifice au petit trot. Dans le conte, nulle porte ne le perçait, et elle s'était montrée fidèle à l'histoire. Cela signifiait-il qu'un amant l'avait trompée ? Mon estomac se noua et, l'espace d'un instant, je perdis de vue le but de ma visite. Revenu à mon point de départ, je m'assis et levai le regard vers la silhouette au balcon. « Qui t'a trahie ? » demandai-je.

Elle garda les yeux fixés sur l'horizon et je crus qu'elle ne répondrait pas ; puis, tout à coup, sans me regarder, elle dit : « Tout le monde. Va-t'en.

— Si je m'en vais, comment puis-je t'aider ?

— Tu ne peux pas, tu me le répètes assez souvent ; alors autant que tu t'en ailles et que tu m'abandonnes, comme tous les autres.

— Qui t'a abandonnée ? »

Cette question me valut un coup d'œil furieux, et Ortie déclara d'une voix empreinte de douleur : « Naturellement ! J'aurais été bien bête de croire que tu t'en souviendrais. Mon frère, pour commencer ; Leste, dont tu affirmais qu'il rentrerait bientôt à la maison. Eh bien, il n'est pas rentré ! Du coup, mon père a stupidement décidé de se mettre à sa recherche, comme si on pouvait rechercher quelqu'un avec une vue aussi basse ! Nous avons tenté de le dissuader mais il est parti quand même. Nous ignorons ce qui s'est produit ensuite mais son cheval est revenu sans lui. J'ai enfourché ma propre monture sans écouter ma mère qui me hurlait de rester, j'ai suivi les traces et j'ai trouvé papa au bord de la route, couvert de sang et de contusions, qui essayait de retourner chez nous sur sa seule jambe valide. Je l'ai ramené et ma mère m'a encore réprimandée de lui avoir désobéi. Maintenant mon père demeure au lit sans rien faire que regarder le mur et il ne parle à personne. Ma mère nous a interdit, à mes frères et moi, de lui apporter de l'eau-de-vie, si bien qu'il refuse de nous adresser la parole et de nous raconter ce qui lui est arrivé, et ma mère nous en veut à tous, comme si c'était ma faute. »

Pendant sa tirade, les larmes avaient jailli de ses yeux ; elles coulaient sur son menton, tombaient sur ses mains et ruisselaient le long de la tour. Elles se solidifièrent lentement en longs fils de chagrin couleur d'opale. Je me dressai sur mes pattes arrière et tentai de m'y agripper, mais, trop lisses et peu épais, les filaments n'offraient aucune prise. Je me rassis avec une impression de grand âge et d'inutilité. Je m'efforçai de me convaincre que le malheur qui régnait chez Molly n'avait rien à voir avec moi, que je n'en étais pas responsable et ne pouvais y porter remède ; pourtant, les racines du mal étaient profondes.

Au bout d'un moment, Ortie me regarda avant d'éclater d'un rire amer. « Eh bien, Fantôme-de-Loup ? Tu ne réponds pas que tu ne peux pas m'aider ? N'est-ce pas ta formule habituelle ? » Comme je restais muet, pris au dépourvu, elle reprit d'un ton accusateur : « Mais à quoi bon me fatiguer à te parler ? Tu m'as menti ; tu as prétendu que mon frère allait rentrer à la maison. »

Je recouvrai enfin l'usage de ma langue.

« Je le croyais. Je lui avais ordonné de retourner chez lui et je pensais qu'il avait obéi.

— Eh bien, il en avait peut-être l'intention. Comment savoir s'il ne s'est pas mis en route et si des voleurs ne l'ont pas tué ou s'il ne s'est pas noyé dans une rivière ? Tu n'as même pas songé, j'imagine, qu'à dix ans il était un peu jeune pour voyager seul ? Qu'il aurait été plus sûr de nous le ramener au lieu de le renvoyer simplement ? Non, le dérangement aurait été trop grand pour toi !

— Ortie, arrête ; laisse-moi parler. Leste va bien ; il est vivant et ne court aucun danger. Il se trouve toujours auprès de moi. » Je m'interrompis pour reprendre mon souffle, épouvanté par ce qu'entraînaient inéluctablement ces mots. *Je regrette, Burrich*, me dis-je. *Voici toute la souffrance que j'ai toujours voulu t'épargner bien ficelée dans un petit paquet de malheur pour toi et les tiens.*

Car Ortie demanda, c'était inévitable : « Et où peut-il bien ne courir aucun danger ? Comment être sûre qu'il ne risque rien ? Comment même être sûre de ton existence ? Qui sait si je ne t'ai pas créé comme tout ce qui nous entoure ? Regarde-toi, homme-loup ! Tu n'as aucune réalité et tu me berces de faux espoirs.

— Je n'ai pas la réalité que tu vois, répondis-je d'une voix lente, mais je suis bien réel et il était une époque où ton père me connaissait.

— "Il était une fois", veux-tu dire, répliqua-t-elle avec mépris. Encore une fable de Fantôme-de-Loup ! Va-t'en avec tes contes à dormir debout ! » Elle prit une inspiration hachée tandis que de nouvelles larmes inondaient ses joues. « Je ne suis plus une gamine ; tes histoires ridicules ne m'aident en rien. »

Je compris alors que je l'avais perdue. J'avais perdu sa confiance, son amitié ; jamais je ne connaîtrais ma fille en tant qu'enfant. Une tristesse accablante m'envahit, où se mêlait la musique des ronces qui grandissaient. Je jetai un regard derrière moi : les tiges épineuses et le brouillard avaient gagné du terrain. Mon propre rêve se faisait-il plus menaçant ou bien la mélodie de Lourd devenait-elle encore plus effrayante ? Je l'ignorais. « Et dire que je venais requérir ton aide... murmurai-je avec amertume.

— Mon aide ? » répéta Ortie d'une voix étranglée.

J'avais parlé tout haut sans le vouloir. « Je n'ai

aucun droit de te demander quoi que ce soit, je le sais.

— En effet. » Son regard me traversait comme si je n'existais pas. « Mais de quoi s'agit-il ?

— D'un rêve – ou, plus précisément, d'un cauchemar.

— Je croyais que tu te voyais toujours prêt à tomber dans un précipice. » Elle paraissait intriguée.

« Il n'est pas question de moi mais de quelqu'un d'autre. Il... Il a sombré dans un cauchemar très puissant, à tel point qu'il déborde de lui et contamine le sommeil de ceux qui l'entourent. Il met leur vie en danger, et je ne le pense pas capable de maîtriser son rêve.

— Eh bien, réveille-le, fit-elle avec dédain.

— Cette solution n'opérera qu'à court terme ; il m'en faut une plus définitive. » Un bref instant, j'envisageai de lui dire que le cauchemar menaçait aussi l'existence de Leste, mais j'écartai cette idée. L'effrayer ne servirait à rien, d'autant plus que je ne savais pas si elle pouvait venir à ma rescousse.

« Qu'attendais-tu de moi ?

— Que tu m'aides à m'introduire dans son rêve et à le changer, à l'apaiser, à convaincre mon ami qu'il n'a rien à craindre de ce qui lui arrive, que tout ira bien. Ses cauchemars se dissiperaient peut-être alors et nous aurions enfin tous le loisir de nous reposer.

— Comment m'y prendrais-je ? » Elle ajouta plus sèchement : « Et d'abord, pourquoi le ferais-je ? Qu'as-tu à me proposer en échange, Fantôme-de-Loup ? »

Nous voir réduits à marchander me faisait horreur, mais j'en portais seul la responsabilité. Le plus cruel de l'affaire était que mon unique monnaie d'échange mettrait son père au supplice et susciterait en lui les plus terribles remords. D'une voix lente, je répondis : « Pour le comment, tu possèdes un très grand talent dans la magie qui permet de pénétrer dans les rêves des autres et de les modifier, assez grand, peut-être, pour remodeler celui de mon ami, malgré son pouvoir considérable – et sa profonde terreur.

— Je ne dispose d'aucune magie. »

Je poursuivis comme si je n'avais rien entendu : « Quant au pourquoi... je t'ai affirmé que Leste se trouve près de moi et ne court pas de danger. Tu ne me crois pas et je ne te le reproche pas, car je me suis trompé en te garantissant son retour. Mais je vais te confier un message à répéter à ton père. Ce sera... douloureux pour lui ; toutefois, quand il l'entendra, il comprendra que je dis la vérité, que ton frère est sain et sauf auprès de moi.

— Très bien ; le message ? »

Un bref instant, l'éducation d'Umbre prit le dessus et je songeai à exiger qu'elle m'aide d'abord à traiter Lourd ; puis je rejetai catégoriquement cette idée. Ma fille me devait ce que je lui avais donné, c'est-à-dire très précisément rien. Peut-être aussi craignais-je, si je me taisais alors, de perdre tout courage, car j'hésitais autant à prononcer ces paroles qu'à toucher de la langue une braise ardente. Je me lançai. « Dis-lui que tu as rêvé d'un loup avec un piquant de porc-épic dans la babine, et que ce loup a déclaré : "Comme toi jadis, je protège et je guide aujourd'hui ton fils. Je le défendrai contre tout péril et, une fois ma tâche achevée, je te le ramènerai vivant et en bonne santé." »

J'avais camouflé la substance de mon message du mieux possible étant donné les circonstances ; pourtant Ortie toucha bien près de la vérité en demandant : « Mon père s'est occupé de ton fils autrefois ? »

Il y a des décisions plus faciles à prendre si on ne se laisse pas le temps de réfléchir. « Oui, répondis-je, mentant à ma fille. C'est cela. »

Je me tus pendant qu'elle ruminait ce qu'elle venait d'apprendre. Lentement, sa tour de verre se mit à fondre et à se résorber en eau qui courut entre mes pattes, tiède et inoffensive, jusqu'à ce que le balcon

176

arrive au niveau du sol. Elle me tendit la main pour que je l'aide à enjamber la balustrade ; je la saisis et touchai ainsi, sans pourtant la toucher, ma fille pour la première fois de sa vie. Ses doigts hâlés s'appuyèrent un instant sur ma main aux griffes noires, puis elle s'écarta de moi. Elle observa le brouillard et les ronces qui se rapprochaient de nous.

« Je n'ai jamais pratiqué une telle opération, tu le sais ?

— Moi non plus, avouai-je.

— Avant de nous aventurer dans son rêve, parle-moi de ton ami. » La brume et les épines montaient vers nous. Quoi que je lui apprenne sur Lourd, je trahirais un secret ; toutefois, la laisser dans l'ignorance risquait de nous mettre tous en danger ; en outre, je n'avais aucune maîtrise de ce que Lourd lui révélerait sous l'emprise de son cauchemar. Un fugitif instant, je me demandai si je n'aurais pas dû consulter Umbre ou Devoir avant de requérir l'aide d'Ortie, puis j'eus un sourire farouche : étais-je maître d'Art, oui ou non ? Dans ce domaine, la décision ne relevait que de moi.

J'expliquai donc à ma fille que Lourd était un simple d'esprit, un homme avec le cœur et l'esprit d'un enfant mais la puissance d'une armée en matière d'Art. Je lui dis même qu'il servait le prince Loinvoyant et qu'il voyageait en sa compagnie à bord d'un navire ; je lui parlai de sa musique accablante et de ses rêves qui sapaient désormais le moral de l'équipage et des passagers ; j'évoquai sa conviction que ses nausées ne cesseraient jamais et qu'il finirait par en mourir ; et, tandis que je lui livrais ces informations, les ronces croissaient et se tendaient vers nous. Ortie tira promptement les conclusions de mes révélations : je me trouvais à bord du bateau, et par conséquent son frère aussi, embarqué avec le prince Loinvoyant. Étant donné son existence campagnarde, que savait-elle de la narcheska et de la quête qu'elle avait imposée à Devoir ? Je ne posai pas longtemps la question : elle emboîta toutes les pièces les unes dans les autres.

« Ainsi, ce dragon noir sur lequel l'argenté t'interroge toujours, c'est celui que le prince doit tuer.

— Ne prononce pas son nom », fis-je d'un ton implorant.

Elle m'adressa un regard dédaigneux qui se moquait de mes craintes infantiles. « Nous y sommes », murmura-t-elle, et les ronces furent sur nous.

Avec un bruit crépitant, elles s'enroulèrent autour de nos chevilles puis montèrent à nos genoux, comme des flammes qui gravissent un arbre. Les épines s'enfoncèrent dans notre chair, puis un brouillard épais s'éleva autour de nous, suffocant, menaçant.

« Qu'est-ce que cela ? » s'exclama Ortie d'un ton agacé. Puis, comme la brume la cachait à mes yeux, elle lança : « Arrête ! Fantôme-de-Loup, arrête tout de suite ! Tout ça vient de toi ; c'est toi le responsable de cette pagaille. Fais-la cesser ! »

Et elle m'arracha mon rêve. J'eus l'impression qu'on m'enlevait brutalement mes couvertures ; mais son initiative me bouleversa beaucoup plus profondément par le souvenir qu'elle suscita en moi, souvenir que je reconnus sans toutefois le reconnaître : en un autre temps, une femme plus âgée ôtait de mes petits doigts potelés un objet brillant qui me fascinait, avec ces mots : « Non, Keppet, ce n'est pas pour les enfants. »

Violemment expulsé de mon propre rêve, je restai le souffle coupé, puis nous plongeâmes aussitôt dans celui de Lourd. Le brouillard et les ronces s'évanouirent, et l'eau froide et salée se referma sur moi. Je me noyais, et, malgré tous mes efforts, je ne parvenais pas à regagner la surface. Soudain, une main saisit la mienne et, tout en me hissant à sa hauteur, Ortie s'exclama d'un ton agacé : « Quel crédule tu fais ! C'est un rêve et rien d'autre. À présent, il m'appartient et, dans mes songes, on peut marcher sur les vagues. Viens. »

Il en fut comme elle l'avait dit, ce qui ne m'empêcha pas de demeurer près d'elle et de lui tenir la main. La mer s'étendait d'un horizon à l'autre, scintillante et sans trace de terre. La musique de Lourd remplaçait le bruit du vent. Les yeux plissés, j'observai les ondes qui ne conservaient nulle empreinte en me demandant comment nous allions retrouver le petit homme, mais Ortie serra ma main et annonça, haut et fort pour se faire entendre par-dessus la mélodie affolée : « Nous sommes tout près de lui ! »

Et il en fut ainsi encore une fois. Au bout de quelques pas, elle tomba à genoux avec une exclamation apitoyée. Les reflets éblouissants du soleil me dissimulaient ce qu'elle regardait ; je m'agenouillai près d'elle et sentis mon cœur se briser.

Il le connaissait trop bien ; il avait dû le voir un jour dans le monde réel. Le chaton noyé flottait sous la surface. Si jeune qu'il n'avait même pas les yeux ouverts, il pendait sans poids entre les griffes de la mer. Ses poils formaient un halo autour de lui mais, quand Ortie le prit par la peau du cou et le sortit des vagues, ils se collèrent sur lui. Elle le tint en l'air et l'eau dégoulina de sa queue, de ses pattes, de son museau et de sa petite gueule rouge. Sans peur, elle le déposa dans sa main en coupe puis se pencha, le visage attentif, et appuya doucement sur la minuscule cage thoracique entre le pouce et l'index ; enfin, elle approcha d'elle le chaton et souffla brusquement dans sa gueule ouverte. En cet instant, elle était tout entière la fille de Burrich ; je l'avais souvent vu débarrasser ainsi un chiot nouveau-né du mucus qui encombrait sa gorge.

« Tu vas bien maintenant », dit-elle au chaton avec autorité. Elle caressa la petite créature et, sur le passage de sa main, la fourrure se redressa, sèche et douce. Je m'aperçus alors qu'elle était rousse à rayures blanches, alors que je la voyais noire un instant auparavant. « Tu es vivant, tu ne crains rien et je veillerai à ce qu'il ne t'arrive rien. Tu peux me faire confiance, tu le sais, puisque je t'aime. »

À ces mots, ma gorge se noua brutalement. Où les avait-elle appris ? Toute ma vie, sans m'en rendre compte, j'avais attendu que quelqu'un me les dise et me donne lieu d'y croire. J'avais l'impression de voir remettre à un autre un cadeau que j'espérais depuis toujours, et pourtant je n'éprouvais ni rancœur ni jalousie ; je m'émerveillais seulement qu'à seize ans Ortie eut en elle le pouvoir de faire ce don. Même si j'avais réussi à trouver Lourd au milieu de son rêve et qu'on m'eût prévenu que je devais absolument prononcer ces paroles parce qu'elles seules pouvaient le sauver, je n'aurais pas été capable d'y mettre la vérité qu'elle y avait insufflée. Elle était ma fille, la chair de ma chair, mais la stupéfaction et l'éblouissement qu'elle m'inspirait en cet instant faisaient d'elle une création totalement distincte de moi.

Le chaton s'agita au creux de sa main puis promena autour de lui un regard qui ne voyait rien. Quand il ouvrit sa petite gueule rouge, au lieu du miaulement auquel je m'attendais, il fit d'une voix aiguë et enrouée : « Maman ?

— Non », répondit Ortie. Ma fille manifestait un courage que je ne possédais pas ; elle n'avait pas envisagé une seconde de mentir. « Mais quelqu'un qui lui ressemble. » Elle parcourut des yeux le moutonnement des vagues comme si elle ne l'avait pas remarqué jusque-là. « Et tu n'es pas bien ici. Si on changeait de décor ? Où te sens-tu le mieux ? »

Les réponses m'étonnèrent ; avec une douceur infinie, elle obtint peu à peu tous les détails, et, quand ils eurent fini, nous nous retrouvâmes assis, pas plus grands que des poupées, au centre d'un lit immense. Au loin, je distinguais les parois floues d'un chariot de voyage semblable à ceux qui servent aux marionnettistes et aux amuseurs de rue pour transporter leur famille d'une ville à l'autre. Dans l'air flottait l'odeur des piments séchés et des tresses d'oignons suspendus dans un angle de la roulotte, et je reconnaissais la musique omniprésente de Lourd – non seulement la chanson de sa mère mais aussi les éléments qui la composaient : la respiration régulière d'une femme endormie, le grincement des roues et les chocs sourds et lents de l'attelage, entre-tissés pour former l'arrière-plan du fredonnement d'une mère et d'un air enfantin joué sur un flûtiau, mélodie empreinte d'un sentiment de sécurité, de bien-être et de contentement. « Ça me plaît, dit Ortie. Si ça ne te dérange pas, j'aimerais revenir te voir un jour ; tu veux bien ? »

Le chaton se mit à ronronner puis se roula en boule ; il ne s'endormit pas : il savourait de se trouver au milieu du grand lit sans rien à craindre. Ortie se leva pour prendre congé ; je remarquai alors seulement, je crois, que j'assistais au rêve de Lourd mais que je n'en faisais plus partie. J'en avais disparu en même temps que tous les autres détails discordants et dangereux. Je n'avais pas ma place dans son monde maternel.

« Au revoir, dit Ortie, et elle ajouta : N'oublie pas que tu peux revenir très facilement. Quand tu voudras dormir, tu n'auras qu'à penser à ce coussin. » Elle tapota un des nombreux oreillers aux broderies de couleur vive qui parsemaient le lit. « Garde-le en mémoire et, lors de tes rêves, tu arriveras tout droit ici. Tu t'en penses capable ? »

Le chaton accentua son ronronnement en guise de réponse, puis le décor s'évanouit peu à peu. Quelques instants plus tard, je me tenais à nouveau sur la colline près de la tour de verre fondue. Ronces et brouillard avaient disparu, et devant moi s'étendait un large paysage aux vallées verdoyantes parcourues de rivières scintillantes.

Un détail me vint à l'esprit. « Tu ne lui as pas dit qu'il n'aurait plus le mal de mer. » Je fis aussitôt la grimace : je devais paraître bien ingrat à Ortie. Elle me lança un regard noir, et je lus de la fatigue dans ses traits.

« Crois-tu qu'il m'a été facile de trouver tous les éléments de son dernier rêve et de les assembler autour de lui ? Il essayait sans cesse de tout retransformer en mer glacée. » Elle se frotta les yeux. « Je dors, mais j'ai bien peur de me réveiller épuisée.

— Je te présente mes excuses, répondis-je gravement. Je suis bien placé pour savoir qu'il peut être éprouvant de pratiquer la magie. J'ai parlé sans réfléchir.

— La magie ! s'exclama-t-elle avec dédain. Ajuster les rêves n'a rien à voir avec la magie ; je sais le faire, c'est tout. »

Là-dessus, elle me quitta. Je repoussai la crainte des discussions que mon message à Burrich risquait de déclencher ; je n'y pouvais rien. Je m'assis au pied de la tour mais, sans Ortie comme point d'ancrage, le songe commença de s'effilocher, et je m'enfonçai dans un sommeil sans rêve qui n'appartenait qu'à moi.

7

VOYAGE

Il faut éviter de commettre l'erreur de considérer les îles d'Outre-mer comme un royaume sous la domination d'un seul souverain, à l'instar de nos Six-Duchés, ou l'alliance de plusieurs peuples telle qu'on la trouve dans les Montagnes. Même les îles, si réduites qu'elles paraissent, n'obéissent pas à la loi d'un seigneur ou d'un noble unique ; du reste, on ne parle pas de seigneurs ni de nobles chez les Outrîliens : le statut des hommes dépend de leurs prouesses guerrières et de la valeur des butins qu'ils rapportent. Certains bénéficient de l'appui de leurs clans matriarcaux pour soutenir la réputation qu'ils acquièrent par la force des armes. Les clans ont leurs territoires sur les îles, certes, mais ces étendues renferment les terres arables et les grèves de ramassage des mollusques qui appartiennent aux femmes et se transmettent de mère en fille.

Les villes, surtout portuaires, ne ressortissent à aucun clan et il y règne en général la loi du plus fort. La garde municipale n'intervient pas si l'on se fait dépouiller ou agresser : chacun doit commander le respect qui lui est dû, et, si l'on appelle à l'aide, on passe pour faible et indigne d'attention. Dans certains ports, cependant, le clan dominant de la région peut avoir implanté une « maison forte » et s'ériger en juge des querelles locales.

Les Outrîliens ne bâtissent pas de châteaux ni de forts tels que nous les connaissons dans les Six-Duchés. Chez eux, un siège vise à s'emparer d'un port ou à prendre la maîtrise de l'embouchure d'un fleuve à l'aide d'une flotte de navires plutôt qu'à conquérir un territoire grâce aux assauts d'une force terrestre. Toutefois, il n'est pas inhabituel de trouver une ou deux maisons fortes claniques dans les grandes villes ; il s'agit de bâtiments fortifiés conçus pour soutenir des attaques et souvent pourvus de caves profondes, d'un puits pour l'approvisionnement en eau douce et de considérables réserves de vivres. Ces maisons fortes appartiennent en général au clan dominant de la bourgade et répondent davantage à la nécessité de se protéger des conflits intestins que de se défendre contre les agressions extérieures.

Voyages dans les îles d'Outre-mer, par Chelbie

*

Dès mon réveil, je perçus l'apaisement du navire. Je n'avais dormi que quelques heures mais je me sentais reposé ; par terre, autour de moi, les hommes gisaient, profondément endormis après avoir manqué de sommeil depuis plusieurs jours.

Je me levai à mouvements précautionneux et me dirigeai vers mon coffre en évitant de marcher sur les gardes assoupis. Je rangeai ma couverture, changeai de chemise puis remontai sur le pont. La nuit s'avançait vers le matin ; les nuages s'étaient vidés de leur pluie et des étoiles pâlissantes pointaient entre leurs rideaux déchirés. On avait rétabli les voiles pour profiter d'un vent plus propice ; pieds nus, les matelots vaquaient à leurs tâches avec discrétion et compétence. On se fut cru à l'aube calme qui succède à une tempête.

Je trouvai Lourd roulé en boule, dormant à poings fermés, le visage détendu et paisible, la respiration régulière. Trame somnolait près de lui, la tête courbée sur ses genoux repliés. Je distinguai vaguement la silhouette noire d'un oiseau perché sur le bastingage, sorte de mouette plus grande que la moyenne. Je surpris l'éclat de son œil, et, de la tête, je saluai courtoisement Risque tout en m'avançant lentement pour laisser le temps à Trame de sortir de son assoupissement et de se tourner vers moi. Il me sourit.

« Il a l'air moins agité. Le pire est peut-être derrière lui.

— Je l'espère », répondis-je. Avec prudence, je m'ouvris à la musique de Lourd. Elle n'avait plus la puissance d'un ouragan mais elle demeurait constante comme le bruit des vagues. La chanson de sa mère y avait retrouvé sa prépondérance, quoique j'y perçusse le ronronnement d'un chaton et l'écho rassurant de la voix d'Ortie qui lui promettait amour et sécurité. Cela me troubla : entendais-je ma fille seulement parce que j'avais assisté à la modification du rêve de Lourd, ou bien Umbre et le prince capteraient-ils également ses paroles ?

« Vous paraissez plus reposé vous aussi, dit Trame, interrompant mes réflexions et me rappelant à la réalité et aux règles de la politesse.

— Oui, en effet, et je vous en remercie. »

Il tendit la main ; je la pris et l'aidai à se redresser. Debout, il fit rouler ses épaules et sa mouette se rapprocha d'un pas ou deux sur la lisse. Dans la lumière croissante, je remarquai le jaune soutenu de son bec et de ses pattes ; des longues années que j'avais passées auprès de Burrich, il me semblait me souvenir que des couleurs vives indiquaient un animal bien nourri. L'oiseau irradiait la bonne santé. Comme conscient de mon admiration, il tourna la tête et lissa une longue rémige puis, sans plus d'effort qu'un chat qui saute sur un fauteuil, il déploya ses ailes, le vent emplit leur courbure, et il s'éleva dans les airs.

« Quelle esbroufe ! » murmura Trame, et il me sourit. Je songeai alors que des compagnons de Vif tirent le même orgueil un peu niais l'un de l'autre que des parents de leurs enfants ; je lui rendis un sourire compréhensif.

« Ah ! Cette fois, je vous crois sincère. Avec le temps, mon ami, je pense que vous perdrez votre méfiance envers moi ; prévenez-moi quand ce sera le cas. »

Je poussai un petit soupir. La bienséance aurait voulu que je proteste de la confiance que je lui accordais, mais je ne me jugeais pas assez bon comédien pour l'abuser ; aussi me bornai-je à hocher la tête. Puis, comme je m'apprêtais à m'éloigner, je pensai à Leste. « J'aurais un autre service à vous demander », fis-je avec gêne.

Il se retourna vers moi avec une expression de plaisir non feinte. « J'y vois un signe de progrès.

— Pourriez-vous prier Leste de me réserver un peu de temps aujourd'hui ? J'aimerais lui parler. »

Trame pencha la tête comme une mouette examinant un clam douteux. « Comptez-vous le réprimander parce qu'il n'est pas rentré chez son père ? »

Je réfléchis : allais-je le rabrouer ? « Non. Je lui dirai seulement que je tiens pour essentiel à mon honneur qu'il regagne Castelcerf sain et sauf, et aussi qu'il doit poursuivre ses leçons avec moi pendant le voyage. » Eda, qu'Umbre se réjouirait ! me dis-je aigrement. J'avais déjà amplement de quoi occuper mes journées, et voici que je me chargeais d'une nouvelle tâche !

Le visage de Trame s'éclaira d'un sourire chaleureux. « C'est avec joie que je l'enverrai écouter ces propos », répondit-il. Après une brève inclination du buste à la mode des marins, il me quitta, et je lui rendis son salut de la tête.

Sur la suggestion que je lui artisai, le prince se leva tôt et me rejoignit sur le pont en attendant que Lourd se réveille. Un serviteur apporta du pain chaud et une tisanière bouillante dans un petit panier, et les arômes qui s'en échappaient me firent prendre conscience de mon appétit de loup ; il déposa les provisions près de Lourd, le prince le congédia, et nous nous perdîmes dans la contemplation silencieuse de l'océan.

Quand donc sa musique a-t-elle changé ? À mon réveil ce matin, je me sentais extraordinairement détendu et reposé ; il m'a fallu du temps avant de comprendre d'où cela provenait.

C'est un véritable soulagement, n'est-ce pas ? J'aurais voulu en dire davantage mais n'osais pas ; je ne pouvais avouer au prince que j'avais modifié les rêves de Lourd parce qu'en réalité ce n'était pas mon fait. Lourd n'avait sans doute pas eu conscience de ma présence.

Il me tira de ce moment délicat en toussant brusquement puis en ouvrant les yeux. Il nous regarda, Devoir et moi, et un sourire apparut lentement sur ses traits. « Ortie a arrangé mon rêve », dit-il puis, avant que nous ayons le temps de réagir à cette déclaration, une quinte de toux le saisit. Elle se calma enfin. « Je ne me sens pas bien. J'ai mal à la gorge. »

Je sautai sur l'occasion de changer de conversation. « Sûrement à cause de tes efforts pour vomir. Tiens, regarde, Lourd, Devoir t'a apporté du pain frais et de la tisane qui te fera du bien à la gorge. Veux-tu que je te serve ? »

Une nouvelle crise de toux l'empêcha de répondre. Je m'accroupis et posai la main sur sa joue ; je la trouvai chaude, mais, comme il venait de s'éveiller, emmitouflé dans plusieurs épaisseurs de laine, cela ne signifiait pas qu'il avait la fièvre. À gestes agacés, il se débarrassa de ses couvertures et resta à grelotter dans ses vêtements humides et fripés ; il paraissait malheureux comme les pierres, et sa musique commença de prendre un ton discordant.

Le prince agit aussitôt. « Blaireau, prenez le panier ; Lourd, tu rentres avec moi à la cabine, tout de suite.

— Je ne veux pas », fit le petit homme d'un ton geignant puis, à ma grande stupéfaction, il se leva lentement. Il fit un pas chancelant, se tourna vers les vagues ondoyantes et déclara comme s'il venait de s'en souvenir : « J'ai le mal de mer.

— C'est pourquoi je veux te ramener à la cabine. Tu t'y sentiras mieux.

— Non, je ne m'y sentirai pas mieux », répliqua Lourd d'un ton buté ; pourtant, quand Devoir s'éloigna, il lui emboîta lentement le pas, d'une démarche rendue instable à la fois par sa propre faiblesse et les oscillations modérées du pont. Je lui pris le bras pour le soutenir, le panier intact pendu à mon autre coude, et il avança en titubant à mes côtés. À deux reprises, des quintes de toux l'obligèrent à s'arrêter, et, quand nous arrivâmes devant la porte du prince, ma préoccupation s'était muée en inquiétude.

La cabine de Devoir bénéficiait d'une décoration et d'un ameublement plus chargés que sa chambre de Castelcerf. À l'évidence, le responsable de son installation avait obéi à la conception classique de ce qui convient à un prince. Une rangée de hublots donnait sur le sillage du navire, de somptueux tapis couvraient le plancher verni et le lourd mobilier solidement fixé demeurait insensible aux mouvements du bateau. La majesté de la pièce m'aurait sans doute plus impressionné si j'y avais séjourné davantage, mais Lourd se dirigea droit vers sa petite chambre, annexe à la salle principale et beaucoup plus modeste, guère plus grande qu'un placard aux dimensions de sa couchette, sous laquelle un espace permettait de ranger des affaires. Le concepteur l'avait probablement prévue pour un valet, non pour le simple d'esprit qui ne quittait plus le prince. Lourd se laissa tomber aussitôt sur le lit, et il gémit en marmonnant des paroles inintelligibles quand j'ôtai ses habits salis et imprégnés de sueur ; puis j'étendis sur lui une couverture légère et il s'y pelotonna en se plaignant du froid, les dents claquantes. J'allai chercher un couvre-pieds épais sur le lit du prince. Il avait la fièvre, j'en étais sûr à présent.

La tisane avait un peu refroidi mais j'en versai tout de même une tasse et m'assis à côté de Lourd pendant qu'il la buvait. Je contactai Devoir par l'Art et il nous fit préparer de l'infusion d'écorce de saule pour la fièvre et du sirop de racine de framboisier pour la toux. Quand le serviteur les eut apportés, il me fallut quelque temps pour convaincre Lourd de les prendre ; mais sa faiblesse paraissait avoir érodé son entêtement et il finit par accepter.

La pièce était si exiguë que je ne pouvais fermer la porte en restant assis sur le lit ; aussi demeura-t-elle ouverte, et j'observai, désœuvré, les allées et venues dans la cabine du prince. Rien ne retint guère mon attention avant l'arrivée du « clan de Vif » de Devoir, composé de Civil, de Trame, de Nielle le ménestrel et de Leste. Le futur souverain, assis à sa table, répétait à mi-voix son discours en outrîlien quand ils entrèrent. Il congédia le domestique qui les avait introduits puis écarta son parchemin avec un soulagement visible. Le marguet de Civil alla aussitôt s'installer confortablement sur son lit ; nul ne parut y prêter intérêt.

Trame me jeta un coup d'œil, l'air étonné, avant de saluer le prince. « Tout va bien dans le ciel, prince Devoir. » Je trouvai la formule singulière jusqu'au moment où il me vint à l'esprit qu'il rapportait les paroles de son oiseau, Risque. « Nul autre navire que les nôtres n'est en vue.

— Parfait. » L'adolescent lui sourit avant de reporter son attention sur les autres. « Comment va votre marguet, Civil ? »

Le jeune garçon leva la main, et sa manche dévoila en retombant une griffure enflammée le long de son avant-bras. « Il s'ennuie et l'enfermement l'énerve. Il attend avec impatience que nous touchions terre. » Tous les vifiers éclatèrent d'un rire indulgent comme des parents parlant d'un enfant cabochard. Je remarquai qu'aucun ne paraissait mal à l'aise devant le prince à part Leste, dont l'attitude un peu raide pouvait provenir de ma présence aussi bien que de sa différence d'âge avec ses semblables. Je me rappelai que les nobles les plus proches de Vérité affichaient la même détente avec leur roi-servant, et je songeai que l'affection naturelle de ces hommes valait mille fois les courbettes et les flagorneries des courtisans de Royal.

Aussi la question de Trame n'eut-elle pas l'air trop déplacée quand il se tourna vers moi et demanda à Devoir : « Tom Blaireau a-t-il décidé de se joindre à nous aujourd'hui, monseigneur ? »

Je perçus deux interrogations en une : comptais-je avouer mon Vif, voire mon identité, et voulais-je m'intégrer à leur « clan » ? Je retins mon souffle tandis que Devoir répondait : « Pas exactement, Trame. Il soigne mon compagnon, Lourd. J'ai appris que vous avez veillé sur lui pendant la nuit pour permettre à Blaireau de se reposer, et je vous en remercie ; mais le froid nocturne a pris Lourd aux bronches et il a de la fièvre. Il trouve quelque bien-être auprès de Blaireau qui a accepté de rester à son chevet.

— Ah ! Je vois. Eh bien, Lourd, je regrette d'apprendre que tu es malade. » Tout en parlant, Trame passa la tête par la porte. Derrière lui, autour de la table, les membres du clan poursuivaient leurs bavardages discrets mais Leste observait le marin d'un air anxieux. Le simple d'esprit, pelotonné sous ses couvertures, tourné face au mur, ne parut guère s'apercevoir de sa présence ; même sa musique d'Art était assourdie, comme si l'énergie lui manquait pour la diffuser.

Comme il ne répondait pas, Trame posa doucement la main sur mon épaule et murmura : « Je veillerai encore sur lui ce soir si vous désirez vous reposer. En attendant... » Il se détourna et fit signe à Leste de s'approcher ; une brusque appréhension assombrit le visage de l'enfant. « Je vous laisse mon "page". Vous avez certainement beaucoup à vous dire, et, si vous avez besoin de quoi que ce soit pour Lourd, Leste se fera un plaisir de vous l'apporter ; n'est-ce pas, mon garçon ? »

L'intéressé se trouvait acculé et le savait parfaitement. Il s'arrêta près de Trame avec l'air d'un chien battu et garda les yeux baissés.

« Oui, messire », répondit-il à mi-voix. Il me regarda soudain, et ce que je lus dans son expression me déplut : j'y déchiffrai de la peur et de l'aversion, or rien dans mes actions ne justifiait pareils sentiments, me semblait-il.

« Leste... » dit Trame, et l'enfant tourna son attention vers lui. Il poursuivit à voix basse afin que nous seuls l'entendions. « Ne t'inquiète pas ; fais-moi confiance. Tom souhaite s'assurer que tu poursuivras ton instruction à bord, c'est tout.

— Non, ce n'est pas tout », déclarai-je à ma propre surprise. Tous deux me regardèrent fixement et Trame haussa les sourcils. « J'ai fait une promesse, repris-je. J'ai donné ma parole à ta famille de te protéger, fût-ce au péril de ma vie, et de te ramener chez toi à la fin de cette aventure.

— Et si je ne veux pas rentrer chez moi ? » jeta Leste avec insolence en haussant la voix. Je sentis plus que je ne vis le prince réagir à l'éclat. L'enfant ajouta d'un ton outré : « Mais attendez ! Comment avez-vous pu parler avec mon père ? Vous n'avez pas eu le temps de dépêcher un messager et de recevoir une réponse avant notre départ. Vous mentez ! »

Je pris une longue inspiration. Quand je me sentis en état de m'exprimer calmement, je répliquai à mi-voix : « Non, je ne mens pas. J'ai envoyé ma promesse aux tiens ; je n'ai pas dit qu'ils avaient répondu. Je ne m'en considère pas moins tenu par ma parole.

— Vous n'avez pas eu le temps ! » répéta-t-il, mais plus bas. Trame lui adressa un regard réprobateur et le transféra ensuite sur moi, mais je le soutins sans fléchir. J'avais juré de protéger le gamin et de le ramener chez lui sain et sauf ; cela n'entraînait pas que je devais supporter ses insultes avec le sourire.

« Le voyage risque de vous paraître long à tous les deux, fit Trame. Je vous laisse en espérant que vous tirerez le meilleur parti de votre compagnie ; vous avez beaucoup à vous apporter l'un à l'autre, je pense, mais vous n'y attacherez de valeur que si vous le découvrez par vous-mêmes.

— J'ai froid, gémit Lourd, m'épargnant la suite du sermon.

— Eh bien, voici ta première tâche, dis-je à Leste avec brusquerie. Demande au valet du prince où tu peux te procurer deux couvertures supplémentaires pour Lourd, en laine ; et prends aussi au passage une chope d'eau. »

Il dut juger dégradant de jouer les garçons de course pour un simple d'esprit mais préférable néanmoins à demeurer près de moi. Comme il s'en allait au trot, Trame poussa un soupir.

« La vérité doit régner entre vous deux, déclara-t-il. Par ce moyen seul, vous parviendrez à établir un contact avec lui, or il a grand besoin de vous, je ne m'en rends compte qu'à présent. Il s'est enfui de chez lui, il s'est sauvé devant vous ; il doit cesser d'esquiver les problèmes ou il n'apprendra jamais à les affronter et à les régler. »

Ainsi, il me considérait comme un des « problèmes » de Leste ? Je détournai le regard. « Je m'occuperai de lui. »

D'un air las, il soupira de nouveau. « Je m'en remets à vous. »

Il regagna la table et se mêla à la conversation des vifiers. Peu après, tous quittèrent la cabine et le prince reprit la répétition de son discours. Le temps que Leste revînt avec les couvertures et la chope demandées, j'avais fouillé dans la collection de manuscrits de Devoir et j'en avais choisi plusieurs dont l'étude, pensais-je, profiterait au jeune garçon. À ma grande surprise, j'en découvris quelques-uns que je ne connaissais pas ; Umbre avait dû se les procurer juste avant notre départ. Ils traitaient des aspects sociaux et coutumiers des îles d'Outre-mer ; je mis de côté les plus simples.

Je m'efforçai d'améliorer le confort de Lourd. Sa température montait et la musique qu'il artisait devenait de plus en plus fantastique. Il n'avait toujours rien mangé mais, au moins, il avait renoncé à lutter contre mon aide quand je portai la chope à ses lèvres ; je veillai à ce qu'il la bût tout entière puis le rallongeai sur le lit et le bordai dans ses couvertures en me demandant comment la chaleur de la fièvre pouvait donner l'impression qu'on avait froid.

Quand j'eus fini, je surpris le regard dégoûté que Leste posait sur nous. « Il sent mauvais, dit-il devant mon expression de reproche.

— Il est malade. » Je montrai le plancher du doigt tout en me rasseyant au bord du lit. « Installe-toi là et lis ce parchemin tout haut, mais pas trop fort ; non, celui avec le bord déchiré. Oui, celui-là.

— Qu'est-ce que c'est ? demanda-t-il en déliant le parchemin puis en l'ouvrant.

— Une description de l'histoire et du peuple des îles d'Outre-mer.

— Pourquoi dois-je la lire ? »

J'énumérai les raisons sur mes doigts. « Parce que tu dois t'exercer à la lecture ; parce que nous nous rendons dans ces îles et qu'il te faut connaître un peu ces gens afin de ne pas faire honte à ton prince ;

parce que l'histoire des Six-Duchés est inextricablement liée à la leur ; et enfin parce que je te le dis. »

Il baissa les yeux mais je le sentis toujours aussi braqué. Je dus le relancer avant qu'il commence à lire mais, une fois en route, il se prit d'intérêt pour le texte, je crois. La mélodie de sa voix enfantine avait un effet lénifiant et je laissai mes pensées flotter sur elle sans prêter attention au sens des mots.

Il lisait toujours quand Umbre entra dans la cabine. Je n'accordai pas un regard au vieillard tandis qu'il s'entretenait à mi-voix avec Devoir. Enfin, l'Art du prince m'effleura. *Umbre voudrait que vous congédiiez Leste un moment afin que nous puissions parler librement.*

Un instant.

Je hochai la tête comme en réponse à un passage que l'enfant venait de terminer et, profitant de ce qu'il reprenait sa respiration, je posai la main sur son épaule. « Ça suffit pour aujourd'hui ; tu peux te retirer. Mais je me trouverai à mon poste, ici même, demain, et tu devras y venir aussi. Je t'attendrai.

— Oui, messire. » Il n'y avait ni plaisir ni résignation dans sa réponse : il signalait seulement avoir bien entendu ma recommandation. Je réprimai un soupir. Il s'approcha du prince, s'inclina et put sortir. Sur une petite suggestion que j'artisai, Devoir l'informa qu'il considérait l'instruction comme un avantage pour tout un chacun et que lui aussi souhaitait voir Leste ponctuel à ses leçons quotidiennes. Cette remarque lui valut, comme à moi, l'acquiescement sans enthousiasme du jeune garçon qui sortit ensuite de la cabine.

La porte à peine refermée, Umbre se précipita vers moi. « Comment va-t-il ? demanda-t-il d'un ton grave en touchant la joue du malade.

— Il a de la fièvre et il tousse. Il a bu mais n'a rien mangé. »

Le vieil assassin s'assit lourdement sur le lit. Il prit le pouls du simple d'esprit sous la mâchoire puis glissa la main par son col pour juger de sa température. « Depuis combien de temps n'a-t-il rien avalé de solide ? me demanda-t-il.

— Le dernier repas qu'il a conservé remonte au moins à trois jours. »

Umbre poussa un soupir sonore. « Eh bien, il faut commencer par l'alimenter : qu'on lui donne des bouillons salés avec des morceaux de viande tendre et des légumes. »

Je hochai la tête en signe d'assentiment, mais Lourd émit un gémissement et se tourna vers la cloison. Sa musique avait pris une étrange tonalité détachée, comme si elle s'estompait au loin ou se déversait là où je n'avais pas accès.

La main d'Umbre me ramena à la réalité. *Que lui as-tu fait la nuit dernière ? Crois-tu être responsable de sa maladie ?*

Sa question me laissa abasourdi et j'y répondis à voix haute : « Non. Non, à mon avis, elle résulte seulement de son mal de mer, des nuits passées sous la pluie et du manque de nourriture. »

Peut-être Lourd avait-il perçu notre échange d'Art, car sa tête roula vers moi, il me lança un regard sinistre puis ses paupières retombèrent.

Umbre s'écarta du lit et me fit signe de l'imiter. Il se laissa tomber sur un banc rembourré fixé sous un des hublots et m'indiqua par gestes de prendre place à ses côtés. Le prince disposait les pions pour une partie de Cailloux ; il s'interrompit pour nous observer avec curiosité.

« C'est tout de même étrange : parler à voix basse reste peut-être le seul moyen de préserver la discrétion sur ce dont je veux t'entretenir. » Il pointa l'index vers la fenêtre comme s'il me montrait un objet sur la mer. Je me penchai et hochai la tête. Il sourit et murmura à mon oreille : « Je n'ai pas pu dormir la nuit dernière. Je me suis livré à des exercices d'Art, et j'ai l'impression de devenir de plus en plus sensible à la magie. La musique de Lourd était omniprésente et échevelée. Tout à coup, j'ai senti... quelqu'un, une présence ; la tienne, m'a-t-il semblé. Mais aussi une autre, dont j'ai eu le sentiment de l'avoir déjà entraperçue. Elle a gagné en force et en autorité, puis la musique de Lourd s'est calmée. »

Sidéré qu'il eut acquis assez de maîtrise de l'Art pour capter l'intervention d'Ortie, je gardai le silence un peu trop longtemps avant de demander d'un air innocent : « Une autre présence ? »

Il sourit. « Celle d'Ortie, je pense. C'est ainsi que tu l'attires dans notre clan ?

— Pas vraiment », répondis-je. Et j'eus l'impression qu'un mur s'écroulait en moi quand je lui révélai mon secret. Je m'en voulais mais, en même temps, je ne pouvais nier le soulagement que j'éprouvais à m'épancher. Je pris conscience brusquement que j'en avais assez de mes cachotteries, à tel point qu'il me devenait impossible de les préserver. Umbre pouvait bien apprendre tout sur Ortie et son talent ; je ne l'en laisserais pas se servir d'elle pour autant. « Je lui ai demandé un service. Je devais lui annoncer que Leste était hors de danger et que je le protégeais ; avant notre départ, je lui avais affirmé qu'il rentrait chez lui et je ne pensais pas mentir. Quand j'ai découvert qu'il avait embarqué en compagnie de Trame, ma foi... je ne pouvais pas la laisser dans l'incertitude, à imaginer son frère assassiné, son cadavre au fond d'un fossé.

— Naturellement », murmura Umbre. Dans ses yeux brillait un féroce appétit de renseignements. Je le rassasiai.

« En échange, je l'ai priée de calmer le cauchemar de Lourd. J'avais déjà remarqué son talent pour modeler ses propres rêves ; la nuit dernière, elle a démontré sa capacité à intervenir sur ceux des autres. »

J'observai l'expression du vieil assassin aussi avidement qu'il me dévisageait, tandis qu'il réfléchissait aux usages potentiels d'une telle faculté et que des étincelles s'allumaient dans ses yeux devant la puissance d'une pareille arme. Commander aux images qui traversent l'esprit d'un homme, conduire ses pensées vulnérables vers des chenaux noirs et désespérés, ou au contraire exaltants et pleins de beauté... Que ne pouvait-on accomplir avec semblable instrument ! Déséquilibrer un ennemi par des terreurs nocturnes, inspirer un mariage politique fondé sur des rêves d'amour ou instiller le poison de la méfiance dans une alliance...

« Non, fis-je à mi-voix. Ortie n'a pas conscience de son pouvoir ; elle ignore même qu'elle fait usage de l'Art. Je ne veux pas l'intégrer à notre clan, Umbre. » Et je débitai alors le mensonge le plus astucieux que j'eusse jamais inventé aussi vite. S'il l'avait su, mon vieux maître eût été fier de moi. « Elle travaillera mieux pour nous en Solitaire, sans se rendre compte de la portée de ses interventions ; nous pourrons la manœuvrer plus aisément ainsi, tout comme moi lorsque, adolescent, j'obéissais aux ordres sans les comprendre. »

Il hocha gravement la tête sans même chercher à réfuter cette dernière assertion ; je perçus alors l'existence d'un défaut dans sa cuirasse. Il m'aimait, et pourtant cela ne l'avait pas empêché de se servir de moi ni de permettre à d'autres de l'imiter – tout comme on s'était servi de lui autrefois, peut-être. Il ne soupçonna pas un instant que je comptais bien épargner un tel destin à Ortie. « C'est la meilleure solution, et je me réjouis que tu en aies enfin pris conscience, dit-il.

— Que regardez-vous ainsi dehors ? » demanda Devoir. Il se leva et s'approcha de la fenêtre. Umbre répondit par une calembredaine selon laquelle nous nous intéressions à une illusion d'optique : en fixant d'abord notre attention sur les navires qui nous suivaient puis en clignant les yeux, on avait l'impression un instant qu'ils flottaient au-dessus des vagues.

« Et de quoi souhaitiez-vous nous entretenir en privé ? » reprit le prince.

Umbre profita d'une inspiration pour se creuser les méninges à la recherche d'un sujet plausible. « Je trouve que tout s'arrange à merveille ; Lourd et Fitz présents dans votre cabine, tout notre clan est réuni. Il serait bon de répandre le bruit que Lourd s'est pris d'affection pour Tom Blaireau et désire qu'il reste près de lui ; ainsi, nul ne s'étonnera qu'un simple garde demeure si proche du prince même après la guérison de Lourd.

— Il me semble que nous avions déjà discuté de cette question, non ? fit Devoir d'un ton perplexe.

— Vraiment ? Ah ! C'est possible. Veuillez excuser un vieillard dont l'esprit s'égare parfois, monseigneur. »

Le prince émit un petit grognement sceptique. Discrètement, je battis en retraite jusqu'au chevet du simple d'esprit.

La fièvre ne l'avait pas quitté. Umbre appela un domestique et lui donna une liste de plats à préparer, propres selon lui à revigorer le malade. Je songeai à la cuisinière hargneuse à qui j'avais eu affaire et plaignis le jeune serviteur ; il revint d'ailleurs bien trop vite avec une tasse d'eau chaude dans laquelle nageait un morceau de viande salée. Le conseiller royal, furieux, envoya un autre laquais avec des ordres précis et sévères. Je réussis à faire boire un peu d'eau à Lourd puis écoutai avec inquiétude sa respiration de plus en plus rauque.

Le repas arriva enfin, beaucoup plus substantiel que le premier, et je parvins à en faire avaler quelques bouchées à mon patient. Il avait mal à la gorge et souffrait à chaque déglutition si bien que l'opération prit du temps. Sur les instructions d'Umbre, la cuisinière m'avait aussi confectionné un en-cas afin que je pusse me restaurer sur place, et cela devint le quotidien de mes repas. J'appréciais de pouvoir manger à loisir sans avoir à disputer mes rations à mes camarades de la garde mais je me retrouvais aussi coupé des bavardages du bord, hormis ceux de Lourd, d'Umbre et de Devoir. Pour ma première nuit dans la cabine du prince, j'espérais pouvoir dormir à poings fermés ; mon malade avait cessé de s'agiter et de gémir, et paraissait calme. Je me laissai aller à souhaiter qu'il eût trouvé quelque paix intérieure. Ma paillasse barrait l'entrée de son placard. Je fermai les yeux, n'aspirant qu'au repos, mais je pris une profonde inspiration, me concentrai et plongeai dans le rêve de Lourd.

Il n'était pas seul. Le chaton se pelotonnait sur son coussin au milieu d'un grand lit tandis qu'Ortie se déplaçait dans la pièce, apparemment occupée aux tâches vespérales d'une maison : fredonnant, elle pliait des vêtements jetés çà et là, rangeait des assiettes et des couverts dans des buffets. Quand elle eut fini, tout était parfaitement en ordre, sans une trace de poussière. « Là, dit-elle au chaton qui l'observait, tu vois ? Tout va bien ; chaque chose est à sa place, propre et nette. Et, toi, tu n'as rien à craindre. Bonne nuit, petit bonhomme. » Elle se dressa sur la pointe des pieds pour souffler la lampe, et je remarquai ce qui m'avait bizarrement échappé jusque-là : je savais qu'il s'agissait d'Ortie mais je la percevais par le regard de Lourd comme une femme courtaude et ventripotente, avec de longs cheveux grisonnants noués en chignon et le visage ridé. Sa mère, me dis-je, et je compris alors qu'elle avait eu son enfant très tard. On aurait pu la prendre pour sa grand-mère.

Puis le rêve s'éloigna de moi, comme si je me reculais d'une fenêtre éclairée. Je promenai mon regard autour de moi : nous étions revenus sur la colline ; je me trouvais au pied de la tour fondue, le roncier noir et mort m'encerclait, et Ortie se tenait près de moi. « C'est pour lui que je fais ça, non pour toi, déclarat-elle d'un ton brusque. Souffrir de rêves aussi imprégnés de terreur, c'est horrible !

— Tu es en colère contre moi ? » demandai-je d'une voix lente. Je redoutais sa réponse.

Elle ne me regarda pas. Venu je ne sais d'où, un vent glacé soufflait entre nous. « Que signifiait réellement le message que tu m'as donné à transmettre à mon père ? Serais-tu vraiment une bête insensible, Fantôme-de-Loup, pour te servir de moi afin de lui percer le cœur ? »

Oui. Non. La vérité me faisait défaut. J'aurais aimé lui dire que jamais je ne voudrais de mal à Burrich, mais était-ce exact ? Il s'était approprié Molly. Certes, ils me croyaient morts et ils ne nourrissaient aucune mauvaise intention, mais il me l'avait prise quand même. Il avait aussi élevé ma fille dans la paix et la sécurité. Oui, c'était vrai et je lui en savais gré, mais elle verrait toujours son visage quand elle entendrait le mot « papa ». « C'est toi qui as insisté, fis-je avant de me rendre compte de la dureté de mon ton.

— Et, comme dans les contes d'autrefois, tu as exaucé mon vœu et il m'a brisé le cœur.

— Que s'est-il passé ? » demandai-je avec réticence.

Elle n'avait aucune envie de me le raconter et pourtant elle s'exécuta. « Je lui ai dit que j'avais fait un rêve ; un loup avec un piquant de porc-épic planté dans le museau m'avait promis de veiller sur Leste et de le reconduire à la maison sain et sauf. Puis j'ai répété ta phrase : "Comme toi jadis, je protège et je guide aujourd'hui ton fils. Je le défendrai contre tout péril et, une fois ma tâche achevée, je te le ramènerai vivant et en bonne santé."

— Et alors ?

— Ma mère pétrissait le pain et elle m'a conseillé de m'abstenir de parler de Leste si je n'avais que fariboles à la bouche ; mais elle nous tournait le dos et elle n'a pas vu la réaction de mon père assis à la table avec moi. Ses yeux se sont écarquillés et, pendant un moment, il est resté à me dévisager, comme changé en pierre, puis il s'est écroulé de sa chaise et il est demeuré par terre, avec le regard fixe d'un cadavre. J'ai cru que la mort l'avait terrassé d'un coup. Mes frères et moi l'avons transporté sur son lit, redoutant le pire. Ma mère terrifiée ne cessait de lui demander ce qu'il avait, où il était blessé, mais il ne répondait pas. Au bout d'un moment, il a seulement placé ses mains sur ses yeux, il s'est roulé en boule comme un enfant battu et il s'est mis à sangloter.

" Il a pleuré ainsi toute la journée sans dire un mot à personne. Tout à l'heure, à la nuit tombante, je l'ai entendu se lever ; je me suis rendue à la balustrade de ma soupente : il avait revêtu sa tenue de voyage et ma mère s'accrochait à son bras en le suppliant de rester. Mais il a déclaré : "Femme, tu ignores ce que nous avons commis et je n'ai pas le courage de te le dire. Je suis un lâche ; depuis toujours, je suis un lâche." Il s'est dégagé puis il est parti. »

Pendant un terrible instant, j'imaginai Molly repoussée, abandonnée, et je me sentis anéanti.

Je réussis tout de même à demander : « Où est-il allé ?

— Je ne sais pas où tu te trouves mais, à mon avis, il est en route pour te rejoindre. » Elle s'exprimait laconiquement ; néanmoins, je perçus de l'espoir dans sa voix, l'espoir que quelqu'un sût où son père se rendait et pourquoi. Je dus le briser.

— C'est impossible. Mais je crois avoir une idée de sa destination et, dans ce cas, il reviendra bientôt. » Castelcerf, me dis-je. Toujours direct, il gagnerait Castelcerf dans l'intention de mettre Umbre au pied du mur et de l'interroger ; mais c'est à Kettricken qu'il aurait affaire, et elle lui révélerait tout, comme elle avait révélé à Devoir ma véritable identité, parce que seule la vérité comptait à ses yeux, même si elle devait meurtrir celui qui l'entendait.

Tandis que je réfléchissais ainsi, Ortie reprit : « Qu'ai-je fait ? » La question n'avait rien de rhétorique. « Je me suis crue maligne, j'ai cru être capable de marchander avec toi et d'obtenir le retour de mon frère à la maison, mais au lieu de cela... qu'ai-je fait ? Qui es-tu ? Cherches-tu notre perte ? En veux-tu à mon père ? » Puis, d'un ton encore plus angoissé, elle demanda : « Mon frère se trouve-t-il en ton pouvoir ?

— N'aie pas peur de moi, je t'en prie ; tu n'as aucune raison de me craindre », répondis-je précipitamment ; puis je m'interrogeai : était-ce bien vrai ? « Leste se porte bien et je te promets de tout mettre en œuvre pour vous le renvoyer le plus vite possible. » Je m'interrompis : que pouvais-je lui dire d'autre sans danger ? Ma fille n'avait pas une cervelle de linotte ; trop d'indices et elle risquait de percer le mystère ; alors, selon toute probabilité, je la perdrais pour toujours. « J'ai connu ton père il y a longtemps ; nous étions très proches. Mais j'ai fait des choix qui allaient à l'encontre de ses principes et nos chemins ont bifurqué. Il me croit mort depuis des années ; par les mots que tu lui as rapportés, il sait à présent qu'il se trompait. Comme je ne suis jamais venu le voir, il est persuadé de m'avoir infligé un grand tort. C'est faux mais, si tu as une idée de la personnalité de ton père, tu sais qu'il n'obéit qu'à ses convictions.

— Tu l'as connu il y a longtemps ? Et ma mère aussi ?

— J'ai connu Burrich bien avant ta naissance. » Je ne mentais pas vraiment mais je l'égarais néanmoins, et je la laissai s'enferrer.

« C'est pourquoi le message ne signifiait rien pour ma mère, conclut-elle à mi-voix après un instant de réflexion.

— Oui. » Avec circonspection, je poursuivis : « Comment va-t-elle ?

— Mal, évidemment ! » Ma stupidité l'agaçait. « Elle est sortie, elle lui a crié sur tous les tons de revenir pendant qu'il s'éloignait puis, quand elle est rentrée, elle s'en est prise à nous tous en demandant aux dieux pourquoi elle avait épousé un homme au caractère aussi rigide. Dix fois elle a voulu savoir ce que je lui avais dit et dix fois je lui ai raconté mon "rêve" ; j'ai bien failli lui révéler tout ce que je sais de toi, mais ça n'aurait servi à rien puisqu'elle ne te connaît pas. »

Pendant une fraction de seconde qui me glaça, je vis la scène par les yeux d'Ortie. Molly se tenait au milieu de la route ; dans ses efforts pour retenir Burrich, ses cheveux s'étaient défaits, bouclés comme autrefois, et ils dansaient sur ses épaules tandis qu'elle agitait le poing. Son cadet, à peine âgé de six ans, s'agrippait à ses jupes et sanglotait de terreur devant le spectacle incompréhensible de son père abandonnant sa mère. Le soleil couchant ensanglantait le paysage. « Vieil imbécile aveugle ! hurla Molly à son époux, et ces mots me firent l'effet d'une grêle de pierres. Tu vas te perdre ou te faire dépouiller ! Tu ne rentreras jamais ! » Mais elle n'entendit pour toute réponse que le claquement des sabots qui s'éloignaient.

Soudain Ortie se détourna de ce souvenir douloureux, et je m'aperçus que nous ne nous trouvions plus sur la colline près de la tour fondue, mais dans une soupente ; mes oreilles de loup effleuraient les poutres basses. Ma fille était assise dans son lit, les genoux remontés contre la poitrine. Derrière le rideau qui nous séparait du reste du grenier, j'entendais le bruit de la respiration de ses frères ; l'un d'eux s'agita dans son sommeil et poussa un cri effrayé. Nul ne faisait de rêves paisibles dans la maison cette nuit-là.

Je redoutais plus que tout au monde qu'elle ne

parlât de moi à Molly, mais je n'osais lui demander de se taire car elle comprendrait alors que j'avais menti. Ne soupçonnait-elle pas déjà peu ou prou une relation entre sa mère et moi ? Je ne répondis pas directement à sa dernière remarque. « Je ne pense pas que ton père restera absent longtemps. À son retour, veux-tu me prévenir afin d'apaiser mes inquiétudes ?

— S'il rentre », murmura-t-elle, et je sus alors que Molly avait exprimé tout haut les craintes bien réelles de toute la famille. Avec réticence, comme si dire la vérité risquait de lui donner corps, Ortie poursuivit : « Il s'est déjà fait détrousser et rouer de coups alors qu'il était parti seul à la recherche de Leste. Il ne l'a jamais avoué, mais nous sommes tous au courant de cette aventure. Ça ne l'a pas empêché de recommencer.

— C'est Burrich. » Je préférai garder pour moi l'espoir que je nourrissais : celui qu'il avait choisi une monture qu'il connaissait bien. Jamais il ne se servirait du Vif pour entrer en contact avec elle, mais les animaux avec lesquels il travaillait n'en communiquaient pas moins avec lui.

« Oui, c'est mon père », fit-elle avec un mélange de douleur et de fierté. Et tout à coup les murs de sa chambre se mirent à couler comme des lettres encrées sur lesquelles tombent des larmes, et Ortie disparut de mon rêve en dernier. Quand je revins à moi, mon regard aveugle était braqué vers un angle obscur de la cabine du prince.

Les jours et les nuits s'écoulèrent, monotones, et l'état de Lourd ne changea guère, ni en mieux ni en pire. Il retrouvait quelque vigueur l'espace d'une journée puis sombrait à nouveau dans la fièvre et les quintes de toux ; son affection physique, bien réelle, avait chassé sa crainte du mal de mer, mais ce ne m'était qu'un maigre réconfort. À plusieurs reprises, je fis appel à Ortie pour dissiper ses rêves de fièvre avant qu'ils ne sèment leur angoisse dans l'équipage. Les marins sont gens superstitieux ; Lourd leur imposait un cauchemar commun et, lorsqu'ils échangeaient leurs souvenirs de la nuit, ils y voyaient un avertissement des dieux. Cela ne se produisit qu'une fois mais nous frôlâmes la mutinerie.

Avec une fréquence et une intimité plus grandes que je ne l'aurais souhaité, j'œuvrais en compagnie d'Ortie sur les songes d'Art. Elle ne parlait pas de Burrich et je ne l'interrogeais pas, mais, j'en suis sûr, elle aussi comptait les jours depuis son départ. Je lui faisais confiance pour m'informer des nouvelles qu'elle pouvait recevoir de lui. L'absence de son père dans sa vie me ménageait une place, et, sans que je voulusse, je sentais le lien entre nous s'affermir jusqu'à me permettre de rester conscient d'elle à tout moment. Elle m'apprit sans s'en apercevoir à me glisser derrière les rêves de Lourd et à les manipuler, à les orienter avec douceur vers des images rassurantes. Je n'avais pas son talent : le mien s'arrêtait à suggérer, le sien lui donnait la faculté de rééquilibrer, d'harmoniser les songes.

En deux occasions, je sentis qu'Umbre nous observait. Je m'en irritai mais qu'y faire ? Manifester que je percevais sa présence aurait attiré l'attention d'Ortie sur lui. Toutefois, en feignant de ne pas le remarquer, je lui rendais service car il gagnait en hardiesse, et je voyais grandir et se consolider l'Art de mon vieux mentor. N'en avait-il pas conscience ou bien cherchait-il à me le dissimuler ? Je l'ignorais mais me gardais bien de lui faire part de mes interrogations.

Les voyages en mer ne m'ont jamais passionné : quand on a vu un paysage marin, on les a tous vus, et, au bout de quelques jours, la cabine du prince me parut aussi exiguë, étriquée et oppressante que la cale que se partageaient mes camarades gardes. L'absence de variété des menus, le tangage incessant et mon inquiétude pour la santé de Lourd sapaient mon énergie. Notre clan incomplet progressait peu lors de nos leçons d'Art.

Leste se présentait à moi tous les jours ; ses lectures à voix haute lui permettaient de connaître les îles d'Outre-mer et à moi de rafraîchir ma mémoire. À la fin de la séance, je lui posais quelques questions afin de m'assurer que le savoir se gravait en lui et ne se bornait pas à entrer par ses yeux et à ressortir par sa bouche. Il retenait bien ce qu'il apprenait et quêtait parfois quelques éclaircissements. Rarement gracieux, il se montrait néanmoins soumis à son professeur, et je n'en demandais pas plus. Sa présence paraissait exercer un effet apaisant sur Lourd : le petit homme se détendait et certains plis s'effaçaient de son visage tandis qu'il prêtait l'oreille à nos échanges. Il intervenait peu, respirait laborieusement et toussait parfois à en perdre le souffle. Le convaincre d'avaler quelques cuillerées de bouillon prenait un temps infini et nous laissait tous deux épuisés ; le ventre rond qu'il avait gagné au château fondait et des cernes sombres se creusaient sous ses petits yeux. Jamais je n'avais eu affaire à créature plus malade que lui, et le fatalisme avec lequel il acceptait sa situation me fendait le cœur : il se voyait mourant et, même dans ses rêves, je ne parvenais jamais à chasser complètement cette idée.

Devoir ne pouvait m'apporter aucune aide. Il faisait de son mieux et il éprouvait une affection sincère pour Lourd ; mais il avait quinze ans et il demeurait un enfant par bien des aspects – qui plus est, un enfant courtisé par ses nobles qui inventaient chaque jour de nouveaux divertissements pour l'attirer auprès d'eux. Loin de l'influence austère de Kettricken, ils l'accablaient de distractions et de flatteries ; des yoles allaient et venaient entre les navires de la flotte de fiançailles pour transporter les aristocrates qui rendaient visite au prince, mais aussi Umbre et lui qui embarquaient à bord des autres bâtiments à l'occasion de soirées où l'on se régalait de poésie, de chansons et d'alcools fins. Ces transbordements visaient à lui éviter l'ennui d'un voyage monotone et ils n'y réussissaient que trop bien, mais la charge de Devoir l'obligeait à répartir équitablement ses faveurs et ses attentions entre les membres de sa suite. Le succès de son règne dépendait des alliances qu'il forgerait pendant son périple et il ne pouvait guère refuser les invitations qu'on lui lançait. Cependant, je m'inquiétais de la facilité avec laquelle il se laissait distraire de son serviteur souffrant.

Je trouvais mon seul réconfort auprès de Trame. Il venait chaque jour me proposer sans ostentation de veiller sur Lourd pendant que je m'octroyais un peu de temps libre. Incapable, naturellement, de relâcher complètement ma vigilance, je maintenais ouverte ma conscience de Lourd par le biais de l'Art, de crainte qu'il ne nous entraîne tous impromptu dans un cauchemar échevelé et empreint d'effroi ; cette relève me permettait néanmoins de quitter la cabine exiguë pour faire quelques pas sur le pont et jouir du vent sur mon visage. Toutefois, cet arrangement m'interdisait de m'entretenir seul à seul avec Trame, ce que je ne souhaitais pas seulement pour obéir aux instructions d'Umbre. Son amabilité et son efficacité discrètes m'impressionnaient chaque jour davantage. J'avais le sentiment qu'il cherchait à entrer dans mes bonnes grâces, non comme les nobles courtisaient Devoir mais comme Burrich s'imposait en douceur à un cheval dont il désirait reprendre le dressage ; et il y parvenait, bien que je fusse conscient de son manège. Après chacun de nos échanges je me sentais un peu moins de méfiance et de circonspection à son égard. Je ne voyais plus comme une menace mais presque un réconfort qu'il connût mon identité. Dans mon esprit se pressait une foule de questions que je mourais d'envie de lui poser : combien de membres du Lignage savaient que Fitz Chevalerie vivait toujours ? Combien que lui et moi ne faisions qu'un ? Mais je n'osais pas les exprimer devant Lourd malgré ses errances dans ses rêves fébriles ; à qui n'eût-il pu répéter mes paroles, dans ses songes ou la réalité ?

Tard un soir, alors que le prince et Umbre venaient de rentrer à la suite de quelque divertissement, j'attendis que Devoir eût donné congé à ses domestiques. Le vieil homme et l'adolescent s'assirent, un verre de vin à la main, sur le banc capitonné sous la fenêtre qui donnait sur notre sillage et se mirent à bavarder à mi-voix. Je quittai le chevet de Lourd et, me dirigeant vers la table, leur fis signe d'approcher. Malgré la fatigue de plusieurs longues parties de Cailloux avec sire Excellent, ils obéirent aussitôt, intrigués. Sans préambule, je demandai à Devoir : « Trame vous a-t-il avoué savoir que je suis Fitz Chevalerie ? »

Il n'eut pas besoin de répondre ; son expression ébahie me suffit amplement.

« Était-il nécessaire de le mettre au courant ? » grommela Umbre à mon intention.

Le prince ne me laissa pas le temps de réagir.

« Y a-t-il une raison de me le cacher ? rétorqua-t-il plus sèchement que je ne m'y attendais.

— Aucune, sinon que ce petit détail n'a pas de rapport avec notre présente mission. Je m'efforce de ne pas détourner vos pensées des affaires les plus pertinentes, prince Devoir. » Umbre s'exprimait avec raideur.

« Peut-être, conseiller, pourriez-vous me laisser juge des affaires auxquelles accorder cette pertinence ? » L'âpreté de la voix de l'adolescent me fit comprendre qu'ils avaient déjà débattu de ce sujet.

« Rien ne vous permet donc de penser que quelqu'un d'autre dans votre clan de Vif sait qui je suis ? »

Le prince hésita, réfléchit. « Rien. Nous avons parlé du Bâtard au Vif de temps en temps, naturellement, et, maintenant que j'y songe, toujours à l'initiative de Trame ; mais il aborde la question de la même façon qu'il nous enseigne l'histoire et les traditions du Vif. Il parle puis il nous soumet des interrogations qui nous conduisent à une compréhension plus approfondie du sujet. Jamais il n'a évoqué Fitz Chevalerie autrement que comme une figure historique. »

J'éprouvai un petit frisson d'effroi à m'entendre décrire comme une « figure historique ». Umbre intervint avant que mon malaise s'accrût.

« Ainsi, Trame fait office de professeur de votre clan ? Il vous entretient d'histoire, de traditions... de quoi encore ?

— De bienséance. Il nous raconte de vieilles histoires de gens et de bêtes doués du Vif et il nous explique comment nous préparer avant d'entamer une Quête pour trouver un compagnon animal. Ce qu'il nous apprend, j'ai l'impression que les autres le savent depuis l'enfance, mais il s'adresse à Leste et moi ; pourtant, quand il narre ses contes, tout le monde l'écoute attentivement, surtout Nielle, le ménestrel. Je crois qu'il détient un savoir qui a bien failli disparaître, et il nous le confie afin que nous le préservions et le transmettions à notre tour. »

Je hochai la tête. « Quand les persécutions ont détruit leurs communautés, les Vifiers ont dû cacher leurs coutumes et leur science ; inévitablement, une partie s'en est perdue d'une génération à l'autre.

— À votre avis, pourquoi Trame parle-t-il de Fitz Chevalerie ? » fit Umbre d'un ton songeur.

Devoir réfléchit, étudiant la question de la manière dont le vieil assassin m'avait appris à analyser les actes d'un homme. Qu'y a-t-il à y gagner ? Qui s'en trouve menacé ? « Peut-être me soupçonne-t-il d'être au courant de son identité ; mais je n'y crois guère. À mon sens, il soumet ce sujet au clan de Vif afin de nous inciter à nous demander : "Quelle est la différence entre un souverain doué du Vif et un souverain qui ne le possède pas ? En quoi les Six-Duchés se seraient-ils trouvés changés si Fitz avait accédé au pouvoir au lieu de périr exécuté à cause de sa magie ? Quelles seront les répercussions sur le royaume si je puis un jour révéler en toute sécurité que j'appartiens au Lignage ? Et quel profit mon peuple, mon peuple tout entier, peut-il espérer d'un monarque du Lignage ? Comment mon clan de Vif peut-il m'aider pendant mon règne ?"

— Pendant votre règne ? fit Umbre d'un ton vif. L'ambition de vos amis s'étend-elle si loin dans l'avenir ? Il était question qu'ils vous assistent dans votre présente quête afin de montrer aux Six-Duchés que le Vif peut servir au bien ; escomptent-ils conserver leurs fonctions de conseillers après cette tâche ? »

Devoir le regarda, le front plissé. « Évidemment. »

Voyant que le vieil homme fronçait les sourcils avec irritation, j'intervins : « Cela me paraît naturel, Umbre, surtout si leur aide se révèle effective durant le voyage. Les rejeter après les avoir utilisés ne correspondrait pas à la sagesse politique que vous m'enseignez depuis toujours. »

Il gardait la mine sombre. « Ma foi... j'imagine que... s'ils démontrent une certaine efficacité, ils attendront une compensation. »

Le prince ne haussa pas le ton mais je sentis qu'il se dominait. « Et quelle rétribution pensez-vous qu'ils demanderaient s'il s'agissait d'artiseurs et non de vifiers ? » J'eus tant l'impression d'entendre Umbre lui-même que je faillis éclater de rire.

L'autre se hérissa. « La question n'a aucun rapport, voyons ! L'Art est votre magie héréditaire et elle possède une puissance infiniment supérieure à celle du Vif. Il serait tout à fait normal que vous vous liiez aux membres de votre clan d'Art et que vous recherchiez autant leur société que leurs conseils. » Il se tut brusquement.

Devoir hocha lentement la tête. « Le Vif est aussi ma magie héréditaire, et j'ai dans l'idée qu'elle recèle bien plus de pouvoir que nous ne nous en doutons. Et j'éprouve un sentiment d'amitié et de confiance envers ceux qui partagent cette magie avec moi. Comme vous l'avez dit, c'est normal. »

Umbre s'apprêtait à répondre mais il se tut ; puis il ouvrit de nouveau la bouche mais, encore une fois, il la referma. L'exaspération le disputait à l'admiration sur ses traits quand il déclara enfin d'un ton posé : « Très bien ; je comprends votre raisonnement. Cela n'entraîne pas que j'en partage les conclusions, mais je le comprends.

— Je n'en demande pas plus », dit le prince, et j'entendis dans sa voix l'écho du monarque qu'il deviendrait.

Le vieillard tourna son regard sombre vers moi. « Pourquoi as-tu mis ce sujet sur le tapis ? me demanda-t-il d'un ton irrité, comme si j'avais voulu précipiter la querelle entre eux.

— Parce que je tiens à découvrir ce que cherche Trame. Je sens qu'il essaye de s'insinuer dans mes bonnes grâces, d'attirer ma confiance ; dans quel but ? »

Le silence absolu n'existe pas à bord d'un bateau ; le bois et l'eau, la toile et l'air n'interrompent jamais leurs conversations. Ces voix furent les seules qu'on entendit dans la cabine pendant quelque temps. Enfin Devoir émit un petit grognement. « Aussi invraisemblable que cela vous paraisse, Fitz, peut-être désire-t-il seulement votre amitié. Je ne vois pas quel autre intérêt il aurait.

— Il détient un secret, répondit Umbre d'un ton aigre. C'est toujours une ouverture sur le pouvoir.

— Sur le danger aussi, objecta Devoir. Dévoiler ce secret présenterait autant de risques pour Trame que pour Fitz. Songez aux conséquences : ne saperait-il pas ainsi ma future autorité de monarque ? Certains des nobles ne se retourneraient-ils pas contre ma mère la reine, furieux qu'elle les ait trompés et qu'elle ait préservé la vie de Fitz ? » Un ton plus bas, il poursuivit : « N'oubliez pas qu'en révélant à Fitz qu'il connaissait son identité, Trame s'est mis lui-même en péril : certains seraient prêts à tuer pour maintenir enfoui ce secret. »

Je me tournai vers Umbre plongé dans ses réflexions. « De fait, la menace pèse autant sur votre règne que sur Fitz, concéda-t-il d'un air soucieux. Vous avez raison pour l'instant ; Trame a tout intérêt à ne rien dire. Tant que vous vous montrez bien disposé envers les vifiers, ils n'auront aucun profit à vous déposer. Mais si d'aventure vous deviez vous opposer à eux ?

— Si je devais m'opposer à eux ? » Le prince éclata de rire. « Umbre, interrogez-vous comme vous m'interrogez si souvent : que se passerait-il ensuite ? Si on nous renversait, ma mère et moi, qui s'emparerait du trône ? Ceux qui nous en auraient jetés à bas, évidemment ! Et ils persécuteraient les vifiers plus durement qu'aucun autre ennemi que le Lignage a dû affronter depuis ma naissance. Non, je pense que Fitz n'a pas à s'inquiéter pour son secret ; mieux encore, je crois qu'il devrait se départir de sa circonspection et accepter l'amitié de Trame. »

Je hochai la tête en me demandant pourquoi cette perspective m'emplissait de malaise.

« Je ne vois toujours guère d'avantage à ce clan de Vif, fit Umbre entre haut et bas.

— Vraiment ? Pourquoi, dans ce cas, me questionnez-vous chaque jour sur ce qu'a vu la mouette de Trame ? Vos inquiétudes ne s'apaisent-elles pas de savoir que tous les navires qu'elle a montrés à son compagnon sont d'honnêtes marchands ou de simples pêcheurs ? Et songez aux nouvelles qu'elle nous a rapportées aujourd'hui ; elle a survolé le port et la ville de Zylig, et Trame les a observés par ses yeux. Il n'a remarqué aucun rassemblement laissant croire à une agression ou une trahison. Certes, les rues grouillent de gens mais ils paraissaient manifester une attitude festive. Cela ne vous rassure-t-il pas ?

— Sans doute. Mais le réconfort est mince quand on sait à quel point la traîtrise se déguise aisément. »

Lourd se retourna en marmonnant, et j'en profitai pour m'excuser et me rendre auprès de lui. Peu après, Umbre regagna sa propre cabine, le prince se mit au lit et j'installai ma paillasse le long de la couchette du simple d'esprit. Je songeai à Trame et Risque, et m'imaginais en train de regarder l'océan et les îles d'Outre-mer par les yeux de l'oiseau ; cependant, avant que ma fantaisie n'eût le temps de me captiver tout entier, une vague de nostalgie pour Œil-de-Nuit me submergea. Cette nuit-là, je plongeai dans mes propres rêves, et des loups y chassaient au milieu de collines écrasées de soleil.

8

LE HETGURD

Voici la vérité. Eda et El s'accouplèrent dans les ténèbres, mais il ne se fit pas aimer d'elle. Elle donna le jour à la terre, et le flot de ses eaux qui accompagna cette naissance devint la mer. La terre était informe, limon sans vie, puis Eda la prit entre ses mains. L'une après l'autre, elle forma les runes de son nom secret et elle fit de même pour celui d'El. Elle écrivit son nom avec les Runes du Dieu qu'elle ordonna soigneusement dans l'océan. Et, tout cela, El le vit.

Mais, quand il voulut du limon pour modeler ses propres runes, Eda refusa de lui en céder la plus petite parcelle. « Tu n'as donné en guise de semence qu'un peu de fluide de ton corps pour créer tout cela. Moi, j'ai apporté la chair. Reprends donc ce qui vient de toi et satisfais-t'en. »

El n'était pas satisfait. Alors il fabriqua les hommes, il leur fit présent de navires et il les déposa sur la face de la mer. Riant sous cape, il dit : « Ils sont trop nombreux pour qu'elle les surveille tous. Bientôt ils fouleront sa terre et la transformeront à mon gré afin qu'elle décrive mon nom au lieu du sien. »

Mais Eda avait prévu son astuce, et, quand les hommes d'El arrivèrent sur la terre, ils trouvèrent les femmes d'Eda qui la foulaient déjà et administraient la croissance des grains et des fruits et la multiplication du bétail. Et les femmes n'acceptèrent point que les

hommes changent la forme des terres ni même qu'ils
y résident longtemps. Elles déclarèrent : « Nous vous
permettons de nous offrir la saumure de vos reins
avec laquelle nous créerons la chair qui suivra la
nôtre. Mais jamais la terre, née d'Eda, n'appartiendra
à vos fils ; elle ne reviendra qu'à nos filles. »

La naissance du monde selon les bardes outrîliens

*

Malgré les craintes d'Umbre, la mouette avait montré sans erreur à Trame ce qui nous attendait. Le lendemain matin, la vigie annonça la terre, et, l'après-midi, nous doublions par tribord les premiers îlots de notre destination. Les petits bouts d'archipel aux grèves verdoyantes, piquetés de maisons minuscules, autour desquels allaient et venaient des bateaux de pêche, apportaient de la vie à un horizon resté trop longtemps purement aquatique. J'essayai de persuader Lourd de se lever et de monter sur le pont pour constater que nous approchions du terme de notre voyage, mais il refusa la tentation, répondant d'une voix lente et plaintive : « Ce ne sera pas chez nous. On est trop loin et on ne reviendra jamais. Jamais. » Il se détourna en toussant.

Son défaitisme n'atténua pourtant pas mon soulagement, et je me convainquis qu'une fois à terre il recouvrerait la santé, tant physique que morale. Je savais que l'échéance approchait où nous quitterions les limites étouffantes du bateau et chaque minute me semblait un jour ; le port de Zylig arriva en vue l'après-midi même, mais j'avais l'impression qu'un mois s'était écoulé. Quand des esquifs à rames se portèrent à notre rencontre pour nous accueillir et nous piloter par les chenaux étroits jusqu'au port, je regrettai de ne pas me trouver sur le pont en compagnie d'Umbre et du prince.

J'arpentai la cabine de Devoir en jetant des regards frustrés par les fenêtres qui donnaient sur l'arrière, pendant que le capitaine hurlait des ordres et que roulait le tonnerre des pieds nus des matelots sur les planches. Umbre, le prince, son entourage et son clan de Vif observaient du pont les manœuvres. Je me sentais comme un chien à la chaîne tandis que les mâtins s'élancent à la chasse. Les mouvements du navire se modifièrent quand on ferla les voiles et que les cordes de remorque des embarcations à rames se tendirent ; une fois que nous fûmes à l'emplacement voulu, nos guides outrîliens nous firent virer poupe vers Zylig. Dans les bruits d'éclaboussure des ancres qu'on larguait, j'étudiai avidement la ville qui nous attendait. On amenait les autres bateaux des Six-Duchés sur des mouillages proches.

Rien n'égale, je crois, en pesante lenteur l'entrée d'un vaisseau dans un port, sinon peut-être son déchargement. Les eaux qui nous entouraient grouillèrent soudain de petites embarcations dont les rames montaient et descendaient comme les multiples pattes d'insectes aquatiques. L'une d'elles, plus ornementée, emporta bientôt le prince Devoir, Umbre, une suite choisie et une poignée de gardes. Je les regardais s'éloigner, certain qu'on nous avait complètement oubliés, Lourd et moi, quand on frappa à la porte. C'était Crible, vêtu de sa tenue de parade ; ses yeux brillaient d'excitation.

« J'ai ordre de veiller sur ton simplet pendant que tu te prépares ; un bateau doit nous amener à terre, le reste de la garde, lui et toi. Allons, dépêche-toi ! Tout le monde est prêt. »

On ne m'avait donc pas oublié, mais on ne m'avait pas non plus tenu au courant du déroulement des opérations. Prenant le jeune homme au mot, je le laissai en compagnie de Lourd pendant que je descendais dans la cale. Le secteur des gardes était désert : ils avaient tous endossé leurs uniformes propres à l'approche du port, et ceux qui n'escortaient pas le prince s'alignaient le long du bastingage, pressés de débarquer. Je me changeai rapidement et me hâtai de regagner les quartiers du prince. Obliger Lourd à enfiler des vêtements propres n'aurait rien d'agréable ni de facile ; toutefois, je constatai en entrant que Crible s'était déjà mis à la tâche.

Lourd vacillait, assis au bord de sa couchette. Sa tunique et son pantalon bleus pendaient lamentablement de sa silhouette amaigrie ; il fallait que je le visse vêtu pour me rendre compte du poids qu'il avait perdu. Agenouillé devant lui, le jeune garde le taquinait avec bonhomie pour l'inciter à se chausser. Avec des gémissements défaillants, le petit homme s'efforçait à mouvements vagues d'y mettre du sien ; son visage se plissait de détresse. Si j'avais nourri des doutes jusque-là, ils n'étaient plus permis désormais : Crible travaillait bel et bien pour Umbre ; aucun garde classique n'aurait entrepris pareille corvée de son plein gré.

« Je vais prendre la relève », lui dis-je sans parvenir à dissimuler complètement une certaine sécheresse. Je n'aurais su expliquer pourquoi, mais j'éprouvais un sentiment protecteur à l'égard du petit homme qui me regardait de ses yeux ronds et larmoyants.

« Lourd, fis-je alors que je terminais d'enfiler ses chaussures, nous débarquons. Une fois sur le plancher des vaches, tu te sentiras beaucoup mieux, tu verras.

— Ce n'est pas vrai », répondit-il d'un ton sans réplique. Une quinte de toux le saisit, accompagnée d'un râle qui m'épouvanta. Je lui passai néanmoins un manteau sur les épaules et l'aidai à se lever ; d'un pas titubant, il quitta la cabine à mes côtés. Sur le pont, à l'air frais pour la première fois depuis des jours, il se mit à trembler de froid et serra son manteau autour de lui. Le soleil brillait mais la température n'était pas celle d'une journée d'été à Castelcerf ;

la neige couvrait encore le sommet des plus hauts monts de l'île et le vent nous apportait sa fraîcheur.

Les Outrîliens se chargèrent de nous transporter à terre. Crible et moi ne fûmes pas de trop pour faire descendre Lourd dans la barque qui dansait, et je sacrai tout bas contre les gardes qui riaient de nos efforts. Aux avirons, les Outrîliens parlaient de nous entre eux, ignorant que je ne perdais rien de leur dédain pour un prince qui choisissait un idiot comme compagnon. Une fois installé sur le banc à côté du petit homme, je dus le serrer contre moi pour apaiser la terreur que lui inspirait l'étroite embarcation sans pont ; il pleurait et ses larmes roulaient sur ses joues tandis que notre canot montait et descendait au rythme des vagues. Je détournai les yeux des reflets aveuglants du soleil sur l'eau et observai d'un air impavide les quais et les bâtiments de Zylig dont nous rapprochait chaque ahan des rameurs.

Le spectacle n'avait rien d'exaltant et je compris le mépris dans lequel Peottre Ondenoire tenait la ville. Elle présentait tous les aspects les plus miteux d'un port animé : jetées et appontements s'avançaient sans ordre dans la baie, des navires de tous types s'entassaient entre eux, pour la plupart des baleiniers crasseux et ventrus qui dégageaient une odeur pestilentielle et indéfectible d'huile et de sang ; je remarquai aussi quelques marchands des Six-Duchés, un bâtiment d'allure chalcédienne et un autre qui venait peut-être de Jamaillia. Parmi eux se faufilaient les petits bateaux de pêche qui alimentaient quotidiennement la ville bruissante d'activité, et d'autres, encore plus frêles, qui vendaient à la criée du poisson fumé, des algues séchées et de semblables denrées aux navires en partance. Une forêt de mâts se dessinait sur le ciel, et les navires à l'amarre grandissaient à mesure que nous approchions.

Derrière eux, j'aperçus des entrepôts, des auberges à marins et des magasins d'approvisionnement où la pierre prédominait sur le bois dans la construction. Des rues étroites, parfois guère plus que des sentiers, serpentaient entre les petits bâtiments grouillant de monde. D'un côté de la baie, là où l'eau peu profonde et encombrée d'écueils ne permettait pas le mouillage, des maisonnettes de pierre s'agglutinaient au ras des vagues ; des bateaux à rame gisaient échoués au-dessus de la ligne de marée, sous des poissons éviscérés, les filets déployés, mis à sécher sur des fils comme du linge, auxquels des feux allumés dans des tranchées en dessous ajoutaient une saveur fumée en même temps qu'ils assuraient leur conservation. Entre deux navires, je vis un groupe de gamins qui couraient à vive allure sur la grève en poussant des cris rauques, pris dans un jeu aux règles violentes.

La partie de la ville vers laquelle nous nous dirigions paraissait récente ; au contraire du reste du port, les rues y étaient larges et rectilignes. Le bois complétait la pierre et la plupart des édifices s'élevaient plus haut qu'ailleurs ; certains étages supérieurs possédaient des fenêtres aux vitres volutées. Je me rappelai avoir entendu raconter que les dragons des Six-Duchés avaient poussé jusqu'à cette grosse bourgade pour apporter la mort et la destruction chez nos ennemis, et, de fait, les bâtiments du quartier que j'observais dataient tous de la même époque, séparés par des avenues droites et bien pavées. Cette architecture méthodique paraissait incongrue au milieu du port qui avait crû au petit bonheur la chance, et je me demandai à quoi ressemblait cette section avant que Vérité-le-Dragon ne s'y arrêtât ; je trouvai encore plus étrange que les ravages de la guerre pussent donner naissance à tant d'ordre.

Au-delà des habitations, le sol s'élevait en contreforts rocheux ; de sombres conifères y courbaient les épaules dans des recoins protégés et des pistes de chariots sinuaient sur les versants où paissaient des chèvres et des moutons. Des rubans de fumée s'échappaient des arbres clairsemés, montant de chalets à peine visibles. Des sommets encore couronnés de neige se dressaient derrière eux.

Nous nous présentions à marée basse et les pontons nous surplombaient, soutenus par de gros madriers encroûtés de bernacles et de moules noires. L'échelle d'accès au quai restait mouillée de la précédente montée des flots et festonnée de guirlandes d'algues. Le prince et plusieurs barquées de nobles avaient déjà pris pied sur terre, et d'autres aristocrates de Castelcerf faisaient décharger leurs affaires quand nous arrivâmes ; ils s'écartèrent de mauvaise grâce pour permettre à la garde de grimper les échelons et de former les rangs afin d'escorter le prince jusqu'à la cérémonie d'accueil.

Je quittai le dernier la petite embarcation instable après avoir obligé, avec force poussées, un Lourd geignant à escalader l'échelle glissante. Une fois sur l'appontement, je l'écartai du bord et observai ce qui nous entourait. Le Hetgurd souhaitait la bienvenue au prince flanqué de ses conseillers. Je me tins en retrait en compagnie de Lourd sans savoir ce qu'on attendait de moi ; il fallait que je trouve au simple d'esprit un logement confortable et loin des regards. N'aurais-je pas mieux fait de rester à bord du bateau avec lui ? me demandai-je, inquiet devant les expressions de dégoût ou d'effarement non dissimulé que suscitait sa vue et qui ne laissaient pas présager une réception chaleureuse. À l'évidence, les Outrîliens partageaient l'avis des Montagnards sur les enfants déficients. Si Lourd était né à Zylig, il n'aurait pas vécu un jour.

Mon double statut de bâtard et d'assassin m'avait souvent conduit à demeurer dans l'ombre pendant les cérémonies officielles et je ne me vexai donc pas de me trouver à l'écart. Seul, j'aurais su que ma mission consistait à me mêler discrètement à la foule et à observer sans me faire remarquer ; mais en terre étrangère, encombré d'un idiot malade et découragé, vêtu d'un uniforme de garde, cela m'était impossible. Je me tins donc en dehors de la presse, ne sachant que faire de moi, et soutins Lourd par le bras en écoutant les échanges appliqués de formules de bienvenue, de souhait de bon séjour et de remerciements. Le prince paraissait bien s'acquitter de la tâche mais son air concentré m'avertit de ne pas le distraire par un contact d'Art. Les personnages qui s'étaient portés à sa rencontre provenaient de plusieurs clans à en juger par les emblèmes animaliers représentés par leurs bijoux et leurs tatouages. C'étaient en majorité des hommes, richement parés des fourrures épaisses et des ornements qui indiquent le rang et la fortune chez les Outrîliens ; mais il y avait aussi quatre femmes. Elles portaient des vêtements de laine tissés et bordés de fourrure, et je me demandai s'ils visaient à manifester la prospérité de leurs propriétés. Le père de la narcheska, Arkon Sangrépée, se trouvait là, avec au moins six autres représentants de son clan du Sanglier. Peottre Ondenoire l'accompagnait, un narval en ivoire sculpté au bout d'une chaîne en or autour de son cou. Je m'étonnai de ne pas voir d'autres emblèmes semblables ; il s'agissait du clan maternel d'Elliania et, selon la coutume outrîlienne, de sa lignée familiale prépondérante. Nous venions mettre la dernière main aux termes du mariage entre Devoir et elle ; assurément, la circonstance était importante. Pourquoi Peottre venait-il seul ? Le reste du clan s'opposait-il à notre alliance ?

Les cérémonials d'accueil enfin achevés, les hôtes emmenèrent le prince et sa suite. La garde forma les rangs sans moi et lui emboîta le pas. Un instant, je craignis qu'on ne nous abandonne, Lourd et moi, sur le quai, livrés à nos propres moyens ; alors que j'envisageais de graisser la patte à quelqu'un pour nous reconduire au bateau, un vieil homme nous aborda. Sous son col en poil de loup, il arborait le signe du sanglier du clan de Sangrépée, mais il n'avait pas

l'apparence prospère des autres. Il croyait manifestement maîtriser ma langue car, lorsqu'il m'adressa la
parole, je réussis à comprendre un mot sur quatre
environ de son discours où il massacra le parler des
Six-Duchés. Je ne tenais pas à l'insulter en le priant
de s'exprimer en outrîlien ; je pris donc patience et
finis par saisir que le clan du Sanglier l'avait désigné
pour nous mener, Lourd et moi, à notre logement.

Il ne me proposa pas de m'aider à soutenir mon
compagnon ; il s'appliqua même à éviter de s'approcher de lui plus que nécessaire, comme si la déficience mentale du petit homme risquait de le
contaminer à l'instar d'une infestation de poux. Je
jugeai cette attitude injurieuse à l'égard de Lourd
mais je m'exhortai au calme. Il se mit en route d'un
pas vif et ne ralentit pas l'allure bien qu'il dût souvent
s'arrêter pour nous attendre ; à l'évidence, il préférait
échapper aux regards ébahis que nous attirions. Il faut
reconnaître que nous formions un étrange attelage,
moi dans mon uniforme de garde, et le pauvre Lourd,
l'air pitoyable, emmitouflé dans son manteau, qui
marchait en titubant, accroché à mon bras.

Notre guide nous fit traverser le quartier neuf puis
emprunta une rue étroite et raide. La respiration
mêlée de gémissements de Lourd devint sifflante.
« C'est encore loin ? » demandai-je d'une voix forte à
l'homme qui nous devançait.

Il se retourna brusquement, les sourcils froncés, et
me fit signe d'un geste sec de baisser le ton. Il désigna
un vieux bâtiment plus haut dans la rue, tout en pierre
et beaucoup plus grand que les maisons devant lesquelles nous étions passés dans la partie basse de la
ville. Rectangulaire, le toit pointu et couvert d'ardoi-
ses, il avait deux étages ; des fenêtres perçaient les
murs à intervalles réguliers ; laid, fonctionnel, solidement bâti, il faisait sans doute partie des constructions
les plus anciennes de Zylig. Je hochai la tête sans rien
dire. Un sanglier, les défenses et la queue levées dans

une attitude de défi, était gravé dans la pierre au-dessus de l'entrée. Ah ! Ainsi, nous demeurerions dans la maison forte de ce clan.

Le temps que nous contournions l'édifice pour pénétrer dans la cour, l'impatience que notre lenteur suscitait chez notre guide l'avait pratiquement réduit à mâchouiller sa propre moustache, mais il y avait longtemps que je ne prêtais plus attention à ses manifestations d'agacement. Lorsqu'il ouvrit une porte de service et m'indiqua par gestes de me dépêcher, je me redressai posément de toute ma taille et le toisai d'un œil noir, puis, dans mon meilleur outrîlien, conscient de mon piètre accent, je déclarai : « Il ne sied pas au compagnon de mon prince que nous nous hâtions. J'obéis à son autorité, non à la vôtre. »

Je vis l'incertitude envahir son expression : avait-il offensé un personnage beaucoup plus influent qu'il ne le croyait ? Et c'est avec une attitude un peu plus courtoise qu'il nous conduisit, en haut de deux volées de marches, dans une pièce d'où l'on distinguait la ville et le port à travers la volute d'une vitre épaisse. J'avais assez vu l'homme ; je l'avais évalué comme un laquais sans importance d'un chef de guerre mineur des Sangliers et je le congédiai sans aménité une fois que nous fûmes arrivés à destination. Je fermai la porte pendant qu'il restait dans le couloir, l'air indécis.

J'assis Lourd sur le lit puis étudiai rapidement notre décor. Une porte donnait sur une salle beaucoup plus imposante, et je jugeai qu'on nous avait installés dans une chambre de domestique adjacente aux appartements du prince. Le lit était médiocre et le mobilier à l'avenant, mais j'avais l'impression de me trouver dans un palais après le placard du bateau. « Ne bouge pas, dis-je à Lourd, mais ne t'endors pas tout de suite.

— Où on est ? Je veux rentrer à la maison », marmonna-t-il. Sans lui prêter attention, je passai discrètement chez le prince où je me munis d'un broc d'eau, d'une cuvette et de serviettes. J'avisai une assiette pleine sur la table ; incapable d'identifier la pâte noire et poisseuse coupée en cubes, j'en pris néanmoins plusieurs morceaux, ainsi que d'un gâteau d'aspect huileux saupoudré de graines.

Lourd s'était effondré sur le lit. Non sans mal, je le redressai puis, malgré ses geignements de protestation, je l'obligeai à se laver la figure et les mains. Je regrettai l'absence de baquet, car plusieurs journées de mal de mer lui avaient laissé une forte odeur. Ensuite, je le forçai à manger puis à boire un verre de vin ; il ne cessa de se plaindre et de geindre au point de se déclencher un hoquet. Un moment, je le sentis lancer son Art contre moi, mais, sans force et puéril, son assaut n'effleura même pas mes remparts. J'ôtai sa tunique, ses chaussures, et le mis au lit. « La chambre remue encore », ronchonna-t-il puis il ferma les yeux et resta immobile. Peu après, il poussa un long soupir, étendit ses membres et sombra dans le sommeil. Les paupières closes, je m'introduisis à pas de loup dans son rêve : le chaton dormait, roulé en une petite boule de poils sur l'oreiller brodé ; il se sentait en sécurité. Je rouvris les yeux, pris soudain d'une si grande fatigue que j'aurais pu m'allonger par terre et m'assoupir aussitôt.

Je refrénai mon envie et fis une rapide toilette avec ce qui restait d'eau propre. Je goûtai les mets sur la table du prince, les trouvai déplaisants et mangeai tout de même. La préparation huileuse se voulait sans doute une sorte de pâtisserie ; l'autre plat présentait un puissant fumet de pâte de poisson. Le « vin » était une boisson à base de fruit fermenté, mais là s'arrêtaient mes hypothèses quant à sa nature ; en tout cas, il ne parvint pas tout à fait à chasser le goût de marée de ma bouche.

Ensuite, je sortis pour visiter notre résidence, la bassine d'eau sale à la main. Si on m'interrogeait, je répondrais simplement que je cherchais où la vider.

Le bâtiment tenait autant de la place forte que du siège de clan. Nous nous trouvions au dernier étage et aucun bruit ne trahissait la présence d'autres occupants. Les murs s'ornaient de motifs de sangliers et de défenses peints ou gravés. Les portes du couloir n'étaient pas fermées à clé et paraissaient ouvrir alternativement sur de petites pièces comme celle de Lourd et de plus vastes au mobilier plus abondant. Aucune n'égalait le confort des appartements réservés aux visiteurs à Castelcerf, même ceux des plus petits nobliaux, mais je réservai mon jugement : les Outrîliens ne souhaitaient sans doute pas nous insulter ; leur hospitalité obéissait à des coutumes différentes des nôtres. En règle générale, il était entendu que les invités se chargeaient eux-mêmes de leur restauration et de leurs commodités, et nous le savions en arrivant. Le vin et l'assiette garnie que j'avais trouvés dans le logement du prince représentaient sûrement un remerciement pour l'hospitalité dont l'entourage de la narcheska avait bénéficié à Castelcerf. Je ne vis nul signe de domestiques à l'étage que nous occupions, et il m'eût étonné qu'on nous en fournît.

Celui du dessous paraissait identique ; à l'odeur, les pièces avaient servi récemment : fumée, graillon et, dans un cas, chien mouillé. Les avait-on évacuées pour notre usage ? De dimensions légèrement inférieures, elles possédaient des fenêtres obturées par des peaux huilées au lieu de vitres. D'épais volets de bois, sur certains desquels je remarquai d'anciennes éraflures de flèches, protégeaient les ouvertures contre tout assaut. Manifestement, on réservait les chambres les plus haut placées aux personnages des rangs les plus élevés, au contraire des Six-Duchés où l'on logeait les domestiques aux étages supérieurs afin d'éviter à la noblesse de gravir de trop nombreux escaliers. Je venais de refermer une porte quand j'entendis des pas sur les marches, et une colonne de serviteurs apparut soudain, les bras chargés d'affaires, de petits meubles et de provisions pour leurs maîtres des Six-Duchés. Ils s'arrêtèrent à l'entrée du couloir, l'air désorientés, et l'un d'eux me demanda : « Comment sait-on quel appartement est destiné à qui ?

— Aucune idée, répondis-je d'un ton enjoué. Je ne sais même pas où l'on jette les eaux usées. »

Et je m'éclipsai, les laissant se débrouiller pour choisir les chambres ; quelque chose me disait que les meilleures reviendraient aux maîtres des domestiques les plus agressifs. Au rez-de-chaussée, je repérai une sortie sur le dehors et découvris derrière les latrines une fosse à rebuts où je vidai ma cuvette ; un autre huis débouchait sur un couloir qui menait à une grande cuisine où plusieurs jeunes Outrîliens surveillaient la cuisson d'un énorme rôti à la broche tout en coupant des pommes de terre et des oignons en rondelles et en pétrissant de la pâte à pain. Apparemment très absorbés, c'est à peine s'ils me remarquèrent quand je passai la tête par la porte entrebâillée pour jeter un coup d'œil. Un tour rapide du bâtiment par l'extérieur me permit de trouver une autre porte, beaucoup plus imposante et solennelle, donnant sur une vaste salle qui occupait presque toute la superficie de l'édifice. Grande ouverte, la porte double laissait pénétrer l'air et la lumière ; à l'intérieur, je distinguai des gens assemblés, sans doute pour la cérémonie de bienvenue du prince. J'abandonnai ma cuvette dans l'herbe haute à un angle du bâtiment, rajustai en hâte mon uniforme et nouai mes cheveux en queue de guerrier.

Discrètement, je me faufilai au fond de la salle. Les autres gardes se tenaient alignés le long du mur avec le regard vif typique des hommes qui s'ennuient à mourir et à qui nul ne prête attention ; à la vérité, leur protection paraissait un peu superflue.

Des bancs prenaient la majeure partie de la longue pièce au plafond bas ; tous de la même hauteur, ils étaient aussi tous occupés. Je ne voyais ni trône ni estrade d'aucune sorte, et la disposition des bancs ne dirigeait l'attention sur personne en particulier : placés en cercles concentriques, ils dégageaient seulement un espace nu en leur milieu. Courbé par les ans, un kaempra, ou chef de guerre, du clan du Renard avait la parole ; à l'ourlet de sa veste courte pendaient des extrémités de queues de renard aussi blanches que sa tignasse. Il manquait trois doigts à sa main d'épée mais, en compensation, il arborait un collier confectionné avec les phalanges de ses ennemis. Il les tiraillait à gestes nerveux tout en parlant et lançait de fréquents coups d'œil à Sangrépée, comme s'il ne tenait pas à se montrer insultant mais ne pouvait contenir sa trop grande colère. Je n'entendis que ses mots de conclusion. « Un seul clan ne peut parler au nom de tous ! Un seul clan n'a pas le droit d'attirer la malchance sur tous ! »

Là-dessus, le kaempra du Renard salua gravement de la tête les quatre angles de la salle et regagna son banc. Un autre homme se dressa, se rendit au centre et prit la parole. Je vis le prince et sire Umbre assis parmi les nobles qui les assistaient ; le clan de Vif se tenait derrière Devoir. Le Hetgurd, car j'identifiai ainsi l'assemblée, réunion des chefs de guerre des clans, n'accordait aucune reconnaissance de rang à mon prince. Il siégeait comme un chef au milieu de ses guerriers à l'instar des autres hommes présents. Tous ici étaient venus en égaux discuter les fiançailles de la narcheska. Mais considéraient-ils vraiment le prince comme un égal ? Je sentis mon expression s'assombrir à cette question et m'efforçai de rester impassible.

J'avais vu tout cela dans le laps de temps qu'il avait fallu à mes yeux pour s'habituer à la pénombre après l'éclat du soleil d'été. Je trouvai un bout de mur libre et m'adossai à côté de Crible, dans la dernière rangée des gardes. Le jeune homme me dit du coin de la bouche : « On est loin de chez nous, mon vieux. Pas de banquets, pas de cadeaux, pas de chansons pour accueillir notre prince ; un simple "bonjour, ça va ?" sur le quai et, hop, ils l'ont conduit tout droit ici pour discuter des fiançailles. On ne se perd pas en détours avec ces gens-là. Certains voient d'un sale œil qu'une de leurs femmes quitte sa terre maternelle pour s'installer dans les Six-Duchés ; pour eux, c'est contre nature et ça porte sûrement malheur. Mais la majorité des autres s'en fichent ; de leur point de vue, si je comprends bien, la malchance retomberait sur le clan du Narval, pas sur eux. Non, ce qui coince vraiment, c'est le dragon que le prince doit tuer. »

Je hochai la tête, saluant le résumé succinct de Crible. Umbre avait choisi une bonne recrue ; un instant, je me demandai où il l'avait trouvée, puis je me concentrai sur l'orateur et observai qu'il se tenait au milieu d'un motif circulaire peint au sol. Complexe et stylisé, on y reconnaissait néanmoins un serpent qui se mordait la queue. L'homme ne déclina pas son identité avant d'entamer son discours ; peut-être la supposait-il connue de tous, à moins que le plus important ne fût la loutre de mer tatouée sur son front. Il s'exprimait avec simplicité, sans colère, comme s'il expliquait une évidence à un enfant obtus.

« Glasfeu n'est pas une vache ; il n'appartient à aucun de nous. Ce n'est pas une tête de bétail qu'on peut donner en dot à une femme, et il appartient encore moins au prince étranger. Comment peut-il offrir le chef d'une créature qui n'est pas à lui en paiement à la maison maternelle Ondenoire du clan du Narval ? Il n'y a que deux façons de considérer sa promesse : il l'a faite soit par ignorance, soit par volonté de nous insulter. »

Il s'interrompit et exécuta un geste étrange de la main. J'en compris la signification un instant après, quand Devoir se leva lentement et alla rejoindre l'homme dans le cercle de l'orateur. « Non, kaempra

Loutre. » Le prince s'adressait à lui en tant que chef de guerre de son clan. « Il ne s'agit ni d'ignorance ni d'insulte. La narcheska m'a présenté cette entreprise comme un défi destiné à prouver que je suis digne d'elle. » Il écarta les mains et les laissa retomber d'un air d'impuissance. « Que pouvais-je faire sinon le relever ? Si une femme vous lançait semblable défi en disant devant tous vos guerriers : "Acceptez-le ou avouez votre lâcheté", quelle réponse lui donneriez-vous ? Quelle réponse donneriez-vous, tous autant que vous êtes ? »

La question lui valut de nombreux hochements de tête approbateurs dans l'assemblée. Devoir les rendit gravement puis reprit : « Qu'attend-on de moi maintenant ? J'ai donné ma parole, devant vos guerriers et les miens, dans la grand'salle de mes parents. J'ai déclaré que je tenterais cet exploit. Je ne vois aucun moyen honorable de me dédire. Existe-t-il une coutume dans le peuple de la narcheska qui permette à un homme de revenir sur les mots qui ont franchi ses lèvres ? »

Il agita la main à l'imitation du geste dont s'était servi le kaempra des Loutres pour lui céder le cercle de l'orateur. Il s'inclina en direction des quatre coins de la salle et retourna sur son banc. Comme il se rasseyait, la Loutre prit sa place.

« Si c'est ainsi que vous avez relevé le défi, je ne vous prête aucune volonté d'offense ; je garde pour moi ce que je pense de la fille du clan Ondenoire qui s'est permis de lancer une telle gageure, ce que n'excuse aucune circonstance. »

J'avais noté la présence de Peottre Ondenoire, seul ou presque sur un des bancs du premier rang. Il s'assombrit en entendant la réponse de la Loutre mais ne manifesta pas qu'il désirât parler. Le père de la narcheska, Arkon Sangrépée, se trouvait non loin de lui, entouré de ses guerriers du Sanglier ; son front resta serein comme si le reproche ne le concernait pas, ce qui était peut-être le cas de son point de vue : la Loutre avait désigné Elliania par son statut de fille de la famille Ondenoire du clan du Narval, or Arkon appartenait au clan du Sanglier. Chez lui, au milieu de son peuple, il jouait le rôle qu'on attendait de lui, celui de père de la narcheska et rien de plus ; la qualité de son éducation ne dépendait pas de lui mais de l'oncle maternel d'Elliania, Peottre Ondenoire.

Le silence s'éternisait ; à l'évidence, nul ne souhaitait prendre la défense de la jeune fille, et le chef des Loutres finit par s'éclaircir la gorge. « Vous ne pouvez vous dédire, en effet, prince du clan du Cerf Loinvoyant. Vous vous êtes engagé à tenter d'accomplir cette mission et je concède que vous devez vous y tenir, sous peine de perdre la face en tant qu'homme. » Toutefois, nous autres des îles d'Outre-mer n'en sommes pas relevés de nos devoirs pour autant. Glasfeu est à nous. Que nous disent les grandes mères ? Il est venu à nous dans les années où l'on ne comptait pas encore les années et il a demandé asile pour oublier sa peine. Nos femmes sages le lui ont accordé ; en échange du refuge que nous lui offrions, il a juré de nous donner sa protection. Nous savons la puissance de son esprit et l'invulnérabilité de sa chair, et nous ne craignons guère que vous le tuiez. Mais si, par quelque étrange tour du sort, vous réussissiez à le blesser, sur qui s'abattra sa colère après qu'il se sera vengé de vous ? Sur nous. » Il tournait lentement sur lui-même pour englober tous les clans dans sa mise en garde. « Si Glasfeu est à nous, nous lui appartenons aussi, et nous devons considérer comme un serment familial la double promesse qui nous lie. Si son sang coule, ne devons-nous pas à notre tour faire couler le sang ? Si nous, ses frères, ne lui venons pas en aide, n'est-il pas en droit d'exiger dix fois le prix de notre faute en sang, ainsi que le prévoit notre loi ? Le prince doit honorer sa parole d'homme. C'est ainsi. Mais, qu'il meure ou survive, la guerre ne s'ensuivra-t-elle pas obligatoirement ? »

Je vis Arkon Sangrépée prendre une longue inspiration, et je remarquai qu'il tenait sa main d'une curieuse façon, ouverte mais les doigts pointés vers son sternum. Je notai aussi que plusieurs autres membres de l'assemblée l'imitaient. Une demande d'autorisation de parler ? Oui : quand le guerrier de la Loutre fit le geste désormais familier, Sangrépée se leva et alla prendre sa place dans le cercle.

« Personne ne désire la guerre, ni chez nous dans les Runes du Dieu, ni de l'autre côté des eaux dans les champs des fermiers du prince. Pourtant, la parole d'un homme doit être honorée ; en outre, bien qu'il n'y ait pas de femmes dans cette salle, la volonté de l'une d'elles pèse dans cette affaire ; or quel guerrier peut s'opposer à la volonté d'une femme ? Quelle épée est capable de trancher sa résolution ? Aux femmes Eda a donné les îles, et nous y marchons par sa seule permission. Les hommes n'ont pas à dédaigner le défi d'une femme, de crainte que nos propres mères déclarent : "Vous ne respectez pas la chair dont vous êtes issus. Ne foulez plus la terre qu'Eda nous a confiée. Soyez rejetés par nous, n'ayez plus que de l'eau sous votre quille et jamais de sable sous vos pieds." Est-ce préférable à la guerre ? Nous nous trouvons pris entre la parole d'un homme et la volonté d'une femme ; enfreindre l'une ou l'autre ferait le déshonneur de tous. »

J'avais compris le discours de Sangrépée mais sa portée m'échappait. À l'évidence, il se référait à une tradition inconnue de moi, et je me demandai où nous entraînaient les accordailles du prince ; n'étions-nous pas tombés dans un piège ? La famille Ondenoire du Narval cherchait-elle à rallumer le conflit entre les Six-Duchés et les îles d'Outre-mer ? Elliania avait-elle servi d'appât pour nous attirer dans une situation qui ne pouvait aboutir, quelle qu'en fût l'issue, qu'à rougir de sang nos côtes une fois de plus ?

J'étudiai l'expression de Peottre ; impassible, le regard absent, il paraissait indifférent au dilemme où nous plongeait sa fille-sœur, et pourtant je sentais qu'il n'en était rien. J'avais plutôt l'impression que nous tenions en équilibre sur la lame qui le poignait déjà, et je songeai tout à coup qu'il avait l'air d'un homme privé de tout choix, qui n'a plus d'espoir parce qu'aucun acte de sa part ne peut plus le sauver. Il ne faisait rien, il ne prévoyait plus rien ; il avait accompli la tâche qu'il s'était fixée ; désormais il ne pouvait plus qu'attendre de voir comment d'autres mèneraient la suite. Certain d'avoir raison, je restais pourtant impuissant à comprendre et même à imaginer ses motifs. Pourquoi avoir agi ainsi ? Ou bien, comme Arkon l'avait dit, n'avait-il aucun recours devant la volonté d'une femme qui, bien que plus jeune et dépendante de lui, avait le pouvoir de décider qui foulait la terre de ses propriétés maternelles ?

Je parcourus l'assemblée du regard. Nous étions trop différents ; comment les Six-Duchés concluraient-ils jamais la paix avec les îles d'Outre-mer alors qu'un si grand abîme séparait leurs coutumes ? Pourtant, selon la tradition, notre lignée royale plongeait ses racines dans l'archipel : Preneur, le premier souverain Loinvoyant, était à l'origine un pirate d'Outre-mer qui avait repéré la forteresse de Castelcerf, alors en bois, et décidé de s'en emparer. Nos us et notre organisation sociale avaient suivi des voies très divergentes depuis. Il nous fallait absolument trouver un terrain d'entente pour assurer la paix et la prospérité.

Les chances d'y parvenir me paraissaient minces.

Levant les yeux, je vis Devoir qui me regardait. Je n'avais pas osé le distraire jusque-là ; je lui transmis une pensée rassurante : *Lourd se repose dans sa chambre à l'étage. Il a bu et mangé avant d'aller au lit.*

J'aimerais pouvoir l'imiter. Je n'ai même pas eu le temps de me débarbouiller avant cette réunion du Hetgurd dont je ne vois pas la fin.

Patience, mon prince. Elle s'achèvera ; même les Outrîliens doivent se restaurer et dormir de temps en temps.

Se vident-ils la vessie, à votre avis ? En ce qui me concerne, la question devient de plus en plus urgente. J'ai envisagé de demander discrètement à sortir, mais j'ignore comment ces gens interpréteraient de me voir quitter la salle en pleine séance.

Je sentis un frôlement d'Art maladroit et un frisson glacé me parcourut. *Lourd ?*

C'était Umbre. Je vis Devoir tendre la main vers celle du vieillard pour lui prêter son énergie. Je l'arrêtai. *Non. Laissez-le essayer seul. Umbre, nous entendez-vous ?*

À peine.

Lourd dort au deuxième étage. Il a bu et mangé avant de se coucher.

Bien. Je perçus l'effort que lui coûta cette brève réponse. Néanmoins je me réjouis : il parvenait à artiser.

Cesse. Sourire idiot, me réprimanda-t-il. Il parcourut la salle d'un regard grave. *Mauvaise situation. Besoin de réfléchir. Bloquer la discussion avant qu'elle n'aille trop loin sans nous.*

Je me composai une expression solennelle plus assortie à celle de mes voisins. Arkon Sangrépée laissait le cercle à un homme qui arborait l'emblème de l'Aigle. En se croisant, ils se serrèrent le poignet à la mode des guerriers, puis l'Aigle prit la place de l'orateur. Le kaempra était vieux, peut-être le plus âgé des membres de l'assemblée ; des mèches grises et blanches striaient ses cheveux qui se raréfiaient ; pourtant sa démarche restait celle d'un combattant. Il balaya les visages qui l'entouraient d'un regard accusateur puis, sans crier gare, il entama son discours ; ses dents manquantes faisaient chuinter la fin de ses mots.

« Un homme doit accomplir ce qu'il a promis, c'est évident. Nous perdons notre journée à discuter ce point. Les hommes doivent aussi honorer leurs liens familiaux. Si ce prince étranger se présentait en déclarant : "J'ai juré à une femme de tuer Orig du clan de l'Aigle", tous ici vous répondriez : "Dans ce cas, tu dois t'y efforcer, si tu en as fait le serment." Mais vous ajouteriez : "Sache toutefois que certains d'entre nous partagent des liens familiaux avec Orig et que nous te tuerons avant que tu tiennes ta parole." Et le prince devrait accepter cela aussi. » Lentement, il parcourut l'assemblée d'un œil plein de dédain. « Je sens ici l'odeur de marchands et de commerçants qui étaient autrefois des guerriers et des hommes honorables. Allons-nous nous vautrer à terre pour obtenir les denrées des Six-Duchés comme une bande de corniauds devant une chienne en chaleur ? Êtes-vous prêts à vendre vos sœurs contre de l'eau-de-vie, des pommes d'été et du blé rouge ? Pas cet Aigle ! »

Et il poussa un grognement de mépris qui coupa court à toute discussion. Il quitta le cercle et regagna sa place parmi son escorte. Le silence tomba pendant que tous réfléchissaient à ses paroles ; certains échangèrent des regards et je compris que le vieillard avait touché un point sensible. Beaucoup éprouvaient de la gêne à l'idée de laisser le prince tuer leur dragon, mais ils avaient aussi soif de paix, et le négoce attisait leur convoitise. La guerre avec les Six-Duchés les avait coupés de tout commerce avec les ports au sud de notre royaume, et le conflit entre Chalcède et les Marchands de Terrilville bloquait à nouveau cette route. S'ils n'accédaient pas au libre-échange avec nous, ils devraient se passer des produits et des articles de luxe que pouvaient leur procurer nos contrées plus clémentes, et cette perspective n'avait sûrement rien de réjouissant ; cependant, aucun ne pouvait s'élever contre l'avis de l'Aigle sans passer pour un épicier cupide.

Il faut mettre fin à la réunion sans attendre, avant qu'aucun n'ait le temps de soutenir publiquement sa déclaration ! Dans son mince filet d'Art, je sentais Umbre aux abois.

Nul n'alla se placer dans le cercle de l'orateur ; personne n'avait de solution à proposer. Plus le silence durait, plus la tension montait. Umbre avait raison, je le savais : il nous fallait du temps pour réfléchir à une issue diplomatique à notre situation, et, à défaut, pour déterminer combien de clans s'opposeraient activement à nous et combien se borneraient à une simple condamnation de notre entreprise. Étant donné la désapprobation générale, la narcheska maintiendrait-elle le défi lancé à Devoir ou bien le retirerait-elle ? Existait-il un moyen honorable pour elle de le révoquer ? Nous avions abordé les îles d'Outre-mer depuis moins d'une journée et déjà nous nous trouvions au bord de l'affrontement.

Mon malaise s'accroissait encore du besoin pressant d'uriner de Devoir, toujours plus présent à ma conscience. Alors que je m'apprêtais à m'en protéger, une idée me vint : la détresse de Lourd due à son mal de mer avait contaminé l'équipage de notre navire ; ne pouvait-on utiliser la gêne du prince de la même manière ?

Je m'ouvris à son émission involontaire, l'amplifiai puis diffusai mon Art dans toute la salle. Aucun des Outrîliens que je touchais ne possédait une grande disposition pour cette magie mais beaucoup réagissaient à son influence à des degrés divers. Jadis Vérité avait employé une technique semblable pour désorienter les navigateurs des Pirates rouges, les convaincre qu'ils avaient déjà doublé certains amers clés et drosser ainsi leurs vaisseaux sur les écueils ; je m'en servais aujourd'hui pour clore la réunion du Hetgurd en inspirant à ceux sur qui mon Art faisait effet un besoin urgent de se vider la vessie.

Partout, des hommes se mirent à s'agiter sur leurs bancs. *Que fais-tu ?*

Je mets un terme à l'assemblée, répondis-je d'un ton farouche.

Ah ! Je perçus la soudaine compréhension de Devoir puis il joignit sa force de persuasion à la mienne.

Qui dirige le Hetgurd ? lui demandai-je.

Personne. Tout le monde partage l'autorité – du moins, ils le prétendent. Manifestement, l'efficacité du système ne convainquait pas Devoir.

Ours a ouvert réunion, intervint Umbre, et il attira mon attention sur un homme qui arborait un collier en dents d'ours. Je sentis tout à coup combien il fallait d'énergie au vieillard pour cet exercice d'Art qui n'en exigeait pourtant guère.

Ne vous épuisez pas, lui dis-je.

Connais ma propre force ! Il avait répondu avec violence mais, de ma place, je voyais ses épaules s'affaisser peu à peu.

J'isolai l'Ours de ses voisins et me concentrai sur lui. Par bonheur, il avait des murailles d'Art inexistantes et la vessie pleine. J'accrus son envie de la soulager et il se leva soudain puis s'avança pour demander le cercle ; les autres le lui accordèrent du geste.

« Il nous faut réfléchir à cette affaire, dit-il. Séparons-nous, parlons avec nos clans respectifs et voyons quels sont leurs avis. Demain, réunissons-nous à nouveau et discutons de ce que nous aurons appris et de nos idées. Est-ce raisonnable, croyez-vous ? »

Comme une houle tournant autour de la salle, une forêt de mains se dressa en signe d'assentiment.

« Alors que l'assemblée se dissolve pour ce jour », déclara l'Ours.

Et, sans autre forme de procès, tout fut terminé. Les hommes quittèrent aussitôt leurs sièges et commencèrent à se diriger vers la sortie ; sans cérémonie, sans préséance pour les personnages de haut rang, tous se pressèrent vers la porte, certains plus énergiquement que d'autres.

Prévenez votre capitaine que vous devez vous rendre auprès de votre malade et que votre prince vous commande de continuer à vous occuper de lui tant qu'il n'aura pas recouvré la santé. Nous vous rejoindrons bientôt à l'étage.

J'obéis à l'ordre de Devoir. Quand Longuemèche me donna congé, je récupérai la cuvette à l'angle du bâtiment et remontai chez Lourd. Autant que je pusse m'en rendre compte, il n'avait pas bougé. Je posai la main sur son front : toujours chaud, il était toutefois moins brûlant qu'à bord du navire. Je le réveillai tout de même pour lui offrir à boire ; je n'eus guère à insister pour lui faire ingurgiter une chope pleine, après quoi il se rallongea. Je me sentais soulagé ; dans cette pièce inconnue, avec plus de recul que dans le placard où il gisait pendant le voyage, je prenais la mesure exacte de son état de délabrement, mais je savais que tout était réuni pour son rétablissement : du calme, un vrai lit, à manger et à boire. Sa santé s'améliorerait bientôt ; je m'efforçai de me convaincre que je ne me berçais pas d'illusions.

J'entendis le prince et Umbre parler avec quelqu'un dans le couloir. Je me levai, m'approchai discrètement de la porte et y appliquai mon oreille. Je perçus le ton las et suppliant de Devoir puis le bruit de l'huis voisin qui se fermait. Ses domestiques avaient dû l'attendre dans ses appartements car un murmure de conversations me parvint et, pour finir, Devoir les congédia. Quelques moments passèrent, puis la porte de communication s'ouvrit et le prince entra, un des petits cubes noirs de l'assiette à la main. Il paraissait démoralisé. Levant le cube, il me demanda : « Vous savez ce que c'est ?

« — Pas exactement, mais ça contient de la pâte de poisson, et des algues aussi, peut-être. Le plat saupoudré de graines est sucré ; huileux mais sucré. »

Il regarda la chose avec dégoût puis, avec le haussement d'épaules d'un adolescent de quinze ans qui n'a rien mangé depuis plusieurs heures, il la mâcha et l'avala. Il se lécha les doigts. « Pas mauvais, du moment qu'on est prévenu du goût de poisson.

— De vieux poisson », précisai-je.

Sans répondre, il se dirigea vers Lourd qu'il contempla en secouant lentement la tête.

« Quelle injustice ! Croyez-vous qu'il se remet ?

— Je l'espère.

— Sa musique est tellement atténuée que cela me préoccupe. J'ai parfois l'impression qu'il s'éloigne de nous quand la fièvre le gagne. »

Je m'ouvris à l'Art. Il avait raison : la mélodie paraissait moins intense. « Bah, il est malade, et il faut de l'énergie pour artiser. » Je ne voulais pas l'inquiéter. « Umbre m'a étonné aujourd'hui.

— Vraiment ? Vous deviez pourtant vous douter qu'il s'acharnerait jusqu'à ce qu'il parvienne à un résultat. Rien ne l'arrête une fois qu'il a pris une décision. » Il se détourna pour se rendre dans ses appartements puis s'arrêta et jeta par-dessus son épaule : « Désirez-vous de ce mets bizarre ?

— Non merci ; mais ne vous gênez pas pour moi. »

Il disparut un moment par la porte puis revint, une main pleine de cubes noirs. Il mordit dans l'un d'eux, fit une grimace de révulsion puis le termina rapidement. Il parcourut la chambre du regard, l'air affamé. « Personne n'a encore apporté de victuailles ?

— À mon avis, vous êtes en train de les manger.

— Non. Ça, c'est un geste des Outrîliens pour nous remercier de leur avoir fourni le couvert chez nous. Umbre a donné pour instructions aux domestiques de nous acheter des produits frais.

— Vous pensez donc que le clan du Sanglier ne compte pas subvenir à nos repas ?

— C'est possible, je n'en sais rien. D'après Umbre, mieux vaut prendre nos précautions ; ainsi, si nos hôtes nous proposent de partager leur cuisine, nous pourrons l'accepter comme un présent de leur part ; dans le cas contraire, nous ne passerons pas pour des mendiants ni des incapables.

— Avez-vous mis les nobles de votre entourage au courant de ces coutumes ? »

Il acquiesça de la tête. « Beaucoup viennent forger de nouvelles alliances commerciales et voir quelles autres affaires s'offrent à eux autant que m'apporter leur appui pour courtiser la narcheska. Ils sont donc ravis de parcourir Zylig pour se rendre compte de ce qui s'y vend et des denrées qui pourraient y trouver acquéreur. Mais nous devrons pourvoir aux besoins de ma garde, des serviteurs et, naturellement, de mon clan de Vif. Je pensais qu'Umbre avait tout arrangé.

— Le Hetgurd ne paraît guère vous accorder de respect, dis-je, soucieux.

— À mon avis, ces gens ne comprennent pas vraiment mon statut. Qu'un garçon de mon âge, qui n'a pas fait ses preuves en tant que guerrier, soit assuré de gouverner un territoire aussi étendu que les Six-Duchés doit dépasser leur entendement. Ici, les hommes ne règnent pas sur la terre mais montrent leur puissance par le nombre de combattants qu'ils commandent. Par certains aspects, j'apparais chez eux comme le fils de ma maison maternelle : la reine Kettricken tenait le pouvoir quand nous les avons vaincus à la fin de la guerre des Pirates rouges, et elle leur inspire une révérence sans bornes d'avoir su non seulement préserver son royaume mais encore porter le fer chez eux sous la forme de dragons qu'elle a lancés contre eux. C'est ainsi qu'on présente l'histoire ici.

— On dirait que vous en avez appris beaucoup en très peu de temps. »

Il hocha la tête, l'air satisfait de lui-même. « Pour partie, je tiens mes connaissances du recoupement de ce que j'entends ici et de ce que j'ai vu des Outrîliens à Castelcerf ; le reste provient de mes lectures pendant le voyage. » Il poussa un petit soupir. « Et elles ne se révèlent pas aussi utiles que je l'espérais. S'ils nous offrent l'hospitalité, c'est-à-dire qu'ils pourvoient à nos repas, nous pouvons considérer cette attitude comme un moyen de nous faire bon accueil et de nous montrer qu'ils connaissent notre coutume et l'honorent ; nous pouvons aussi la regarder comme une façon de nous insulter, de nous faire comprendre que nous sommes trop faibles pour nous nourrir seuls et trop stupides pour l'avoir anticipé. Mais, quel que soit notre point de vue, nous ignorons quel est le leur.

— Comme en ce qui concerne le dragon. Venez-vous tuer un animal et prouver par là que vous représentez un parti digne de la narcheska, ou bien venez-vous tuer le dragon protecteur de leur pays et démontrer que vous pouvez vous emparer de ce qui vous plaît chez eux ? »

Devoir pâlit imperceptiblement. « Je n'avais pas envisagé la situation sous cet angle.

— Moi non plus, mais certains Outrîliens, si, assurément – ce qui nous ramène à la question centrale : pourquoi ? Pourquoi la narcheska vous a-t-elle imposé cette quête ?

— Vous croyez donc qu'elle y attache une importance autre que celle de me voir risquer ma vie pour l'épouser ? »

Je restai un instant à le dévisager, sidéré. Avais-je jamais été aussi jeune ? « Évidemment. Pas vous ?

— D'après Civil, elle désire sans doute la "preuve de mon amour". À l'en croire, les filles agissent souvent ainsi ; elles demandent aux hommes de réaliser des actes dangereux, illégaux ou quasi impossibles rien que pour prouver leur amour. »

J'en pris bonne note. Qui avait exigé quoi de Civil ? Était-ce en relation avec la monarchie Loinvoyant ou bien s'agissait-il seulement d'une démonstration d'audace puérile qu'une demoiselle quelconque l'avait mis au défi d'exécuter ?

« Ma foi, je doute que, dans le cas de la narcheska, nous ayons affaire à la simple lubie d'une jeune fille exaltée. Comment pourrait-elle imaginer que vous l'aimiez après la façon dont elle vous a traité ? Et assurément, de son côté, elle n'a manifesté en rien qu'elle appréciât votre compagnie. »

L'espace d'un éclair, il me regarda d'un air bouleversé ; puis il lissa son expression si bien que je crus avoir rêvé. Le prince ne s'était tout de même pas amouraché de cette fille ! Ils n'avaient rien en commun, et, après qu'il l'avait insultée involontairement, elle avait eu pour lui les mêmes égards que pour un chien battu gémissant à ses pieds. Je scrutai son visage ; à quinze ans, on est prêt à croire à peu près n'importe quoi. Devoir poussa un petit grognement de dédain. « Non, en effet, rien dans son attitude ne laissait penser qu'elle supportât ma présence ; et, maintenant que j'y songe, elle n'a pas accompagné son père et son oncle pour nous accueillir dans ces îles. Elle a eu l'idée de ce défi ridicule mais j'observe qu'elle brille par son absence maintenant qu'elle doit le justifier aux yeux de ses compatriotes. Vous avez raison : peut-être cette quête vise-t-elle, non à me permettre de prouver mon amour pour elle ni même mon courage, mais à faire obstacle à notre mariage. » D'un ton lugubre, il ajouta : « Elle espère peut-être que j'y laisserai la vie.

— Si nous persistons à vouloir mener cette entreprise à bien, nous risquons de mettre en péril plus que votre union : nous pourrions bien rallumer la guerre entre nos deux pays. »

Umbre arriva sur ces entrefaites. Il paraissait à la fois soucieux et fatigué. Il parcourut la petite chambre d'un œil dépréciateur et déclara : « Eh bien, je constate que Lourd jouit d'appartements presque aussi luxueux que ceux du prince Devoir et les miens. Y a-t-il de quoi se restaurer ?

— Rien que je saurais vous conseiller, répondis-je.

— Du gâteau à la graisse de poisson », fit Devoir en même temps.

Une grimace de dégoût plissa le visage d'Umbre. « C'est tout ce qu'on peut acheter par ici ? Je vais envoyer chercher des provisions du bateau ; après une pareille journée, je supporterais mal de manger de la cuisine exotique. Allons, laissons Lourd se reposer », ajouta-t-il par-dessus son épaule en passant la porte de communication qui donnait sur l'appartement du prince. Il s'assit sur le lit de Devoir et poursuivit : « Je n'aime pas que tu emploies l'Art de façon aussi vile, Fitz ; je dois admettre toutefois que tu nous as sortis d'un fameux guêpier. À l'avenir, réfère-t'en à moi avant semblable initiative, je te prie. »

C'était à la fois une réprimande et un compliment. Je courbai la tête, mais Devoir se rebiffa. « Qu'il s'en réfère à vous ? Et moi, n'ai-je donc pas voix au chapitre ? »

Le vieux conseiller rattrapa son faux pas avec une adresse consommée. « Si, mon prince, naturellement. J'avise simplement Fitz qu'en matière diplomatique il doit éviter de se croire le mieux à même de prendre des décisions. »

L'adolescent s'apprêtait à répondre quand on frappa à l'huis. Sur un geste d'Umbre, je reculai jusque dans la chambre de Lourd, poussai la porte en ne laissant qu'un mince entrebâillement et trouvai une position qui me permettait, invisible, de voir une partie de la pièce. Umbre demanda : « Qui est-ce ? »

Le visiteur interpréta la question comme l'autorisation d'entrer. Le battant s'ouvrit et, alors que je bandais mes muscles, Peottre Ondenoire parut. Il ferma derrière lui puis s'inclina à la manière de Castelcerf devant le prince et Umbre. « Je viens vous dire que vos nobles et vous n'avez nul besoin de vous préoccuper de votre approvisionnement de bouche : les clans du Sanglier et du Narval s'honoreront de subvenir à vos besoins avec la même générosité dont vous avez fait preuve envers nous lors de notre voyage aux Six-Duchés. »

Il avait prononcé la déclaration avec une diction irréprochable ; il l'avait répétée assidûment. Umbre répondit avec une courtoisie tout aussi impeccable : « C'est fort gracieux de votre part, mais notre entourage et nous-même avons prévu nos vivres. »

L'espace d'un instant, Peottre eut l'air gêné, puis il dit : « Nous avons déjà prévenu vos nobles de notre invitation, et, pour notre grand honneur, ils l'ont tous acceptée. »

Umbre et le prince se turent dans une attitude guindée, mais la déconcertation inquiète de Devoir résonna dans mon esprit. *J'aurais dû les avertir de refuser toute offre d'hospitalité à laquelle je n'avais pas donné mon aval. Allons-nous passer pour des incapables désormais ?*

Le regard troublé de Peottre passa d'Umbre au prince ; il paraissait se rendre compte qu'il avait commis une erreur. « Puis-je m'entretenir un moment avec vous ? demanda-t-il à Devoir après un instant de silence.

— Seigneur Ondenoire, vous trouverez toujours ma porte ouverte pour vous », répondit l'adolescent par réflexe.

Un sourire imperceptible joua sur les lèvres de Peottre. « Je ne suis pas un "seigneur", vous le savez bien, prince Devoir, mais seulement un kaempra du clan du Narval. Et encore, je siège à l'assemblée du Hetgurd sans guerriers derrière moi ; on m'y tolère à cause de l'époux de ma sœur, Arkon Sangrépée, plus que par respect envers ma personne. Notre clan connaît de graves déboires hormis en ce qui concerne la richesse de nos terres maternelles et l'honneur de nos lignées. »

À part moi, je me demandai quels autres déboires un clan pouvait connaître, mais je me repris : Peottre parlait toujours. « Les propos tenus cette après-midi ne m'ont pas vraiment étonné ; à la vérité, je m'y attendais depuis que la narcheska a lancé son défi. Arkon Sangrépée lui aussi a compris que certains verraient d'un mauvais œil cette épreuve. Je tenais à vous dire que nous ne restons pas dépourvus et que nous disposons de plans de contre-offensive. L'hospitalité que nous vous offrons ici, dans cette maison forte, n'est qu'une des mesures de sécurité que nous avons prises. Nous espérions que l'opposition ne se déclarerait pas si tôt, et surtout pas par la voix d'un kaempra aussi respecté que celui de l'Aigle ; nous avons eu beaucoup de chance que le kaempra de l'Ours, qui est allié au Sanglier, ait décidé d'ajourner si brusquement la réunion, sans quoi la dissension aurait pu aller trop loin pour qu'on pût la réparer.

— Vous auriez pu nous prévenir de cet antagonisme, kaempra Peottre, avant que nous ne nous présentions devant le Hetgurd », fit Umbre à mi-voix, mais le prince s'exclama simultanément : « Vous croyez donc possible de redresser la situation ? Comment ? »

Sa précipitation me fit faire la grimace : l'homme nous avait menés dans un piège et il méritait une remontrance, non l'acceptation inconditionnelle de son aide pour nous en tirer.

« Il y faudra du temps, mais pas trop – quelques jours au lieu de plusieurs mois. Depuis notre retour de votre pays, nous avons investi beaucoup de notre argent et de notre influence à acheter des alliés. Ce que je vous dis là sans ambages, naturellement, nous ne le reconnaîtrions jamais publiquement ; ceux qui ont bien voulu nous apporter leur soutien doivent, non basculer brutalement dans notre camp, mais paraître se laisser gagner par les arguments que le clan du Sanglier présentera en notre faveur. Je tiens donc à vous recommander la patience et la prudence tandis que nous modifions l'équilibre du Hetgurd.

— La prudence ? » répéta Umbre, les yeux plissés. *Assassins ?* Je captai clairement un écho d'inquiétude dans son Art.

« Ce n'est pas le terme exact, répondit Peottre d'un ton d'excuse. Quelquefois, il faut plusieurs mots dans une langue pour exprimer ce qui, dans une autre, se dit en un seul. Je souhaite vous demander d'être... moins apparents. Moins visibles. Moins faciles à trouver, à interpeller.

— Moins disponibles ? » suggéra le prince.

Avec un mince sourire, Peottre haussa les épaules. « Si c'est l'expression qui convient. Nous avons un dicton ici : "Il est difficile d'insulter celui à qui on ne parle pas." C'est ce que je vous conseille : que le clan du Cerf Loinvoyant évite tout affront en restant... indisponible.

— Pendant que nous laisserons le clan du Sanglier parler en notre faveur ? » fit Umbre. Il avait glissé une note de scepticisme dans sa question. « Et que devrons-nous faire pendant ce temps ? »

Peottre sourit à nouveau. J'étais mal placé pour l'observer convenablement, mais il me semblait l'avoir vu soulagé que nous acceptions ses avis. « Je recommanderais que vous quittiez Zylig. On s'attend à ce que vous vous rendiez à la maison maternelle de la narcheska ; on a d'ailleurs été surpris au Hetgurd que vous fassiez d'abord halte ici. Je propose donc que vous embarquiez demain à bord du *Quartanier*, le navire du Sanglier, et que vous nous accompagniez à Wuisling, propriétés maternelles du clan du Narval. Là, vous trouverez bon accueil et hospitalité semblables à ceux que nous avons reçus à Castelcerf. J'ai averti mes mères de vos coutumes à cet égard ; elles les jugent étranges mais reconnaissent juste de pourvoir à votre subsistance comme vous avez pourvu à la nôtre. »

Il n'avait pu dissimuler l'espoir qui sous-tendait ses paroles, et cet empressement m'inquiéta. Nous écartait-il du danger ou bien nous y attirait-il ? Je sentis la même question traverser l'esprit d'Umbre lorsqu'il répondit : « Mais nous sommes arrivés ce matin et las de la mer ; le compagnon du prince, Lourd, n'a pas supporté la traversée : il est malade et a besoin de repos. Partir demain est hors de question. »

Je savais que c'était possible, en réalité, et qu'Umbre en pesait le prix alors même qu'il parlait ; son refus avait pour seul but de lui permettre d'observer la réaction de Peottre. L'espace d'un instant, j'eus presque pitié de l'Outrîlien ; il ne pouvait se douter que le prince et son conseiller communiquaient par la pensée, et encore moins que, derrière la porte, non seulement j'entendais tous ses propos mais encore que j'apportais mes remarques à celles qu'échangeaient en silence ses hôtes. Je vis la détresse pointer au fond de son regard et j'informai Umbre et Devoir que je pensais son effroi sincère quand il s'exclama : « Mais il le faut ! Laissez votre homme ici avec un garde-malade ; il n'aura rien à craindre dans la maison forte du Sanglier. Commettre un meurtre dans la demeure d'un clan constitue une terrible insulte envers sa maison maternelle, or le clan du Sanglier est très puissant ; nul ne s'y risquera.

— Mais on pourrait s'y risquer si Lourd s'aventurait au-dehors ? Ou si je sortais ce soir, pour dîner par exemple ? » Le velours courtois du ton d'Umbre ne masquait pas complètement l'acier tranchant de sa question.

De ma cachette, je vis que Peottre regrettait ses paroles précipitées. Il envisagea de mentir puis, fièrement, il repoussa cette solution pour lui préférer la vérité crue. « Vous saviez certainement que la situation pouvait tourner ainsi ; vous n'êtes sots ni l'un ni l'autre. Je vous ai vus étudier les hommes et calculer l'équilibre d'un marché entre ce que vous proposez à l'un en fonction de ce que l'autre désire ; je vous ai vus donner à la fois le miel et l'éperon pour plier les tiers à votre volonté. Vous n'êtes pas venus ignorants de ce que Glasfeu représente pour certains d'entre nous et vous aviez sûrement prévu leur opposition. »

Umbre artisa au prince de garder le silence et répondit à sa place d'un ton sévère : « Une opposition, oui, voire des propos bellicistes, mais non des menaces contre le compagnon du prince ni contre le prince lui-même ! Devoir est l'unique héritier du trône Loin-voyant. Vous non plus n'êtes pas sot et vous savez donc ce que cela signifie. Nous l'avons déjà exposé à l'extrême au danger en l'autorisant à se lancer dans cette quête grotesque, et vous avouez à présent qu'il risque l'assassinat au simple motif qu'il s'efforce de tenir sa promesse faite à la fille de votre sœur ! Les enjeux de cette alliance deviennent excessifs, Peottre. Je ne gagerai pas la vie du prince pour ces fiançailles ; d'ailleurs, depuis le début, je juge absurdes les exigences de la narcheska. Citez-moi une seule bonne raison pour que nous poursuivions cette entreprise. »

Le prince bouillait. Les protestations qu'il artisait à Umbre contre son attitude autocratique submergeaient mes propres pensées. Je pensais deviner l'objectif du vieil assassin, mais la seule émotion que je ressentais était celle, outragée, de Devoir qui entendait son conseiller donner à croire qu'il ne tiendrait pas sa parole. Même Lourd se retourna dans son lit avec un gémissement sous l'effet de cette tempête d'Art.

Le regard de Peottre se tourna vers Devoir ; même dénué d'Art, il restait capable de déchiffrer les pensées d'un adolescent. « Parce que le prince a dit qu'il la mènerait à terme. Revenir sur sa promesse et rentrer chez lui en urgence imposerait de lui une idée de lâcheté et de faiblesse. Une telle décision parerait peut-être à la guerre mais elle ouvrirait la porte à de nouvelles attaques de pirates. Vous connaissez sûrement notre adage : "Un couard ne possède rien longtemps." »

Dans les Six-Duchés, nous disons : « On peut dépouiller un lâche de tout sauf de sa peur. » Cela revenait sans doute au même : si notre prince donnait l'image d'un poltron, elle rejaillirait sur les Six-Duchés, et les Outrîliens nous considéreraient de nouveau comme des proies.

Silence ! Faites-moi les gros yeux tant que vous voudrez, mais ne dites rien ! Jamais je n'avais entendu Umbre artiser aussi fort, et l'ordre qu'il émit à ma seule intention me laissa encore plus pantois : *Observe son expression, Fitz.* Je perçus l'effort qu'il dut faire pour garder un ton posé lorsqu'il répondit froidement : « Kaempra du Narval, vous m'avez mal compris. Je n'ai pas dit que le prince reviendrait sur sa parole de déposer la tête du dragon au pied de votre narcheska : il a prêté serment et un Loinvoyant ne rompt pas son serment. Mais, une fois l'exploit accompli, je ne vois pas l'intérêt de jeter le sang de la famille royale aux orties en le mêlant à celui d'une femme dont la rouerie expose le prince au danger, tant celui d'un dragon que celui de sa future belle-famille. Il exécutera l'acte demandé, mais nous ne nous sentirons nulle obligation de l'unir à la narcheska par la suite. »

J'avais obéi à l'instruction d'Umbre mais sans rien déchiffrer des expressions qui s'étaient succédé sur les traits de Peottre. Je reconnus naturellement la stupéfaction puis la confusion. Je savais ce que mon vieux mentor espérait découvrir : ce que le kaempra et la narcheska désiraient le plus, de la mort du dragon ou d'une alliance avec les Loinvoyant. Hélas, nous n'avions pas progressé d'un pouce vers la solution de ce mystère quand Peottre demanda d'une voix balbutiante : « Mais n'est-ce pas le plus grand souhait des Six-Duchés : former une union et donner naissance à une entente cordiale grâce à ce mariage ?

— La narcheska n'est pas la seule dame de haut rang des îles d'Outre-mer », répliqua Umbre avec dédain. Devoir ne bougeait pas plus qu'une statue. Je sentais qu'il réfléchissait furieusement mais je ne captais rien de ses pensées. « Le prince peut certainement trouver une femme de votre peuple qui n'exigera pas, sur un coup de tête, qu'il risque sa vie pour rien. Et, dans le cas contraire, il existe d'autres alliances possibles. Croyez-vous que Chalcède ne verrait pas l'intérêt d'un pareil arrangement avec les Six-Duchés ? Permettez-moi de soumettre à votre réflexion un vieux proverbe de notre royaume : "Il y a plus d'un poisson dans la mer." »

Peottre s'évertuait toujours à comprendre comment la situation avait pu ainsi se modifier du tout au tout. « Mais alors pourquoi risquer la vie du prince en l'envoyant tuer le dragon s'il n'y a rien à y gagner ? » demanda-t-il, effaré.

Devoir eut enfin l'autorisation de parler. Umbre lui souffla les paroles, mais je crois qu'il aurait su les trouver seul. « Pour rappeler aux îles d'Outre-mer que, quand un Loinvoyant promet, il tient. Peu d'années ont passé depuis que mon père a sollicité ses alliés, les Anciens, et détruit la plus grande partie de la ville où nous sommes. Peut-être un mariage ne constitue-t-il pas pour nous le meilleur moyen d'éviter la guerre entre vos îles et nos Six-Duchés ; il vaut peut-être mieux montrer encore une fois à vos compatriotes que nous tenons toujours nos engagements. » Il s'exprimait avec mesure et pondération, non d'égal à égal, mais de roi à ambassadeur.

Même un guerrier comme Peottre ne pouvait rester insensible à pareille attitude, mais il s'offensa moins du ton de mon jeune prince que si un autre kaempra s'était adressé à lui ainsi. Je le vis désarçonné mais je n'aurais su dire si la perspective que la fille de sa sœur n'épousât pas le prince le consternait ou le soulageait. « En vérité, il peut paraître que nous vous ayons amené par ruse à vous engager à mener cette tâche à bien, et, à présent que vous découvrez toute la portée de votre serment, vous devez vous croire doublement trompé. C'est le travail d'un héros qu'Elliania vous a imposé ; vous avez juré de l'accomplir. Si je m'abaissais à employer des subterfuges, je vous rappellerais que vous avez aussi donné votre parole de l'épouser et je vous demanderais si cet engagement ne vous lie pas tout aussi fermement en tant que Loinvoyant. Mais je vous en libère sans discuter. Vous pensez que nous vous avons trahis, et je ne puis nier que les apparences nous accusent. Vous savez, j'en suis sûr, que, si vous exécutez l'exploit demandé puis refusez la main de la narcheska, vous nous humilierez à proportion de la gloire que vous aurez acquise. Le nom d'Elliania deviendra synonyme de fourberie et de perfidie. Pareille perspective ne me sourit pas, mais je m'incline devant votre droit à prendre cette position ; de même, je ne lancerai pas de vengeance de sang contre vous, mais je garderai mon épée au fourreau et reconnaîtrai votre privilège de vous sentir lésé. »

Derrière ma porte, je secouai la tête. Une grande émotion sous-tendait manifestement les paroles de Peottre mais, j'en étais sûr, je ne percevais pas toute la portée de cette déclaration ; nos traditions étaient trop différentes. J'avais une certitude néanmoins, et le prince fit écho à mes réflexions alors que j'observais pensivement le kaempra. *Je n'ai pas arrangé la situation, dirait-on. Nous voici mutuellement offensés par notre attitude, lui et moi. Comment sortir de cette impasse ? Dois-je tirer l'épée et le provoquer en duel ?*

Ne dites pas de bêtises ! La réprimande d'Umbre

claqua aussi sèchement que si Devoir avait parlé sérieusement. *Acceptez son offre de nous transporter à Wuisling à bord du* Quartanier. *Ce voyage était prévu, de toute façon ; autant donner l'impression d'une concession. Nous en apprendrons peut-être davantage là-bas. Il faut dissiper ce mystère, et je préfère vous éloigner du Hetgurd et de tout risque d'assassinat tant que je n'en sais pas plus.*

Le prince courba imperceptiblement le cou. Sur l'instigation d'Umbre, il devait donner le sentiment à Peottre qu'il regrettait la rigidité de ses propos. « Nous acceptons avec plaisir votre hospitalité ce soir, Peottre Ondenoire ; et nous embarquerons sur le *Quartanier* demain pour nous rendre à Wuisling. »

Le soulagement de l'autre fut palpable. « Je me porterai personnellement garant de la sécurité de vos gens pendant votre absence. »

Devoir secoua lentement la tête. Il réfléchissait à toute allure : si Peottre cherchait à le séparer de ses gardes et de ses conseillers, il ne devait pas le laisser faire. « Mes nobles resteront, naturellement ; n'appartenant pas à la lignée Loinvoyant, ils seront considérés comme extérieurs à mon clan, je suppose, et propres à servir de cibles à ceux qui désirent se venger. Mais certains membres de ma suite doivent m'accompagner : ma garde et mes conseillers ; vous le comprenez, je n'en doute pas. »

Et Lourd ? fis-je d'un ton pressant. *Il est toujours très mal.*

Je ne puis partir sans vous, et je refuse de le confier à un autre dont j'ignore quels soins il recevrait. Ce sera pénible, mais il devra nous suivre ; il fait partie de mon clan d'Art. En outre, songez aux catastrophes qu'il pourrait déclencher si ses cauchemars le reprenaient alors que nous serions au loin.

« Prince Loinvoyant des Six-Duchés, en cela je crois que nous pouvons vous obliger. » Peottre bafouillait presque tant il désirait ardemment notre accord.

La conversation avait pris une tournure moins périlleuse. Peu après, Peottre descendit avec ses hôtes au rez-de-chaussée où les attendait un repas ; d'une voix exagérément forte, Umbre dit au prince qu'il fallait faire monter une collation substantielle à Lourd afin d'accélérer sa guérison. Peottre lui assura qu'on s'en occuperait, puis je les entendis quitter la pièce. Je relâchai ma respiration, fis jouer les muscles de mes épaules ankylosées et m'approchai du chevet de Lourd. Il dormait toujours tranquillement, sans savoir qu'il devait affronter le lendemain l'épreuve d'un nouveau voyage. J'envoyai des pensées apaisantes dans ses rêves puis je m'assis près de la porte et attendis sans enthousiasme les spécialités outrîliennes qu'on ne tarderait pas à m'apporter.

9

MAISON MATERNELLE

Etraverin était alors kaempra du clan du Blaireau. Ses navires filaient sur la mer, ses guerriers vainquaient, et il rapportait de ses pillages de l'eau-de-vie, de l'argent et des outils de fer. Il avait quasiment l'aura d'un héros quand il humilia son clan.

Il désirait une femme du clan de la Mouette. Il se rendit à la maison de ses mères avec des présents, mais elle les refusa. Sa sœur les accepta, et il coucha avec elle, mais il demeura insatisfait. Il partit piller une année durant et revint à la maison maternelle du Blaireau les cales remplies de richesses, mais sans fierté au cœur car une convoitise ignoble le rongeait.

Bons combattants, ses guerriers n'en étaient pas moins écervelés, car ils l'écoutèrent quand il leur ordonna d'attaquer la maison des mères de la Mouette. Les hommes du clan avaient pris la mer et les femmes vaquaient aux champs quand les navires d'Etraverin abordèrent leur côte. Le kaempra et ses troupes tuèrent les vieux et quelques jeunes presque adultes, puis, malgré une résistance farouche, ils prirent les femmes à même la terre. Certaines préférèrent la mort au viol. Etraverin resta dix-sept jours et, chaque jour, il imposa son corps à Serferet, la fille du clan de la Mouette, au point qu'elle en mourut. Alors tous repartirent et prirent la route de leur propre maison maternelle.

La lune changea et les mères du Blaireau apprirent ce que leur kaempra avait fait. Submergées de honte, elles chassèrent leurs hommes de leurs terres et leur défendirent de jamais revenir ; elles livrèrent dix-sept de leurs fils au clan de la Mouette afin qu'il en fît ce que bon lui semblait, en réparation du mal causé par Etraverin. Et les maisons maternelles de tous les clans interdirent de toute terre le kaempra et ses hommes, et elles condamnèrent ceux qui les aideraient à partager leur sort.

En moins d'une année, l'océan les dévora, ses guerriers et lui ; et le clan de la Mouette se servit des fils de leurs sœurs qu'il avait reçus en expiation, non comme esclaves, mais comme combattants pour protéger ses côtes et comme mâles pour donner de nouveaux fils et filles au clan. Et la paix revint entre les femmes des maisons des mères.

Conte moral outrîlien, d'après le Barde Ombir

*

Le lendemain, nous embarquâmes pour l'île de Mayle. Le prince et Umbre se présentèrent devant l'assemblée des kaempras pour lui annoncer leur décision ; Devoir fit un bref discours où il déclarait avoir résolu de considérer le conflit comme du ressort du Hetgurd ; en tant qu'homme, il ne pouvait revenir sur la parole qu'il avait donnée, mais il voulait laisser aux chefs de clan le temps de discuter du défi et de s'entendre sur leur volonté commune. Il parla avec calme et dignité, ainsi que me l'apprit Umbre par la suite, et, en concédant que seul le Hetgurd était habilité à régler la question, il apaisa, semble-t-il, nombre de sensibilités froissées. Même l'Aigle parut favorablement impressionné, répondant qu'un homme prêt à relever un défi de front méritait le respect, d'où qu'il fût originaire.

L'entourage princier apprit la nouvelle du départ avec des degrés divers de surprise et de consternation ; on la lui présenta comme un petit changement de programme. D'ailleurs, la plupart des nobles n'avaient pas prévu d'accompagner le prince à la maison maternelle de sa fiancée : on leur avait dit, à Castelcerf, qu'il serait difficile d'y accueillir une trop grande délégation ; leurs projets s'arrêtaient donc à séjourner à Zylig et y nouer des contacts en vue de futures relations marchandes. Demeurer sur Nuerine et rechercher des partenaires commerciaux suffisaient amplement au bonheur de la majorité d'entre eux. Arkon Sangrépée, kaempra du clan du Sanglier et père de la narcheska, nous assura discrètement qu'il resterait sur place avec ses guerriers afin de veiller au plaisant déroulement de leur séjour et de gagner le Hetgurd à notre cause.

Umbre me révéla plus tard qu'il avait fortement incité nos nobles à continuer à profiter de l'hospitalité de la maison forte du Sanglier plutôt que de s'installer dans les auberges de la ville ; il leur avait aussi recommandé d'arborer leurs emblèmes héraldiques personnels quand ils sortaient pour se mêler aux Outrîliens, à l'instar des membres des clans qui affichaient leurs symboles animaux. Je doute, en revanche, qu'il leur eût expliqué qu'ils garantiraient mieux leur sécurité en ne laissant pas supposer qu'ils appartenaient au clan du Cerf Loinvoyant, ainsi que les Outrîliens désignaient la famille du prince.

Le *Quartanier* était un navire d'Outre-mer, beaucoup moins confortable que le *Fortune de Vierge* : il dansait sur les vagues, comme je l'observai en regardant les passagers embarquer, mais son faible tirant d'eau le rendait plus propre à traverser les chenaux qui séparaient les îles que la coque profonde du *Fortune*. Au jusant, m'avait-on dit, on pouvait à peine franchir certains de ces chenaux, et, lors de marées basses qui revenaient seulement une ou deux fois l'an, il était possible de les passer à pied. Nous devions emprunter plusieurs de ces détroits avant de retrouver la pleine mer et de mettre le cap sur l'île natale de la narcheska et son village de Wuisling.

J'avais peine à imposer pareille cruauté à Lourd. Je le laissai dormir aussi longtemps que possible avant de le réveiller et de lui présenter un repas chaud préparé à partir d'éléments familiers apportés du *Fortune de Vierge*. Je l'encourageai à bien se restaurer en ne lui parlant que de choses agréables ; je lui tus qu'un nouveau trajet en mer nous attendait. Il rechigna à faire sa toilette et à s'habiller : il aurait préféré retourner au lit, et j'aurais aimé le lui permettre car c'eût été le mieux pour sa santé ; mais nous ne pouvions sans danger le laisser à Zylig.

Même lorsque nous parvînmes aux quais, où se trouvaient réunis la garde princière, le clan de Vif, Umbre et le prince Devoir, et que nous vîmes la cargaison de présents de fiançailles qu'on montait à bord du *Quartanier*, Lourd crut à une simple promenade matinale. Voyant le navire amarré le long de l'appontement, je songeai, lugubre, qu'au moins l'embarquement ne poserait pas de difficulté. Je me trompais. Le petit homme regarda d'un air impavide nos compagnons emprunter la passerelle pour gagner le pont, mais quand son tour vint il refusa tout net d'avancer. « Non.

— Tu ne veux pas voir le navire outrîlien, Lourd ? Tout le monde le visite ; il paraît qu'il est très différent du nôtre. Allons-y. »

Il me regarda un instant sans rien dire. Puis il répéta : « Non. » Il commençait à plisser ses petits yeux d'un air méfiant.

Il n'était plus temps d'user de subterfuges. « Lourd, il faut monter à bord. Le bateau ne va pas tarder à partir pour conduire le prince chez la narcheska ; nous devons le suivre. »

L'activité du quai avait cessé. Tout était prêt pour le départ, on n'attendait plus que nous. Les matelots des autres navires et les passants dévisageaient Lourd curieusement, avec plus ou moins de répulsion devant sa différence. Les hommes du *Quartanier* voulaient retirer les planches de la passerelle et jeter les amarres ; immobiles, ils nous observaient avec une expression contrariée ; je sentis que nous les humiliions par notre seule présence. Ne pouvions-nous donc pas monter tout simplement et disparaître dans l'entrepont ? Il fallait agir. Je saisis fermement mon compagnon par le poignet. « Lourd, il faut embarquer.

— Non ! » hurla-t-il en me frappant véhémentement de sa main libre, et une onde d'Art de peur mêlée de rage me frappa de plein fouet. Je m'écartai de lui en chancelant, ce qui me valut un éclat de rire général de ceux qui assistaient à la scène ; de fait, il devait leur paraître étrange que les gifles effrayées d'un simple d'esprit eussent failli me jeter à genoux.

Je n'aime pas me remémorer ce qui suivit. Je n'avais pas le choix : je devais employer la force ; mais sa terreur ne lui laissait pas le choix non plus. Nous nous affrontâmes sur le quai, ma taille et ma force supérieures ainsi que la solidité de mes murailles mentales opposées à son Art et à ses capacités limitées de combattant.

Umbre et Devoir perçurent aussitôt la situation où je me trouvais, naturellement. Je sentis le prince tenter de calmer Lourd, mais la brume rouge de la fureur isolait le petit homme aussi efficacement que les meilleurs remparts d'Art. Je ne captai pas la moindre trace de la présence du vieil assassin ; ses efforts de la veille avaient dû l'épuiser. J'agrippai Lourd dans l'intention de le soulever et de le transporter à bord, mais son Art me submergea : le contact direct de ma peau sur la sienne me rendait vulnérable. Il projeta sa peur sur moi, et je crus mouiller mes chausses sous l'effet de la terreur qu'il suscita en moi ;

d'anciens souvenirs d'instants où la gueule de la mort avait failli se refermer sur moi jaillirent dans mon esprit. Je sentis les dents d'un forgisé s'enfoncer à la base de mon cou et une flèche se planter dans mon dos. J'avais jeté Lourd sur mon épaule, et je tombai à genoux sous le poids de son épouvante plus que sous celui de son corps. Les spectateurs s'esclaffèrent à nouveau. Lourd m'échappa puis s'arrêta et se mit à pleurer, convulsé de sanglots, poussant des gémissements inarticulés, réduits aux abois, incapable de fuir car un cercle de badauds moqueurs nous cernait à présent.

Les railleries croissantes me meurtrissaient mieux que les coups de Lourd. Je ne pouvais me saisir de lui sans risquer l'intégrité de mes murailles, et je n'osais pas les ouvrir à son déchaînement furieux pour employer mon Art dans toute sa mesure. Je m'efforçai donc futilement de le pousser à monter à bord en lui barrant le chemin chaque fois qu'il prenait son élan et tentait de me déborder pour s'enfuir. Je m'avançais vers lui, il reculait vers la passerelle, et l'anneau de spectateur s'écartait ; puis il s'élançait vers moi, les mains tendues, sachant que, s'il me touchait, mes remparts s'effondreraient, et je devais battre en retraite. Pendant ce temps, les hommes riaient aux éclats et criaient à leurs camarades, dans leur langue rude, de venir voir un étranger des Duchés incapable de venir à bout d'un simple d'esprit.

Ce fut Trame qui, pour finir, me tira d'affaire ; peut-être les exclamations des matelots du *Quartanier* l'avaient-elles amené au bastingage. Le grand marin se fraya un chemin parmi les badauds qui encombraient la passerelle et nous rejoignit. « Lourd, Lourd, Lourd, dit-il d'un ton apaisant, allons, mon ami, ne t'agite pas ainsi ; cela ne sert à rien. »

Je savais qu'on pouvait employer le Vif pour *repousser* quelqu'un. Qui n'a jamais échappé d'un bond aux crocs d'un chien ou évité de justesse le coup de griffes d'un chat ? Ce n'est pas la menace seule qui nous oblige à reculer, mais la colère de l'animal qui rejette l'adversaire en arrière. Pour un homme doué du Vif, apprendre à *repousser* est aussi instinctif que fuir devant le danger. Mais je ne m'étais jamais arrêté à songer qu'il pût exister une force complémentaire, qui calmait et attirait.

Je ne connaissais aucun terme pour désigner ce que Trame émettait vers Lourd. Cela ne m'était pas destiné mais j'en captais les échos. Je me dominai, repris mon sang-froid et laissai ralentir les battements de mon cœur ; sans que ma volonté eût à intervenir, mes épaules retombèrent et mes mâchoires se décrispèrent. Je vis une expression étonnée envahir les traits de Lourd ; sa bouche s'entrouvrit et sa langue, jamais complètement rentrée, pointa davantage tandis que ses petits yeux se fermaient à demi. D'une voix douce, Trame dit : « Du calme, mon ami ; ne t'affole pas. Viens, suis-moi. »

Les chatons prennent un air particulier quand leur mère les saisit par la nuque pour les déplacer, et je reconnus cet air sur la face de Lourd lorsque la grande main de Trame se posa sur son bras. « Ne fais pas attention à ce qui se passe autour de toi, conseilla le marin. Fixe les yeux sur moi. » Et Lourd obéit, le regard levé vers Trame ; le maître de Vif le conduisit à bord du navire sans plus de mal qu'un gamin menant un taureau par l'anneau de son mufle. Je restai tremblant, le dos inondé de sueur. Je rougis sous les quolibets que les matelots me lancèrent quand j'embarquai à mon tour ; la plupart connaissaient des rudiments de la langue des Six-Duchés, et ils s'en servaient à escient afin que je n'ignorasse pas leur mépris. Le sang qui affluait à mes joues m'interdisait de feindre de ne pas les comprendre et je suivis Trame, plein d'une colère impuissante. J'entendis les planches qu'on relevait derrière moi dès que j'eus franchi le bastingage ; sans me retourner, j'emboîtai le pas à Trame et Lourd qui se dirigeaient vers une espèce de tente dressée sur le pont.

Les aménagements étaient beaucoup plus sommaires que ceux du *Fortune de Vierge*. L'avant-pont comportait une cabine en bois, semblable à celles dont j'avais l'habitude sur nos vaisseaux, divisée, je l'appris plus tard, en deux grands compartiments, le plus vaste réservé au prince et à Umbre tandis que dans l'autre s'entassait le clan de Vif. L'abri provisoire monté sur le pont était destiné aux gardes ; il se composait de larges pans de cuir épais tendus sur des perches, l'ensemble étant fixé à des chevilles plantées dans le planchéiage. Cette installation représentait une concession à notre sensibilité d'étrangers ; pour leur part, les Outrîliens préféraient leurs ponts dégagés, plus pratiques pour haler du fret ou combattre. Un coup d'œil à l'expression des gardes suffit à me convaincre que Lourd ne recevrait guère bon accueil parmi eux, et, après ma piètre prestation sur le quai, ils ne me tenaient pas en plus haute estime. Trame s'efforçait de convaincre le petit homme de s'asseoir sur un des coffres de marin apportés du *Fortune de Vierge*.

« Non, lui dis-je à mi-voix. Le prince préfère que Lourd loge près de lui. Il faut le conduire à la petite cabine.

— Mais on y est encore plus à l'étroit qu'ici », protesta Trame.

Je secouai la tête. « La petite cabine », répétai-je, et il rendit les armes. Lourd l'accompagna sans se départir de son expression de confiance aveugle, et je les suivis, épuisé comme si j'avais passé la matinée à m'exercer à l'épée. Je me rendis compte plus tard que Trame avait installé le simple d'esprit sur sa propre paillasse ; Civil était assis sur la sienne, plus courte, son marguet grondant sur les genoux. Nielle, le ménestrel, examinait d'un air désolé une petite harpe dont trois cordes étaient cassées. Leste évitait mon regard ; je percevais l'effarement qu'il ressentait à voir un sous-homme partager son territoire. Il régnait un silence opaque dans la pièce exiguë.

Une fois Lourd étendu sur la couche, Trame essuya son front luisant de sueur d'une main calleuse. Le simple d'esprit nous dévisagea un moment d'un air hébété puis il ferma les yeux avec une lassitude d'enfant. Sa respiration se fit rauque et il sombra dans le sommeil. Après les coups qu'il m'avait portés, je n'aspirais qu'à l'y rejoindre, mais Trame me prit par le bras.

« Venez. Il faut que nous parlions. »

J'aurais refusé si j'en avais eu les moyens, mais, quand sa main se posa sur mon épaule, toute méfiance m'abandonna et je me laissai mener sur le pont, à l'air libre. Les matelots éclatèrent en cris moqueurs à ma réapparition, mais Trame feignit de ne rien entendre et me conduisit à une lisse. « Tenez », dit-il en tirant de sa poche un flacon de cuir. Une odeur d'eau-de-vie frappa mes narines quand il le déboucha. « Prenez-en une lampée puis respirez un grand coup. On dirait qu'on vous a saigné à blanc. »

Je bus une gorgée d'alcool et c'est en sentant sa chaleur se répandre en moi que je me rendis compte combien j'en avais besoin.

Fitz ?

L'appel inquiet du prince me parvint comme un murmure ; je pris soudain conscience de l'intensité avec laquelle je maintenais mes murailles dressées. Je les baissai prudemment et répondis à Devoir : *Je vais bien. Trame a calmé Lourd.*

« Oui, c'est exact, mais pourquoi me le dire ? »

Laissez-moi un instant, mon prince, que je me ressaisisse. En même temps que je l'artisais, j'avais prononcé à voix haute ma réponse à Devoir et je ne m'en étais même pas aperçu. « Excusez-moi. Je n'ai pas encore tous mes esprits, je crois.

— En effet, mais je n'en comprends pas la raison. Toutefois, j'ai quelques hypothèses là-dessus. Le simple d'esprit est très important pour le prince, n'est-ce pas ? Et c'est en rapport avec le fait qu'il a pu empêcher un guerrier dans la force de l'âge de l'obliger à faire ce qu'il ne voulait pas. Pourquoi évitiez-vous son contact ? Je l'ai touché et il ne m'est rien arrivé. »

Je lui rendis son flacon. « Je n'ai pas le droit d'en parler, dis-je sans détour.

— Je vois. » Il but une gorgée d'eau-de-vie puis leva les yeux vers le ciel d'un air songeur. Risque décrivit sans hâte un cercle autour du navire ; elle nous attendait. Une voile s'épanouit soudain sur le mât ; aussitôt, le vent la gonfla, et je sentis le bateau plonger de l'étrave puis prendre de la vitesse. « Le trajet sera court, paraît-il : trois jours, quatre au plus. Si nous avions embarqué sur le *Fortune de Vierge*, il aurait fallu contourner tous le semis d'îles, mouiller dans un port plus loin et emprunter un autre bâtiment à faible tirant d'eau pour rallier Wuisling. »

J'acquiesçai sans savoir s'il avait raison ou non. Peut-être tenait-il ses renseignements de son oiseau, ou plus probablement de conversations entre matelots qu'il avait surprises, l'oreille toujours aux aguets.

Comme si la question découlait logiquement de ses derniers propos, il demanda : « Si j'essayais de deviner ce secret dont vous ne devez pas parler, accepteriez-vous de me dire si je brûle ou non ? »

Je poussai un petit soupir. L'affrontement passé, je mesurais l'exténuation dans laquelle il me laissait – et la puissance de Lourd quand sa peur et sa colère l'acculaient à l'employer. J'espérais qu'il n'avait pas puisé davantage dans ses réserves qu'il ne pouvait se le permettre : sa maladie avait déjà mangé une grande partie de ses forces, et il s'était cru engagé avec moi dans un combat où sa vie était en jeu, je n'en avais pas le moindre doute. Je me sentis tout à coup rongé d'angoisse pour lui.

« Tom ? fit Trame, et, avec un sursaut, je me rappelai sa question.

— Je n'ai pas le droit d'en parler », répétai-je d'un ton obstiné. Le désespoir sourdait en moi comme le sang d'une blessure. Il provenait de Lourd, je le savais, mais le savoir n'y changeait rien ; il faudrait que je m'arrange pour l'étouffer avant qu'il n'affecte le reste du bateau.

Pouvez-vous vous débrouiller seul ? demanda le prince.

J'acquiesçai, davantage pour confirmer que j'avais bien entendu sa prière que pour affirmer être capable de l'exaucer.

Trame me tendait à nouveau son flacon. Je l'acceptai, en avalai une grande lampée puis déclarai : « Je dois retourner auprès de Lourd. Mieux vaut qu'il ne reste pas seul.

— Je comprends, dit-il en prenant la gourde de cuir. Mais j'ignore si vous jouez pour lui le rôle de protecteur ou de geôlier. En tout cas, Tom, prévenez-moi quand vous estimerez pouvoir sans risque le laisser à ma garde ; à votre mine, un peu de repos ne vous ferait pas de mal à vous non plus. »

Je hochai la tête en silence et regagnai la petite cabine allouée au clan de Vif. Tous ses occupants l'avaient abandonnée, sans doute incommodés par la marée montante d'émotions que diffusait Lourd. Il dormait, non parce qu'il était d'humeur paisible, mais d'épuisement. J'observai son visage et j'y vis une simplicité qui n'avait rien d'enfantin ni même de simple. Il avait les joues trop rouges et la sueur perlait à son front ; la fièvre le reprenait et rendait sa respiration rauque. Je m'assis par terre à côté de son lit. J'avais honte de ce que nous lui infligions ; nous agissions mal et nous le savions tous, Umbre, Devoir et moi. Enfin je cédai à la fatigue et m'étendis près de lui.

Trois respirations et je me concentrai, rassemblant mon Art ; je fermai les yeux et posai une main légère sur Lourd pour intensifier notre liaison. Je pensais trouver ses murailles dressées mais non : il était sans défense. Je me glissai dans un rêve où un chaton perdu pataugeait frénétiquement dans une mer déchaînée. À l'imitation d'Ortie, je le sortis de l'eau et le ramenai au chariot où je le déposai sur le coussin au milieu du lit, puis je lui assurai qu'il ne risquait rien et sentis son angoisse s'apaiser légèrement. Pourtant, il me reconnut malgré l'illusion du rêve. « C'est toi qui m'as obligé ! s'écria soudain le chaton. Tu m'as obligé à monter dans le bateau ! »

Je m'attendais à de la colère, à de la méfiance, voire à une attaque à la suite de ces paroles, mais ce fut bien pire : il éclata en sanglots. Le chaton se mit à pleurer inconsolablement avec une voix aiguë d'enfant, et je sentis l'abîme de déception qui s'était ouvert en lui devant ma trahison, alors qu'il me faisait confiance. Je m'approchai et le serrai contre moi, mais ses pleurs continuèrent sans que je pusse les calmer, car j'étais le responsable de sa peine.

L'apparition d'Ortie me prit par surprise. Nous n'étions pas la nuit et elle ne dormait sûrement pas ; or, j'avais toujours cru qu'elle ne pouvait artiser que dans son sommeil – supposition arbitraire, certes, mais qui était la mienne. Comme, assis par terre, je berçais la petite créature qu'était Lourd, je sentis sa présence à mes côtés. *Donne-le-moi*, dit-elle du ton las d'une femme devant l'incompétence d'un homme. Avec un soulagement coupable, je la laissai s'emparer du chaton ; je m'estompai au fond du rêve et perçus la détente qui accompagna chez Lourd mon éloignement. J'éprouvai du chagrin que ma présence le troublât à ce point, mais je ne pouvais le lui reprocher.

Peu après, je me retrouvai assis au pied de la tour fondue. Les environs avaient un aspect lugubre : les ronces mortes recouvraient toute la colline alentour et on n'entendait que le vent qui murmurait dans leurs tiges desséchées. J'attendis Ortie.

Pourquoi ce décor ? fit-elle quand elle arriva enfin en désignant d'un geste la désolation qui nous entourait.

Je le trouve de circonstance, répondis-je d'un ton accablé.

Elle eut un haussement d'épaules méprisant puis, d'un mouvement de la main, elle transforma les ronces en hautes herbes vertes ; la tour se changea en cercle de pierres effritées, recouvertes de plantes grimpantes en fleurs. Elle s'installa sur un bloc de rocher chauffé par le soleil, rabattit sa jupe rouge sur ses pieds nus et demanda : *Tu prends ainsi toujours tout au tragique ?*

Sans doute, oui.

Ça doit être épuisant pour ton entourage. À part toi, je ne connais qu'une seule personne aussi soumise à ses émotions.

À savoir ?

Mon père. Il est rentré hier à la maison.

Je respirai profondément et m'efforçai de prendre un ton détaché. *Alors ?*

Alors il est allé au château de Castelcerf. C'est tout ce qu'il nous a révélé. Il a l'air d'avoir vieilli de dix ans, et pourtant, parfois, je le surprends à parcourir une pièce du regard en souriant. Malgré son voile sur les yeux, il ne cesse pas de me dévisager comme s'il ne m'avait jamais vue. Quant à maman, elle dit avoir l'impression qu'il lui fait constamment ses adieux : il s'approche d'elle, la prend dans ses bras et la tient contre lui comme si on risquait de la lui arracher. J'ai du mal à décrire son attitude ; on a le sentiment qu'il a enfin terminé une tâche accablante, mais il se conduit aussi comme quelqu'un qui se prépare à un long voyage.

Que t'a-t-il raconté ? J'essayai d'empêcher mon angoisse de se diffuser autour de moi.

Rien. Et pas davantage à ma mère, à ce qu'elle prétend. Il a rapporté des cadeaux pour chacun à son retour : des pantins pour mes petits frères et des casse-tête en bois exquisément sculptés pour les grands ; pour ma mère et moi, de petits coffrets qui contenaient des colliers de perles en bois, non pas à peine dépolies mais taillée chacune comme un bijou. Et une jument, la plus jolie que j'aie jamais vue.

Je me tus, sachant ce qui suivrait et formant pourtant le vœu fervent qu'Ortie se tût.

Lui-même porte maintenant un clou d'oreille, une sphère sculptée dans le bois. Jamais je ne l'avais vu porter ce genre d'ornement ; j'ignorais même qu'il avait le lobe percé.

Burrich et sire Doré avaient-ils parlé ou bien le fou avait-il simplement confié ces présents à la reine Kettricken pour qu'elle les remette à l'ancien maître des écuries ? Tant de questions dont je ne pouvais poser aucune ! *À quoi es-tu occupée ?* demandai-je.

À tremper des chandelles. Le travail le plus idiot et le plus barbant que je connaisse. Elle se tut un instant, puis elle reprit : *J'ai un message pour toi.*

Mon cœur manqua un battement. *Ah ?*

Si je rêve à nouveau du loup, je dois lui dire de la part de mon père : « Tu aurais dû revenir il y a longtemps. »

Réponds-lui que... Mille possibilités traversèrent mon esprit. Que dire à un homme que je n'avais pas vu depuis seize ans ? Qu'il n'avait rien à craindre, que je ne voulais le dépouiller de rien ? Que j'aimais toujours comme j'avais toujours aimé ? Non, pas cela. Que je lui pardonnais ? Non, car il ne m'avait jamais fait de mal exprès ; je ne ferais qu'alourdir le fardeau dont il chargeait déjà sa conscience. J'avais mille messages à lui transmettre et aucun que j'eusse le courage de confier à Ortie.

Réponds-lui que... ? fit-elle pour me relancer.

Réponds-lui que je ne sais que dire ; et que je lui suis reconnaissant, comme depuis de longues années.

C'était très insuffisant, mais je me retins d'ajouter

rien ; je refusai la précipitation : je réfléchirais longuement, mûrement, avant de donner à Ortie un message pour Burrich. J'ignorais ce qu'elle savait ou avait
deviné ; j'ignorais même ce que Burrich connaissait
de mon existence après notre séparation. Mieux valait
regretter de n'avoir pas prononcé certaines paroles
que pleurer sur celles qu'on n'avait pas su retenir.

Qui es-tu ?

Je lui devais au moins de lui fournir un nom ; un
seul me parut convenir. *Changeur. Je m'appelle
Changeur.*

Elle hocha la tête, déçue et contente à la fois. Ailleurs, en un autre temps, mon Vif m'avertit de nouvelles présences. Je me glissai hors du rêve et elle
me laissa aller à contrecœur. Je regagnai ma chair et
je gardai les yeux fermés tout en ouvrant mes autres
sens. Je me trouvais dans la cabine, et le petit homme
dont j'avais la charge respirait lourdement près de
moi. Je sentis l'odeur de l'huile dont le ménestrel
frottait le bois de sa harpe, puis j'entendis Leste mur-
murer : « Pourquoi dort-il ?

— Je ne dors pas », fis-je à mi-voix. J'ôtai doucement ma main de la poitrine de Lourd, afin de ne pas
l'éveiller, puis me redressai lentement. « J'apaisai
Lourd, c'est tout ; il reste très malade. Je regrette que
nous ayons dû l'obliger à nous suivre. »

Leste m'observait, une expression étrange sur le
visage. Nielle se déplaçait sans bruit en frottant d'huile
le cadre de sa harpe réparée. Je me levai en gardant
la tête courbée à cause du plafond bas et regardai le
fils de Burrich. Il ne souhaitait rien tant que se trouver
loin de moi, mais j'avais un devoir envers lui. « Es-tu
occupé en ce moment ? » lui demandai-je.

Il se tourna vers le ménestrel comme s'il espérait
qu'il répondrait à sa place ; l'autre garda le silence,
et Leste dit enfin très bas : « Nielle a prévu de chanter
quelques airs des Six-Duchés pour les Outrîliens ; je
m'apprêtais à l'écouter. »

Je respirai profondément. Il fallait que je me rapproche de ce garçon si je voulais tenir ma promesse envers Ortie ; toutefois, je l'avais déjà écarté de moi en essayant de le forcer à rentrer chez lui. Lui tenir la bride trop serrée à présent ne m'aiderait pas à gagner sa confiance. Je déclarai donc : « Les chansons des ménestrels peuvent être très instructives. Prête aussi l'oreille à ce que les Outrîliens disent et chantent, et débrouille-toi pour apprendre quelques mots de leur langue. Nous parlerons plus tard de ce que tu auras retenu.

— Merci », fit-il d'un ton guindé. Il avait autant de mal à exprimer sa gratitude qu'à accepter mon autorité sur lui. Ce n'était pas le moment d'essayer de l'y forcer ; aussi hochai-je la tête et le laissai-je s'en aller. À la porte, Nielle m'adressa une gracieuse révérence et nos regards se croisèrent un instant ; l'amicale disposition envers moi que je lus dans le sien m'étonna, puis il prit congé avec ces paroles : « Il est rare d'entendre un homme d'armes louer les mérites de l'instruction, et plus encore d'en rencontrer un qui reconnaisse aux ménestrels d'en être le récipient. Je vous remercie, messire.

— C'est moi qui vous remercie. Mon prince m'a demandé de donner une éducation à ce garçon ; peut-être pouvez-vous lui montrer qu'acquérir du savoir n'est pas obligatoirement pénible. » En un clin d'œil, je pris une nouvelle décision. « J'aimerais me joindre à vous, si je ne suis pas de trop. »

Il me fit une nouvelle révérence. « J'en serais honoré. »

Leste avait pris de l'avance et ne parut pas enchanté de me découvrir en compagnie du musicien.

Comme tous les marins que j'ai connus dans mes pérégrinations, les Outrîliens se révélèrent prêts à se jeter sur le premier divertissement qui les distrayait du quotidien monotone du bord. Ceux qui n'étaient pas de service se réunirent promptement autour de

Nielle. Le ménestrel disposait d'un décor qui le mettait en valeur, debout sur le pont, le vent dans les cheveux, le soleil dans le dos. Les hommes apportèrent leurs ouvrages comme des femmes se fussent munies de leurs travaux de broderie ou de leurs tricots : l'un tressait un petit tapis à l'aide d'un vieux cordage dépenaillé, un autre taillait sans hâte un morceau de bois dur. L'attention avec laquelle ils écoutaient les ballades confirmait ce dont je me doutais : par hasard ou non, la majorité de l'équipage de Peottre possédait une connaissance pratique de notre langue. Même ceux qui manœuvraient les voiles à proximité tendaient l'oreille.

Nielle les régala de plusieurs morceaux qui évoquaient la mémoire des monarques Loinvoyant, et il évita judicieusement celles qui portaient sur notre antagonisme séculaire avec les îles d'Outre-mer. Pour cette fois donc, je coupai à la chanson de la tour de l'île de l'Andouiller. Leste paraissait écouter avec application, et son attention s'accrut quand le ménestrel raconta en musique une vieille fable du Lignage ; j'observai les matelots outrîliens pendant la chanson en me demandant si je verrais sur leurs traits se peindre la répulsion et la haine que manifestaient souvent les gens des Six-Duchés à l'audition de telles chansons. Mais non ; les hommes semblèrent l'accepter comme l'histoire étrange d'une magie étrangère.

Quand Nielle se tut, un des matelots se dressa avec un large sourire qui plissait le sanglier tatoué sur sa joue. Il avait posé le morceau de bois qu'il taillait et se passait les mains sur la poitrine et le pantalon pour se débarrasser des copeaux. « Vous croyez cette magie puissante ? lança-t-il d'un ton de défi. J'en connais une plus puissante, et vous feriez bien de la connaître aussi parce que vous risquez d'avoir affaire à elle. »

De son pied nu, il poussa un de ses compagnons assis sur le pont près de lui. Évidemment gêné devant le cercle d'auditeurs, l'homme tira néanmoins de sa chemise un petit sifflet en bois, pendu à son cou par un fil, et se mit à jouer un air simple et plaintif tandis que l'autre entonnait, d'une voix rauque où l'on sentait plus d'enthousiasme que de talent, une chanson qui parlait de l'Homme noir d'Aslevjal. Les paroles étaient en outrîlien et prononcées avec l'accent particulier propre aux bardes du pays, si bien que j'avais du mal à suivre l'histoire. L'Homme noir hantait l'île, et malheur à qui y abordait avec des intentions méprisables ! Il était le gardien du dragon, voire peut-être le dragon sous forme humaine. Il était aussi noir que le dragon, aussi « quelque chose » que le dragon, fort comme le vent et comme lui indestructible, et aussi impitoyable que la glace. Il rongeait les os du lâche, il pourfendait la chair du téméraire, il...

« Au service ! » lança brusquement Peottre dans notre cercle. L'ordre, d'une sévérité malgré tout bon enfant, nous rappelait sa fonction de capitaine autant que d'hôte à bord du navire. Le matelot cessa de beugler sa ballade et tourna vers lui un regard interrogateur. Je sentis alors une tension : le sanglier sur sa joue proclamait son appartenance aux guerriers d'Arkon Sangrépée, comme la majorité des hommes d'équipage, prêtés à Peottre pour l'occasion. Le kaempra secoua légèrement la tête à l'intention du marin en signe à la fois de réprimande et de mise en garde, et l'homme courba les épaules.

« Quel service avons-nous à remplir pendant nos heures de repos ? » demanda-t-il pourtant avec une ombre d'insolence dans le ton.

Peottre répondit avec mesure, mais son attitude disait assez qu'il ne tolérerait pas d'impudence. « Ton devoir, Rutor, consiste justement à te reposer pendant ces heures-là, afin que, quand on t'appellera au travail, tu t'y attelles frais et dispos. Va donc te coucher, et laisse-moi le soin de divertir nos invités. »

Derrière lui, le prince et Umbre étaient sortis de leur cabine et observaient la scène avec curiosité. Trame se tenait dans leur dos. Peottre les avait-il quittés brusquement en entendant la chanson du matelot ? *Nos documents parlent-ils d'une histoire à propos de l'Homme noir d'Aslevjal ?* demandai-je à Devoir et à son conseiller. *Il s'agirait d'un personnage qui garderait le dragon ; c'est en tout cas ce que racontait la chanson que Peottre a interrompue.*

Ça ne me dit rien. Je poserai la question à Umbre en privé.

Je tentai un contact direct. *Umbre ?*

Aucune réponse. Il ne tourna même pas les yeux vers moi.

Je crois qu'il a trop forcé hier.

A-t-il pris une tisane quelconque aujourd'hui ? fis-je, pris de soupçons. Une dépense d'Art comme celle du vieillard la veille aurait sans doute épuisé un novice, or il se montrait plein d'allant aujourd'hui. La jalousie me poignit. Usait-il d'écorce elfique, de cette même écorce elfique qu'il m'interdisait ?

Il boit une décoction répugnante presque chaque matin ; j'ignore de quoi il s'agit.

Je réduisis mes pensées au silence avant qu'elles ne pussent me trahir, car j'avais résolu de m'emparer d'une pincée des herbes d'Umbre si j'en avais l'occasion afin d'en déterminer la nature. Le vieil homme jouait trop avec sa santé ; il était capable de consumer ce qui lui restait de vie en voulant la donner à notre cause.

L'occasion ne se présenta pas. Les jours suivants se déroulèrent sans incidents. Les soins à Lourd et l'instruction de Leste prenaient tout mon temps ; les deux finirent par se fondre, d'ailleurs, car, lorsque Lourd émergea d'un de ses longs sommeils, sans force et maussade, il refusa que je m'occupe de lui. En revanche, il se déclara prêt à accepter les attentions de Leste. L'enfant renâcla, ce qui se conçoit :

soigner un malade est une tâche fastidieuse qui peut se révéler déplaisante ; il éprouvait aussi l'horreur innée de nombreux habitants des Six-Duchés à l'égard des anormaux ; mon attitude désapprobatrice ne l'ébranla point, mais le calme avec lequel Trame acceptait les différences de Lourd le fit peu à peu changer d'opinion. Le talent du maître de Vif à éduquer Leste par l'exemple me donna de moi-même l'image d'un précepteur maladroit et irréfléchi. Je tenais à élever correctement Leste, comme Burrich l'avait fait pour Ortie, mais j'échouais même à gagner sa confiance !

Les journées peuvent paraître longues quand on se sent inutile. Je n'avais guère le loisir de m'entretenir avec Umbre ni avec le prince : à bord du navire surpeuplé, aucune circonstance ne me permettait de me trouver seul avec l'un ou l'autre, si bien que la communication se limitait à l'usage de l'Art. Je m'efforçais de contacter le vieil assassin le moins possible dans l'espoir qu'en la laissant au repos son aptitude lui reviendrait. Le prince me transmit qu'Umbre ne savait rien d'un Homme noir qui hanterait l'île d'Aslevjal ; et, comme Peottre maintenait toujours extrêmement occupé l'homme qui avait chanté la ballade, je n'avais pas la possibilité de me renseigner auprès de lui. Coupé d'Umbre et de Devoir, rejeté par Lourd, j'éprouvais un grand sentiment de solitude et d'incapacité à trouver quelque sérénité. Mon cœur s'émouvait sur de vieux souvenirs, depuis mon histoire d'amour toute simple avec Molly jusqu'à l'amitié sans entrave que j'avais partagée avec le fou. Œil-de-Nuit aussi revenait souvent à mon esprit, car Trame et sa mouette ne se cachaient nullement tandis que le marguet de Civil suivait son compagnon partout dans le navire. J'avais perdu les attachements passionnés que j'avais formés dans ma jeunesse, et perdu aussi l'entrain d'en chercher de nouveaux. Quant à Ortie et à l'invitation de Burrich de « revenir »... Je mourais d'envie de l'accepter, mais je savais que c'était une époque que je souhaitais retrouver, non un lieu, or ni Eda ni El ne font ce cadeau à personne. Quand nous pénétrâmes dans un petit port qui échancrait à peine la côte d'une île minuscule et que Peottre s'exclama de bonheur à rentrer chez lui, la jalousie m'envahit.

Trame se planta devant le bastingage à côté de moi, troublant ma superbe délectation morose. « J'ai laissé Leste auprès de Lourd pour l'aider à mettre ses chaussures. Il est ravi de descendre à terre, même s'il refuse de l'avouer. Il n'a d'ailleurs plus vraiment le mal de mer ; c'est son affection aux poumons qui l'épuise à présent – et le mal du pays aussi.

— Je sais, et je ne puis rien à l'un ni à l'autre à bord de ce navire. Une fois à terre, j'espère lui trouver un logement confortable où se reposer au calme et se restaurer convenablement. Ce sont en général les meilleurs remèdes à ce genre de maux. »

Trame acquiesça et garda un silence amical tandis que nous approchions de la côte. Une silhouette, celle d'une jeune fille en jupe feuille morte qui se gonflait au vent, se tenait sur une avancée de terre et nous regardait venir. Des brebis et des chèvres broutaient la pâture rocailleuse qui l'entourait et les collines vallonnées derrière elle. Plus loin vers l'intérieur, nous aperçûmes des filets de fumée qui s'élevaient de chaumières blotties les unes contre les autres parmi les vignons. Un appontement solitaire s'aventurait dans la baie étriquée pour nous accueillir ; nulle part je ne vis signe d'une ville. Soudain, la jeune fille leva les bras et les agita à trois reprises. Je crus qu'elle nous saluait, mais peut-être faisait-elle signe en réalité à des gens dans le hameau, car peu après un groupe descendit le sentier qui menait au rivage. Certains s'arrêtèrent sur le ponton et nous attendirent ; d'autres, des enfants, se mirent à courir sur la grève en s'interpellant avec excitation.

Avec une compétence teintée d'esbroufe, notre équipage amena le navire droit contre le quai, puis les amarres furent lancées et fixées, et nous cessâmes de bouger. En quelques instants, du moins en eus-je l'impression, on abattit et on rangea les voiles. À mon grand étonnement, Peottre remercia d'un ton bourru les hommes du Sanglier qui avaient manœuvré le bateau, et cela me rappela que nous traitions, non avec un seul clan, mais avec l'alliance de deux. À l'évidence, tant le kaempra que les matelots estimaient le service rendu considérable et ils y voyaient une dette éventuelle entre clans.

La façon dont se passa le débarquement me confirma dans cette idée. Peottre descendit le premier et, en posant le pied sur l'appontement, il s'inclina gravement devant les femmes venues l'attendre. Des hommes se trouvaient là aussi, mais ils se tenaient en retrait, et c'est seulement après avoir reçu un accueil chaleureux des doyennes de son clan qu'il passa derrière elles pour saluer ses frères. J'observai que peu d'entre eux avaient l'âge d'être guerriers, et que ceux qui l'avaient présentaient les cicatrices et les infirmités que l'on risque dans cette carrière ; bref, je ne vis que quelques vieux combattants et un groupe de jeunes adolescents surexcités. Je réfléchis puis tentai de transmettre ma pensée à Umbre. *Ou bien leurs hommes ne jugent pas utile de nous souhaiter la bienvenue ou bien on nous les cache.*

Sa réponse n'avait guère plus de substance qu'une volute de fumée. *Ou bien ils ont été décimés lors de la guerre des Pirates rouges. Certains clans ont subi de lourdes pertes.*

Je sentis l'effort qu'il lui coûtait de maintenir le contact avec moi : d'autres préoccupations retenaient son attention pour le moment. Par le Vif plus que par l'Art, je perçus l'agitation intérieure et la déception du prince, et j'en compris aussitôt la cause : Elliania ne se trouvait pas dans le groupe venu nous accueillir.

Ne vous inquiétez pas, lui dis-je. *Nous ne connaissons pas assez leurs traditions pour savoir ce que signifie son absence ; n'y voyez pas d'entrée un affront.*

M'inquiéter ? C'est à peine si je l'avais remarqué. C'est une alliance qui nous amène ici, Fitz, non une gamine et ses fredaines. La sécheresse de sa réplique trahissait son mensonge, et je soupirai à part moi. Quinze ans ! Eda merci, plus jamais je n'aurais cet âge !

Peottre avait dû mettre Umbre au courant de leurs coutumes, car nous demeurâmes, le vieux conseiller et tout notre groupe, debout sur le pont jusqu'au moment où une jeune femme d'une vingtaine d'années invita d'une voix claire le Fils du clan du Cerf Loinvoyant à quitter le navire avec les siens.

« C'est à nous, murmura Trame. Leste a dû préparer Lourd à sortir. Allons-y, voulez-vous ? »

J'acquiesçai de la tête puis, comme si j'en avais le droit, je demandai : « Que Risque vous montre-t-elle ? Aperçoit-elle des hommes armés quelque part ? »

Il eut un mince sourire. « Ne croyez-vous pas que je vous aurais prévenu dans ce cas ? Je courrais un aussi grand danger que vous. Non, elle ne voit rien de plus que ce que nous observons nous-mêmes : un hameau paisible dans la tranquillité d'un début de journée, et une vallée très fertile derrière ces collines là-bas. »

Nous joignant au reste de la troupe, nous débarquâmes puis demeurâmes à distance respectueuse de notre prince tandis qu'il recevait l'hospitalité de la maison maternelle et des propriétés d'Elliania Ondenoire. Je perçus un aspect rituel dans la simplicité même des formules employées ; par cet acte d'accueil et de permission de fouler leur sol, les femmes affirmaient à la fois leur possession de la terre et leur autorité sur ceux qui posaient le pied à Wuisling. Je n'en restai pas moins étonné quand elles répétèrent la même cérémonie à l'intention des membres du clan du Sanglier qui descendirent à notre suite. Dans les remerciements qui s'ensuivirent, je saisis un élément qui m'avait échappé jusque-là : en acceptant l'hospitalité des femmes, ils juraient sur l'honneur de leurs maisons maternelles que chacun serait responsable de la conduite de tous ses camarades. On ne précisait pas la peine qui sanctionnait les infractions à ce serment. Peu après, le sens de ce rite m'apparut : dans une fédération de pirates, il fallait un système de protection qui assure aux pilleurs l'inviolabilité de leurs bases en leur absence. Quelque ancienne alliance des femmes des différents clans devait être à l'œuvre, et je me demandai quelle punition un homme subirait de la part de sa propre maison maternelle s'il transgressait les règles de l'hospitalité d'un autre clan.

Les civilités achevées, les femmes de la maison du Narval emmenèrent le prince et sa suite. Sa garde leur emboîta le pas, puis Trame, Leste et moi-même, en compagnie de Lourd, les suivîmes. Le jeune garçon marchait devant nous tandis que le maître de Vif et moi soutenions le simple d'esprit. Derrière nous venaient les hommes du Sanglier qui parlaient de bière, de femmes, et qui échangeaient des plaisanteries sur nous quatre. Au-dessus de nous, Risque tournoyait dans le ciel limpide ; le gravier du chemin crissait sous nos pas.

Contrairement à ce que j'avais imaginé, Wuisling n'était ni étendue ni proche de la mer. Comme les matelots du Sanglier nous doublaient, agacés par notre lenteur, Trame interpella l'un d'eux. Manifestement pressé de rattraper son groupe et tout aussi évidemment peu désireux d'être vu en compagnie d'un idiot et de ceux qui en avaient la charge, il répondit laconiquement, quoique avec la courtoisie habituelle que Trame paraissait susciter chez tous ceux à qui il s'adressait. Il expliqua que le mouillage, bien que bon, n'était pas excellent ; les courants faibles n'offraient guère de danger mais, quand les vents dominants se levaient, glacés, ils soufflaient assez fort pour « arracher la chair des os ! » Wuisling se nichait dans un creux à l'abri de leur violence.

Et, en effet, alors que nous descendions la route qui menait à la ville pelotonnée dans son renfoncement, il nous sembla que l'air devenait plus tiède et moins agité. Le bourg lui-même présentait une structure étudiée : la maison maternelle, de bois et de pierre, en était le bâtiment le plus imposant et dominait comme une forteresse les chaumières et les petites maisons alentour. Un immense narval peint décorait le toit d'ardoise de l'édifice ; derrière s'étendait un espace qui me fit songer au jardin des Femmes de Castelcerf. Les rues couraient en cercles concentriques tout autour, et la plupart des marchés et des demeures des marchands se situaient dans le quartier le plus proche de la route de la mer. Nous vîmes tout cela de loin, avant que les détails ne disparaissent, dissimulés par la proximité.

Le groupe du prince était depuis longtemps hors de vue, mais Crible revint vers nous au petit trot et s'arrêta, légèrement essoufflé. « Je dois vous conduire à votre logement, expliqua-t-il.

— Nous ne sommes donc pas hébergés avec le prince ? demandai-je, troublé.

— Sa suite et lui résideront à la maison maternelle avec son ménestrel et ses compagnons ; un gîte est prévu pour les guerriers des clans en visite à l'extérieur de la maison forte. Les hommes des autres clans ont accès au bâtiment principal pendant la journée mais ils n'ont pas le droit d'y passer la nuit. En conséquence, la garde ne sera pas logée avec le prince. Ça ne nous plaît pas, mais sire Umbre a ordonné au capitaine Longuemèche de se soumettre. Une maison particulière a été prévue pour Lourd, et le prince désire que vous la partagiez avec lui. » Crible prit une expression gênée puis, d'une voix plus basse, comme s'il s'excusait, il ajouta : « Je m'occuperai d'y faire porter votre coffre de voyage, et aussi les affaires de Lourd.

— Merci. »

J'avais compris : la différence du compagnon du prince le rendait inacceptable comme hôte dans la maison maternelle. Ma foi, on avait au moins le bon sens de ne pas nous mêler aux gardes. Néanmoins, il commençait à devenir lassant de partager le statut de proscrit de Lourd. Je n'aimais certes guère les intrigues de la cour Loinvoyant, mais je me sentais mal à l'aise ainsi coupé d'Umbre et de Devoir. Je nous savais en danger, mais le plus grand péril est celui qu'on ne connaît pas, et je voulais entendre ce qu'Umbre entendait, rester au courant minute par minute du déroulement des négociations. Cependant, le vieux conseiller ne pouvait exiger qu'on nous loge plus près du prince, et quelqu'un devait demeurer près de Lourd, tâche pour laquelle tout me désignait. Mais la logique de l'affaire ne changeait rien au sentiment de frustration que j'éprouvais.

On ne s'était pas moqué de nous. L'unique pièce de la maison de pierre était propre, bien qu'imprégnée d'une odeur de renfermé ; à l'évidence, nul ne l'avait habitée depuis plusieurs mois ; toutefois, on avait rempli la huche à bois et mis à notre disposition des casseroles et des ustensiles pour la cuisine. La barrique d'eau était pleine d'eau douce glacée, nous avions une table, des chaises et un lit avec deux couvertures ; un long rectangle de soleil s'étendait par terre, tombant de la fenêtre. J'avais connu de pires séjours.

Sans quasiment rien dire, Lourd nous laissa l'allonger. La marche avait rendu sa respiration sifflante, et il avait les joues rouges, non du rouge de la bonne santé, mais de celui d'un malade qui a présumé de ses forces. Je lui ôtai ses chaussures puis rabattis les couvertures sur lui : les nuits devaient être froides sur l'île, malgré l'été ; peut-être même les courtepointes ne suffiraient-elles pas à le réchauffer.

« Avez-vous encore besoin d'aide ? » me demanda Trame. À la porte, l'air impatient, Leste dévorait des yeux la maison maternelle deux rues plus loin.

« De votre part, non, mais j'aurai besoin de Leste un moment. » Le regard atterré du jeune garçon ne me surprit pas et n'ébranla pas ma résolution. Je pris quelques pièces dans ma bourse. « Va au marché. J'ignore ce que tu pourras y trouver. Sois poli, mais rapporte-nous de quoi manger : de la viande et des légumes pour préparer de la soupe, du pain frais si cela existe ici, des fruits, du fromage, du poisson, bref, ce que tu pourras acheter avec ce que je te donne. »

À en juger par son expression, l'inquiétude de s'aventurer en terrain inconnu le disputait en lui au plaisir de découvrir un nouveau pays. Je déposai l'argent dans sa main en espérant que les Outrîliens accepteraient la monnaie des Six-Duchés.

« Ensuite, ajoutai-je – et il fit la grimace –, retourne au bateau. Crible s'occupe de nos coffres, mais je veux que tu dévalises les couchettes du bord pour nous faire deux paillasses, pour toi et moi, et fournir des couvertures en plus à Lourd.

— Mais je dois loger à la maison maternelle avec le prince, Trame et tous les... » Je secouai la tête et sa voix mourut dans un murmure déçu.

« J'aurai besoin de toi ici, Leste. »

Il lança un regard à Trame comme s'il implorait son appui. Le maître de Vif garda une expression calme et neutre. « Êtes-vous sûr que je ne peux vous aider en rien ? répéta-t-il.

— À vrai dire... » Et je me sentis soudain pétrifié devant la difficulté de lui réclamer ce service. « Si cela ne vous dérange pas de revenir plus tard, j'apprécierai de disposer de quelques heures de loisirs – à moins que le prince ne requière vos services.

— Vous pouvez compter sur moi. Merci de me l'avoir demandé. » Cette dernière phrase n'était pas une simple formule de politesse : elle venait du fond du cœur. Je me tus un moment pour réfléchir : il me complimentait d'être enfin parvenu à le prier de me rendre service. Nos regards se croisèrent soudain, et je m'aperçus alors que mon silence s'éternisait ; pourtant son visage n'exprimait comme toujours que le calme et la patience. Encore une fois, j'eus l'impression qu'il me guettait, non comme un chasseur guette une proie, mais comme un dresseur observe un animal farouche qu'il veut apprivoiser.

« Merci, dis-je non sans mal.

— J'accompagnerai peut-être Leste au marché, car je suis aussi curieux que lui de visiter la ville ; mais je ne traînerai pas, je vous le promets. Croyez-vous qu'une pâtisserie tenterait Lourd si jamais nous tombions sur une boulangerie ?

— Oui. » Le petit homme s'exprimait d'une voix mourante, mais cette manifestation d'intérêt me rendit courage. « Et aussi du fromage », ajouta-t-il d'un ton presque implorant.

Je modifiai les priorités de ma liste de courses. « Tâchez donc de trouver d'abord des pâtisseries et du fromage », dis-je, et je regardai Lourd avec un sourire, mais il détourna les yeux : il me refusait son pardon. Je le savais, je devrais lui imposer encore deux traversées au moins, pour retourner à Zylig puis pour gagner Aslevjal. Quant au voyage qui nous ramènerait chez nous, je préférais ne pas y songer ; il me semblait épouvantablement lointain.

Leste et Trame s'en allèrent en bavardant gaiement ; à dire le vrai, j'étais soulagé de les savoir ensemble. Un jeune garçon dans une ville étrangère et inconnue pouvait facilement insulter les gens sans le vouloir ou se retrouver en danger ; pourtant, c'est avec une impression d'abandon que je les regardai s'éloigner.

La tentation de m'apitoyer sur mon sort m'attirait comme un abîme, et je m'en écartai en tournant mes pensées vers les êtres chers à mon cœur. Je m'efforçai de ne pas m'inquiéter pour Heur ni le fou. Heur était un garçon raisonnable, je devais lui faire confiance ; quant au fou, il menait sa vie, ou plutôt ses vies, depuis des années sans aide de ma part. Pourtant, le savoir quelque part dans les Six-Duchés, furieux contre moi, me mettait mal à l'aise. Je m'aperçus soudain que je suivais de l'index les empreintes argentées que son contact d'Art avait laissées sur mon poignet ; bien que je n'eusse rien perçu de lui, je croisai mes mains dans mon dos et je me demandai à nouveau ce qu'il avait dit à Burrich, s'il l'avait vu.

Vaines ruminations, je m'en rendais compte, mais je n'avais guère d'autres sujets d'occupation. Sous le regard de Lourd, je fis le tour de la pièce d'un pas désœuvré ; je lui offris une louche d'eau froide tirée de la barrique, mais il la refusa ; je bus et sentis la différence de l'île dans le goût de l'eau, douceâtre et vaguement croupie, sans doute celle d'un étang. Je décidai d'allumer un petit feu dans l'âtre au cas où Trame et leste rapporteraient de la viande.

Le temps passait avec lenteur. Crible passa en compagnie d'un autre garde déposer nos affaires. Je pris des herbes à tisane dans mon coffre, remplis la lourde bouilloire et la mis à chauffer dans la cheminée, davantage pour m'occuper que par envie d'une infusion. Je mélangeai des plantes aux vertus apaisantes, camomille, fenouil et racine de framboisier. Lourd m'observait d'un air méfiant quand je les ébouillantai, mais je me servis la première tasse et m'installai sur une chaise près de la fenêtre et regardai les moutons paître sur le versant verdoyant qui s'élevait derrière le bourg. Je bus ma tisane à petites gorgées en tentant de ressentir la satisfaction que je tirais naguère de la solitude et du calme.

Je proposai la seconde tasse à Lourd qui l'accepta ; peut-être, me voyant boire la première, avait-il conclu que je ne cherchais pas à le droguer ni à l'empoisonner – ce fut du moins ce que je me dis avec découragement. Trame et Leste revinrent, les bras chargés de paquets, le garçon les joues rosies par la marche et l'air frais. Lourd se redressa lentement pour mieux voir ce qu'ils rapportaient. « Vous avez trouvé de la tarte aux fraises et du fromage jaune ? demanda-t-il, plein d'espoir.

— Ma foi, non ; mais regarde ce que nous avons acheté, répondit Trame en déposant ses emplettes sur la table. Des bâtons de poisson rouge fumé, à la fois sucré et salé, des petits pains saupoudrés de graines. Et, tiens, un panier plein de baies pour toi ; je n'en ai jamais vu de pareilles. Les femmes les appellent "souricettes" parce que les souris en bourrent leurs nids en prévision de l'hiver. Elles ont un goût un peu âcre, mais nous avons pris du fromage de chèvre pour les accompagner. Ces drôles de raves orange, on nous a indiqué de les faire cuire sous la cendre et d'en manger la chair avec du sel. Et enfin ces pâtisseries ; elles ont un peu refroidi mais elles sentent toujours bon. »

Elles avaient à peu près la taille d'un poing, et Trame les tira d'un sac fait d'herbes tissées et tapissé de grandes frondes d'algues. Comme il les disposait sur la table, une odeur de marée parvint à mes narines : les petits gâteaux étaient fourrés de morceaux de poisson blanc dans une sauce épaisse et grasse. Je me réjouis en voyant Lourd quitter son lit et s'approcher de la table d'un pas mal assuré ; il en dévora un avec avidité, s'interrompit à cause d'une quinte de toux, puis en mangea un second avec plus de retenue et le fit descendre avec une tasse de tisane. Il se mit à tousser si violemment et si longtemps après avoir bu que je craignis qu'il ne s'étrangle ; mais il reprit enfin son souffle et nous regarda, les yeux larmoyants. « Je suis fatigué », dit-il d'une voix chevrotante, et à peine Leste l'eut-il aidé à regagner son lit qu'il s'endormit.

Le jeune garçon avait égayé notre repas en discutant de la ville avec Trame ; j'avais gardé le silence et l'avais écouté. Il avait l'œil vif et l'esprit curieux. Apparemment, les vendeurs s'étaient montrés relativement amicaux et ouverts une fois qu'ils avaient vu son argent ; je pensais aussi que les questions bon enfant de Trame avaient dû jouer en leur faveur. Une femme leur avait même révélé qu'il fallait profiter de la marée basse du matin pour ramasser les petites palourdes, celles qui avaient le goût le plus fin. Le maître de Vif enchaîna sur une anecdote de sa jeunesse où sa mère l'avait emmené récolter ces mêmes mollusques, puis sur d'autres histoires de son enfance. Leste et moi étions suspendus à ses lèvres.

Nous partageâmes une nouvelle chope de tisane et, alors que nous nous apprêtions à une après-midi d'agréables bavardages, Crible se présenta à la porte. « Sire Umbre m'envoie vous informer que vous devez monter à la maison maternelle pour une cérémonie d'accueil, annonça-t-il.

— Eh bien, il faut que vous y alliez, dis-je avec réticence à mes compagnons.

— Toi aussi, reprit Crible. Moi, je reste avec l'idiot. »

Je le regardai brusquement. « Lourd, murmurai-je. Il s'appelle Lourd. »

Jamais encore je n'avais adressé de réprimande au jeune garde. Il me dévisagea, et je n'aurais su dire s'il était peiné ou vexé. « Lourd, répéta-t-il. Je reste avec Lourd. Je ne voulais pas te blesser, tu le sais bien, Tom.

— Je le sais. Mais Lourd, lui, ça le blesse.

— Ah ! » Il se tourna vers le petit homme endormi, comme étonné d'apprendre qu'il éprouvait des sentiments. « Ah bon. »

J'eus pitié de lui. « Il y a de quoi manger sur la table et de l'eau chaude si tu veux te préparer de la tisane. »

Il hocha la tête, et je sentis que nous avions fait la paix. Je me lissai les cheveux et enfilai une chemise propre, puis entrepris de peigner Leste, malgré sa répugnance, et m'épouvantai des nœuds que je trouvai dans ses cheveux. « Il faut te les démêler tous les matins. Ton père ne te laissait sûrement pas sortir avec l'air d'un poney de montagne à demi hirsute. »

Il leva soudain les yeux vers moi. « C'est l'expression qu'il emploie toujours ! » s'exclama-t-il.

Je rattrapai mon faux pas tant bien que mal : « Elle est courante en Cerf, mon garçon. Voyons quelle allure tu as maintenant... Bien, ça ira. Tu pourrais aussi te laver un peu plus souvent, ça ne te ferait pas de mal, mais le temps manque pour l'instant. Allons-y. »

J'éprouvai un élan de compassion pour Crible quand nous le laissâmes assis tout seul à la table.

10

LA NARCHESKA

Voici leur coutume concernant le mariage : il dure aussi longtemps que la femme souhaite y rester. C'est elle qui choisit l'époux, bien qu'un homme puisse faire la cour à une femme qu'il juge désirable en lui offrant des présents et en accomplissant en son honneur des exploits guerriers. Si une Outrîlienne accepte de se laisser courtiser, cela ne signifie nullement qu'elle se lie à son soupirant mais seulement qu'elle peut l'accueillir ou non, selon son bon plaisir, dans son lit. Leurs baguenauderies peuvent se prolonger une semaine, un an, voire une vie entière, au choix de la femme. Tout ce qui se trouve sous un toit appartient à la femme, ainsi que les produits de la terre dont sa maison maternelle est propriétaire. Ses enfants dépendent de son clan et reçoivent en général leur éducation et leur instruction de ses frères et de ses oncles plutôt que de leur père. Tant que l'homme réside sur ses terres ou dans la maison de ses mères, elle a toute autorité sur le travail qu'il effectue. Au bout du compte, l'auteur s'interroge avec effarement : pourquoi un homme accepte-t-il de son plein gré de jouer un rôle aussi effacé ? Les Outrîliens paraissent tout aussi stupéfaits de notre système et me demandent parfois : « Pourquoi vos femmes renoncent-elles de plein gré à la fortune de leur famille pour devenir servantes chez un homme ? »

Récit d'un voyage en terre barbare,
du SCRIBE GEAIREPU

*

La maison maternelle du clan du Narval tenait à la fois de la forteresse et du bâtiment d'habitation. C'était de loin le plus ancien édifice de Wuisling ; l'épaisse enceinte qui entourait ses terrains et son jardin constituait sa première ligne de défense, et, s'il fallait néanmoins battre en retraite devant un envahisseur, les combattants pouvaient se retrancher dans la maison proprement dite, dont les marques d'incendie sur ses murs de pierre et ses poutres indiquaient qu'elle avait même résisté au feu. Aucune ouverture ne perçait le rez-de-chaussée, d'étroites meurtrières apparaissaient au premier étage, et seul le second possédait de vraies fenêtres, munies toutefois de solides volets capables d'affronter n'importe quels projectiles. Pourtant il ne s'agissait pas d'un château tel que nous le concevons ; aucun espace n'y était prévu pour abriter des moutons, voire un village entier, pas plus que pour entreposer de grandes réserves de vivres. Le bâtiment avait pour but de supporter l'assaut de pirates venus avec la marée et repartis avec elle plutôt que de soutenir un long siège. En cela aussi, les Outrîliens différaient de nous et de notre façon de penser.

À la porte de l'enceinte, deux jeunes hommes qui arboraient l'emblème du narval nous saluèrent de la tête et nous firent signe d'entrer. Passé la muraille, des coquillages broyés se mêlaient au gravier de la route et lui conféraient une opalescence scintillante. L'entrée de la maison maternelle, au battant grand ouvert et décoré de narvals sculptés, permettait à trois hommes de la franchir de front. À l'intérieur régnait une profonde pénombre trouée par l'éclat de torches allumées ; on eût cru pénétrer dans une caverne.

Nous nous arrêtâmes sur le seuil pour laisser nos yeux s'adapter au manque de lumière. Dans l'air flottaient les odeurs d'une longue occupation humaine : arômes de nourriture, de ragoûts, de viandes fumées, de vin renversé, effluences de peaux salées et de gens en groupe. Le résultat aurait pu être nauséabond mais, au contraire, il évoquait la douceur du foyer, la sécurité, la famille.

Par la porte, on pénétrait directement dans une grande salle dont seuls des piliers cloisonnaient le volume. Les trois âtres servaient à préparer la cuisine, du beurre frais jonchait le pavage du sol, des bancs et des étagères s'appuyaient aux murs ; les bancs les plus bas étaient larges, et les couvertures de peau roulées expliquaient leur usage : lits la nuit, sièges et tables le jour. Moins profondes, les étagères au-dessus d'eux servaient à ranger des victuailles et des affaires personnelles. L'éclairage provenait principalement des cheminées, bien que sur nombre de piliers fussent fixées des bougies à l'éclat insuffisant. À l'autre bout de la salle, dans l'angle de gauche, un escalier de vastes dimensions montait vers les ténèbres ; je ne vis pas d'autre accès aux étages, et j'en compris aussitôt la raison : même si un assaillant réussissait à s'emparer du rez-de-chaussée, les gens réfugiés au premier n'auraient qu'un point d'entrée à défendre, et l'envahisseur paierait chèrement la prise des parties supérieures de la maison maternelle.

J'observai tous ces détails au travers de la foule. Partout on voyait des groupes d'hommes et de femmes de tous âges, et l'on sentait vibrer dans l'air comme une attente impatiente ; à l'évidence, nous étions en retard. Au fond de la longue salle, près de l'âtre le plus imposant, se tenait le prince Devoir, Umbre et son clan de Vif à ses côtés, sa garde derrière lui sur trois rangs. Les membres du Narval s'écartèrent pour nous permettre de prendre nos positions protocolaires : Trame et Leste allèrent se placer près de Nielle et de Civil, accompagné de son marguet de Vif, tandis que je me postais au bout de la première rangée de gardes.

Elliania n'était pas là. La petite foule réunie près de la cheminée, en face de notre délégation, se composait surtout de femmes. Peottre y figurait le seul homme adulte encore dans la fleur de l'âge ; quelques grands-pères, quatre jeunes garçons guère plus vieux que la narcheska et six ou sept autres dont les plus petits s'accrochaient encore aux robes de leurs mères pour tenir debout formaient le reste de l'ambassade masculine. La guerre des Pirates rouges avait-elle donc décimé à ce point le clan du Narval ?

Les matelots du Sanglier étaient présents, mais ils demeuraient ensemble à l'écart, témoins plutôt que participants de la cérémonie à venir. Les gens qui peuplaient la salle appartenaient tous, ou presque, au Narval, ainsi que l'indiquaient leurs bijoux, les emblèmes de leurs vêtements et leurs tatouages ; seules exceptions, quelques hommes accompagnés de femmes, sans doute des branches rapportées, époux ou partenaires d'unions informelles avec des filles du clan du Narval. Je vis parmi eux des ours, des loutres et un aigle.

Les femmes, toutes jusqu'à la dernière, étaient vêtues et parées de manière saisissante. Celles qui ne portaient pas de bijoux en or, en argent ou en pierres précieuses arboraient des ornements en coquillage, en plumes et graines séchées. La coiffure n'avait pas été négligée et ajoutait considérablement à la taille de certaines. Au contraire de Castelcerf où la gent féminine paraissait modifier ses atours avec une mystérieuse coordination, la maison maternelle offrait une vaste gamme de styles, et le seul thème commun aux dessins des tenues, qu'ils fussent en perles, en broderie ou en tissage, semblait être l'usage de couleurs éclatantes et le motif du narval.

Je supposai que, dans le groupe devant la cheminée, les membres du cercle extérieur appartenaient à la parentèle éloignée de la narcheska, tandis que ceux qui se tenaient le plus près de l'âtre représentaient sa famille proche. Il n'y avait quasiment que des femmes, qui toutes affichaient une expression attentive, presque farouche. Il régnait dans cette partie de la salle une tension tangible. Je me demandai qui, dans la troupe qui nous faisait face, était la mère de la narcheska, et aussi ce que nous attendions.

Un silence absolu tomba, puis quatre hommes du Narval descendirent l'escalier et s'avancèrent, portant une petite vieille ridée dans une chaise faite de saule noueux et tendue de peaux d'ours. Les tresses de sa maigre chevelure blanche formaient une couronne sur sa tête ; ses yeux étaient très sombres et brillants. Elle portait une robe rouge cousue d'innombrables boutons d'ivoire sur lesquels se répétait l'emblème du narval. Les hommes posèrent la chaise, non par terre, mais sur une lourde table, afin de permettre à la nouvelle venue de contempler sans quitter son siège ceux qui se réunissaient sous son toit. Avec un petit gémissement de douleur, elle se redressa et, très droite, nous regarda. Elle passa sa langue rose sur ses lèvres fripées ; d'épaisses pantoufles en fourrure pendaient de ses pieds décharnés.

« Eh bien ! Nous voici tous rassemblés ! » déclara-t-elle.

Elle s'était exprimée en outrîlien, d'une voix trop forte comme souvent les vieilles gens que la surdité gagne. Elle ne paraissait pas aussi attentive aux formes que l'exigeait la situation ni aussi tendue que les autres femmes.

La Grande Mère du clan du Narval se pencha en agrippant de ses mains déformées le bois tordu de ses accoudoirs. « Allons, qu'il s'approche donc. Qui désire courtiser notre Elliania, notre narcheska des Narvals ? Où est le guerrier qui a la témérité de demander la permission des mères de coucher avec notre fille ? »

Ce n'étaient pas, j'en suis sûr, les paroles auxquelles on avait préparé Devoir ; il s'avança, rouge comme une betterave, exécuta une révérence de guerrier devant la vieille femme et déclara dans un outrîlien sans faute : « Je me présente aux mères du clan du Narval et les prie de m'accorder l'autorisation de joindre ma lignée à la leur. »

Elle le considéra un moment, puis son expression s'assombrit et elle dit, s'adressant non au prince mais à un de ses jeunes porteurs : « Que vient faire ici un esclave des Six-Duchés ? Est-ce un cadeau ? Et pourquoi massacre-t-il notre langue en essayant de la parler ? Qu'on tranche la sienne s'il s'y risque à nouveau ! »

Un grand silence s'ensuivit, interrompu seulement par un brusque éclat de rire vite réprimé au fond de la salle. Par miracle, Devoir conserva son aplomb et eut le bon sens de ne pas tenter de s'expliquer devant la Grande Mère courroucée. Une femme du groupe de la narcheska s'approcha d'elle et, se dressant sur la pointe, se mit à lui parler avec animation à l'oreille. La Mère l'écarta d'un geste agacé.

« Cesse ces crachotements, Almata ! Tu sais bien que je n'entends rien quand tu susurres ainsi ! Où est Peottre ? » Elle parcourut le sol du regard comme si elle cherchait une chaussure égarée, puis elle leva les yeux, aperçut l'intéressé et fronça les sourcils. « Le voilà ! C'est lui que je comprends le mieux, tu le sais. Mais que fait-il au fin fond de la salle ? Viens ici, gredin effronté, et dis-moi ce qui se passe ! »

Voir la vieille femme donner des ordres au guerrier confirmé qu'il était n'aurait pas manqué de piquant s'il n'avait arboré une expression aussi inquiète. Il se dirigea vers elle, mit un genou en terre et se releva aussitôt. Elle leva une main noueuse comme une racine d'arbre et la posa sur son épaule. « Que se passe-t-il ? répéta-t-elle d'un ton impérieux.

— Oerttre », répondit-il d'une voix basse et grave qui devait mieux pénétrer les vieilles oreilles que le chuchotis aigu de la femme. « Il s'agit d'Oerttre. Te rappelles-tu ?

— Oerttre... » fit-elle, et soudain ses yeux s'emplirent de larmes. Elle parcourut la salle du regard. « Et Kossi, la petite Kossi ? Est-elle ici alors ? Nous est-elle enfin revenue ?

— Non, répondit Peottre. Elles ne sont ici ni l'une ni l'autre. Et voilà le pourquoi de cette assemblée. Tu ne l'as pas oublié, n'est-ce pas ? Nous en avons parlé ce matin au jardin. T'en souviens-tu ? » Il hochait lentement la tête pour encourager la Mère.

Elle le regarda dans les yeux, hocha la tête elle aussi, puis s'arrêta et la secoua. « Non ! s'exclamat-elle à voix basse. Je ne m'en souviens pas. La corbeille-d'argent a défleuri et les prunes risquent de mal mûrir cette année ; je me rappelle que nous avons abordé ces sujets. Mais... non. Était-ce important, Peottre ?

— Oui, Grande Mère, très important. »

Elle parut troublée puis elle s'emporta. « Important, important ! Pour un homme, peut-être, mais que savent les hommes ? » Sa vieille voix, stridente et cassée, se teinta de violente dérision. Elle se frappa la cuisse du plat de sa main maigre. « Culbuter les filles et verser le sang, voilà tout ce qu'ils connaissent, tout ce qu'ils croient important ! Que savent-ils de la tonte des brebis, des récoltes des jardins, du nombre de tonneaux de poisson en saumure et de panne de porc qu'il faut pour l'hiver ? Important ? Eh bien, si ça l'est à ce point, qu'Oerttre s'en occupe ! Elle a fonction de Mère aujourd'hui, et je devrais pouvoir me reposer enfin ! » Elle ôta la main de l'épaule de Peottre et agrippa les accoudoirs de son siège. « J'ai besoin de repos ! fit-elle d'un ton plaintif.

— Oui, Grande Mère ; c'est vrai. Prends-le dès maintenant et je veillerai à ce que tout se déroule comme il faut. Je te le promets. » Et, sur ces mots, Elliania sortit des ombres de l'escalier et descendit à pas pressés ; ses pieds légèrement chaussés semblaient à peine effleurer les marches. Une partie de ses cheveux étaient relevés en chignon tenu par des épingles en forme d'étoile ; le reste tombait librement sur ses épaules. L'effet ne paraissait pas voulu, et, de fait, deux jeunes femmes firent mine de la suivre puis s'arrêtèrent avec une expression horrifiée en échangeant des murmures ; elles devaient préparer la narcheska pour son apparition lorsqu'elle avait entendu des éclats de voix et leur avait échappé pour se précipiter dans la salle.

Je reconnus son maintien davantage que sa silhouette quand la foule s'ouvrit pour lui livrer passage, car, à l'instar de Devoir, elle avait grandi depuis la dernière fois que nous l'avions vue, plusieurs mois auparavant, et ses rondeurs enfantines avaient fait place à des formes plus adultes. Comme elle passait devant ses parentes en rang, je ne fus pas le seul représentant masculin des Six-Duchés à réprimer un hoquet de saisissement. Sa robe cachait ses épaules et son dos mais dénudait sa poitrine fièrement dressée. Avait-elle fardé ses mamelons pour leur donner cette vive teinte rose ? Alors que je me posais cette question, je sentis ma chair s'éveiller. L'instant suivant, je dressai toutes mes murailles et gourmandai Devoir : *Surveillez vos pensées !* Il dut m'entendre mais n'eut pas un tressaillement. Fasciné, il regardait les seins nus de la narcheska comme s'il n'avait jamais vu la gorge d'une femme – ce qui était très probablement le cas.

Sans un coup d'œil pour son expression ébahie, elle se rendit auprès de la Grande Mère. « Je m'en occupe, Peottre », dit-elle de sa nouvelle voix de femme. Puis elle s'adressa aux porteurs du fauteuil. « Vous avez entendu notre Grande Mère. Elle désire se reposer. Remercions-la tous d'avoir honoré notre réunion ce soir et souhaitons-lui un sommeil calme et des os sans douleur. »

Un murmure général reprit la formule, puis les porteurs soulevèrent la vieille femme sur son siège et l'emportèrent. Très droite, sans un mot, la narcheska la suivit des yeux jusqu'à ce qu'elle disparût dans l'obscurité de l'escalier, puis elle respira profondément. À présent, le prince contemplait fixement son dos, le ressaut en haut de sa colonne vertébrale révélé par ses cheveux remontés et son cou gracieux. Je songeai que les couturières avaient bien travaillé : ses tatouages ne dépassaient pas le moins du monde du col de sa robe. Je vis Umbre donner un discret coup de coude à Devoir. Le jeune homme sursauta comme s'il émergeait brusquement d'un rêve puis il se prit d'un soudain intérêt pour les pieds de Peottre ; le guerrier l'observait sans se cacher, ainsi qu'un chien mal éduqué prêt à voler de la viande sur la table si on ne le surveillait pas.

La narcheska carra les épaules puis elle se tourna face à nous et parcourut l'assemblée du regard. La parure qui ornait ses cheveux était sculptée dans une défense de narval, et je ne sais comment l'artisan avait obtenu le bleu iridescent dont elle luisait. Les petites épingles en étoile scintillaient tout autour, et il ne demeurait en moi plus aucun doute que la statuette trouvée par le prince sur la plage aux Trésors préfigurait cet instant. En revanche, j'ignorais toujours ce que ce présage signifiait, et je n'avais pas le temps de me pencher sur la question.

Par extraordinaire, la narcheska s'était mise à sourire, d'un sourire qu'on sentit un peu contraint lorsqu'elle éclata d'un petit rire et haussa les épaules. « J'ai oublié ce que je devais dire à présent. Quelqu'un veut-il prononcer les paroles de la Mère à ma place ? » Puis, avant que quiconque eût le temps de répondre, elle porta le regard sur Devoir. Il le soutint et, s'il avait rougi auparavant, il brûlait littéralement désormais. Sans prêter attention à sa confusion, elle déclara d'un ton calme : « Vous le voyez, nous combinons deux de nos traditions ce soir : il se trouve que le temps est venu pour moi de me présenter devant mon clan en tant que femme qui a son sang, et, ce même jour, vous vous proposez comme compagnon pour moi. »

Je vis les lèvres du prince bouger ; je pense qu'il répéta les mots « femme qui a son sang », mais nul son ne sortit de sa bouche.

De nouveau, elle éclata de rire, mais sans aucune gaieté. On eût cru entendre le bris d'une mince épaisseur de glace. « Votre peuple n'a-t-il aucune cérémonie pour cela ? Un garçon ensanglante son épée pour devenir un homme, non ? Par sa capacité à tuer, il annonce qu'il est achevé. Ce qu'un homme peut prendre par l'épée, une femme peut le donner par sa seule chair : la vie. » Elle posa ses mains que n'ornait nulle bague sur son ventre plat. « J'ai versé mon premier sang. Je puis faire naître la vie en moi. Je me présente devant vous, désormais femme. »

Un murmure monta de toute la salle : « Bienvenue, Elliania, femme du clan du Narval. » Je sentis que la jeune fille avait retrouvé l'état d'esprit et les paroles du rite. Peottre s'était reculé pour réintégrer le rang des hommes. Les femmes s'attroupèrent autour d'Elliania et chacune l'accueillit dans le clan du Narval par une formule consacrée. Les yeux agrandis, les cheveux tombant librement sur les épaules, d'autres jeunes filles formaient un groupe à l'écart et regardaient la narcheska. L'une d'elles, plus grande que les autres et proche elle-même de devenir une femme, désigna Devoir du doigt et adressa une remarque approbatrice à deux de ses voisines. Avec un petit rire, elles se rapprochèrent et se mirent à échanger des propos à voix basse en se poussant du coude. Sans doute étaient-elles naguère les camarades de jeu et les compagnes d'Elliania, mais celle-ci venait de s'éloigner d'elles pour entrer dans les rangs des adultes. L'aisance avec laquelle elle avait pris la situation en main me laissait penser que, sous de nombreux aspects, elle avait depuis longtemps le statut de femme parmi elles, et la cérémonie dont nous étions témoins servait seulement à reconnaître officiellement que son corps commençait à rattraper son esprit.

Après le dernier souhait de bienvenue, Elliania se retira du cercle de lumière que projetait la cheminée. Le léger brouhaha des commentaires chuchotés se tut et le silence se fit. Un instant, je perçus la gêne de certains : Peottre qui dansait d'un pied sur l'autre se reprit et se contraignit à l'immobilité ; Devoir resta où il se trouvait et, à l'évidence, les quelques minutes qui s'écoulèrent durèrent des heures pour lui.

Enfin, la jeune femme qui avait parlé à l'oreille de la Grande Mère s'avança, les joues un peu rouges : manifestement, elle avait l'impression d'outrepasser son rang, mais personne d'autre ne s'était proposé pour remplir le rôle. Elle s'éclaircit la gorge et, d'une voix légèrement chevrotante, déclara : « Je suis Almata, fille des Mères du clan du Narval. Je suis cousine de la narcheska Elliania et de six ans son aînée. Malgré mon indignité, je m'exprimerai à la place de la Grande Mère. »

Elle s'interrompit comme pour laisser le temps à qui le voudrait de disputer sa place. Il y avait des femmes plus âgées mais elles gardèrent le silence ; quelques-unes hochèrent imperceptiblement la tête d'un air encourageant ; la plupart avaient toutefois l'air accablé. Almata respira profondément pour se calmer et poursuivit : « Nous voici réunis dans notre maison maternelle parce qu'un homme extérieur à notre clan se présente parmi nous, désireux de joindre ses lignées aux nôtres. Il demande, non une femme quelconque, mais notre narcheska Elliania, dont les filles deviendront à leur tour narcheskas, Mères et Grandes Mères de tous. Approche, guerrier. Qui souhaite courtiser notre Elliania, notre narcheska des Narvals ? Qui est le guerrier assez téméraire pour prier les mères de l'autoriser à coucher avec notre fille et à lui donner des filles à élever comme futures Mères du clan du Narval ? »

Devoir prit une inspiration hachée, faux pas qu'il n'aurait pas dû commettre ; il aurait dû se dominer davantage. Mais je ne pouvais lui faire de reproche : il régnait une atmosphère insolite dans la salle, et elle ne tenait pas qu'à la présence d'étrangers dans une cérémonie outrîlienne. Je sentais une volonté de refermer une brèche, l'espoir de réparer une tragédie en revenant à la tradition. Cependant, la prudence nous était interdite. D'une voix ferme, Devoir répondit : « Me voici. Je désire la narcheska Elliania du clan du Narval pour mère de mes enfants.

— Et comment subviendras-tu à ses besoins et à ceux des enfants que tu lui donneras ? Qu'as-tu à apporter au clan du Narval pour que nous te permettions de mêler tes lignées aux nôtres ? »

Nous nous retrouvions sur un terrain plus ferme. Umbre nous avait bien préparés pour cette circonstance : je m'écartai avec à peine un temps de retard sur les autres gardes ; derrière nous, un grand tissu recouvrait une accumulation de présents. Longuemèche ôta le drap, et, l'un après l'autre, chaque garde prit un objet pour le présenter tandis qu'Umbre en annonçait la nature. Devoir conserva un silence orgueilleux pendant qu'on apportait ses offrandes à la narcheska et à Almata. Il pouvait se montrer fier à juste titre : rien n'avait été épargné.

Une partie des présents nous avait accompagnés, transférée en toute hâte du *Fortune de Vierge* dans le *Quartanier*, entre autres des barriques d'eau-de-vie de Haurfond, une balle de peaux d'hermine venues du royaume des Montagnes et des perles de verre coloré de Labour, entre-tissées dans une tapisserie à suspendre devant une fenêtre, des boucles d'oreilles en argent, fabriquées de la main même de Kettricken, du drap de coton, de lin et de laine fine de Béarns. D'autres articles n'étaient mentionnés que sous forme de promesses ou de cargaison qui viendrait de Zylig lors d'un prochain voyage. La lecture de la liste complète prit quelque temps : le travail de trois forgerons talentueux pendant trois ans, un taureau et douze vaches de nos meilleures races, six couples de bœufs, un attelage de chevaux assortis, des mâtins et deux émerillons dressés comme oiseaux de chasse pour les dames. Enfin, certains présents qu'Umbre offrit au nom du prince relevaient encore du rêve : paix et commerce entre les Six-Duchés et les îles d'Outre-mer, dons de blé lorsque la pêche serait mauvaise, fer de bonne qualité et liberté de négoce dans tous les ports du royaume. L'inventaire s'éternisait et je sentais la fatigue de la journée m'envahir peu à peu.

Mais je retrouvai toute ma vigilance quand le vieillard se tut et qu'Almata reprit la parole. « Nous avons entendu la proposition faite à notre clan. Mères, filles et sœurs, qu'en dites-vous ? L'une d'entre vous veut-elle s'y opposer ? »

Le silence lui répondit. À l'évidence, il indiquait l'approbation, car Almata hocha la tête d'un air grave puis elle s'adressa à Elliania. « Cousine, femme du clan du Narval, Elliania la narcheska, quelle est ta volonté ? Désires-tu cet homme ? Veux-tu le prendre pour tien ? »

Je vis les muscles du cou de Peottre se crisper quand la mince jeune femme s'avança. Devoir tendit la main, la paume vers le haut ; elle se plaça près de lui, épaule contre épaule, et posa la main à plat sur la sienne. Elle se tourna vers lui, et, quand leurs regards se croisèrent, mon garçon rougit à nouveau. « Je veux le prendre », répondit-elle avec solennité. J'observai qu'elle omettait de dire si elle le désirait ou non. Elle reprit son souffle et poursuivit d'une voix plus sonore : « Je veux le prendre, il partagera ma couche et nous donnerons des filles à la maison des mères – s'il accomplit la tâche que je lui ai désignée. S'il parvient à rapporter ici, devant cet âtre, la tête du dragon Glasfeu, il pourra me donner le nom d'épouse. »

Les paupières de Peottre se fermèrent un instant, puis, par un effort de volonté, il les rouvrit pour voir sa fille-sœur se vendre. Un léger sursaut, peut-être dû à un sanglot étouffé, agita ses épaules. Almata tendit la main à son tour et on y déposa une longue lanière de cuir.

Elle s'approcha du couple et déclara en nouant les poignets de Devoir et d'Elliania : « Ce lien vous attache comme vos paroles. Tant qu'elle t'accepte, ne couche avec aucune autre, Devoir, ou la vie de cette femme appartiendra au poignard d'Elliania. Tant qu'il te plaît, Elliania, ne couche avec aucun autre ou cet homme devra affronter l'épée de Devoir. À présent, mêlez vos sangs sur les pierres d'âtre de notre maison maternelle, en offrande à Eda pour les enfants qu'elle vous enverra peut-être. »

Je n'avais nulle envie d'assister à ce spectacle mais je m'y obligeai. On remit le poignard d'abord à Devoir. Sans trahir de douleur, il s'entailla le bras puis, sa main libre en coupe, il attendit que le ruisselet rouge atteignît le lien de cuir et dégouttât dans sa paume. Elliania l'imita, grave, voire impassible, comme si elle s'était enfoncée si loin dans le déshonneur que plus rien ne la touchait. Quand chacun eut récupéré une petite quantité de sang, Almata guida leurs mains et les referma l'une sur l'autre. Ensuite, ils s'agenouillèrent et plaquèrent leur paume sur la pierre d'âtre pour y laisser l'empreinte de leurs sangs mélangés. Enfin, ils se retournèrent vers l'assistance, Almata dénoua leurs poignets et offrit la lanière à Devoir qui l'accepta solennellement. La remplaçante de la Grande Mère se plaça derrière eux et posa les deux mains sur leurs épaules. Malgré la joie qu'elle s'efforça d'y mettre, c'est d'une voix qui me parut terne qu'elle annonça : « Les voici devant vous, unis et liés par leurs paroles. Souhaitez-leur le bonheur, peuple de mon clan ! » Au murmure d'assentiment qui s'éleva des gens assemblés, on eût cru qu'ils applaudissaient un acte d'une grande bravoure plutôt que l'union heureuse d'un couple amoureux. Elliania courba la tête sous l'approbation des siens, oblat dont j'étais incapable de mesurer le sacrifice.

Ça y est, je suis marié ? L'étonnement, la consternation et l'indignation résonnaient dans la pensée qu'émit brusquement Devoir.

Non, tant que vous n'avez pas rapporté la tête d'un dragon à Elliania, répondis-je.

Ni tant que la cérémonie officielle n'a pas eu lieu à Castelcerf, ajouta Umbre, plus consolant que moi.

Le prince paraissait plongé dans la stupeur.

Une soudaine agitation s'empara de la salle. On installa des planches sur des tréteaux puis on y disposa des plats ; des ménestrels commencèrent à jouer de leurs instruments à vent et à chanter ; fidèles à leur tradition, ils déformaient tant les mots pour les adapter à la mélodie que je ne comprenais pratiquement rien. Je remarquai que deux d'entre eux allaient saluer Nielle et l'invitaient à se joindre à eux dans leur coin de la salle ; ce geste de bienvenue paraissait sincère, et, encore une fois, je m'émerveillai de la compréhension universelle qui semble exister entre les musiciens de tous horizons.

Par le biais de l'Art, Devoir me transmit ce que lui murmurait Elliania. « Maintenant, vous devez me tenir la main et m'accompagner pour que je vous présente à mes cousines aînées. N'oubliez pas qu'elles sont mes doyennes ; bien que narcheska, je leur dois la déférence que leur vaut leur âge, et vous aussi. » Elle s'adressait à lui comme à un enfant.

« Je m'efforcerai de ne pas vous faire honte », répondit-il d'un ton guindé. Je fis la grimace sans toutefois pouvoir lui reprocher entièrement ses propos.

« Dans ce cas, souriez et taisez-vous, comme il sied à un guerrier dans une maison maternelle qui n'est pas la sienne », répliqua-t-elle. Elle lui prit la main et l'entraîna, sans laisser le moindre doute que c'était elle qui le menait et non le contraire ; je songeai à part moi qu'elle le conduisait comme un taureau de concours par l'anneau passé dans son mufle. Les femmes ne vinrent pas à la rencontre de Devoir ; Elliania alla de groupe en groupe, et, chaque fois, le prince exécuta le salut de guerrier en usage dans les îles d'Outre-mer, c'est-à-dire qu'il tendait sa main d'épée, vide, sa paume rougie de sang tournée vers le haut, et inclinait la tête. Elles l'examinaient en souriant et faisaient des remarques à la narcheska sur son choix. J'avais l'intuition qu'en d'autres circonstances leurs réflexions eussent été badines et taquines ; mais, en l'occurrence, les compliments restaient mesurés et polis. Au lieu d'alléger la tension de l'engagement officiel, ils la prolongeaient.

Voyant les groupes de guerriers outrîliens se disperser, Umbre nous donna la permission de rompre les rangs. *Garde les oreilles et les yeux ouverts*, me dit-il alors que je me frayais un chemin parmi la foule.

Toujours, répondis-je. Il ne me recommanda pas de ne pas perdre le prince de vue : cela allait de soi. Tant que je n'avais pas découvert ce qui se cachait derrière le masque impassible de nos hôtes, j'ignorais qui lui voulait ou non du mal. Je déambulai donc au milieu des festivités, sans m'éloigner trop de Devoir et en conservant un léger contact d'Art avec lui.

Le banquet n'avait guère de points communs avec ses équivalents de Castelcerf. Les invités n'avaient pas de place définie en fonction de leur rang ou de la faveur dont ils jouissaient ; chacun se servait dans les plats disposés sur de grandes tables puis mangeait en allant et venant. Des moutons rôtis à la broche restaient au chaud près de la cheminée, et sur des plateaux s'amoncelaient des volailles grillées. Je goûtai ainsi du demi-bec fumé, épicé, craquant sous la dent et d'une saveur étonnante. Les pains outrîliens étaient noirs, sans levain, cuits sous forme de grandes galettes plates ; les convives en déchiraient un morceau de la taille voulue et y entassaient des légumes tranchés en petits morceaux et conservés dans le vinaigre, ou bien le trempaient dans l'huile de poisson et le sel. Toutes les viandes avaient trop de bouquet pour moi, conservées pour la plupart dans la saumure, fumées ou salées. Seuls les moutons et les volailles étaient frais, et encore les avait-on assaisonnés d'une espèce d'algue.

On mangeait, on buvait, on bavardait, les musiciens jouaient, on pariait sur un concours de jonglerie, le tout simultanément dans un vacarme assourdissant. Peu à peu, toutefois, je pris conscience d'un phénomène inattendu : de jeunes femmes du Narval abordaient non seulement nos hommes d'armes mais aussi Nielle et Civil. Je vis plusieurs gardes sourire d'un air suffisant en suivant leurs partenaires à l'extérieur ou dans l'escalier obscur.

Les Outrîliennes tentent-elles d'éloigner la garde de Devoir ? artisai-je avec angoisse à Umbre.

Ici, ce sont les femmes qui choisissent, répondit-il. *Elles n'ont pas les mêmes coutumes que nous sur la chasteté, et on a demandé à nos gardes de rester prudents mais non de glace. Les compagnons et les guerriers du prince doivent se montrer ouverts aux invites mais sans faire le premier pas ; approcher une femme qui n'a pas d'abord manifesté son intérêt constituerait une infraction aux règles de l'hospitalité. Au cas où tu ne l'aurais pas remarqué, les hommes manquent dans cette maison, et il y a beaucoup moins d'enfants qu'on ne s'y attendrait au vu du nombre de femmes. Ici, un ventre fécondé un soir de noces annonce un enfant à qui la fortune sourira.*

Pourquoi ne m'en a-t-on rien dit jusqu'ici ?

Cela te dérange ?

Après avoir jeté quelques coups d'œil discrets sur la salle, je repérai mon vieux mentor : installé sur un banc, il grignotait une cuisse de poulet en bavardant avec une Outrîlienne de moitié moins âgée que lui. J'entraperçus Civil et son marguet qui disparaissaient dans les étages ; celle qui tenait la main de l'adolescent avait au moins cinq ans de plus que lui, mais il ne paraissait pas intimidé. Je n'avais pas le temps de m'inquiéter de Leste, évaporé lui aussi ; assurément, il était trop jeune pour intéresser ces délurées. Soudain, je me rendis compte que Devoir quittait la salle au milieu de la troupe bavarde et rieuse des amies de la narcheska. Elliania n'avait pas l'air enchantée, mais elle franchit la porte sans lui lâcher la main.

J'eus du mal à le suivre. Une femme qui portait un plateau de friandises vint se placer sur mon chemin, et je feignis une indifférence obtuse lorsqu'elle m'offrit plus que ses sucreries poisseuses ; je m'en emparai d'une poignée avec une gourmandise grossière et la dévorai en deux bouchées. Bizarrement, cette attitude la flatta, et elle posa son plateau pour m'emboîter le pas ; je n'avais pas réussi à me débarrasser d'elle quand je parvins à la sortie. « Où est le petit coin ? » lui demandai-je ; elle ne comprit pas l'euphémisme et je lui expliquai par gestes ce que je cherchais. La mine perplexe, elle m'indiqua un petit édicule et retourna aux festivités. Tout en me dirigeant vers le bâtiment, je parcourus les alentours du regard à la recherche de Devoir. Je vis plusieurs couples dans la cour, à divers stades de badinage, et deux garçons qui rapportaient de l'eau tirée d'un puits. Où était-il donc passé ?

Je l'aperçus enfin assis à côté d'Elliania sur une butte herbue sous de jeunes pommiers. Les autres filles s'étaient installées en rond autour d'eux ; elles n'avaient pas encore le statut de femmes, comme l'attestaient leurs cheveux dénoués. Je leur donnai entre dix et quinze ans. *C'étaient sans doute les amies d'Elliania depuis des années avant ce soir. Elle se sépare d'elles en changeant de condition.*

Pas complètement, répondit-il d'un ton aigre. *Elles me jaugent comme un cheval acheté à bas prix au marché. « Si c'est un guerrier, où sont ses cicatrices ? » « N'a-t-il donc pas de clan maternel ? Pourquoi n'arbore-t-il pas son tatouage ? » Elles taquinent la narcheska, une en particulier, véritable teigne. Elle s'appelle Lestra et c'est une cousine d'Elliania, plus âgée qu'elle. Elle se moque d'elle, lui dit qu'elle a peut-être officiellement rang de femme, voire d'épouse, mais que ça l'étonnerait qu'on l'ait déjà embrassée.*

Lestra prétend avoir échangé des baisers, et des vrais, plusieurs fois alors qu'elle n'a pas encore saigné. Fitz, les filles de ce pays n'ont-elles donc ni vergogne ni réserve ?

Mon intuition me donna la réponse. *Devoir, il s'agit d'un rite d'expulsion. Elliania ne fait plus partie du groupe, et elles vont passer la soirée à l'asticoter et à la tourmenter. Elle n'y aurait pas échappé ; ces agaceries appartiennent peut-être même à la cérémonie de passage à l'âge adulte.* Puis j'ajoutai, bien que ce fût inutile : *Soyez prudent. Laissez-la vous conduire afin de ne pas risquer de l'humilier.*

Mais j'ignore ce qu'elle veut de moi ! répondit-il d'un ton désespéré. *Elle m'assassine du coin de l'œil mais s'accroche à ma main comme à une corde en pleine tempête.*

Aussi clairement que si je me tenais à côté de lui, je vis la scène par notre lien d'Art. La jeune goguenarde dépassait Elliania en taille et peut-être aussi en âge. J'en avais appris assez long sur les femmes pour savoir que leurs premières menstrues ne tenaient pas qu'au nombre de leurs années ; de fait, hormis le fait que ses cheveux n'étaient pas attachés, je l'aurais crue déjà réglée. Narquoise, elle se gaussait de sa cousine. « Tu le lies à toi pour que personne ne te le prenne, mais tu n'oses même pas l'embrasser !

— Et si je ne désirais pas de baiser tout de suite ? Si je préférais attendre la preuve qu'il est digne de moi ? »

Lestra secoua la tête et les clochettes fixées dans sa chevelure tintinnabulèrent ; d'un ton moqueur, elle rétorqua : « Non, Elliania, nous te connaissons. Enfant, tu étais la plus soumise et la moins audacieuse d'entre nous ; femme, tu n'as pas dû changer. Tu n'as pas le courage de l'embrasser, et il est trop timoré pour s'y risquer. C'est un gamin aux joues lisses qui joue à l'homme fait ; n'ai-je pas raison, "prince" ? Vous êtes aussi peureux qu'elle. Je pourrais peut-être vous apprendre l'audace. Il ne regarde même pas ses seins ! Mais peut-être ne les voit-il pas tant ils sont petits ! »

Je plaignais Devoir, mais je n'avais aucun conseil à lui donner. Je m'assis sur le muret de pierre qui ceignait le verger récemment planté, puis je me frottai les joues comme quelqu'un qui a trop bu et s'efforce de chasser les picotements de son visage ; j'espérais qu'on me croirait ivre et qu'on me laisserait tranquille. Assister à l'épreuve que traversait Devoir ne me réjouissait pas, mais je refusais de courir le risque de le quitter. Les épaules voûtées, je fis semblant de regarder au loin d'un air vide tout en surveillant le prince du coin de l'œil.

Prenant sur lui, Devoir déclara d'un ton compassé : « Ou peut-être tiens-je la narcheska en trop haute estime pour prendre ce qu'elle n'a pas offert. » Tandis qu'il prononçait ces mots, je sentis sa farouche détermination de ne pas regarder la poitrine d'Elliania ; pourtant, il avait conscience d'elle, nue et chaude, près de lui, et cela l'épuisait.

Il ne vit pas le coup d'œil en coin de la jeune fille : cette réponse ne lui plaisait pas.

« Mais, moi, vous ne me respectez pas, n'est-ce pas ? reprit Lestra, railleuse.

— Non, répondit-il sèchement, je ne crois pas.

— Alors la question est résolue. Faites la preuve de votre audace et embrassez-moi ! lança-t-elle, triomphante. Ensuite, je pourrai dire à Elliania si elle manque quelque chose ou non. » Et, comme pour le forcer à obéir, elle approcha soudain son visage du sien tandis que sa main se portait sournoisement vers son entrejambe. « Tiens, tiens ! s'exclama-t-elle d'un ton malicieux alors que Devoir se dressait d'un bond avec un cri outragé. Il attend plus qu'un baiser de toi, Elliania. Vois donc ! Son soldat a dressé sa tente ! Le siège durera-t-il longtemps ?

— Ça suffit, Lestra ! » gronda Elliania. Debout elle aussi, les joues enflammées, elle foudroyait sa rivale du regard. Ses seins nus s'élevaient et descendaient au rythme de sa respiration furieuse.

« Pourquoi ? À l'évidence, tu ne veux rien faire d'intéressant avec lui. Pourquoi ne le prendrais-je pas ? En toute justice, il devrait me revenir, tout comme devrait me revenir la place de narcheska. Et, cette place, je l'aurai quand il t'emmènera pour faire de toi une inférieure dans sa maison maternelle. »

Plusieurs jeunes filles eurent un hoquet de saisissement, mais le regard d'Elliania flamboya seulement davantage.

« Tu répètes ce mensonge depuis toujours, Lestra. Ton arrière-grand-mère était la puînée des jumelles ; les deux sages-femmes l'attestent.

— Première sortie du ventre ne signifie pas toujours aînée, Elliania, beaucoup le disent. Nouvelle née, ton arrière-grand-mère ressemblait à un chaton souffreteux qui miaule pitoyablement ; la mienne était une petite fille saine et vigoureuse. Ta bisaïeule n'avait aucun droit de devenir narcheska, ni sa fille, ni sa petite-fille ni toi !

— Un chaton souffreteux ? Vraiment ? Alors comment expliquer qu'elle soit encore en vie et demeure Grande Mère ? Ravale tes mensonges, Lestra, ou je te les renfoncerai moi-même au fond de la gorge. » Elliania s'exprimait d'une affreuse voix monocorde, mais qui portait ; nombre de gens observaient désormais la querelle. Devoir s'avança, la bouche ouverte pour prendre la parole, mais la narcheska le repoussa d'un coup du plat de la main dans la poitrine. Les jeunes filles formèrent un cercle autour des deux adversaires tandis qu'il demeurait à l'extérieur. Il se tourna vers moi comme pour demander mon aide.

Mieux vaut vous tenir à l'écart, je pense. Elliania vous l'a clairement indiqué.

J'espérais lui avoir donné un bon conseil. Comme j'essayais d'artiser Umbre pour le prévenir de la situation, je vis Peottre ; il avait dû se tenir jusque-là près du coin du bâtiment, hors de mon champ de vision. D'un pas flânant, il s'approcha du muret où je restais assis et s'y appuya nonchalamment. « Il aurait intérêt à ne pas s'en mêler », me dit-il d'un ton dégagé.

Avec un mouvement de la tête exagéré, je portai vers lui un regard flou. « Qui ça ? »

Ses yeux se plantèrent dans les miens. « Votre prince. Qu'il laisse Elliania régler la question ; il s'agit d'une affaire de femmes, et une intervention de sa part serait mal accueillie. Tâchez de l'en avertir si vous pouvez. »

Peottre dit que vous devez vous tenir en retrait et laisser Elliania trancher le différend.

Quoi ? fit Devoir, abasourdi.

Pourquoi Peottre t'a-t-il adressé la parole ? demanda Umbre, tendu.

Je n'en sais rien !

Au kaempra, je répondis : « Je ne suis qu'un garde, messire ; je n'ai pas de conseils à donner au prince.

— Vous êtes son garde du corps, répliqua-t-il avec affabilité. Ou son... Comment dirait-on dans votre langue ? Son chaperon ? Comme moi pour Elliania. Vous êtes doué mais pas invisible. Je vous ai vu le surveiller.

— Je suis garde, alors je le garde, c'est tout », protestai-je en m'efforçant de prendre une élocution un peu embarrassée. Je regrettai de n'avoir pas emporté un verre de vin ; l'odeur de l'alcool peut ajouter une note très convaincante quand on feint l'ivresse.

Mais il ne me regardait plus. Je me tournai vers la butte du verger tandis que quelqu'un poussait un cri derrière moi, à la porte de la maison des mères, et que j'entendais des gens se précipiter au-dehors. La bagarre avait éclaté entre les deux jeunes filles. Sans effort apparent, Lestra jeta Elliania sur le dos, et, malgré la distance, je perçus le bruit de l'air violemment expulsé de ses poumons. Peottre poussa un grognement de colère impuissante avec les petits mouvements à peine esquissés des combattants aguerris quand ils observent un de leurs meilleurs élèves lors d'un tournoi. Comme Lestra se jetait sur Elliania étendue par terre, son adversaire releva brusquement les genoux contre sa poitrine et la frappa de ses deux pieds joints dans le ventre. Violemment projetée en arrière, l'autre se reçut mal et heurta brutalement le sol. Elliania s'agenouilla vivement et, sans égard pour sa belle robe ni sa coiffure, bondit sur Lestra. Les muscles de la nuque et des bras de Peottre se tendirent comme des cordes, mais il ne bougea pas. Je me levai pour mieux voir et restai bouche bée comme les autres gardes de Castelcerf. Les Outrîliens sortis assister à la rixe manifestaient de l'intérêt, mais aucune surexcitation. Manifestement, les bagarres entre jeunes filles ou jeunes femmes ne présentaient à leurs yeux aucun caractère choquant.

Assise sur le haut de la poitrine de Lestra, les genoux sur ses bras, Elliania avait efficacement plaqué son adversaire au sol. L'autre ruait et se débattait, mais la narcheska l'avait saisie par les cheveux et lui immobilisait la tête dans l'herbe. De sa main libre, elle lui enfonça une poignée de terre dans la bouche. « Que la bonne terre propre efface le mensonge de tes lèvres ! » cria-t-elle d'un air triomphant. Devoir se tenait à l'écart, hébété ; la danse sauvage des seins nus d'Elliania au rythme de sa respiration haletante ne le laissait pas indifférent, et je le sentais aussi horrifié de sa propre réaction physique que du combat lui-même. Autour de lui, les autres jeunes filles bondissaient en poussant des cris d'encouragement aux deux adversaires.

Avec un hurlement terrible, Lestra secoua violemment la tête et échappa à la poigne d'Elliania au prix d'une épaisse mèche de cheveux. La narcheska la gifla durement puis la prit à la gorge. « Reconnais-moi le titre de narcheska ou je t'étrangle sur-le-champ ! cria-t-elle.

— Tu es la narcheska ! Tu es la narcheska ! » braílla l'autre d'une voix stridente, puis elle se mit à sangloter convulsivement, de rage et d'humiliation plus que de douleur.

Prenant appui sur sa figure, Elliania se releva. « Laissez-la ! lança-t-elle d'un ton menaçant à deux filles qui s'approchaient pour aider la vaincue. Qu'elle reste étendue par terre et s'estime heureuse que je n'aie pas eu mon poignard. Je suis une femme à présent. Désormais, c'est avec mon poignard que je répondrai à celles qui oseront disputer mon statut de narcheska. Désormais, c'est avec mon poignard que je répondrai à celles qui oseront toucher à l'homme qui m'appartient ! »

J'observai Peottre à la dérobée. Il arborait un sourire carnassier. En deux enjambées, Elliania rejoignit Devoir qui contemplait, bouche bée, son épouse débraillée. Sans plus de cérémonie que j'aurais saisi la crinière d'un cheval pour monter en selle, elle saisit sa queue de guerrier et le força à se pencher vers elle en lui ordonnant : « Maintenant, embrasse-moi. »

Un instant avant que leurs lèvres ne se touchent, il se coupa de ma présence d'Art. Toutefois, pas plus qu'aucun des hommes qui assistaient à la scène, je n'eus besoin de l'Art pour percevoir l'ardeur qui imprégnait leur baiser. Elle plaqua sa bouche contre la sienne et, comme il la saisissait gauchement dans ses bras pour l'attirer, elle se laissa aller pour qu'il sente ses seins nus contre sa poitrine. Puis elle s'écarta de lui et, pendant que Devoir reprenait son souffle, un peu titubant, elle planta son regard dans le sien et lui rappela : « La tête de Glasfeu sur la pierre d'âtre de mes mères ; alors seulement tu pourras me donner le nom d'épouse. » Toujours dans les bras du prince, elle se tourna vers ses anciennes camarades de jeu et déclara : « Restez ici à jouer si cela vous chante. Moi, je ramène mon époux à la fête. »

Elle rompit son étreinte et reprit sa main. Il la suivit docilement avec un sourire béat. Lestra, assise par terre, les regarda s'éloigner, furieuse et humiliée. Des femmes poussèrent de grandes acclamations et quelques hommes des grognements jaloux quand elle passa dans la foule, triomphante, son trophée derrière elle. Du coin de l'œil, j'observai Peottre : il avait l'air abasourdi ; puis son regard se porta sur moi. « C'était nécessaire, dit-il d'un ton grave ; elle devait s'imposer aux autres, les obliger à la considérer comme une femme et le prince comme sa propriété.

— J'ai vu », répondis-je sans chercher à le contredire ; pourtant je ne le croyais pas. Ce qui venait de se produire ne cadrait pas avec ses projets pour Elliania et Devoir, j'en avais le sentiment ; il n'en devenait que plus indispensable de découvrir ses véritables desseins.

Par contraste, la suite de la soirée me parut fade. Manger, boire, écouter les bardes outrîliens ne pouvait se comparer à l'affirmation de pouvoir à laquelle j'avais assisté. Muni d'une tourte à la viande et d'une chope de bière, j'allai m'installer dans un coin et feignis de m'absorber dans mon repas tout en artisant à Umbre ce dont j'avais été témoin.

L'alliance se précise plus vite que je n'osais l'espérer, me dit-il quand j'eus terminé. *Toutefois, je me méfie. Elliania désire-t-elle vraiment Devoir pour époux, ou bien son esclandre n'avait-il d'autre but que de démontrer que nul ne peut lui dérober ce qu'elle prend ? Veut-elle user de ses appas pour le pousser à tuer le dragon ?*

Je répondis en me sentant un peu bête : *Je n'avais jamais songé jusqu'ici que, si elle épouse le prince et va vivre chez lui, certaines diront qu'elle laisse vacante sa place chez elle. Lestra a déclaré qu'elle* deviendrait une « inférieure » dans la maison maternelle de son mari. Qu'est-ce que ça signifie ?

Je sentis la réticence d'Umbre. *Je pense que les Outrîliens emploient ce terme pour désigner une femme capturée lors d'une attaque, mais prise comme épouse et non comme esclave ; ses enfants n'ont pas de clan. On peut rapprocher ce statut de celui de bâtard.*

Dans ce cas, pourquoi Elliania se prêterait-elle à ce mariage ? Pourquoi Peottre l'autoriserait-il ? Et, si elle perd son titre de narcheska en s'installant à Castelcerf, quel intérêt cette union présente-t-elle pour nous ? Umbre, je n'y comprends plus rien !

Trop de points restent obscurs, Fitz, en effet. Je pressens une volonté cachée ; ouvre l'œil.

Je demeurai donc vigilant pendant la longue soirée et la nuit plus longue encore. Le soleil se tapit juste en dessous de l'horizon, phénomène habituel dans ces contrées septentrionales, si bien que la nuit baigna dans une lumière crépusculaire. Quand l'heure vint pour le couple de se retirer, Devoir annonça qu'il ne quitterait pas le rez-de-chaussée, dans la salle commune, « afin que nul ne puisse dire que j'ai pris ce que je n'ai pas mérité ». Ce fut l'occasion d'un nouveau moment de gêne comme la journée en avait connu plusieurs, et je vis Lestra, les lèvres tuméfiées, rire méchamment avec ses compagnes. Les deux jeunes gens se séparèrent au pied de l'escalier, Elliania empruntant les marches, Devoir allant s'asseoir aux côtés d'Umbre. Il dormirait entre les murs de la maison maternelle, ainsi qu'il seyait à un homme marié à une femme du clan, mais en bas, sur les bancs qui servaient aussi de lits, et non à l'étage avec Elliania. Ses gardes reçurent leur congé pour la nuit et ils regagnèrent le quartier des guerriers ou, dans certains cas, d'autres logements plus accueillants, du moment que leurs partenaires les hébergeaient hors de la maison des mères. J'aurais voulu me rapprocher d'Umbre et du prince pour m'entretenir en privé avec eux, mais cela aurait paru anormal ; aussi décidai-je de retourner dans la maison qu'on m'avait allouée.

À peine étais-je sorti et avais-je fait quelques pas sur l'allée que j'entendis le gravier crisser sous des pas derrière moi. Jetant un coup d'œil par-dessus mon épaule, je vis Trame accompagné d'un Leste épuisé, au pas traînant ; le garçon avait les pommettes très rouges et je le soupçonnai d'avoir bu plus que de raison. Trame m'adressa un hochement de tête, et je ralentis pour leur permettre de me rattraper. « Belle fête, dis-je pour entamer la conversation.

— Oui. Je pense que les Outrîliens considèrent maintenant notre prince comme marié à la narcheska ; pour ma part, je croyais qu'il s'agissait seulement de confirmer leurs fiançailles devant l'âtre de la mère d'Elliania. » Il y avait une note interrogative dans sa voix.

" À mon avis, ces gens ne distinguent pas les couples qui se marient de ceux qui annoncent qu'ils vont se marier. Ici, les enfants et les propriétés appartiennent aux femmes, et l'on voit l'union d'un homme et d'une femme sous un autre jour. »

Il hocha lentement la tête. « Aucune femme ne doute jamais qu'un petit est bien d'elle, fit-il remarquer.

— Est-il important que les enfants soient sous la responsabilité de l'épouse plus que du mari ? » demanda Leste avec curiosité. Il s'exprimait clairement mais je sentis l'odeur du vin dans son haleine.

« Ça dépend de l'homme, je pense », répondit Trame d'un ton grave. Nous poursuivîmes un moment notre chemin en silence. Sans que ma volonté intervînt, mes pensées se portèrent sur Molly, Burrich, Ortie et moi ; à qui appartenait ma fille à présent ?

Comme nous nous approchions de la maison, j'observai qu'il ne s'élevait plus un bruit de la ville.

Ceux qui ne participaient pas aux festivités de la maison maternelle dormaient depuis longtemps. J'ouvris la porte le plus doucement possible : Lourd avait grand besoin de se reposer et je ne voulais pas le réveiller. Le rai de lumière qui entra en même temps que nous me montra Crible couché par terre près du lit du malade, un œil ouvert, la main sur son épée à nu posée à côté de lui ; quand il nous reconnut, sa paupière se rabaissa et il replongea dans le sommeil.

Je restai immobile près de l'entrée. Il y avait un intrus dans la maison dont Crible n'avait pas détecté la présence. De la taille d'un chat dont il avait la rondeur, il portait le masque d'un furet et se tenait ramassé sur la table, sa queue touffue et annelée tendue toute droite derrière lui. Il nous surveillait, les yeux ronds, un morceau de notre fromage entre les pattes de devant ; les marques de ses dents aiguës étaient visibles dans la pâte.

« Qu'est-ce que c'est ? soufflai-je à Trame.

— Je crois qu'on appelle ça un rat-voleur, bien que ce ne soit pas un rat, à l'évidence. Je n'en avais jamais vu », répondit-il aussi bas.

L'animal fixait toute son attention derrière nous, sur Leste. Je perçus, semblable à un murmure qui effleurait mes sens, le Vif qui s'échangeait entre eux ; un sourire illuminait le visage du jeune garçon. Il nous bouscula pour s'avancer vers la créature. Je tendis la main vers lui mais, avant que j'eusse le temps d'achever mon geste, celle de Trame s'abattit sur son épaule. Il le ramena brusquement en arrière, et ce mouvement inattendu fit tressaillir le rat-voleur. Il dit à la créature : « Prends le fromage et va-t'en. » Puis, avec une dureté que je ne lui connaissais pas, il demanda à Leste : " À quoi jouais-tu ? N'as-tu pas retenu un mot de ce que j'essaye de t'inculquer ? »

En un clin d'œil, rat-voleur et fromage disparurent par la fenêtre dans l'ondoiement d'une queue annelée.

Le garçon poussa une exclamation de déception et tenta d'échapper à la poigne de Trame, mais le grand gaillard le tenait solidement. Leste était furieux, surtout, je pense, en réaction à la colère manifeste du marin. « Je n'ai fait que le saluer ! J'aimais bien ce qui émanait de lui ! Je sentais que nous nous entendrions bien, et je voulais...

— Tu le voulais comme un enfant veut un jouet peint de couleurs vives sur l'étal d'un colporteur ! » Trame parlait d'un ton sévère qui condamnait sans équivoque l'attitude de l'enfant. Il lâcha son épaule. « Parce qu'il avait un beau pelage, qu'il était vif et rusé, aussi jeune et irréfléchi que toi, et aussi curieux. Il t'a répondu, non parce qu'il cherchait un compagnon, mais parce que tu l'intriguais. On ne fonde pas un lien de Vif là-dessus. En outre, tu n'as ni l'âge ni la maturité pour te mettre en quête d'un partenaire. Si tu recommences, je te punirai comme je punirais un enfant qui s'expose volontairement au danger ou qui y expose un de ses camarades. »

Crible s'était dressé sur un coude et suivait la discussion la bouche entrouverte, ahuri. De notoriété publique, Trame et Leste appartenaient au clan de Vif de Devoir, mais je frissonnai de peur rétrospective en songeant que j'avais été à deux doigts de me trahir. Même Lourd avait soulevé à demi une paupière et nous regardait d'un air mécontent.

Leste se laissa tomber dans un fauteuil, la mine maussade. « Danger ? Quel danger ? ronchonna-t-il. Que je trouve quelqu'un qui s'intéresse enfin à moi ?

— Non : que tu te lies avec un animal dont tu ignores tout. A-t-il une compagne, des petits ? L'arracherais-tu à eux ou bien resterais-tu sur l'île pendant que nous nous en irions ? Que mange-t-il, à quelle fréquence ? Demeurerais-tu ici jusqu'à sa mort ou bien le séparerais-tu de ceux de son espèce pour le ramener avec toi, le condamnant ainsi à un célibat définitif ? Tu n'as pas pensé à lui, Leste, ni à rien en dehors de l'instant de votre contact. Tu agis comme un homme ivre qui couche avec une jeune fille un soir sans songer au lendemain. Je ne puis excuser une telle conduite, pas plus qu'aucun autre membre du Lignage. »

Leste lui lança un regard mauvais. Sans comprendre l'origine du silence tendu qui s'ensuivit, Crible dit : « J'ignorais que les vifiers suivaient des règles pour se lier avec les animaux. Je croyais qu'ils pouvaient s'attacher n'importe lequel pour une heure ou pour un an.

— Il s'agit d'une conception erronée, répondit Trame avec effort, que partagent nombre de gens qui n'appartiennent pas au Lignage ; c'est inévitable quand un peuple doit garder ses coutumes secrètes, à l'abri des regards, mais ce mystère débouche sur la croyance que nous nous servons des bêtes comme d'outils et que nous nous en débarrassons quand nous n'en avons plus l'emploi. On a ainsi plus de facilité à imaginer que nous puissions ordonner à un ours de massacrer une famille ou envoyer un loup décimer un troupeau de moutons. Le lien de Vif, ce n'est pas un homme qui impose sa volonté à un animal : c'est une union fondée sur le respect mutuel, pour la vie. Comprends-tu cela, Leste ?

— Je ne voulais rien faire de mal, rétorqua le garçon d'un ton guindé où l'on ne sentait aucune volonté de résipiscence ni d'excuse.

— Pas plus que l'enfant qui joue avec le feu et incendie une maison. Ne pas avoir de mauvaises intentions ne suffit pas, Leste. Si tu tiens à faire partie du Lignage, tu dois respecter nos lois et nos mœurs à tout instant, pas seulement quand ça t'arrange.

— Et si je ne veux pas en faire partie ? demanda le fils de Burrich d'un ton morose.

— Alors baptise-toi Pie, car c'est ce que tu deviendras. » Trame inspira profondément puis soupira longuement. « Ou bien proscrit », ajouta-t-il à mi-voix. Je sentis l'effort qu'il lui coûta de ne pas me regarder en prononçant ces derniers mots. « Mais je ne comprends pas pourquoi quelqu'un se couperait volontairement de ses semblables. »

1.1

WUISLING

L'attachement des femmes aux propriétés de leur clan est remarquable. Dans les légendes qu'elles évoquent souvent, la terre est pétrie de la chair et des os d'Eda tandis que la mer est le domaine d'El. La terre appartient aux femmes du clan ; les hommes nés de ce groupe ont le droit de cultiver les champs et de participer aux récoltes, mais ce sont les femmes qui décident de la répartition du produit de leur travail ainsi que des cultures à mettre en place, où et dans quelles proportions. Il ne s'agit pas de simple entretien d'un patrimoine mais de vénération et d'obéissance à Eda.

Les hommes n'ont pas de lieu d'inhumation particulier et l'on confie le plus souvent leur corps à la mer ; mais les femmes doivent reposer dans les champs de leur clan ; on honore les tombes sept années durant, au cours desquelles on laisse en jachère les terrains d'ensevelissement ; ensuite, on reprend le labour et la première récolte est servie lors d'un banquet spécial.

Les hommes d'Outre-mer sillonnent les mers et peuvent rester absents de leur port d'attache plusieurs années, mais les femmes, elles, s'éloignent rarement des terres de leur naissance, et, lorsqu'elles se marient, il est entendu que leurs époux habiteront avec elles. Si une Outrîlienne meurt loin de la pro-

priété de son clan, on mettra en œuvre des moyens extraordinaires pour rapporter sa dépouille chez elle ; agir autrement représenterait une grande honte et un grave sacrilège, et les clans sont prêts à faire la guerre pour rapatrier le corps d'une des leurs.

Récit d'un voyage en terre barbare,
du SCRIBE GEAIREPU

*

Nous séjournâmes douze jours à Wuisling à l'invitation de la maison maternelle de la narcheska, bénéficiaires d'une hospitalité singulière. On avait alloué à Umbre et au prince des bancs pour dormir au rez-de-chaussée du bâtiment, le clan de Vif était logé avec les gardes en dehors de l'enceinte, et Lourd et moi résidions dans notre maison, où Leste et Crible passaient souvent. Chaque jour, Umbre envoyait deux hommes d'armes acheter des provisions au marché ; ils nous remettaient une partie de leurs emplettes, une autre à leurs camarades et rapportaient le reste à la maison des mères. Bien qu'Ondenoire eût promis de subvenir à nos besoins, le vieil assassin avait préféré s'en tenir à sa tactique d'origine : apparaître dépendants de la générosité du clan du Narval donnerait une impression de faiblesse et d'un manque coupable de préparation.

Ce long séjour présenta quelques aspects positifs : Lourd commença de recouvrer la santé. Il toussait toujours et s'essoufflait vite lorsqu'il se promenait, mais il dormait d'un sommeil moins fiévreux, s'intéressait à ce qui l'entourait, mangeait, buvait et sortait peu à peu de son accablement. Il m'en voulait toujours de l'avoir forcé à m'accompagner en bateau et de devoir repartir un jour par le même moyen ; chaque fois que je tentais de bavarder avec lui, la conversation finissait inévitablement par achopper sur ce sujet. Parfois, saisi par le démon de la facilité, je ne lui adressais pas la parole, mais alors je sentais la rancune qui bouillonnait au fond de lui. Je me désespérais de cette tension entre nous alors que je m'étais donné tant de mal pour gagner sa confiance. Je m'en ouvris à Umbre lors d'une de nos rencontres en coup de vent et il en minimisa l'importance, n'y voyant qu'un mal nécessaire. « Il serait beaucoup plus grave qu'il en veuille à Devoir ; tu dois assumer ton rôle de bouc émissaire, Fitz. » Je le savais pertinemment mais je n'en retirai aucun réconfort.

Crible passait plusieurs heures chaque jour en compagnie de Lourd, en général quand Umbre me demandait de surveiller discrètement le prince. Trame et Leste venaient souvent aussi à notre maison ; la réprimande du maître de Vif semblait avoir porté : le jeune garçon lui manifestait, ainsi qu'à moi, un respect plus prononcé. Je m'occupais quotidiennement de son instruction et j'exigeais qu'il s'exerce autant à l'épée qu'à l'arc. Lourd s'installait devant la maison pour regarder nos assauts dans l'enclos à moutons ; il soutenait toujours l'enfant et poussait des beuglements de joie chaque fois qu'il m'assenait un coup de son épée matelassée. J'avoue que ses acclamations meurtrissaient mon amour-propre autant que les charges de Leste ma chair. Je cherchais plus à entretenir mes talents de bretteur qu'à développer ceux du jeune garçon ; toutefois, non seulement ces cours me fournissaient l'occasion de mettre ma technique en pratique mais ils me permettaient d'afficher ma compétence devant les Outrîliens. Ils ne venaient pas en foule mais, de temps en temps, j'apercevais un ou deux adolescents en train de nous observer, juchés sur un mur proche, et leur présence ne me paraissait pas motivée par la seule curiosité. Ayant conclu que je faisais sans doute l'objet d'une attention particulière, je veillais à ce que les rapports sur moi ne me décrivent pas comme une proie sans défense.

J'avais l'impression que des yeux me suivaient partout, qu'en tout lieu où je me rendais il se trouvait quelqu'un qui traînait là comme par hasard. Je n'aurais su désigner le garçon ou la vieille qui me filait, mais je sentais sans cesse des regards dans mon dos. Je percevais aussi un danger pour Lourd dans les coups d'œil qu'on lui lançait quand nous sortions et dans les réactions des gens que nous croisions : ils s'écartaient de lui comme s'il souffrait d'une maladie contagieuse et nous lorgnaient par-derrière comme s'il eût été un veau à deux têtes. Même le petit homme paraissait s'en rendre compte, et je m'aperçus que, sans y penser consciemment, il se servait de l'Art pour se dissimuler. Il ne s'agissait plus du « Ne me vois pas ! » dont le coup de boutoir avait failli naguère me terrasser mais plutôt d'une proclamation constante de son insignifiance. Je rangeais cette découverte dans un coin de ma mémoire pour en discuter plus tard avec Umbre.

J'avais rarement l'occasion de m'entretenir en tête-à-tête avec mon vieux mentor, et les messages que je lui artisais restaient laconiques ; nous convenions tous qu'il devait économiser son énergie pour la conserver à la disposition du prince. Il avait aussi décidé, puisque Peottre Ondenoire avait percé à jour mon rôle de garde du corps de Devoir, que je pouvais le poursuivre plus ouvertement. « Du moment qu'il ne se rend pas compte que tu es bien davantage que ce personnage », avait-il ajouté à titre d'avertissement.

Je m'efforçais de surveiller et de protéger Devoir le plus discrètement possible, mais, bien qu'il ne se plaignît jamais, me sentir constamment aux aguets non loin de lui devait le gêner. Dans le village, on les considérait désormais, Elliania et lui, comme mariés, et il n'était pas question de les chaperonner. Seule la présence de Peottre, aussi subtile qu'une pierre dressée au milieu de la route, rappelait que certains membres de la famille de la narcheska veillaient à la chasteté de leur relation tant que Devoir n'avait pas rempli sa part du contrat. Je crois que le guerrier et moi nous épiions autant que nous gardions l'œil sur les deux jeunes gens, et, d'une étrange façon, nous finîmes nous-mêmes par former un couple.

Je découvris à cette époque une des raisons pour lesquelles on tenait la narcheska en si haute considération dans tous les clans et pas seulement celui du Narval. Dans la culture outrîlienne, la terre et ses produits appartenaient aux femmes, et j'avais supposé que la fortune du clan résidait dans ses moutons et ses brebis. C'est seulement en suivant Elliania et Devoir lors d'une de leurs longues promenades parmi les vallonnements rocheux de l'île que j'eus la révélation de sa véritable richesse. Ils franchirent une colline, Peottre à quelque distance derrière eux, et moi-même beaucoup plus loin encore. Je passai le sommet à mon tour et restai pantois devant la vue qui s'offrit à moi.

Dans la vallée en contrebas s'étendaient trois lacs, dont deux fumaient malgré la chaleur de l'été. Une végétation luxuriante poussait sur leurs rives, aussi foisonnante que celle des champs aux alignements précis et soignés qui quadrillaient la vallée. Comme je descendais à la suite du couple et de Peottre, la brise fraîche qui soufflait constamment s'interrompit, et je sentis dans cette cuvette naturelle la chaleur de l'air immobile et l'odeur de l'eau chargée de minéraux. On avait débarrassé la terre de ses pierres et de ses rochers qui, sous forme de murets, divisaient désormais les cultures. Non seulement les plantes cultivées croissaient mieux qu'ailleurs dans cette vallée toujours tiède, mais j'en repérai de sauvages, ainsi que des arbres, que j'aurais jugés trop fragiles pour s'épanouir dans ces contrées nordiques. Au milieu des îles d'Outre-mer au climat âpre existait une île que ses sources bouillonnantes transformaient en pays de cocagne. Rien d'étonnant à ce que la main de la narcheska fût si demandée : une alliance avec celle qui gouvernait la production alimentaire de l'île représentait un véritable trésor dans ces terres inhospitalières.

Pourtant, je notai que, malgré le plein été, quantité de champs restaient en friche et que les ouvriers étaient plus rares qu'on ne l'eût escompté. Là encore, femmes et jeunes filles l'emportaient en nombre sur les hommes, dont la plupart n'avaient pas atteint ou avaient largement dépassé l'âge adulte. Je n'y comprenais rien. L'île regorgeait de femmes détentrices d'un joyau et qui manquaient de bras pour le cultiver ; pourquoi les autres clans les courtisaient-ils si peu pour s'adjoindre, par leurs enfants, cette terre d'abondance ?

Un soir, Devoir et Elliania faisaient sauter deux des petits poneys décharnés, typiques de ces îles, dont les habitants de Mayle se servent pour une multitude de tâches. Ils avaient choisi pour terrain d'exercice une prairie caillouteuse qui s'étendait sur une pente douce en contrebas d'une colline parsemée de blocs de rocher, et fabriqué des obstacles en abattant des baliveaux posés ensuite sur deux rocs proches. Je restai stupéfait de la hauteur des bonds qu'effectuaient ces animaux lorsqu'on les acculait à sauter. Les moutons avaient coupé l'herbe rase et des buissons rabougris entouraient la prairie. La voûte du ciel, d'un bleu de plus en plus profond, s'étendait au-dessus de nous ; les premières étoiles ne tarderaient pas paraître. Les jeunes gens montaient à cru et déjà Devoir était tombé deux fois de sa maigre mais cabocharde monture en s'efforçant de suivre le rythme de son épouse intrépide. La jeune femme s'amusait de tout son cœur ; elle montait de côté, ses jupes jaunes retroussées jusqu'aux genoux, épanouies comme une fleur sur ses jambes, laissant même ses pieds à nu. Les joues rouges, échevelée, elle ne se préoccupait que de montrer au prince qu'elle pouvait le surpasser en équitation. La première fois qu'il avait chu, elle avait poursuivi sa course avec un rire moqueur ; la seconde, elle fit demi-tour pour voir s'il s'était blessé tandis que Peottre rattrapait la petite bête rétive et la ramenait auprès d'eux. J'observais Devoir avec attention et j'éprouvais une grande fierté de la bonne humeur avec laquelle il avait pris ses chutes.

Ces poneys sont aussi durs et décharnés que des veaux ! Essayer de se maintenir dessus est plus douloureux qu'en tomber quand ils bondissent brusquement de côté.

Elliania paraît s'en tirer sans difficulté, répondis-je pour le taquiner. Devant le regard qu'il me lança, j'ajoutai précipitamment : *Mais ça n'a pas l'air facile, en effet. Je crois qu'elle admire votre ténacité.*

À mon avis, elle admire surtout mes contusions, cette petite teigne. Je perçus une ombre d'affection dans l'épithète. Comme pour détourner mes pensées, le prince poursuivit : *Jetez un coup d'œil sur votre gauche et dites-moi si vous voyez quelque chose dans les buissons.*

J'obéis sans tourner la tête et je distinguai une forme à l'endroit indiqué, mais je ne pus déterminer s'il s'agissait d'un grand animal ou d'un homme accroupi. Le prince remonta sur le dos de sa monture et s'accrocha à sa crinière pendant qu'elle se lançait dans une série de bonds effrénés dans la prairie. Le poney en avait manifestement assez de ce jeu, mais le rire joyeux d'Elliania récompensa les efforts de Devoir pour éviter la chute. Il franchit l'obstacle devant lequel il avait échoué auparavant et elle salua la performance d'un grand geste. Elle semblait sincèrement apprécier le spectacle, et un regard discret me permit de voir que même le visage sévère de Peottre s'illuminait d'un mince sourire. Je joignis mon rire à celui des jeunes gens et m'approchai d'eux.

*Dirigez-vous vers cette zone, là-bas, et tombez par
terre ; arrangez-vous pour que votre poney s'enfuie
vers les gros rochers.*

Devoir m'artisa un grognement mécontent mais
obéit. Quand l'animal s'élança, je me précipitai à sa
poursuite et le chassai devant moi plus que je ne
tentai de le rattraper ; nous débusquâmes ainsi une
femme vêtue de vert mousse et de brun. Elle prit la
fuite sans chercher à feindre, et je reconnus non seulement sa façon de se déplacer mais aussi l'infime
trace d'odeur que je captai d'elle. Je refrénai mon
envie de lui donner la chasse et artisai ce que j'avais
découvert à Umbre et Devoir.

*C'était Henja ! La servante de la narcheska à Cas-
telcerf ! Elle se trouve sur l'île et elle nous espionne.*

Je ne perçus en retour qu'une double onde
d'angoisse.

Je me montrai volontairement maladroit pour saisir
le poney, et Peottre finit par venir m'aider. « Eh bien,
nous avons fait une belle peur à cette vieille
femme ! » lui lançai-je en obligeant l'animal récalci-
trant à prendre sa direction.

Il l'attrapa par le toupet et observa le ciel sans me
regarder. « La nuit tombe. Nous avons de la chance
que le prince n'ait pas fait une chute plus grave et
qu'il ne se soit pas blessé. » Il ajouta pour notre
escorte outrîlienne : « Il faut rentrer. Les poneys sont
fatigués et l'obscurité vient. »

Avait-il tenté de me prévenir d'un danger qui menaçait le prince, pire que tomber d'un poney ? Je le
relançai : « La vieille femme n'a rien, à votre avis ? Ne
faudrait-il pas la chercher ? Elle avait l'air terrifiée. Je
me demande ce qu'elle faisait derrière ces rochers. »

Le visage impassible, d'une voix qui ne trahissait
rien, il répondit : « Sans doute ramassait-elle du petit
bois, ou des herbes et des racines. Inutile de s'inquiéter pour elle. » Plus haut, il dit : « Elliania ! Il n'est plus

l'heure de s'amuser ! Il faut rentrer à la maison maternelle ! »

*J'ai vu l'expression d'Elliania quand Henja s'est
enfuie : elle a eu l'air effarée. Maintenant, elle a peur.*

La sécheresse avec laquelle elle hocha la tête en
réponse à Peottre confirmait le jugement du prince.
Elle se laissa glisser à terre, puis ôta la bride à l'animal
et le laissa s'en aller librement sur la colline. Peottre
effectua la même opération pour le poney du prince
et nous nous mîmes tous en route pour regagner la
maison des mères. Elliania et Devoir marchaient en
tête, et leur mutisme contrastait tristement avec la
bonne humeur qu'ils partageaient peu auparavant.
J'avais de la peine pour eux ; il apprenait à aimer la
jeune Outrîlienne mais, chaque fois qu'ils parvenaient
à se rapprocher, la politique du trône et du pouvoir
venait s'interposer.

Pris d'une brusque colère, je déclarai tout de go :
« C'était Henja, n'est-ce pas, celle qui se cachait dans
les buissons ? Elle servait la narcheska au château de
Castelcerf, si je me rappelle bien. »

Je dois reconnaître que Peottre garda tout son
sang-froid ; il ne put se résoudre à me regarder mais
répondit d'un ton calme : « Ça m'étonnerait. Elle a
quitté notre service avant notre départ des Six-
Duchés. Nous avions l'impression qu'elle serait plus
heureuse dans votre royaume et nous l'avons donc
dégagée de grand cœur de ses obligations.

— Peut-être a-t-elle eu le mal du pays et regagné
Wuisling par ses propres moyens.

— Elle n'a pas ses origines chez nous ; elle n'appartient pas à notre maison maternelle, répondit Peottre
d'un ton catégorique.

— Bizarre. » J'étais résolu à ne pas lâcher prise. En
tant que garde, je pouvais me montrer à la fois
curieux et indélicat. « Je croyais que, chez vous,
c'était la famille maternelle qui comptait et que celles

qui servaient la narcheska provenaient de la lignée de sa mère.

— D'habitude, c'est exact. » Le ton de Peottre devenait guindé. « Mais, au moment de notre départ, personne n'était disponible ; nous l'avons donc embauchée.

— Je comprends. » Avec un haussement d'épaules, je poursuivis : « Je me pose une question : pourquoi la mère et les sœurs d'Elliania ne l'accompagnent-elles pas ? Sont-elles mortes ? »

Il tressaillit comme si je l'avais piqué. « Non. » Sa voix se teinta d'amertume. « Mais ses frères aînés, oui. Ils ont péri dans la guerre de Kebal Paincru. Sa mère et sa sœur puînée sont vivantes mais... retenues ailleurs par une affaire importante. Elles se trouveraient avec nous si elles en avaient le loisir.

— Je n'en doute pas », répondis-je. J'étais convaincu de la véracité de ses propos, et tout aussi certain qu'il ne me disait pas toute la vérité.

Plus tard dans la soirée, alors que Lourd dormait profondément, j'artisai notre échange à Umbre. Je tâchai de canaliser mes pensées uniquement sur le vieil assassin et de les détacher du lien d'Art qui me rattachait au prince. Je sentais le sommeil agité de l'adolescent, et sa frustration et son impatience sous-jacentes mettaient mes nerfs à vif. Je m'efforçai de ne pas tenir compte de ses émotions pour communiquer à Umbre l'entretien que j'avais eu avec Peottre. Agacé par ma brusquerie avec le kaempra, il ne m'en écouta pas moins avidement décrire ses réactions. *Je perçois des motifs dissimulés à l'intérieur d'autres motifs, comme dans les casse-tête en forme de sphère du fou. Je suis persuadé que la narcheska et lui poursuivent un but que nous ignorons et que tout le monde ne connaît pas non plus dans la maison des mères, à part quelques-uns de ses membres ; Almata, par exemple. L'arrière-grand-mère d'Elliana a été mise au courant aussi, mais j'ai l'impression que* la portée lui en échappe. *Lestra et sa mère piquent ma curiosité ; la jeune fille doit devenir narcheska quand Elliania partira à Castelcerf pour épouser Devoir, or elle semble vouloir se battre avec elle pour obtenir les faveurs de Devoir et je soupçonne sa mère de l'encourager. A-t-elle compris qu'accéder un jour au rang de reine des Six-Duchés vaut peut-être mieux qu'arracher le titre de narcheska à Elliania ? Je ne crois pas que Lestra et sa mère attachent quelque importance à l'exigence de rapporter la tête du dragon. À mon sens, leurs ambitions devraient inquiéter Elliania et Peottre, mais ils affectent un air absent et pensent visiblement à autre chose. Elliania ne s'en prend à Lestra que si la provocation devient trop flagrante.*

Comme avant leur rixe le soir des noces ?

Des fiançailles, Fitz, des fiançailles. Nous ne reconnaissons pas à cette cérémonie la valeur de véritables épousailles. Le prince doit se marier chez lui, à Castelcerf, et le mariage doit être consommé. Mais je ne parle pas seulement de cet affrontement ; Lestra a tenté à d'autres reprises de séduire Devoir, en général en l'absence de sa rivale.

Elliania est-elle au courant ?

Comment le pourrait-elle ?

Si Devoir la prévenait, dis-je. *Que se passerait-il alors ?*

Je préfère ne pas l'apprendre ; la situation est déjà bien assez compliquée ainsi. Et peut-être ne s'agit-il que de jalousie entre cousines. En revanche, j'aimerais savoir quel rôle joue Henja dans toute cette affaire ; vieille femme un peu toquée ou bien davantage ? As-tu la certitude de l'avoir reconnue ?

Oui. Je ne l'avais pas identifiée de mes seuls yeux, mais je ne tenais pas à révéler à Umbre que mon odorat m'y avait aidé et que je gardais assez du loup en moi pour me reposer sur ce sens avec assurance.

Notre conversation avait fatigué le vieillard et je le laissai se reposer. Je vérifiai que la porte de la maison était bâclée puis, à regret, fermai aussi les volets ; l'idée de dormir dans un volume exigu et clos ne me souriait pas : je jouis toujours d'un meilleur sommeil quand je sens l'air m'effleurer librement. Mais, après avoir vu Henja, je ne voulais offrir à personne l'occasion de se débarrasser facilement de moi.

C'est dans cet état d'esprit que je m'allongeai par terre, et, le lendemain, je mis sur son compte les cauchemars de la nuit. En toute justice, cependant, on ne pouvait guère qualifier ainsi mes rêves : ils ne présentaient nul élément de terreur ; ils baignaient seulement dans une impression de malaise et possédaient un réalisme qui n'était pas celui des songes d'Art. Je vis le fou tel que je l'avais connu autrefois, non sous les traits de sire Doré mais sous l'aspect d'un adolescent pâle et frêle aux yeux délavés. Assis en croupe de la Fille-au-dragon, il s'élevait dans le ciel bleu. Tout à coup, il se mua en sire Doré, toujours derrière la jeune statue sans âme inséparable de la sculpture de dragon qu'il avait rappelée à la vie et à la conscience, et une cape noir et blanc se mit à flotter au vent dans son dos. Ses cheveux noués en queue de guerrier luisaient, plaqués sur sa tête. Il arborait un air si sévère et fermé qu'il semblait aussi inexpressif que la jeune femme dont il embrassait la taille fine. Je remarquai avec surprise ses mains nues, que je n'avais plus vues sans gants depuis bien longtemps. Ils montèrent et montèrent encore dans l'azur, et soudain il tendit son long index fin ; d'une pression des genoux, la Fille-au-dragon ordonna à sa monture de suivre la direction qu'il indiquait, et des nuages les cachèrent alors à ma vue comme un manteau de brume. En ouvrant les yeux, je découvris mes propres doigts posés sur les empreintes ternes qu'il avait jadis laissées sur mon poignet. Je me retournai sans parvenir à m'éveiller tout à fait, aussi m'enveloppai-je plus étroitement dans mes couvertures et sombrai-je à nouveau dans le sommeil.

Cette fois, je me déplaçai par l'Art et arrivai ainsi devant un tableau inquiétant : assise sur le versant d'une colline verdoyante, Ortie bavardait avec Tintaglia. Je reconnus la main de ma fille dans la confection de la scène, car les fleurs n'ont pas de couleurs aussi éclatantes ni ne poussent aussi régulièrement dans l'herbe. On eût dit une tapisserie dessinée avec application. De la taille d'un cheval, la dragonne se tenait ramassée dans une position dont toute menace n'était pas absente. Je pénétrai dans le rêve. Le dos raide et la voix grêle, Ortie demandait à la créature : « Et quel rapport avec moi ? »

En aparté, elle s'adressa à moi : *Pourquoi ce retard ? N'as-tu pas senti que je t'appelais ?*

« Je t'entends parfaitement, tu sais, fit Tintaglia d'un ton posé. Il n'a pas perçu tes appels parce que je ne le voulais pas. Tu vois donc que tu es toute seule si j'en décide ainsi. » Elle tourna brusquement son regard froid vers moi. Toute beauté avait quitté ses yeux de reptile qui évoquaient désormais deux pierres précieuses tournoyantes et pleines de fureur. « Je suppose qu'à toi non plus ce fait n'échappe pas.

— Que veux-tu ? fis-je, tendu.

— Je te l'ai déjà dit : je veux apprendre ce que tu sais d'un dragon noir. Existe-t-il vraiment ? Se trouve-t-il encore quelque part un autre dragon adulte et en bonne santé ?

— Je l'ignore », répondis-je sans mentir. Je sentis son esprit tirailler le mien, essayer d'aller voir derrière mes paroles si je ne lui cachais rien, comme les petites pattes froides d'un rat sur ma peau la nuit au fond d'un cachot. S'emparant de ce souvenir, elle voulut le retourner contre moi, et je renforçai aussitôt mes murailles mentales. Hélas, ce faisant, j'empêchai aussi Ortie d'accéder à moi, et toutes deux prirent l'apparence d'ombres indécises sur un rideau ondoyant.

La voix de Tintaglia me parvint comme un murmure menaçant. « Accepte l'idée que ton espèce servira la mienne ; c'est l'ordre naturel du monde. Aide-moi dans ma quête et toi et les tiens prospérerez ; combats-moi et toi et les tiens finirez balayés. » Soudain la dragonne grandit et domina Ortie. « Ou dévorés », ajouta-t-elle d'un ton entendu.

Une sourde angoisse m'envahit. À un niveau primitif, la créature m'associait à Ortie – parce qu'elle m'avait toujours contacté par son biais, tout simplement, ou bien parce qu'elle percevait notre parenté. Mais était-ce important ? Ma fille se trouvait en danger, et par ma faute, pour ne pas changer ; or je n'avais aucune idée de la façon dont je pouvais la protéger.

Mes inquiétudes se révélèrent vaines. La prairie piquetée de fleurs m'avait évoqué une tapisserie ; Ortie se leva brusquement, se courba, saisit son rêve et le secoua comme un tapis dont on fait tomber la poussière. La dragonne fut projetée, tournoyante, dans le néant et son image s'estompa avec la distance. Dans ce néant, Ortie roula son rêve en boule et le fourra dans la poche de son tablier. Je ne savais plus où je me trouvais ni ce que j'étais dans son univers, mais elle me dit : *Il faut apprendre à lui tenir tête et à la chasser ; tu ne peux pas te contenter de te pelotonner dans un coin pour passer inaperçu. N'oublie pas, Fantôme-de-Loup, que tu es un loup, non une souris. Je le croyais, en tout cas.* Elle se mit à disparaître peu à peu.

Attendez ! artisa le prince avec une résolution acharnée. D'une manière que je ne compris pas, il s'empara d'elle et la ligota. *Qui êtes-vous ?*

Le saisissement d'Ortie me heurta comme une vague. Elle se débattit un instant puis, constatant qu'elle s'épuisait en vain, elle demanda d'un ton hautain : *Qui je suis ? Et vous, qui êtes-vous pour vous introduire ici aussi grossièrement ? Libérez-moi.*

Devoir prit mal cette remontrance. *Qui je suis ? Le prince des Six-Duchés, et je vais où bon me semble !*

Une seconde, Ortie resta coite. *Ainsi, vous êtes le prince ?* fit-elle enfin avec autant d'incrédulité que de mépris.

En effet. Et maintenant, assez perdu de temps ! Révélez-moi votre identité. Je fis la grimace en entendant son ton de commandement. Un vide effrayant plein de silence s'étendit autour de nous, puis Ortie réagit comme je m'y attendais.

Mais naturellement, puisque vous m'en priez si poliment. Prince Mal-Elevé, je suis la reine Je-N'en-Crois-Pas-Un-Mot des Sept-Fumiers ; et vous allez peut-être où bon vous semble mais, quand ce « où » m'appartient, je vous interdis d'y pénétrer. Changeur, tu devrais fréquenter des amis avec de meilleures manières.

Je compris alors la riposte qu'elle avait préparée : pendant le silence qui avait précédé sa réponse, elle avait découvert comment Devoir s'était fixé à elle, et, sans effort, elle se détacha de lui puis disparut.

Je me réveillais en sursaut sous le choc de son dédain qui s'était abattu sur moi comme une pluie de pierres. En proie à une tourmente intérieure où s'empoignaient le respect pour ma fille et la terreur du dragon, je m'efforçai de rassembler mes esprits ; j'avais besoin de réfléchir aux moyens d'action dont je disposais. Mais Umbre s'imposa dans mes pensées.

Il faut que nous parlions seul à seul. L'agitation faisait frissonner son Art.

Seul à seul ? Vous êtes sûr de savoir le sens de cette expression ? Pourquoi fallait-il qu'il m'eût espionné justement cette nuit-là ?

Non, pas seul à seul. Devoir fit irruption dans notre échange, furieux contre nous deux. *Qui est-ce ? Depuis combien de temps dure ce petit jeu ? J'exige des réponses ! Comment osez-vous former un autre artiseur sans m'avertir de son existence ?*

Rendors-toi ! Pesante, l'intervention de Lourd tenait le milieu entre un ordre et une plainte. *Rendors-toi et arrête de crier. Ce n'étaient qu'Ortie et son dragon. Retourne te coucher.*

Tout le monde connaît donc cette fille à part moi ? C'est intolérable ! Je sentais dans l'Art de Devoir une violente exaspération et le terrible sentiment de trahison qu'on éprouve en découvrant qu'on a été tenu à l'écart d'un secret. *J'exige de savoir qui elle est ! À l'instant !*

J'isolai solidement mes pensées et me mis à prier avec ferveur, sachant pertinemment que je n'y gagnerais rien.

Le prince débusqua le vieil assassin de son silence. *Umbre ?*

Je l'ignore, monseigneur, répondit-il, mentant avec aisance et sans scrupule. Je le maudis avec admiration.

Fitz Chevalerie ?

Appeler quelqu'un par son véritable nom est un acte de pouvoir. Je frémis sous l'impact, puis demandai aussitôt au prince : *Ne me donnez pas ce nom, pas ici, pas maintenant, alors que le dragon nous écoute peut-être.* En réalité, ma crainte ne s'attachait pas à la créature mais à ma fille, entre les mains de laquelle tombaient trop de fragments de mes secrets.

Parlez, Tom.

Pas ainsi ; s'il faut aborder ce sujet, faisons-le de vive voix. Près de moi, dans l'obscurité, Lourd tira ses couvertures sur sa tête en grognant.

Venez tout de suite me rejoindre, fit le prince d'un ton inflexible.

Ce n'est pas raisonnable, intervint le vieux conseiller. *Attendez le matin, mon prince. Mieux vaut ne pas éveiller la curiosité en convoquant un homme d'armes chez vous en pleine nuit.*

Non. Tout de suite. Essayer tous les deux de me cacher l'existence de cette Ortie, voilà ce qui n'était pas raisonnable. Je veux savoir ce qui se trame dans mon dos, et pour quel motif. J'eus l'impression de me trouver dans la maison des mères près des bancs qui servaient de lits, et je sentis la colère qui repoussa le froid de sa poitrine nue quand il rejeta ses couvertures, la rage avec laquelle il enfila ses chaussures.

Dans ces conditions, laissez-moi le temps de m'habiller, fit Umbre d'un ton las.

Non. Inutile de vous déranger, conseiller Umbre. Vous ne savez rien, dites-vous ; épargnez-vous donc la peine de venir. Je verrai Fitz... Tom seul.

Sa fureur rugissait comme un brasier, et pourtant il s'était repris pour ne pas prononcer mon nom. Une partie de moi-même admira sa maîtrise ; mais un problème occupait surtout mon esprit : mon prince éprouvait un grand courroux contre moi et, de son point de vue, il avait raison. Comment allais-je répondre à ses questions ? Qui étais-je pour lui cette nuit : l'ami, le mentor, l'oncle ou le sujet ? Je m'aperçus que Lourd, assis dans son lit, me regardait me vêtir.

« Je n'en ai pas pour longtemps. Tu ne crains rien. » Mais je doutais de mes propos alors même que je les prononçais.

Je n'aime pas laisser Lourd seul dans la maison, artisai-je au prince en formant le vœu que cette excuse me dispenserait de sa convocation.

Eh bien, amenez-le. La réponse avait claqué sèchement.

« Tu veux m'accompagner ?

— Je l'ai entendu », fit Lourd d'un air fatigué. Il poussa un long soupir. « Tu m'obliges toujours à aller là où je n'ai pas envie », ajouta-t-il en cherchant des vêtements dans le noir.

Ronchon, il refusa mon aide, et j'eus l'impression qu'une année entière s'écoulait avant qu'il ne finît de s'habiller. Enfin nous quittâmes notre logement et traversâmes le village. L'étrange crépuscule qui tient lieu de nuit dans cette région du monde donnait à tout un aspect grisâtre. Curieusement, je trouvai cette lumière reposante pour l'œil, et, après réflexion, je compris d'où provenait cette sensation : ces couleurs affadies me rappelaient la façon dont Œil-de-Nuit les percevait le soir et à l'aube à la fin de nos parties de chasse. Cet éclat doux où nulle teinte ne distrayait l'attention permettait de détecter les plus infimes mouvements du gibier. Je me déplaçais d'un pied léger, mais Lourd marchait pesamment à mes côtés, la mine accablée, saisi de temps en temps d'une quinte de toux. Songeant qu'il n'avait pas encore recouvré complètement la santé, je tâchai de ne pas m'agacer de sa lenteur.

De petites chauves-souris voletaient vivement au-dessus du hameau ; je repérai la reptation furtive d'un rat-voleur qui se glissait hors d'une barrique d'eau de pluie au seuil d'une porte. S'agissait-il du même que celui avec lequel Leste avait tenté de lier connaissance ? Je repoussai ces interrogations futiles : nous approchions de la maison maternelle. La cour était déserte. On n'y postait jamais de sentinelles, alors qu'on maintenait une surveillance constante sur la côte et le port ; à l'évidence, ces gens ne redoutaient pas d'attaques venues de leur propre sein. Je me demandai alors si Peottre m'avait dit tout ce qu'il savait sur Henja : la narcheska et lui se méfiaient d'elle, à l'évidence, et il l'avait décrite comme étrangère au clan ; pourquoi, dans ces conditions, laisser la maison des mères sans défense ?

Nous contournâmes le bâtiment et nous dirigeâmes vers l'arrière en passant les murets de pierre et les haies qui enclosaient les moutons. Derrière l'angle d'un appentis, le prince nous attendait près d'un bosquet de buissons, non loin des latrines. Il nous regarda venir avec une agitation irritée, et je perçus son impatience. En silence, je lui fis signe de nous rejoindre à l'abri d'un brise-vent.

Non, ne vous approchez pas. Ne bougez plus. Non, cachez-vous. Ou bien allez-vous-en.

Je m'arrêtai, égaré par ces ordres inattendus et contradictoires, puis je vis la cause de son émotion : Elliania, un manteau par-dessus sa chemise de nuit, se penchait par une porte et jetait des coups d'œil alentour. Je n'eus que le temps de plaquer la main sur la poitrine de Lourd et de l'obliger à reculer derrière la ligne d'arbustes. Il repoussa ma main d'une tape irritée. « Je l'avais entendu ! » fit-il malgré mes « chut ! » répétés.

Il ne faut pas faire de bruit, Lourd. Le prince ne veut pas qu'Elliania sache que nous sommes là.

Pourquoi ?

Il ne veut pas, c'est tout. Nous devons nous cacher sans faire de bruit. Je m'accroupis derrière la haie et tapotai le sol près de moi pour inviter Lourd à m'imiter. Silhouette voûtée sur la grisaille du ciel, il me regardait d'un air mécontent. J'avais envie de le ramener chez nous, mais Elliania aurait certainement entendu son pas traînant si nous avions tenté de nous éloigner. Non, mieux valait attendre ; il n'y en aurait sans doute pas pour longtemps ; elle devait avoir envie d'aller aux latrines, tout simplement. Prudemment, je coulai un regard par une trouée entre les branches. *Venez nous rejoindre avant qu'elle ne vous voie*, artisai-je au prince.

Non. Elle a déjà remarqué ma présence. Allez-vous-en ; je vous parlerai plus tard. Puis, à ma grande surprise, il dressa ses murailles d'Art pour se couper de moi. Son talent s'était développé. Par le Vif, je le sentis comme en arrêt, frémissant sous le regard droit d'Elliania ; elle se dirigeait vers lui dans la lueur crépusculaire d'un soleil qui frôlait le bord de l'horizon sans vouloir se coucher.

Avec inquiétude, je la vis s'approcher rapidement de Devoir et s'arrêter tout près de lui dans la pénombre. Ce n'était pas la première fois qu'ils se rencontraient clandestinement. J'aurais voulu détourner les yeux mais au contraire je les observai avidement à travers la haie. La voix de la jeune fille me parvint à peine. « J'ai entendu ta porte s'ouvrir puis se refermer, et, quand j'ai regardé par la fenêtre, je t'ai vu dehors.

— Je n'arrivais pas à dormir. » Il tendit les mains comme pour saisir celles d'Elliania puis les laissa retomber le long de ses flancs. Je sentis plus que je ne vis le rapide coup d'œil qu'il lança dans ma direction.

Allez-vous-en. Je m'entretiendrai avec vous demain. Il avait émis un faisceau d'Art si étroit que même Lourd n'avait pas dû le percevoir, mais empreint d'une autorité royale ; je devais lui obéir.

Je ne peux pas. Vous jouez à un jeu dangereux, vous le savez. Renvoyez-la dans ses appartements, Devoir.

Rien ne m'indiqua s'il avait reçu ma réponse ou non ; il s'était complètement barricadé pour se concentrer exclusivement sur la jeune fille. Derrière moi, Lourd se leva en bâillant. « Je rentre », annonça-t-il d'une voix ensommeillée.

Chut ! Non. Il faut rester sans faire de bruit. Ne parle pas tout haut. J'observai le couple anxieusement, mais, si Elliania avait entendu le simple d'esprit, elle n'en montra rien. Avec angoisse, je me demandai où se trouvait Peottre et comment il réagirait envers Devoir s'il les découvrait ensemble, tout proches l'un de l'autre.

Lourd poussa un grand soupir, se raccroupit puis s'assit carrément par terre. *Je m'ennuie. Je veux retourner au lit.*

Elliania baissa brièvement le regard vers les mains ballantes de Devoir et le releva aussitôt vers son visage, la tête un peu penchée. « Eh bien, qui attends-tu ? » Elle plissa les yeux. « Lestra ? T'a-t-elle donné rendez-vous ? »

Un singulier sourire naquit sur les lèvres du prince. Se sentait-il flatté d'avoir piqué sa jalousie ? Parlant plus bas que la narcheska, mais éclairé de telle façon que je parvins à lire les mots sur ses lèvres, il répondit : « Lestra ? Pourquoi l'attendrais-je au clair de lune ?

— Il n'y a pas de lune cette nuit, rétorqua sèchement la jeune fille. Pourquoi Lestra ? Parce qu'elle serait prête à te donner son corps et à te laisser en jouir comme bon te semblerait, plus pour me dépiter que parce qu'elle te trouve beau. »

Il croisa les bras sur sa poitrine – pour contenir sa satisfaction ou pour s'empêcher de prendre Elliania dans ses bras ? Elle était mince et souple comme un saule et ses tresses tombaient jusqu'à ses hanches. J'avais l'impression de percevoir par la peau de Devoir la chaleur qui émanait d'elle. « Ah ! Tu crois qu'elle me trouve beau ?

— Qui sait ? Elle a des goûts bizarres. Elle a un chat avec la queue tordue et trop de doigts aux pattes, et elle le juge adorable. » Elle haussa les épaules. « Mais elle n'hésiterait pas à te dire que tu es beau rien que pour te séduire.

— Vraiment ? Mais si je n'ai pas envie que Lestra me séduise ? Elle est jolie, mais si je ne veux pas d'elle ? » fit Devoir d'un ton insidieux.

La nuit retint son souffle pendant qu'elle le dévisageait. Je vis sa poitrine se soulever quand elle prit une profonde inspiration, se mettant au défi de répondre. « Alors que veux-tu ? » demanda-t-elle dans un murmure de brise.

Il n'essaya pas de l'embrasser ; elle lui aurait résisté, de toute façon, je pense. Il décroisa un bras et, du bout de l'index, souleva son menton. Il se pencha pour lui voler un baiser. Voler ? Elle ne s'enfuit pas, au contraire : elle se hissa sur la pointe des pieds et leurs lèvres se touchèrent dans la douce lueur de la nuit.

Je me faisais l'effet d'un vieux voyeur, tapi derrière ma haie à les espionner. Devoir se jetait tête la première dans le danger, je le savais, ils prenaient tous deux des risques inconsidérés, mais mon cœur se dilatait de joie à l'idée que mon garçon allait peut-être connaître l'amour malgré un mariage arrangé. Quand leur baiser s'interrompit enfin, j'espérai qu'il renverrait Elliania dans sa chambre. Autant que me réjouît ce moment d'intimité, je me verrais dans l'obligation d'intervenir si l'expérience menaçait de se poursuivre au-delà. Cette idée m'emplit d'horreur, mais je m'endurcis, nécessité faisant loi.

J'écoutai avec appréhension la question que posa la narcheska, le souffle court. « Un baiser... Est-ce tout ce que tu désirais ?

— C'est tout ce que je veux prendre pour l'instant », rétorqua-t-il. Sa poitrine se soulevait et s'abaissait comme s'il sortait d'une course. « J'attendrai d'avoir mérité davantage pour obtenir davantage. »

Un sourire hésitant flotta sur les lèvres d'Elliania. « Tu n'es pas obligé de le mériter si je décide de m'offrir à toi.

— Mais... tu as déclaré n'accepter de devenir mon épouse que si je te rapportais la tête du dragon.

— Chez moi, une femme se donne comme elle le souhaite ; ça n'a pas de rapport avec le fait d'être mariée, ou d'être une épouse, comme tu dis. Quand elle devient adulte, une fille peut ouvrir ses draps à tous les hommes qu'elle désire ; cela ne signifie pas qu'elle se marie avec chacun d'eux. » Elle détourna les yeux et ajouta d'un ton circonspect : « Tu serais mon premier. Pour certains, cela revêt plus d'importance que les serments qu'un couple échange. Cela ne ferait pas de moi ton épouse, naturellement ; je ne le deviendrai que lorsque tu déposeras la tête du dragon ici, dans ma maison maternelle.

— J'aimerais que tu sois ma première toi aussi »,
répondit Devoir sur le même ton. Puis il ajouta, et on
eût cru que prononcer ces mots lui demandait autant
d'efforts que déraciner un arbre à la main : « Mais pas
tout de suite ; pas avant que j'aie accompli ce que j'ai
promis. »

Elle parut sidérée ; pourtant, son étonnement ne
provenait pas de ce qu'il souhaitât tenir son engagement. « Ta première ? C'est vrai ? Tu n'as jamais
connu de femme ? »

Il lui fallut un long moment pour répondre. « Ainsi
le veut la tradition de mon pays, encore que tous ne
la respectent pas : nous devons attendre le mariage. »
Il s'exprimait d'un ton guindé, comme s'il redoutait
qu'elle moquât sa chasteté.

« J'aimerais être ta première », avoua-t-elle. Elle
s'approcha de lui et, cette fois, il referma les bras sur
elle. Elle fondit son corps dans le sien tandis que leurs
lèvres se trouvaient.

Mon Vif me prévint de l'arrivée de Peottre avant
eux ; d'ailleurs, ils étaient si absorbés qu'un troupeau
de moutons aurait pu sans doute passer autour d'eux
sans qu'ils s'en rendent compte. Je me redressai
quand je vis le guerrier tourner l'angle de la maison
maternelle. Son épée pendait à sa hanche et son
regard avait un éclat inquiétant. « Elliania ! »

D'un bond, elle quitta les bras de Devoir, et elle
s'essuya la bouche d'une main coupable comme
pour effacer le baiser qu'ils venaient d'échanger.
À l'honneur du prince, je dois dire qu'il resta ferme ;
il planta les yeux dans ceux de Peottre et rien dans
son attitude ne dénota le remords, la honte ni une
provocation d'adolescent. Il avait l'air d'un homme
dérangé pendant qu'il embrassait une femme qui lui
appartenait. Je retins ma respiration, ne sachant si
j'aggraverais la situation ou si je l'arrangerais en révélant ma présence.

Il régnait un silence immobile et attentif comme la nuit. Le prince et le guerrier restaient les yeux dans les yeux, avec un regard qui ne défiait pas mais mesurait. Enfin, Peottre parla, et il s'adressa à Elliania. « Remonte dans ta chambre. »

Elle fit aussitôt demi-tour et s'enfuit ; ses pieds nus n'éveillaient aucun bruit sur la terre de la cour. Même après son départ, Devoir et Peottre continuèrent de s'observer. Enfin le kaempra déclara : « La tête du dragon ; vous avez promis. Vous avez donné votre parole d'homme. »

Le prince acquiesça gravement. « C'est exact. J'ai promis en tant qu'homme. »

Peottre commença de se détourner pour s'en aller. Devoir l'arrêta.

« Ce qu'Elliania m'a offert, c'est la femme qui me l'a offert, non la narcheska. En a-t-elle la liberté selon vos coutumes ? »

Le dos de l'autre se raidit. Il pivota et répondit avec réticence : « Qui d'autre qu'une femme peut vous le donner ? Son corps lui appartient, et elle a le droit de le partager avec vous. Mais elle ne sera vraiment votre épouse que lorsque vous lui rapporterez la tête de Glasfeu.

— Ah ! »

Peottre s'apprêta de nouveau à s'éloigner, et la voix de Devoir interrompit de nouveau son mouvement.

« Alors elle est plus libre que moi. Mon corps et ma semence appartiennent aux Six-Duchés, et je n'ai pas le droit de les partager avec qui bon me semble, mais seulement avec mon épouse. Telle est notre coutume. » Je crus l'entendre avaler sa salive. « Je tiens à ce qu'elle le sache : notre tradition m'interdit d'accepter ce qu'elle m'offre, sauf à y perdre mon honneur. » Il baissa la voix et poursuivit sur le ton de la prière : « Je voudrais lui demander de ne plus me soumettre à la tentation ni la raillerie de ce que je ne puis prendre de façon honorable. Je suis un homme mais... je suis un homme. » Ses explications mêlaient maladresse et sincérité.

Peottre répondit de même, avec un respect contraint : « Je ferai en sorte qu'elle le sache.

— En serai-je... déconsidéré à ses yeux ? En serai-je diminué en tant qu'homme ?

— Pas pour moi ; je veillerai à ce qu'elle comprenne ce qu'il en coûte à un homme de repousser pareil présent. » Il regarda Devoir comme s'il le voyait pour la première fois puis il dit avec une grande tristesse dans la voix : « Et vous êtes un homme. Vous représenteriez un bon parti pour ma fille-sœur. Les petites-filles de votre mère enrichiraient ma lignée. » À la façon dont il prononça cette dernière phrase, on eût dit une formule de politesse plutôt que l'expression d'un espoir qu'il pût nourrir raisonnablement. Il se détourna et s'en fut sans bruit.

Je vis Devoir pousser un grand soupir. Je craignais qu'il ne m'artisât, mais non : la tête basse, il pénétra dans la maison maternelle d'Elliania.

Lourd s'était endormi assis par terre, le menton sur la poitrine. Il gémit légèrement quand je le secouai par l'épaule avec douceur, puis je l'aidai à se redresser. « Je veux rentrer chez nous, marmonna-t-il en suivant d'un pas mal assuré la route à côté de moi.

— Moi aussi », dis-je. Pourtant, l'image qui me vint à l'esprit ne représentait pas Castelcerf mais une prairie qui surplombait la mer et une jeune fille en jupe rouge vif qui me faisait signe. Une époque plutôt qu'un lieu, inaccessible par aucune route.

1 2

COUSINES

Les crocs de l'île enferment le glacier dans la gueule du dragon
Comme la bouche d'un agonisant déborde de sang.
Jeune homme, t'y rendras-tu ?
Escaladeras-tu la glace pour gagner le respect de tes frères guerriers ?
Oseras-tu franchir les crevasses, visibles et invisibles ?
Oseras-tu affronter les bourrasques qui chantent Glasfeu endormi dans la glace ?
Il brûlera de froid tes os. Le vent cuisant est son souffle ardent.
Il t'en noircira la peau du visage jusqu'à la détacher de la chair à vif.
Jeune homme, t'y risqueras-tu ?
Pour gagner les faveurs d'une femme, t'aventureras-tu sous la glace sur les pierres noires et humides qui ne voient jamais le ciel ?
Trouveras-tu la caverne secrète qui ne bée qu'au retrait de la marée ?
Compteras-tu les battements de ton cœur pour marquer le passage du temps avant que les vagues ne reviennent te broyer contre l'épais toit de glace bleue ?

L'accueil du dragon, chanson outrîlienne,
traduction de Tom Blaireau

*

Le lendemain, on nous apprit que tous les différends quant au fait que Devoir devait tuer Glasfeu avaient été aplanis. Nous retournerions à Zylig accepter les conditions du Hetgurd puis nous mettrions en route pour Aslevjal et la chasse au dragon. Un moment, je me demandai si ce départ précipité avait un rapport avec la scène à laquelle j'avais assisté la veille, mais je vis qu'on lâchait un oiseau porteur de la nouvelle de notre prochain embarquement, et je supposai que les mêmes ailes avaient apporté la décision des chefs de clans.

L'agitation qui s'ensuivit m'évita une entrevue pénible avec le prince mais me jeta dans une autre sorte de difficulté : Lourd s'opposait farouchement à l'idée de remettre les pieds sur un bateau. Lui répéter que, de toute manière, il devrait en emprunter un pour retourner à la maison se révéla vain ; c'est en de telles occasions que je touchais du doigt les limites de son esprit et de sa logique. Il s'était épanoui depuis qu'il nous connaissait : sa parole avait gagné non seulement en vocabulaire et en liberté, mais aussi en complexité de pensée. Telle une plante qui accède enfin au soleil, il manifestait une intelligence et des capacités latentes plus grandes que je n'en aurais soupçonné chez le serviteur attardé qui traînait les pieds dans la tour d'Umbre. Pourtant, ses différences ne le quitteraient jamais ; parfois, il se transformait en enfant effrayé et rebelle, et raisonner avec lui ne menait à rien. Pour finir, Umbre eut recours à un puissant soporifique la veille du voyage, ce qui me contraignit à monter la garde devant ses rêves cette nuit-là. Ils furent inquiets et je les apaisai du mieux possible. Ortie ne vint pas à mon aide, et une sourde crainte m'envahit en même temps que je me réjouis de son absence.

Lourd dormait encore d'un sommeil léthargique quand, le lendemain, nous le chargeâmes dans une carriole à main pour le transporter à bord. Je me sentis ridicule à le charrier ainsi sur les routes accidentées qui menaient aux quais, mais Trame resta à mes côtés et bavarda d'un ton aussi naturel que si le spectacle que nous offrions n'avait rien que de très banal.

Notre départ parut susciter plus d'intérêt que notre arrivée. Deux navires nous attendaient, et je remarquai que la délégation tout entière des Six-Duchés montait à bord de celui du Sanglier, comme à l'aller. La narcheska, Peottre et leur maigre suite embarquèrent sur l'autre, plus petit et plus ancien, au pavillon frappé d'un narval. La Grande Mère vint souhaiter bon voyage à sa petite-fille et lui donner sa bénédiction. À ce que j'appris ensuite, la cérémonie se constitua d'autres étapes, mais je n'en vis pas grand-chose car Lourd commença de s'agiter sur sa couchette, et je jugeai plus prudent de rester près de lui au cas où il sortirait de son assoupissement artificiel et déciderait de redescendre à terre.

Je m'assis sur le plancher de la minuscule cabine qu'on nous avait attribuée puis m'efforçai de diffuser par l'Art un sentiment de paix et de sécurité dans ses songes, mais, j'eus beau faire, je ne parvins pas à empêcher les mouvements et les bruits du bateau de s'y infiltrer aussi. Il se réveilla en sursaut avec un cri, se dressa sur son lit et parcourut la petite pièce d'un œil à la fois affolé et embrumé. « C'est un mauvais rêve ! fit-il d'une voix plaintive.

— Non, répondis-je avec répugnance. C'est la réalité. Mais je te promets qu'il ne t'arrivera rien, Lourd. Je te le promets.

— Tu n'en sais rien ! Personne ne sait ce qui peut se passer sur un bateau ! » rétorqua-t-il d'un ton accusateur. J'avais passé un bras autour de ses épaules pour le réconforter quand il s'était réveillé ; il s'écarta brusquement de moi, se roula en boule dans ses couvertures, se tourna face au mur et se mit à pleurer à sanglots convulsifs.

« Lourd... », dis-je, désemparé. Jamais je n'avais eu davantage l'impression de faire mal à quelqu'un, de me montrer cruel gratuitement.

« Va-t'en ! » Malgré mes remparts, l'ordre d'Art qui sous-tendait ces mots rejeta ma tête en arrière, et je me retrouvai debout, la main tendue vers la porte de la cabine exiguë que nous devions partager avec le clan de Vif. Par un effort de volonté, j'interrompis mon geste.

« Veux-tu que je t'envoie quelqu'un en particulier ? demandai-je sans espoir.

— Non ! Personne ne m'aime ! Vous ne faites tous que me raconter des histoires, m'empoisonner et m'emmener sur la mer pour que je meure ! Va-t'en ! »

J'obéis avec empressement car son Art me poussa dehors comme une puissante rafale glacée. Alors que je franchissais la porte basse, je me redressai trop tôt et me cognai la tête contre le linteau. Étourdi, je gagnai le pont d'un pas chancelant, et le rire sarcastique de Lourd me fut comme un second choc.

Je découvris bientôt qu'il ne s'agissait nullement d'un accident. Peut-être le hasard seul présida-t-il à celui-là, mais, au cours des quelques jours que dura le voyage, Lourd m'infligea suffisamment de croche-pieds d'Art pour que j'écarte toute idée de coïncidence. Si je le savais proche, je pouvais parfois contrarier son dessein, mais, s'il me voyait d'abord, j'avais soudain l'impression que le navire faisait une brutale embardée ; j'essayais de reprendre mon équilibre, ce qui me valait de trébucher sur le pont ou de heurter un bastingage.

Mais, cette fois-là, je n'y vis que l'effet de ma propre maladresse.

Je me rendis chez Umbre et Devoir. Nous jouissions d'une plus grande intimité qu'au cours de nos périples précédents, car Peottre, la narcheska et ses gardes naviguaient sur l'autre bateau, et les hommes du Sanglier qui manœuvraient le nôtre ne paraissaient pas se soucier des rapports que nous entretenions entre nous ; nous n'avions donc guère à feindre.

Voilà pourquoi j'allai droit à la porte du prince et frappai. Umbre m'ouvrit ; je les découvris confortablement installés ; on leur avait même apporté le petit déjeuner, certes cuisiné à la mode outrîlienne, mais du moins copeux, accompagné d'un vin convenable, et c'est avec plaisir que j'acceptai l'invitation de Devoir à le partager.

« Comment va Lourd ? » demanda-t-il sans préambule. J'éprouvai presque du soulagement à lui faire un exposé détaillé de ma nuit, car j'avais redouté qu'il n'exigeât dès l'abord des explications sur Ortie. Je décrivis l'inconfort et la détresse du petit homme et terminai ainsi : « Indépendamment de ses capacités d'artiseur, je ne vois pas comment nous pourrions le forcer à continuer. À chaque navire à bord duquel nous embarquons, son aversion pour moi augmente et il devient plus rétif. Nous risquons de susciter chez lui une inimitié irréversible envers nous, qui le poussera à employer son Art à contrarier toutes nos entreprises. Si c'est réalisable, je propose que nous le laissions à Zylig pendant notre séjour sur Aslevjal. »

Umbre reposa brutalement son verre. « Tu sais que c'est impossible, alors pourquoi soulever la question ? » Je compris que sous son irritation se dissimulaient des remords et des regrets quand il ajouta : « Franchement, je n'avais pas imaginé qu'il souffrirait tant. N'y a-t-il aucun moyen de lui expliquer l'importance de notre tâche ?

— Peut-être le prince y parviendrait-il. Lourd m'en veut tant pour l'instant qu'il n'entendrait sans doute rien de ce que je lui dirais.

— Il n'est pas le seul à vous en vouloir », fit Devoir d'un ton froid. Son calme même m'avertit que sa colère nichait profondément ; il la retenait comme on retient son épée en attendant une ouverture.

« Voulez-vous que je vous laisse seuls ? » Umbre se leva de table avec une once de précipitation.

« Mais non ; vous ne savez rien d'Ortie ni de son dragon : ce que Fitz va nous révéler vous ouvrira les yeux autant qu'à moi, je n'en doute pas. »

Umbre se rassit lentement, toute retraite coupée par le sarcasme du prince. J'eus soudain la certitude qu'il ne m'aiderait nullement ; au contraire, il savourait de me voir ainsi mis au pied du mur.

« Qui est cette Ortie ? » demanda Devoir sans ambages.

Je répondis sans plus de précautions oratoires : « Ma fille. Elle ne le sait pas. »

Il se rejeta brusquement contre le dossier de sa chaise comme si je lui avais jeté un seau d'eau glacée. Un long silence s'ensuivit. Umbre, la peste l'étouffe, se couvrit la bouche de la main, mais j'avais eu le temps d'apercevoir son sourire ; je lui lançai un regard empreint de fureur concentrée. Il baissa la main et ne chercha plus à cacher son air réjoui.

« Je vois », dit Devoir au bout d'un moment. Puis il poursuivit, comme s'il s'agissait de la conclusion la plus importante à laquelle il pût parvenir : « J'ai donc une cousine. Une cousine ! Quel âge a-t-elle ? Pourquoi ne la connais-je pas ? Ou bien l'ai-je croisée sans le savoir ? À quand remonte son dernier passage à la cour ? Quelle dame est sa mère ? »

Je restai incapable de parler, mais j'en voulus à Umbre de répondre à ma place. « Elle n'a jamais séjourné à la cour, mon prince. Sa mère exerce le métier de chandelière, et son père – enfin, celui qu'elle prend pour son père – s'appelle Burrich ; il occupait autrefois la charge de maître des écuries au château de Castelcerf. Elle doit avoir seize ans aujourd'hui, je pense. » Il se tut comme pour laisser le temps au prince d'organiser les pièces qu'il venait de lui fournir.

346

« Le père de Leste ? Alors... Leste est-il votre fils ? Vous avez évoqué un beau-fils, mais...

— Leste est le fils de Burrich, et le demi-frère d'Ortie. » Je respirai profondément et m'entendis demander : « Auriez-vous de l'eau-de-vie ? Il me faut plus que du vin pour raconter cette histoire.

— Je m'en rends compte. » Il alla lui-même me chercher la bouteille, plus neveu que prince en cet instant, et prêt à se laisser transporter par de vieilles anecdotes familiales. Le récit me fut pénible, et, j'ignore pourquoi, les acquiescements compatissants d'Umbre n'arrangèrent rien. Quand j'eus enfin tracé le réseau complexe des fils qui reliaient les personnages de ma vie, Devoir se mit à secouer la tête.

« Quel embrouillamini vous avez fait de votre existence, Fitz Chevalerie ! Le tableau que m'en a brossé ma mère devient beaucoup plus compréhensible aujourd'hui. Mais comme vous devez détester Molly et Burrich de leur infidélité : vous avoir mis de côté, oublié, pour chercher le réconfort dans les bras l'un de l'autre ! »

Je restai choqué de cette interprétation. « Non, répondis-je catégoriquement. Ça ne s'est pas passé ainsi. Ils me croyaient mort ; il n'y avait aucune infidélité de leur part à continuer à vivre. Et, si Molly devait se donner à quelqu'un, eh bien... j'aime autant qu'elle ait choisi un homme digne d'elle, et je me réjouis qu'il ait trouvé un certain bonheur. Et qu'ils aient protégé ensemble mon enfant. » Ma gorge se serrait et j'avais de plus en plus de mal à m'exprimer. Je la dénouai en buvant une rasade d'alcool que suivit un soupir sifflant.

« C'était l'homme qui lui fallait », ajoutai-je tant bien que mal ; que de fois je m'étais répété cette phrase au long des années !

« Mais le pensait-elle elle-même ? fit le prince d'une voix songeuse ; puis, devant mon expression, il se reprit en hâte : Je vous demande pardon. Je n'ai pas à poser ce genre de questions. Mais... mais je n'en demeure pas moins effaré que ma mère ait donné son consentement à cette situation. Souvent elle m'a décrit avec force tout le poids qui repose sur mes épaules en tant qu'unique héritier de la Couronne.

— Elle a cédé aux sentiments de Fitz – contre mon conseil », expliqua Umbre. Je sentis la satisfaction qu'il éprouvait à se venger enfin.

« Je vois. Ou plutôt, non, je ne vois rien, mais, pour le moment, je voudrais savoir comment vous formez Ortie à l'Art. Habitiez-vous près de chez elle avant ou bien...

— Je ne la forme pas. Ce qu'elle en connaît, elle l'a appris seule.

— Mais c'est terriblement dangereux, paraît-il ! » L'ébahissement de Devoir s'accrut encore. « Comment pouvez-vous la laisser se mettre ainsi en péril, sachant son importance pour le trône Loinvoyant ? » Il détourna ses yeux de moi pour les porter vers Umbre, l'air accusateur. « L'avez-vous empêchée de venir à la cour ? Est-ce votre fait, une volonté ridicule de protéger le nom des Loinvoyant ?

— Nullement, mon prince », répondit le vieil assassin d'un ton suave. Il me regarda calmement et poursuivit : « À de nombreuses reprises, j'ai demandé à Fitz d'autoriser la venue d'Ortie à Castelcerf, afin qu'elle découvre sa place essentielle dans la lignée royale et accède à l'enseignement de sa magie ; mais, je vous le répète, dans ce domaine, Fitz laissait le dernier mot à ses sentiments, à l'encontre de l'avis de Sa Majesté et du mien. »

Le prince respira profondément plusieurs fois. « C'est incroyable, dit-il enfin à mi-voix. Et intolérable. Il faut corriger cela ; je m'en occuperai moi-même.

— Comment ? demandai-je avec angoisse.

— En révélant sa véritable identité à cette jeune fille ! Et en la faisant venir à la cour afin qu'on la traite comme il sied à sa naissance. Qu'elle reçoive une éducation complète, y compris dans l'Art. Ma cousine est élevée comme une campagnarde, elle apprend à tremper des chandelles et à nourrir des poules ! Et si le Trône avait besoin d'elle ? Je n'arrive toujours pas à croire que ma mère ait pu laisser s'installer une telle gabegie ! »

Qu'y a-t-il de plus effrayant que de se trouver en présence d'un enfant de quinze ans, sûr de son bon droit et qui a le pouvoir de réduire à néant l'existence qu'on a bâtie jusque-là ? Pris de nausée devant ma propre vulnérabilité, je murmurai d'un ton implorant : « Vous n'avez aucune idée de l'impact que cela aurait sur ma vie.

— Non, en effet, reconnut-il, sans vergogne mais avec une indignation croissante. Et vous non plus ! Vous vous autorisez à prendre des décisions d'une portée incalculable sur ce que les autres doivent ou non savoir sur eux-mêmes, mais ignorez autant que moi quels en seront les résultats ! Vous faites les choix qui, selon vous, présentent le moins de risque, puis vous vous fondez dans le paysage en espérant que personne ne s'apercevra de rien et qu'on ne vous fera pas porter le chapeau si les choses tournent mal ! » Sa colère virait à la fureur noire, et j'eus soudain l'intuition que la découverte de l'existence d'Ortie n'en était pas la seule cause.

« Pourquoi vous mettre dans des états pareils ? demandai-je brutalement. Cette affaire ne vous concerne pas personnellement.

— Elle ne me concerne pas ? Personnellement ? » Il se leva, renversant sa chaise à demi. « Comment Ortie pourrait-elle ne pas me concerner ? N'avons-nous pas un grand-père commun ? Ne descend-elle pas des Loinvoyant et ne possède-t-elle pas la magie de l'Art ? Savez-vous... » Il s'étrangla et se ressaisit. Plus bas, il poursuivit : « Ne concevez-vous pas l'importance qu'aurait eue pour moi d'avoir quelqu'un de semblable à moi dans mon enfance ? Quelqu'un de mon sang, quelqu'un de mon âge à qui parler ? Quelqu'un qui aurait dû partager avec moi ma responsabilité envers le trône Loinvoyant, si bien que je n'en aurais pas porté seul tout le poids ? » Il jeta un regard de côté, comme s'il pouvait voir à travers la paroi de la cabine, et poussa un petit grognement accablé. « Elle pourrait se trouver ici même à ma place, promise à un époux outrîlien. Si ma mère et Umbre avaient disposé de deux Loinvoyant au lieu d'un pour acheter la paix, qui sait... »

Cette idée me glaça les sangs, mais je ne voulus pas lui révéler que je m'étais efforcé d'éviter précisément ce sort à Ortie. Je lui avouai une autre vérité. « Jamais il ne m'est venu à l'esprit d'adopter votre point de vue sur cette question ; jamais je n'ai songé qu'elle pouvait avoir un impact sur vous.

— Eh bien, elle en a un. » Il se tourna brusquement vers Umbre. « Vous aussi avez fait preuve d'une négligence intolérable. Après moi, cette fille est l'héritière du trône ; cela doit être écrit officiellement, noir sur blanc, et attesté – l'acte aurait d'ailleurs dû être rédigé avant mon départ des Six-Duchés ! S'il m'arrive malheur, si je meurs en coupant la tête de ce dragon congelé, il s'ensuivra la plus grande pagaille, chacun tenant à proposer celui qui...

— L'acte a été dressé, mon prince, il y a bien des années déjà, et les documents placés en lieu sûr. En cela, je n'ai fait preuve d'aucune négligence. » Umbre paraissait outré que Devoir pût penser autrement.

« J'aurais aimé le savoir. L'un ou l'autre d'entre vous peut-il m'expliquer pourquoi il fallait impérativement me cacher ces faits ? » Il nous foudroya des yeux tous les deux puis son regard s'arrêta sur moi. « J'ai l'impression que vous passez une bonne partie de votre existence à prendre des décisions à la place des autres, à faire ce que vous jugez le mieux sans leur demander ce qu'ils préfèrent. Or vous n'avez pas toujours raison ! »

Je réussis à conserver mon calme. « C'est l'ennui des décisions : on ne sait si elles sont bonnes qu'après les avoir prises. Mais c'est le rôle d'un adulte : il doit faire des choix puis en supporter les conséquences. »

Il se tut un moment, puis il dit : « Et si je faisais, en adulte, celui de dévoiler à Ortie sa véritable identité, afin de réparer au moins une partie des torts que nous avons envers elle ? »

Je poussai un soupir. « Je vous supplie de vous en abstenir. Je ne voudrais pas que ce fardeau tombe aussi brutalement sur ses épaules. »

Il se tut plus longtemps encore puis demanda avec un sourire mi-figue, mi-raisin : « Ai-je d'autres parents dissimulés prêts à surgir dans mon existence quand je m'y attends le moins ?

— Pas que je sache », répondis-je avec sérieux. Je poursuivis d'un ton plus grave : « S'il vous plaît, mon prince, permettez que je me charge moi-même de la mettre au courant, s'il faut tout lui révéler.

— Vous avez tout fait pour mériter cette tâche, en effet », répliqua-t-il, et Umbre, qui avait retrouvé sa solennité, sourit à nouveau. D'un air de vague regret, Devoir reprit : « Elle paraît douée d'un Art puissant ; songez à notre situation si elle nous accompagnait. Nous aurions pu compter sur elle et laisser Lourd tranquillement à Castelcerf.

— À la vérité, elle sait bien le prendre ; elle parvient excellemment à l'apaiser et elle a réussi à gagner sa confiance, en partie du moins. C'est elle qui a calmé ses cauchemars pendant que nous naviguions vers Zylig. Mais, pour vous répondre, mon prince, non : Lourd est devenu trop fort et trop imprévisible pour le laisser sans surveillance, et il faudra traiter ce problème un jour ou l'autre. Plus nous l'instruisons, plus il devient dangereux.

— Je ne vois qu'un remède à l'entêtement de Lourd : le ramener chez nous et lui rendre son existence familière. Il retrouvera, je pense, un tempérament plus égal. Hélas, avant cela, je dois chercher et tuer un dragon. »

Malgré mon soulagement à voir s'éloigner le sujet d'Ortie, je me sentis obligé de boucher une dernière fissure. « Mon prince, Leste n'est au courant de rien ; il ignore qu'Ortie est ma fille et seulement sa demi-sœur. J'aimerais que cela ne change pas.

— Ah ! Évidemment, quand vous avez décidé d'imposer votre chape de mystère, vous n'avez pas songé aux enfants qui viendraient peut-être plus tard et pourraient en souffrir.

— Vous avez raison, je n'y ai pas songé, fis-je avec raideur.

— Très bien, je garderai le silence – pour le moment. Mais imaginez, je vous prie, ce que vous ressentiriez si vous découvriez soudain qui sont vos vrais parents. » Il pencha la tête. « Réfléchissez : si l'on vous révélait tout à coup que vous n'êtes pas le fils de Chevalerie mais celui de Vérité ? Ou de Royal ? Ou d'Umbre ? Remercieriez-vous ceux qui le savaient depuis toujours et vous ont "protégé" de la vérité ? »

L'abîme glacé du doute s'ouvrit un instant sous mes pieds alors même que je rejetais ces élucubrations : certes, je savais Umbre capable de pareilles supercheries, mais la raison en niait la possibilité. Néanmoins, Devoir avait atteint son but : il avait suscité en moi la colère que j'aurais éprouvée si j'avais été la victime d'une telle duperie. « Je leur en voudrais sans doute à mort », reconnus-je. Je plantai mon regard dans le sien pour ajouter : « Et j'y trouve une raison de plus pour souhaiter qu'Ortie ne sache rien. »

Le prince fit la moue puis hocha la tête : par ce mouvement, il ne me promettait pas le secret mais acceptait le fait que le révéler impliquerait de grandes difficultés. Je n'obtiendrais pas mieux, je le savais. J'espérais qu'il changerait de sujet, mais, fronçant légèrement les sourcils, il demanda brusquement :

« Et pourquoi la reine Je-N'en-Crois-Pas-Un-Mot fraye-t-elle avec le dragon de Terrilville ? Serait-elle de mèche avec Tintaglia ?

— Non, mon prince ! » m'exclamai-je, choqué qu'il pût croire cela d'elle. « Tintaglia l'a repérée en surveillant mes pensées, du moins je le pense. Quand nous artisons avec force, je suppose que la dragonne le perçoit ; ou bien, comme Lourd et vous-même l'avez découvert en vous déplaçant en rêve, Tintaglia a pu apprendre quelques détails sur moi lors de la visite de la délégation terrivillienne à Castelcerf. Nous avons artisé sans précaution alors, et elle m'a remarqué. Elle sait que je fréquente Ortie, et elle tente de la menacer afin de me tirer les vers du nez : elle veut des renseignements sur le dragon noir, Glasfeu. Comme tous les petits de son espèce nés dans le désert des Pluies sont des avortons, il représente peut-être son dernier espoir de s'accoupler et donc de se reproduire.

— Mais nous n'avons aucun moyen de protéger Ortie. »

Avec une certaine fierté, je répondis : « Elle s'est montrée fort capable de faire face seule à la dragonne. Elle nous a défendus tous les deux mieux que je n'y serais parvenu. »

Il me mesura du regard. « Et elle continuera sans doute tant que cette créature n'interviendra qu'en rêve. Mais nous n'en savons guère sur cette Tintaglia. Si, ainsi que vous l'avez laissé entendre, le dragon noir constitue son unique espoir de se reproduire, elle risque de recourir à des moyens extrêmes. Ortie se défend peut-être très bien dans ses songes, mais comment se débrouillera-t-elle si un dragon en chair et en os se pose devant sa porte ? La maison de Burrich résistera-t-elle à sa fureur ? »

Mon esprit se détourna de cette image. « Apparemment, elle ne rend visite à Ortie que la nuit, pendant son sommeil. Peut-être ignore-t-elle où la trouver physiquement.

— Ou bien elle préfère rester auprès de ses rejetons pour le moment, mais demain ou dans une heure, à bout de désespoir, elle s'envolera pour se rendre chez Ortie. » Il ferma les paupières et se massa les tempes du talon des mains. Il rouvrit les yeux et secoua la tête en me regardant. « Je n'arrive pas à concevoir que vous n'ayez pas envisagé ce risque. Qu'allons-nous faire ? » Sans attendre ma réponse, il se tourna vers Umbre. « Avons-nous des oiseaux messagers à bord ?

— Naturellement, mon prince.

— Je vais écrire à ma mère. Il faut placer Ortie en sécurité à Castelcerf... Suis-je bête ! Il prendrait beaucoup moins de temps de l'artiser pour la prévenir du danger et l'envoyer à ma mère. » Il se frotta les yeux puis poussa un long soupir. « Je regrette, Fitz Chevalerie, murmura-t-il avec une sincérité non feinte. Si elle ne courait aucun risque, je pourrais peut-être laisser la situation en l'état ; mais c'est impossible, et je m'étonne que vous n'y ayez rien changé vous-même. »

J'inclinai la tête. J'accueillais ces paroles avec une sensation singulière qui n'était ni de la colère ni de l'accablement mais le sentiment de l'inévitable qui l'emportait enfin. Un frisson me parcourut, dressant les poils de mes mains et de mes bras dans son sillage, et l'image surgit à mon esprit du fou qui souriait avec satisfaction. Je baissai les yeux et m'aperçus que je touchais encore une fois de l'index ses empreintes sur mon poignet. J'éprouvais ce qu'éprouve un joueur que son adversaire a poussé à un coup fatal au jeu des Cailloux, ou un loup qui se retrouve acculé à la fin d'une chasse. L'immensité de l'événement empêche les regrets ou la peur ; on ne peut que rester pétrifié en attendant l'avalanche de conséquences qui doit suivre.

« Fitz Chevalerie ? » fit Umbre comme je demeurais muet. J'entendis l'inquiétude qui perçait dans sa voix, et le regard empreint de bonté qu'il m'adressa me fit mal.

« Burrich le sait, dis-je gauchement. Il sait que je suis vivant. Je lui ai fait passer un message par Ortie que lui seul pouvait comprendre ; j'avais donné ma parole à Ortie que son frère... que Leste se trouvait bien avec nous et ne craignait rien, et je voulais en assurer Burrich aussi. Il s'est présenté devant Kettricken, et peut-être a-t-il parlé au fou également. Donc... il est au courant. » Je repris mon souffle. « Peut-être même s'attend-il à une issue comme une convocation à la cour. Il doit se douter qu'Ortie possède l'Art ; comment aurais-je pu l'avertir que Leste se portait bien autrement ? Il faisait fonction de servant auprès de Chevalerie ; il connaît donc l'Art. Pourquoi a-t-il fallu que mon père l'en coupe totalement ? Si seulement je pouvais entrer en contact avec lui ! Mais je crois que je n'en aurais pas le courage, de toute façon...

— Burrich était le servant de Chevalerie ? » Devoir, en équilibre sur les pieds arrière de sa chaise, nous regarda tour à tour, l'air abasourdi.

« Il fournissait de l'énergie au prince Chevalerie pour artiser, oui », confirmai-je.

Il secoua lentement la tête. « Encore un détail qu'on avait omis de me confier. » Il redressa brutalement sa chaise dont les pieds heurtèrent le pont avec fracas. « Mais que faut-il donc faire ? s'exclama-t-il avec colère. Quelle catastrophe dois-je déclencher pour vous arracher tous les secrets, à vous deux ?

— Il ne s'agissait pas d'un secret, répondit Umbre avec effort, mais d'un morceau d'histoire ancienne, oublié de longue date car il n'avait guère d'importance pour le présent. Fitz, as-tu la certitude que Burrich est complètement fermé à l'Art ?

— Oui. J'ai tenté de nombreuses fois de le contacter ; j'ai même essayé de puiser dans sa réserve d'Art jadis dans les Montagnes, mais sans résultat. Il est impénétrable. Ortie s'est efforcée de s'introduire dans ses rêves, en vain elle aussi. J'ignore exactement quelle opération Chevalerie a pratiquée sur lui, mais il n'a rien laissé au hasard.

— Intéressant. Il faudrait chercher à découvrir comment ton père s'y est pris ; si un jour vient où nous devons éliminer l'Art de Lourd, devenu dangereux, le fermer pourrait constituer une solution. » Umbre réfléchissait tout haut, comme souvent, sans songer qu'on pût juger ses propos révoltants.

« Assez ! » fit sèchement le prince, et nous tressaillîmes tous deux, surpris de cette véhémence. Il croisa les bras et secoua la tête. « On dirait deux marionnettistes qui observent de loin la vie des gens et discutent de la manière dont ils vont les manipuler ! » Son regard passa lentement d'Umbre à moi, nous forçant à le soutenir. Jeune et vulnérable, il prit l'expression rusée d'une proie acculée. « Savez-vous que vous m'épouvantez parfois ? Comment, devant la façon dont vous avez manœuvré la vie d'Ortie, pourrais-je ne pas me demander quels entortillements vous avez imprimés à la mienne en toute connaissance de cause ? Vous parlez, Umbre, avec un calme parfait de fermer Lourd à la magie de l'Art ; ne suis-je pas en droit de m'inquiéter que vous joigniez vos forces et m'imposiez la même sanction si je devais mettre vos plans en péril ? »

Je restai choqué qu'il nous mît dans le même sac, et pourtant, si affreuses qu'elles fussent, je ne pouvais rejeter ses accusations, alors qu'il se trouvait embarqué dans une quête dont il ne voulait pas pour conquérir une épouse qu'il n'avait pas choisie. Je n'osai pas regarder Umbre : comment le prince aurait-il interprété que nous échangions un coup d'œil en cet instant ? J'observai mon verre d'eau-de-vie, le levai entre deux doigts et fis tournoyer le liquide comme j'avais vu souvent Vérité le faire quand il réfléchissait : mais, s'il entrapercevait des réponses dans l'alcool qui dansait, elles me demeuraient imperceptibles.

J'entendis le raclement de la chaise d'Umbre qui reculait, et coulai un regard dans sa direction. Il se leva, plus âgé que dix minutes auparavant, et contourna lentement la table. Comme le prince se tournait pour le suivre des yeux, l'air intrigué, le vieil assassin planta péniblement un genou en terre, puis les deux, devant lui, et courba la tête.

« Mon prince... » fit-il, puis sa voix se brisa. Il reprit : « Vous serez mon roi ; voilà mon seul plan à votre endroit. Jamais je ne lèverais la main contre vous, non, ni n'inciterais personne à vous faire du mal. Recevez dès aujourd'hui, si vous le désirez, mon serment de fidélité que d'autres vous prêteront seulement après votre couronnement solennel, car il est à vous depuis l'instant de votre naissance – que dis-je, depuis l'instant de votre conception. »

Des larmes me piquaient les yeux.

Devoir posa les mains sur ses hanches et se pencha sur la nuque d'Umbre. « Et vous m'avez menti. "J'ignore tout de cette Ortie et de ce dragon." » Il imitait parfaitement le ton innocent du vieux conseiller. « N'est-ce pas ce que vous m'avez dit ? »

Un long silence s'ensuivit. J'avais mal pour le vieil homme à genoux sur le plancher dur. Umbre prit son souffle et répondit à contrecœur : « Je ne crois pas juste de parler de mensonge quand nous savons tous les deux que je mens. Un homme dans ma position doit parfois cacher la vérité à son seigneur afin que son seigneur puisse s'exprimer en toute sincérité quand on lui demande ce qu'il sait de certains sujets.

— Ah, relevez-vous donc ! s'exclama le prince avec un mélange de dégoût et d'amusement las. Vous déformez tellement la réalité que nous ne savons plus, ni vous ni moi, de quoi traite la conversation. Vous pouvez bien me jurer fidélité mille fois, mais, si demain vous considérez qu'une bonne purge me ferait du bien, vous n'hésiterez pas à glisser un émétique dans mon verre ! » Il quitta sa chaise et tendit la main. Umbre la prit et Devoir l'aida à se remettre debout. Le vieil assassin redressa l'échine avec un gémissement, puis retourna à sa place. Ni les paroles brutales de Devoir ni l'échec de sa protestation de loyauté ne paraissaient l'avoir déconfit.

À quoi venais-je donc d'assister ? Je mesurai, et ce n'était pas la première fois, à quel point la relation du vieil assassin et du prince adolescent s'éloignait de celle qui nous unissait quand j'avais l'âge de Devoir – et j'eus alors ma réponse : quand Umbre et moi discutions, nous discutions comme deux marchands, sans honte des petits secrets malpropres de notre profession. Nous ne devions plus parler ainsi devant le prince ; la mort n'était pas son métier et il fallait le tenir à l'écart de nos entreprises les plus infâmes – sans lui mentir, mais sans les lui jeter à la figure non plus.

Peut-être cherchait-il à nous le rappeler par ses dernières paroles. Je secouai la tête, admiratif : l'aura du souverain commençait à s'épanouir en lui, aussi naturellement que l'instinct de la chasse chez le petit mâtin qui suit une piste. Déjà, il savait nous placer et nous utiliser. Je m'en sentis, non diminué, mais rassuré.

Presque aussitôt, il me dépouilla de ce réconfort. « Fitz Chevalerie, j'entends que vous vous adressiez à Ortie cette nuit même, lorsqu'elle dormira. Transmettez-lui mon ordre qu'elle se rende sans plus attendre à Castelcerf et requière asile à ma mère ; cela devrait la convaincre que je suis bien celui que je prétends. Le ferez-vous ?

— Dois-je absolument employer vos termes ? demandai-je à contrecœur.

358

— Ma foi... vous pouvez peut-être les modifier. Ah, et puis dites-lui ce que vous voulez, du moment qu'elle part aussitôt pour Castelcerf et comprend la réalité du danger qu'elle court ! J'enverrai un bref message à ma mère par oiseau voyageur afin de ne laisser aucune place au doute sur ma décision. » Il se leva en poussant un grand soupir. « Et maintenant je vais me coucher, dans un vrai lit, derrière une porte close, et non étalé sur une planche dans une salle commune comme un trophée de chasse. Jamais je ne me suis senti aussi exténué ! »

Avec soulagement, je quittai la cabine et fis un tour sur le pont. Le vent était frais, la journée ensoleillée, et Risque parcourait le ciel en avant du navire. J'ignorais si la tâche qui m'attendait suscitait chez moi la crainte ou l'euphorie. Devoir n'avait pas précisé que je devais apprendre à Ortie qu'elle était ma fille ; toutefois, l'envoyer à Castelcerf la mènerait inéluctablement à cette découverte. Je secouai la tête : je ne savais plus ce que je devais espérer. Il y avait cependant une angoisse sur laquelle je n'avais pas d'incertitude ; les propos du prince sur Tintaglia m'avaient ébranlé. Avais-je fait preuve d'une assurance excessive quant à la capacité d'Ortie à l'emporter sur la dragonne ? Se pouvait-il que la créature sût où la trouver ?

Les heures qui me séparaient de la nuit passèrent avec lenteur. J'allai voir Lourd par deux fois ; pelotonné sur sa couchette, face à la paroi, il persistait à se prétendre nauséeux, mais, en vérité, je pensais qu'il s'accoutumait malgré lui aux voyages en mer. Quand je lui dis qu'il ne me paraissait plus malade et qu'une promenade sur le pont lui ferait peut-être du bien, il faillit réussir à vomir à mes pieds à force de violents haut-le-cœur ; ils s'achevèrent tout de même en une crise de toux rauque d'arrière-gorge qui me fit juger plus raisonnable de le laisser en paix. Comme je sortais, je heurtai le chambranle « par accident ». Lourd éclata de rire.

La main sur ma nouvelle meurtrissure, je regagnai l'extérieur. Sur le gaillard d'avant, je tombai sur Crible qui, muni d'un carré de tissu et d'une poignée de petits galets, essayait d'enseigner le jeu des Cailloux à deux hommes d'équipage. Je m'éloignai de ce tableau troublant et trouvai Leste en compagnie de Civil ; le marguet avait escaladé un des mâts et ils s'efforçaient de le convaincre de redescendre, au grand agacement du capitaine et au franc amusement de plusieurs matelots outrîliens.

Risque se posa dans le gréement hors de portée de l'animal et se mit à le taquiner avec force cris, les ailes à demi levées, jusqu'à ce que Trame vînt lui ordonner de cesser et d'aider plutôt à ramener le marguet sur le pont.

La journée s'écoula ainsi et le crépuscule à la fois redouté et désiré tomba. Je retournai à la cabine que je partageais avec Lourd. Leste lui avait apporté son dîner, et les plats vides par terre indiquaient apparemment qu'il avait recouvré son appétit. Je les empilai puis les posai de côté, ce qui ne m'empêcha pas de trébucher sur eux un instant plus tard. Seul le petit gloussement de Lourd m'avertit qu'il avait été témoin de ma maladresse ; il dédaigna de me répondre quand je lui souhaitai bonne nuit.

Comme il occupait la seule couchette, je m'étendis dans mes couvertures à même le plancher puis passai un long moment à établir la tranquillité d'esprit qui me permît de m'approcher du sommeil et à trouver l'espace suspendu entre l'endormissement et l'état de veille où je pouvais me déplacer par l'Art. Peine perdue ; j'eus beau chercher Ortie, je ne la détectai nulle part. L'anxiété m'empêcha de fermer l'œil, et j'occupai le plus clair de ma nuit à effectuer des incursions infécondes dans des rêves ; plus je me démenais, plus son absence s'accentuait.

Dans l'obscurité étouffante de la cabine, je songeai que, s'il lui était arrivé malheur, je l'aurais certainement senti par le lien d'Art qui nous unissait. Elle m'aurait sûrement appelé si un danger l'avait menacée. Je me rassurai en me disant qu'elle m'avait déjà interdit l'accès à ses rêves par le passé ; et puis, la dernière fois que je l'avais vue, elle m'en voulait d'avoir « introduit » le prince dans notre décor commun. Peut-être subissais-je sa punition. Mais, les yeux ouverts dans le noir, je songeai soudain que, lors de ma récente rencontre avec Tintaglia, la dragonne avait affirmé être capable de me couper d'Ortie à volonté ; quelles étaient les paroles exactes qu'elle avait adressées à ma fille ? « Tu es toute seule si j'en décide ainsi. » Où se trouvait Ortie à présent ? Prise au piège dans un rêve, tourmentée par un dragon ? Non, elle a démontré qu'elle savait se défendre efficacement. Je maudis la logique que m'avait enseignée Umbre, car elle répondait que, dans ce cas, la créature déplacerait l'affrontement sur un champ de bataille plus à son goût, en pourchassant physiquement ma fille, par exemple.

À quelle vitesse un dragon volait-il ? Assez grande pour rallier Cerf depuis le fleuve du désert des Pluies en une seule nuit ? Non, assurément. Mais je n'avais aucun moyen de le savoir avec certitude. Je me tournai et me retournai sur le plancher en me recroquevillant sous mes couvertures trop courtes.

Quand le matin arriva enfin, je me levai en titubant, les yeux piquants. Je me pris les pieds dans ma literie et tombai en me cognant douloureusement les tibias. Mes jurons ne parurent pas empêcher Lourd de dormir. Je sortis et allai directement rendre compte au prince qui m'écouta dans un silence lugubre. Ni Umbre ni lui ne soulignèrent ma stupidité d'avoir laissé ma fille sans défense face à un dragon sous prétexte de la protéger ; Devoir déclara simplement : « Espérons qu'elle est seulement en colère contre vous. J'ai envoyé mon message cette nuit ; dès qu'il atteindra Castelcerf, ma mère enverra chercher Ortie. Je lui ai dit la gravité du péril et l'urgence de la situation. Nous avons fait notre possible, Fitz. »

Maigre réconfort. Quand je ne voyais pas la dragonne se repaître de la tendre chair de ma fille, j'imaginais la réaction de Burrich devant une section de gardes royaux débarquant chez lui pour emmener Ortie à Castelcerf. Le trajet se poursuivit dans les affres de l'incertitude, sans grand-chose pour me distraire à part les mauvais tours sournois que Lourd, maussade, me jouait pour se venger. La deuxième fois que je m'éraflai les phalanges en voulant saisir la poignée de la porte, je me rebiffai.

« Je sais que c'est toi le responsable, Lourd, et je te trouve injuste avec moi. Je n'y suis pour rien si tu participes à ce voyage. »

Il s'assit lentement dans son lit et laissa pendre ses jambes nues de sa couchette. " À qui la faute alors, hein ? Qui m'a forcé à monter dans ce bateau en sachant que j'allais en mourir ? »

Je constatai aussitôt mon erreur. Impossible de lui répondre que j'obéissais aux ordres du prince ; Umbre avait raison : je devais endosser la culpabilité de son embarquement. Je soupirai. « Oui, je t'ai emmené, Lourd, parce que nous avons besoin de ton aide si nous voulons réussir à tuer le dragon. » J'insufflai dans ma voix tout l'enthousiasme et toute la passion que je pus puiser au fond de moi. « Tu n'as pas envie d'aider le prince ? De partager notre belle aventure ? »

Il me dévisagea, les yeux plissés, comme j'avais perdu la raison. « Belle aventure ? Vomir et manger des trucs qui puent le poisson ? Se sentir bouger sans arrêt de haut en bas ? Rencontrer des gens qui se demandent pourquoi je ne suis pas mort ? » Il croisa ses petits bras sur sa poitrine. « On m'a raconté des histoires d'aventure ; l'aventure, c'est des pièces d'or, de la magie, des jolies filles qu'on embrasse, ce n'est pas dégobiller tout le temps ! »

En cet instant, j'inclinais à penser comme lui. En quittant la cabine, je trébuchai sur le seuil. « Lourd ! m'exclamai-je d'un ton de reproche.

— J'ai rien fait ! » protesta-t-il, ce qui ne l'empêcha pas de s'esclaffer.

Les petits navires filaient sur les vagues crêtées d'écume et les vents nous étaient favorables ; pourtant le voyage me parut interminable. La journée, je m'efforçais de garder un œil sur les leçons de Leste tout en veillant, sans trop m'infliger de plaies et de bosses, à ce qu'on ne négligeât pas Lourd ; la nuit, je m'évertuais à contacter ma fille, sans résultat. Quand nous mouillâmes enfin à Zylig, j'avais l'impression de n'être plus qu'une épave qui tenait debout par miracle ; j'en avais peut-être aussi l'aspect, car Trame vint s'accouder près de moi au bastingage alors que je regardais le port approcher.

« Je ne vous demande de me révéler aucun secret, dit-il à mi-voix, mais je vous offre, dans la mesure de mes moyens, de vous aider à porter le fardeau qui vous écrase.

— Merci, mais vous l'avez déjà grandement allégé. Je sais que je n'ai guère fait preuve de patience avec Leste ces jours derniers et que vous l'avez assisté pour son instruction. Je sais aussi que vous êtes souvent allé voir Lourd pour le garder de l'ennui ; personne ne peut guère m'aider davantage en ce moment. Merci.

— Très bien », fit-il d'un ton de regret, puis il me tapota l'épaule amicalement et se retira.

J'eus l'impression que notre séjour à Zylig n'en finirait jamais. Nous dormions dans la maison forte locale et j'y passais nombre de mes journées. Lourd toussait toujours, mais je ne le croyais plus aussi malade qu'il le prétendait ; bien que rester à son chevet ne présentât aucun intérêt, j'estimais devoir m'y tenir car, lorsque, à deux reprises, je le persuadai de s'aventurer à l'extérieur, les regards qu'on lui adressa n'avaient rien de bienveillant. Il était le canard boiteux d'une basse-cour bien portante prête à le tuer à coups de bec au premier prétexte. Je sentais son hostilité à mon encontre, mais ma conscience m'interdisait de le laisser seul. Il ne me demandait jamais de demeurer avec lui, mais, quand je quittais sa chambre, il trouvait toujours une excuse pour me suivre, ou bien il me faisait appeler quelques minutes plus tard.

La première fois où Trame vint lui tenir compagnie sur la suggestion d'Umbre, je crus que ce dernier cherchait à nous rapprocher, le maître de Vif et moi ; mais il me convoqua aussitôt et m'envoya en ville, déguisé en Outrîlien, jusqu'au tatouage au motif de chouette qu'il avait rapidement dessiné sur ma joue ; à l'aide de fard et de poix, il m'avait affligé d'une méchante cicatrice contournée à la lèvre inférieure afin d'expliquer mon attitude taciturne et mon parler guttural. Il me donna de l'argent pour passer la soirée à visiter les tavernes locales surchauffées et boire la mauvaise bière qu'on y servait. Je remplis cette mission à plusieurs autres reprises, toujours sous l'aspect d'un marchand d'un clan étranger. Dans un centre négociant de l'importance de Zylig, nul ne prêtait attention à un visage inconnu dans une auberge bruyante. J'avais pour ordre d'ouvrir grand les oreilles aux on-dit et aux propos qu'échangeaient les clients. Nos tractations avec le Hetgurd suscitaient l'intérêt à de nombreux égards, et l'on offrait de généreux pourboires aux bardes du cru pour qu'ils chantent tout leur répertoire concernant Aslevjal et Glasfeu, tandis qu'on racontait de vieilles histoires de famille pour épater les amis devant la cheminée de l'établissement. J'écoutais attentivement et réduisais rumeurs et légendes à des facteurs communs vraisemblables.

J'acquis ainsi la conviction que les glaces d'Aslevjal renfermaient bel et bien quelque chose, que nul n'avait plus distingué clairement depuis près d'une génération. Certains évoquaient l'aventure de leurs pères qui avaient visité l'île ; quelques-uns avaient campé sur la grève et gravi le glacier pour apercevoir le site légendaire, d'autres s'y étaient rendus à l'époque des basses eaux annuelles, où la marée, en se retirant, dévoilait un passage sous la glace dans la partie sud de la terre. D'après tous les récits, l'entreprise présentait de grands risques, car, une fois dans les chenaux emmurés de glace bleue, on pouvait facilement s'égarer ou mal calculer le temps et s'attarder trop ; alors la mer revenant s'emparait des imprudents et ne rendait jamais leurs ossements. Pour ceux qui possédaient l'intelligence, la vigueur et l'habileté nécessaires, le tunnel sous la glace débouchait dans une immense caverne où l'on pouvait s'adresser au dragon pris au piège et lui demander une faveur ; on disait que certains avaient ainsi obtenu le don de la chasse, d'autres la chance avec les femmes, et d'autres encore la fécondité de leur maison maternelle.

Il était aussi question de l'Homme noir d'Aslevjal à qui on laissait des offrandes ; certains le décrivaient comme un ermite, d'autres comme l'esprit gardien du dragon, et tous s'accordaient à le dire dangereux et à considérer comme avisé d'attirer ses bonnes grâces par un présent. On affirmait d'un côté que la viande crue convenait le mieux ; on soutenait de l'autre qu'on pouvait acheter sa bienveillance avec des paquets d'herbe à tisane, des perles brillantes ou du miel.

Par deux fois, j'entendis parler de l'île en relation avec la guerre des Pirates rouges. On abordait moins ce sujet-là et on ne s'étendait pas sur les anecdotes de cette période qui ne s'achevaient pas par une victoire ; néanmoins, par bribes et morceaux, j'appris que Kebal Paincru et la Femme pâle avaient voulu établir une place forte sur Aslevjal. Nul n'en évoquait la raison, mais de nombreux prisonniers des Six-Duchés y avaient été transportés pour y travailler comme esclaves jusqu'à la fin de leurs jours. Apparemment, Paincru avait assujetti aussi les familles des Outrîliens qui s'opposaient à la guerre ; il les avait forgisées puis embarquées pour Aslevjal, et on ne les avait plus jamais revues. L'île avait acquis de ce fait une aura de honte et d'horreur qui le disputait à celle qui entourait son dragon légendaire, et bien rares étaient ceux qui désormais souhaitaient y faire pèlerinage pour prouver leur valeur.

J'engrangeais minutieusement tous ces détails pour les rapporter à Umbre et Devoir. Lors de nos discussions nocturnes, mon vieux mentor et moi tâchions de voir comment ils pouvaient nous aider ou nous contrarier dans notre quête ; parfois j'avais l'impression que nous débattions de ces rumeurs nébuleuses uniquement parce que nous manquions d'éléments sûrs sur quoi nous fonder.

Devoir participa à deux longues réunions du Hetgurd qui durèrent chacune plusieurs jours, et il en ressortit que les kaempras avaient fixé les termes de notre chasse au dragon comme s'il s'agissait d'un concours de lutte ou de tir à l'arc. Umbre fulminait parce que le clan du Sanglier avait mené les négociations et nous avait liés à leur résultat sans nous consulter une seule fois. Je n'assistai pas à la scène, mais j'appris qu'Arkon Sangrépée avait manifesté quelque surprise quand le prince, avec une courtoisie glacée, avait exprimé son mécontentement devant les conditions imposées.

« Nous ne pouvons changer ce qu'il a accepté en notre nom, me dit Umbre d'un air lugubre, mais la tête de Sangrépée valait le déplacement quand Devoir lui a dit : "Ma parole m'appartient et moi seul puis la donner. N'ayez plus jamais l'outrecuidance de parler à ma place." »

Il me raconta l'anecdote un verre d'eau-de-vie à la main, après m'avoir servi, dans la pièce de la maison forte que nous occupions lors de notre premier séjour. Lourd et Devoir se trouvaient dans celle d'à côté. Je n'entendais que la mélodie de leur conversation : le prince expliquait avec calme au petit homme pourquoi il devait prendre le bateau le lendemain, et le ton de son interlocuteur passait de la pleurnicherie d'enfant à la colère d'adulte. L'affaire ne paraissait pas bien se présenter. Toutefois, étant donné l'engagement que Sangrépée avait pris pour nous, je ne voyais pas comment elle pourrait plus mal tourner.

Nos nobles n'étaient pas restés inactifs pendant notre absence et ils avaient obtenu de meilleurs résultats que je ne l'espérais ; on scellait déjà des alliances commerciales entre divers clans et des maisons des Six-Duchés. Apparemment, arborer leurs armoiries de famille les différenciait assez du Cerf Loinvoyant pour leur permettre d'aborder les clans outrîliens sans souffrir de préjugés. Devoir dînait avec eux quasiment tous les jours, et chaque souper apportait son lot de nouveaux traités de commerce. Si le prince parvenait à offrir une tête de dragon à la narcheska, nous aurions partie gagnée : des liens si forts, économiques et conjugaux, uniraient les Six-Duchés et les îles d'Outre-mer que plus personne n'aurait intérêt à la guerre.

Toutefois le Hetgurd semblait décidé à nous compliquer la tâche. Le prince Loinvoyant avait l'autorisation de jeter le gant au dragon, mais les chefs de clans avaient établi des règles strictes pour la confrontation : à notre départ pour Aslevjal, Devoir serait escorté, non de sa garde, mais seulement d'un nombre réduit d'hommes ; le clan de Vif composait la majorité de ce groupe, et, jusque-là, le futur souverain avait toujours repoussé la suggestion d'Umbre de remplacer ses alliés vifiers par des combattants aguerris. Comme il l'avait lui-même défiée, la narcheska nous accompagnerait ; nous supposions, de ce fait, la présence à ses côtés de Peottre et peut-être de quelques guerriers du Narval ou du Sanglier, bien qu'on ne nous eût nullement assuré leur assistance. Un navire choisi par le Hetgurd nous transporterait sur l'île ; il embarquerait également six représentants de l'assemblée des kaempras qui veilleraient à ce que nous nous soumettions aux règles prescrites : six guerriers issus de six clans autres que le Sanglier ou le Narval. Ils auraient le droit de se défendre en cas d'attaque du dragon, mais, en toute autre circonstance, ils ne devraient pas le toucher ni nous aider d'aucune façon. Nous emporterions seulement ce qu'on pouvait charger dans le bateau, et, une fois à terre, nous devrions déplacer cette cargaison à dos d'homme.

« Je m'étonne qu'ils n'aient pas exigé un combat singulier entre le prince et le dragon.

— On n'en est pas passé loin, répondit Umbre avec aigreur. Il doit être le premier à braver la bête, et il est fortement recommandé qu'il s'efforce de lui porter le coup de grâce, si possible ; ces gens connaissent assez la guerre pour savoir que, dans le feu du combat, nul ne peut dire qui a donné le coup fatidique. Un de leurs bardes nous suivra en tant que témoin – comme si nous avions besoin de ça ! » Il se gratta la barbe d'un air las. « De toute façon, tout ça ne nous inquiète guère. Comme je le répète depuis le début, il s'agira sans doute de dégager ce qui se trouve prisonnier de la glace plutôt que d'affronter une créature vivante ; j'espérais seulement disposer d'une main-d'œuvre plus nombreuse pour cette partie de l'entreprise. » Il toussota et prit une expression légèrement suffisante. « Mais je possède peut-être un atout qui nous rendra le même service.

— À combien d'hommes Devoir a-t-il droit ?

— Douze, et nous atteignons ce chiffre beaucoup trop vite : Trame, Civil, Nielle, Crible, Lourd, Longuemèche, quatre gardes, toi et moi. » Il secoua la tête. « J'aimerais que Devoir accepte de laisser au moins Civil et Nielle ici ; deux soldats aguerris de plus pourraient faire toute la différence.

— Et Leste ? Reste-t-il lui aussi ? » J'ignorais si j'éprouvais du soulagement ou du malaise à cette idée.

« Non, nous l'emmenons ; mais, comme ce n'est qu'un enfant, il n'entre pas dans le compte de notre contingent de guerriers.

— Et nous partons demain ? »

Umbre acquiesça de la tête. « Longuemèche a passé la semaine à accumuler des vivres ; la plupart des victuailles que nous avons apportées des Six-Duchés ont été consommées, et nous devrons malheureusement nous sustenter de la provende locale. Il a effectué un tri dans ce qui nous restait et acheté ce qu'il faut pour douze personnes. Je l'ai prévenu qu'il y aurait aussi un marguet à nourrir. Chacun de nous emportera des armes, qu'il sache s'en servir ou non ; une hache pour toi ? »

Je fis un signe affirmatif. « Et une pour Leste également. Il a son arc et ses flèches mais, comme vous l'avez dit plus tôt, un ustensile capable de tailler dans la glace se révélera peut-être plus utile. »

Il soupira. « À partir de là, je demeure à court d'imagination. J'ignore totalement ce qui nous attend sur place, Fitz. Nous aurons des provisions de bouche, des tentes, des armes et quelques outils, mais en dehors de ça je ne sais pas du tout ce dont nous aurons besoin. » Il se versa une maigre rasade d'eau-de-vie. « Je ne nierai pas le plaisir que j'éprouve à savoir Peottre aussi désemparé que moi. La narcheska et lui nous accompagneront ; Sangrépée sera de la traversée, mais je ne pense pas qu'il restera pour la décollation du dragon. » Il sourit ironiquement de sa propre expression, doutant qu'elle recouvre quelque réalité. « N'empêche qu'instaurer des règles semblables à celles d'un concours nous gêne diantrement. On ne nous accorde pas plus de deux oiseaux messagers, et encore ne serviront-ils qu'à rappeler le navire quand nous serons prêts à quitter l'île ; en attendant, ils se tiendront sous garde de nos chaperons. »

Ces mots engagèrent mon esprit dans une voie différente. « Pensez-vous que celui que vous avez envoyé à Kettricken est déjà parvenu à destination ? »

Il m'adressa un regard de pitié. « Impossible de le savoir, tu ne l'ignores pas plus que moi. Le vent, des tempêtes, un faucon... Tant d'imprévus peuvent retarder ou arrêter un oiseau ; en outre, ces bêtes se déplacent toujours en direction de leur nichoir ou de leur compagnon. Kettricken n'a aucun moyen de nous répondre. » Avec circonspection, il ajouta : « As-tu songé à tenter de contacter Burrich ?

— J'ai essayé la nuit dernière », répondis-je. Comme il haussait les sourcils, je poursuivis : « Rien. J'étais comme un papillon qui se cogne contre un verre de lampe ; il me reste impénétrable. Il y a des années, je parvenais à capter des aperçus de Molly et lui ; rien à voir avec une véritable communication d'esprit à esprit, mais... Bref, je n'arrive à rien. Ce lien a disparu. Je pense qu'Ortie me servait de point focal, même si je ne voyais pas les images par ses yeux.

— Intéressant », murmura-t-il ; je savais qu'il rangeait ce détail dans un coin de sa mémoire en prévision d'un usage futur. « Mais tu ne parviens pas à joindre Ortie ?

— Non. » Je n'avais laissé percer aucune émotion dans ma réponse. Je me penchai sur la table pour saisir la bouteille d'eau-de-vie.

« Doucement avec l'alcool, fit Umbre d'un ton d'avertissement.

— Je suis loin d'être ivre, lançai-je avec agacement.

— Je n'ai pas dit ça, répondit-il d'un ton mesuré. Mais il ne nous en reste guère, et nous risquons d'en avoir besoin sur Aslevjal plus qu'ici. »

Je reposai la bouteille alors que Devoir rentrait. Lourd le suivait, l'air maussade. « Je ne partirai pas, déclara-t-il.

— Si, tu partiras, rétorqua fermement le prince.

— Non.

— Si.

— Assez ! lança Umbre comme s'il s'adressait à des enfants.

— Non ! souffla le petit homme en s'asseyant lourdement à table.

— Si, répéta Devoir. À moins que tu ne préfères demeurer ici tout seul ? Sans personne à qui parler ? Assis tout seul dans cette pièce à attendre que nous revenions ? »

Lourd releva le menton, lèvre saillante et langue pointante, d'un air de défi, puis il croisa ses bras courtauds et toisa l'adolescent. « Je m'en fiche. Et puis d'abord je ne serai pas seul : je n'aurai qu'à parler avec Ortie. Elle me racontera des histoires. »

Je me redressai avec un sursaut. « Tu parles avec Ortie ? »

Il m'adressa un regard furieux comme s'il se rendait compte qu'il s'était coupé en voulant faire bisquer Devoir. Il balança les jambes. « Peut-être. Mais, toi, tu ne peux pas. »

Je le savais, je ne devais ni me mettre en colère ni tenter de l'acculer.

« Parce que tu l'empêches de m'atteindre ?

— Non. Elle ne veut pas te parler, c'est tout. » Il m'observa d'un œil scrutateur, peut-être pour voir si cette perspective m'ennuyait plus que l'idée qu'il pût nous interdire de communiquer. Il avait raison : c'était le cas. En aparté, je transmis une supplique à Devoir : *Tâchez de découvrir si elle ne risque rien.*

Le regard de Lourd se dirigea vers le prince puis revint aussitôt sur moi. Devoir garda le silence : il avait compris comme moi que le petit homme avait senti notre échange ; quoi qu'il dît à présent, le soupçon pèserait sur ses propos – d'autant plus que leur conversation précédente avait pris le simple d'esprit à rebrousse-poil. Je décidai d'y revenir. « Ainsi, tu ne nous accompagneras pas quand nous partirons, Lourd ?

— Non. Plus de bateaux. »

Les mots étaient cruels ; je les prononçai pourtant : « Alors comment rentreras-tu à la maison ? Il n'y a pas d'autre moyen que le bateau. »

Il prit l'air dubitatif. « Vous n'allez pas à la maison ; vous allez sur l'île du dragon.

— Oui, d'abord ; mais ensuite nous rentrons.

— Et vous passerez prendre Lourd.

— Peut-être, fit Devoir.

— Peut-être, si nous sommes toujours vivants, enchaîna Umbre. Nous comptions sur ton aide, mais si tu ne viens pas avec nous... » Il haussa les épaules. « Le dragon risque de nous tuer tous.

— Bien fait pour vous », répondit Lourd avec un plaisir sinistre. Mais je crois que nous avions réussi à fissurer sa résolution, car, assis, les yeux fixés sur ses mains rondelettes crispées au bord de la table, il parut se perdre dans ses réflexions.

D'un ton pensif et en parlant lentement, Umbre me dit : « Si Ortie raconte des histoires à Lourd pour lui tenir compagnie, c'est qu'elle ne court pas grand risque, à mon avis, Fitz. »

S'il espérait susciter un commentaire de la part de Lourd, il se trompait. Avec un « hmph ! » méprisant, le petit homme s'adossa fermement dans sa chaise, les bras croisés.

« N'insistons pas », fis-je à mi-voix. Je tâchai d'imaginer pourquoi Ortie m'en voulait au point de rompre tout contact, mais les raisons possibles se présentèrent en trop grand nombre ; toutefois, ainsi que je me le dis avec sévérité, la savoir en vie et en colère contre moi valait mieux que la croire morte avec toute sa famille, tuée par un dragon. La certitude que j'appelais de mes vœux restait inaccessible, et, de tout mon cœur, je priais pour une prompte arrivée à destination de l'oiseau messager que nous avions envoyé. Qu'Ortie nourrît de la rancœur contre moi, soit, mais en lieu sûr.

Nous ne discutâmes guère davantage ce soir-là. Nous allâmes préparer nos bagages pendant qu'Umbre parcourait d'un œil soucieux un manifeste de cargaison en marmonnant dans sa barbe. Lourd resta ostensiblement les bras ballants, sans rien empaqueter. À un moment, Devoir entreprit de rassembler ses affaires et de les fourrer dans un sac, mais le petit homme les vida par terre, et ni l'un ni l'autre n'y toucha plus. Elles n'avaient pas bougé quand nous nous couchâmes.

Je dormis mal. Sachant désormais qu'Ortie se coupait volontairement de moi, je réussis à trouver la barrière qu'elle dressait et à en percevoir la forme. Ce qui m'agaça davantage fut de sentir Lourd observer mes tâtonnements et se réjouir de mon incapacité à franchir l'obstacle ; sans sa présence, j'aurais peut-être fait un plus grand effort pour m'introduire dans les rêves d'Ortie ; en l'occurrence, je renonçai et tentai de m'enfoncer dans le vrai sommeil, mais je passai une nuit fatigante, tranchée en brefs songes où je vis tous les gens à qui j'avais fait du mal ou défaut, depuis Burrich jusqu'à Patience, et dont les plus marquants furent ceux où le fou me regardait avec une expression accusatrice.

Nous nous levâmes avant le soleil le lendemain et nous prîmes le petit déjeuner dans un silence quasiment complet, aux côtés d'un Lourd boudeur et furieux qui attendait que nous tâchions de le convaincre ou lui ordonnions autoritairement de se mettre en route. Par un accord tacite, nous ne lui dîmes rien, et les rares paroles que nous échangeâmes ne s'adressèrent pas à lui. Nous achevâmes nos paquetages personnels, puis Crible se présenta pour nous aider à les transporter. Umbre laissa le garde prendre son sac, mais Devoir tint à se charger du sien, et nous partîmes.

*

Crible marchait un pas derrière Umbre, son bagage dans les bras ; Longuemèche et les quatre autres gardes nous suivaient. Je ne les connaissais pas bien. Instinctivement, j'éprouvais de la sympathie pour Heste, un tout jeune homme ; Perdrot et Rossée étaient des amis proches et des soldats aguerris ; et je savais seulement d'Adroit qu'il méritait son nom une paire de dés au creux de la main. Le reste de notre escorte militaire demeurerait à Zylig avec les nobles. Notre petit groupe avait rendez-vous sur les quais ; comme nous descendions les rues pavées, je demandai : « Que ferons-nous si Lourd ne nous rejoint pas ?

— Nous le laisserons, répondit Devoir, renfrogné.

— C'est impossible, vous le savez bien, dis-je, et il émit un grognement.

— Je peux retourner le chercher et le ramener de force », proposa Crible sans conviction. Je fis la grimace à cette perspective, et Umbre secoua la tête.

Nous risquons de devoir en passer par là, artisai-je au prince et à son conseiller. *Je ne puis m'en charger parce qu'il est capable de me terrasser d'un coup d'Art. Mais quelqu'un qui ne possède pas l'Art et d'insensible à la puissance de Lourd réussirait peut-être à le contraindre physiquement ; rappelez-vous les*

mauvais traitements que lui infligeaient les domesti-
ques qui lui extorquaient son argent. Naturellement,
il faudrait affronter sa rancune au cours des jours à
venir, mais au moins il ne nous quitterait pas.

Attendons, nous verrons bien, répliqua le prince, la
mine sombre.

Comme nous approchions des quais, les rues
s'encombrèrent de plus en plus et nous finîmes par
comprendre qu'une véritable foule s'était assemblée
pour assister à notre départ. Chargé depuis la veille,
le *Quartanier* n'attendait plus que notre embarquement et le changement de marée du matin pour prendre la mer. Une humeur étrange semblait régner chez
les Outrîliens ; on eût dit qu'ils venaient regarder une
compétition de champions et que nous n'étions pas
les favoris. Personne ne nous jeta de légumes pourris
ni d'insultes, mais leur silence entendu faisait presque
aussi mal qu'une lapidation. Près du navire, les nobles
des Six-Duchés s'étaient réunis pour nous adresser
leurs adieux et leurs vœux de bonne chance. Ils
s'agglutinèrent autour du prince pour lui souhaiter la
meilleure fortune, et, comme je m'étais arrêté docilement derrière lui, je fus frappé du peu qu'ils savaient
de sa quête et de sa portée. Ils lui lançaient des plaisanteries bon enfant, formulaient leurs espoirs de
réussite, mais aucun ne paraissait particulièrement
inquiet pour lui.

Nous montâmes à bord sans que Lourd se fût manifesté ; l'accablement me saisit et la peur me noua le
ventre. Nous ne pouvions pas l'abandonner seul à
Zylig malgré tout l'agacement de Devoir envers lui. Je
ne redoutais pas seulement les initiatives éventuelles
qui lui passeraient par la tête en notre absence, mais
aussi ce qui risquait de lui arriver une fois privé de la
protection du prince. Les nobles des Six-Duchés se
préoccuperaient-ils du sort d'un serviteur simple
d'esprit alors que Devoir se trouvait au loin ? Je
m'appuyai au bastingage et, passant sur la foule qui

grouillait sur le quai, je portai le regard vers la maison forte. Trame vint s'accouder près de moi. « Alors, pressé d'entamer le voyage ? »

J'eus un sourire amer. « Le seul que j'entamerai avec plaisir sera celui qui nous ramènera chez nous.

— Je n'ai pas vu Lourd embarquer.

— Je sais ; nous l'attendons. Il renâclait à remonter à bord d'un navire, mais nous espérons qu'il se décidera à nous suivre de son propre gré. »

Trame hocha lentement la tête d'un air philosophe puis il s'éloigna. Je restai à me ronger les sangs et à me mordiller l'ongle du pouce.

Lourd ? Tu viens ? Le bateau va bientôt partir.

Fiche-moi la paix, Pue-le-chien !

Il mit une si violente colère dans cette épithète que je crus sentir l'odeur de l'image qu'il me jeta à la tête. Je perçus, frémissant aux limites de sa fureur, sa peur et sa peine de nous voir l'abandonner. Notre départ l'emplissait d'angoisse et d'agitation, mais je craignais que son obstination ne l'emportât néanmoins.

Le temps et la marée n'attendent personne, Lourd. Décide-toi vite, parce que, lorsque le courant sera propice, le bateau devra partir ; et après, même si tu nous dis que tu as changé d'avis et que tu veux nous accompagner, il sera trop tard. Nous ne pourrons plus revenir te chercher.

M'en fiche ! Là-dessus, il referma si brutalement ses remparts que j'eus l'impression de recevoir une gifle en plein visage, et surtout d'avoir aggravé la situation.

Trop rapidement je vis commencer les derniers préparatifs de notre départ ; on apporta une cargaison tardive venue du *Fortune de Vierge*, qui comprenait plusieurs petits barils ; je souris en me demandant si Umbre s'était rappelé la présence d'une réserve d'eau-de-vie sur l'autre navire. On embarqua aussi des armes et des outils, et l'on bourra les coins inutilisés de la cale avec tout le matériel qu'Umbre pensait pouvoir nous servir. Mais l'heure de partir arriva finalement. Ceux qui étaient venus souhaiter bon voyage au prince quittèrent le pont, et les représentants du Hetgurd montèrent à bord avec leurs affaires. On arrima le fret de dernière minute et les canots chargés de nous remorquer hors du port jusqu'en mer se mirent en place. Trame, l'air soucieux, se campa près de moi devant la lisse.

« Je ne crois pas qu'il viendra », murmurai-je. Je me sentais prêt à défaillir. « Je vais parler au prince ; il faut envoyer quelqu'un le chercher.

— Je m'en suis occupé, répondit le marin, la mine sombre.

— Vraiment ? Et qu'a dit le prince ? » Je n'avais vu aucun de nos gardes descendre sur le quai.

« Comment ? Ah ! Non, je ne lui ai pas parlé, fit-il d'un ton distrait. J'ai envoyé quelqu'un : Leste. » Comme en aparté, il marmonna : « J'espère que l'épreuve ne le dépasse pas. Je le pense capable de réussir ; mais j'aurais peut-être dû m'en charger moi-même.

— Leste ? » Mentalement, je comparai le jeune enfant au simple d'esprit, et je secouai la tête. « Il n'y arrivera jamais. Malgré sa maladresse, Lourd manifeste une robustesse étonnante quand il s'énerve. Il risque de faire mal au petit ; mieux vaut que j'y aille. »

Trame agrippa mon bras. « Non ! Regardez ! Il y est parvenu ! Les voilà ! »

Au soulagement qui perçait dans sa voix, on eût cru que Leste était venu à bout de quelque entreprise monumentale – et, en toute justice, peut-être avait-il raison. Je regardai le petit homme qui avançait de sa démarche pataude à côté du gamin frêle. Leste portait le sac de Lourd et il lui tenait la main dans une attitude protectrice ; j'en restai pantois, mais, malgré la distance, l'expression de l'enfant ne laissait pas de place au doute : la tête droite, sur ses gardes, il soutenait le regard de tous ceux qu'ils croisaient comme s'il les mettait au défi de se moquer du simple d'esprit ou d'entraver leur progression. Jamais je n'avais assisté à pareille exhibition de courage, et mon estime pour lui remonta en flèche. Il m'aurait fallu puiser dans les plus extrêmes ressources de ma volonté pour mener Lourd par la main au travers de cette foule ; pourtant Leste poursuivait son chemin. Comme ils approchaient, je distinguai mieux le visage de son compagnon et je me rendis compte qu'il n'obéissait pas seulement à l'ordre d'un jeune garçon de l'accompagner.

« Qu'arrive-t-il à Lourd ? demandai-je à Trame à mi-voix.

— C'est le Lignage, vous le savez bien. » Il m'avait répondu dans un murmure, sans me regarder. « Ça opère mieux de Vif à Vif, comme vous diriez, mais on peut exercer une attraction même sur ceux qui ne le possèdent pas. J'y ai entraîné Leste ; j'aurais préféré lui imposer une épreuve moins rude, mais il s'en tire bien.

— Je le constate en effet. » Les traits imprégnés de confiance, Lourd suivait l'enfant qui le conduisait vers la passerelle d'embarquement. Au pied de la planche, il hésita et marqua un arrêt. Alors Leste lui souffla quelques mots à l'oreille puis, sans lâcher sa main, l'entraîna sur le bateau. Je restai un instant irrésolu, mais la curiosité l'emporta. « Je sais repousser grâce au Vif ceux qui m'assaillent, et ce depuis toujours, me semble-t-il ; mais comment s'en sert-on pour attirer les gens ?

— Ah ! Voyons... On peut découvrir le répulsif de façon instinctive, mais d'habitude on apprend en même temps l'attractif. Je pensais que vous le connaissiez ; je comprends maintenant pourquoi vous n'y aviez jamais recours avec Lourd. » Il pencha la tête et me jaugea du regard. « Parfois, vos lacunes me sidèrent ; on dirait que vous avez oublié ou perdu, je ne sais comment, une partie de vous-même. » Il dut remarquer le malaise que ces paroles suscitaient chez moi car il changea soudain de ton et se mit à parler de manière plus générale. « Je pense que toutes les créatures se servent de cette influence d'attraction, dans une certaine mesure, sur leurs petits ou lorsqu'elles désirent s'accoupler. Peut-être l'avez-vous utilisée vous-même sans en avoir conscience. Mais, voyez-vous, voilà précisément la raison pour laquelle celui qui a reçu le don de cette magie doit faire un effort pour en approfondir sa connaissance : afin d'avoir conscience de la façon dont il l'emploie. » Il se tut un moment puis ajouta : « Je vous offre encore une fois de vous enseigner ce que vous devez savoir.

— Il faut que j'aille voir Lourd pour l'installer. » Je me détournai en hâte.

« Oui, je sais. Vous êtes chargé de quantité de tâches et de devoirs, et j'ignore quels autres services vous rendez à votre prince. Je ne doute pas qu'à tout instant du jour vous pouvez trouver un prétexte pour vous dire trop occupé ; toutefois, on prend le temps nécessaire pour ce qui est important dans l'existence. J'espère donc que vous viendrez me voir. Je ne renouvellerai pas cette proposition ; à vous de l'accepter ou non désormais. »

Et, avant que j'eusse le temps de m'enfuir, il s'en alla tranquillement. Au sommet du mât, Risque s'éleva dans le ciel avec un cri que m'apporta la brise. On largua les amarres, on ramena la passerelle et, dans leurs canots, les hommes se courbèrent sur leurs avirons pour nous éloigner des quais et nous conduire là où le vent gonflerait nos voiles. Je me fis la promesse de m'entretenir avec Trame en privé dans la journée pour qu'il m'apprenne ma magie. J'espérai que je ne me mentais pas.

Mais rien n'est jamais simple. Avec la narcheska, son père Arkon Sangrépée et son oncle Peottre à bord, Devoir et Umbre passaient le plus clair de leur temps en compagnie de l'un ou de l'autre, et je n'avais guère l'occasion de leur parler seul à seul ; comme précédemment, je me voyais relégué à la société de Lourd, qui, du fond de son abattement, jugeait normal que je partage son malheur. Il recommença de m'infliger des bleus et des éraflures comme lors de notre dernier voyage, et je n'avais guère de moyens d'y parer ; dresser mes remparts mentaux contre sa subtile influence m'aurait coupé du prince et de son conseiller. Je supportais donc ses petites humiliations.

Pour ne rien arranger, nous voguions sur une mauvaise mer où nous devions affronter des courants et des flux apparemment toujours contraires. Pendant deux jours, nous fûmes atrocement ballottés, et Lourd tomba victime d'un mal de mer qui n'avait rien d'imaginaire, pas plus que celui de Nielle, Leste et Civil. Ceux d'entre nous qui y échappèrent mangèrent avec frugalité et se déplacèrent en ne lâchant une prise qu'assurés d'en tenir une autre. J'aperçus la narcheska, très pâle, qui se promenait sur le pont au bras de Peottre ; ni l'un ni l'autre ne paraissait au comble du bonheur. Les journées s'écoulèrent lentement.

Je ne trouvai pas le loisir de discuter du Vif avec Trame. De temps en temps, je me rappelais mon intention, mais toujours au moment où dix autres sujets exigeaient mon attention. Je m'efforçais de me convaincre que seules les circonstances m'empêchaient de lui parler, mais, en réalité, je n'aurais su expliquer ce qui me retenait.

Notre destination se dessina enfin à l'horizon. Aslevjal compte parmi les plus septentrionales des îles d'Outre-mer, et, même de loin, elle présentait un aspect lugubre, chicot de roc et de glace dans un visage rébarbatif. L'été n'y triomphe jamais tout à fait, et la douceur qu'apporte sa courte visite ne suffit pas à dissiper la neige déposée l'hiver précédent sur les hauteurs. La plus grande partie de l'île gît prisonnière du glacier qui l'étreint, empalé lui-même par les pics aigus de son socle de pierre. Certains disent qu'elle se compose en réalité de deux terres reliées par la glace, mais j'ignore sur quoi se fonde cette croyance. La marée basse dénude des grèves de sable noir qui lui font comme une jupe funèbre ; à l'une de ses extrémités, une étendue de plage rocailleuse où rien ne pousse et la base d'une falaise restent toujours découvertes. Ailleurs, des affleurements rocheux crèvent la pâle couverture gelée. Je ne savais si le brouillard qui enveloppait l'île provenait de la glace qui fumait sous le soleil ou de la neige soulevée par l'incessante bise de nord que nous affrontions.

Lentement à cause du vent et de la mer qui semblaient se liguer contre notre progression, nous approchions péniblement de l'île en louvoyant. Je me tenais au bastingage quand Devoir et la narcheska, accompagnés d'Umbre et de Peottre, sortirent contempler notre but. Devoir fronça les sourcils. « Je n'imagine pas un animal s'installant de son plein gré dans un pareil bout du monde, et surtout pas une créature de la taille d'un dragon. Que ferait-elle ici ? »

La narcheska secoua la tête et répondit à mi-voix : « Je l'ignore ; je sais seulement que nos légendes le disent sur Aslevjal. C'est donc là que nous devons aller. » Elle s'emmitoufla plus étroitement dans son manteau de laine. Le vent semblait nous souffler la morsure glacée de l'île au visage.

Dans l'après-midi, nous tournâmes un promontoire et nous dirigeâmes vers l'unique mouillage. Les rapports de nos espions nous avaient appris qu'il s'agissait d'une baie jadis occupée, mais aujourd'hui abandonnée, où se dressaient les vestiges d'un appontement et quelques édifices de pierre qui tombaient en ruine. Pourtant j'aperçus une tache de couleur vive au sommet de la falaise qui surplombait la grève ; comme je l'observais en m'efforçant d'en deviner la nature, une silhouette en sortit, et je compris qu'il s'agissait d'une tente ou d'un abri de ce genre. L'homme alla se placer à l'extrême bord de l'à-pic, une coule rabattue sur sa tête tandis que le reste de sa cape noir et blanc battait dans les rafales. Sans lever la main pour nous saluer, il demeura droit dans le vent à nous regarder approcher.

« Qui est-ce ? demanda Umbre à Peottre quand les appels de la vigie au capitaine les eurent ramenés sur le pont.

— Je n'en sais rien », répondit Ondenoire. L'angoisse imprégnait sa voix.

« Peut-être l'Homme noir des légendes », dit Sangrépée. Il se pencha pour étudier avidement la silhouette solitaire sur la falaise. « J'ai toujours voulu savoir si ce qu'on raconte était vrai.

— Je n'ai aucune envie de l'apprendre », fit la narcheska à mi-voix, les yeux agrandis par la peur. À mesure que nous progressions vers la petite baie, les passagers envahissaient le pont pour voir notre destination et regarder l'inquiétant personnage qui nous surveillait. C'est seulement quand nous eûmes jeté l'ancre et que nos canots s'apprêtèrent à nous transporter à terre avec notre matériel qu'il quitta son immobilité. Il descendit jusqu'à la grève et s'arrêta à la ligne de marée. Avant même qu'il ne rejette sa capuche en arrière, mon cœur manqua un battement et l'angoisse me noua le ventre.

Le fou m'attendait.

TABLE

8173

Composition PCA à Rezé
Achevé d'imprimer en France (La Flèche)
par CPI Brodard et Taupin
le 21 juin 2010. 58468
EAN 9782290353066
1er dépôt légal dans la collection : octobre 2006

Éditions J'ai lu
87, quai Panhard-et-Levassor, 75013 Paris
Diffusion France et étranger : Flammarion